문학@타이완

문학@타이완

쉬원웨이須文蔚 주편

김순진·박남용 외 옮김

역락

『문학@타이완』을 내놓으면서

타이완에 대한 관심이 부쩍 늘고 있는 상황에서 타이완 문학을 체계적으로 소개하고 있는 책『문학@타이완』을 공동으로 번역하여 독자들에게 내어 놓는다. 타이완 문학을 향한 역자들의 오랜 관심과 탐구가 조그만 결실로 맺어졌다고 보아 주기 바란다.

한·중·일을 중심으로 한 동아시아 담론의 가로축 속에서, 주로 중국만을 주로 염두에 두고 공부하다가, 2004년 동북공정 파동을 계기로 중국을 다시 공부하기 위해 타이완과 홍콩, 해외의 화교세계에 대해 공부를 시작한지 제법 몇 년이 흘렀다. 2004년 11월 은사이신 박재우(朴宰雨) 선생님께서 "대만과 홍콩의 문학, 문화와 한국" 주제의 동아시아현대중문문학 국제학술회의를 유치하면서 이를 준비하기 위해 타이완, 홍콩, 해외 화교들의 문학과 문화를 연구하는 소규모의 한국대만홍콩해외화인문화연구회(약칭 한국대만홍콩해외화문연구회)를 만드셨던 것으로 기억된다. 박선생님은 주로 중국의 루쉰(魯迅)과 중국현당대문학, 한중현대문학관계 등을 주로 연구해 오셨지만, 한국의 동아시아 담론 가운데 이 부분 연구가 취약하다고 생각하시어 이런 모임을 주도하셨다. 아무튼 이를 계기로 이후 젊은 학자들을 중심으로 이에 대한 탐구가 꾸준히 진행되었다. 대만, 홍콩, 해외 화교들을 포함하여 동아시아 및 세계 각지의 중화문학-문화 전공 학자들과 작가, 시인들을 꾸준히 초빙하여 좌담회와 토론회도 자주 열었다. 물론 중국대륙 학자와 작가들도 다수 포함되었다.

2008년에는 박선생님의 주도로 우선 중국대륙에서 루쉰문학상을 받은 작가들 중심으로 작품 13편을 번역하여 『만사형통』을 출간하였고, 2012 년에는 홍콩 문학선－소설, 시, 산문 세 권을 출판하였다. 그 후에는 타이완 문학과 중화권 현대시에 대해 관심을 기울여 오고 있다.

2014년 드디어 타이완 문학을 체계적이고 종합적으로 소개하고 있는 이 책을 출간하게 되었다. 한국의 독자 여러분과 함께 타이완 문학을 제대로 만나게 된 것을 큰 기쁨으로 여기지 않을 수 없다.

타이완은 넓은 의미에서 중화 문화를 유지하며 중국 대륙과 일정 정도의 거리를 두고 독자적으로 발전하고 있는 지역이다. 타이완은 역사적 경험이 우리와 유사한 부분이 많다. 한족의 유교 중심적 전통－일제 식민지－개발독재 속 산업화－민주화 쟁취－국제화와 그 대응 과정에서 공통점이 많다.

그러면서도 식민지 경험과 이후의 지향 등에서 차이를 많이 드러내고 있다. 우선 일제 점령기에 대한 평가의 차이로부터 식민지 근대성 문제에 대한 주류 견해가 서로 다르다. 아울러 타이완의 정체성 문제에 있어, 대체적으로 통일을 당위시하는 한국과는 달리, 중국 대륙과의 관계에 있어 통일이냐 독자적인 대만 독립이냐를 두고 외성인과 본성인이 국민당과 민진당으로 나뉘어 끊임없이 갈등하고 있기도 하다. 사회구성도 많이 다르고, 베이징표준어와 민남어, 객가어 등 서로 알아듣기 어려운 방언도 많이 존재한다.

타이완은 이처럼 복잡하다. 그들의 정치 경제적 독자성뿐 아니라 문학적, 문화적 특수성도 존재할 수밖에 없는 현실 속에서 타이완의 문학적 정체성을 이해하고자 하는 노력이 절실히 필요하다. 이러한 가운데 타이완 문학을 이해할 수 있는 길잡이가 될 수 있는 좋은 책을 소개하게 된 것을 다행스럽게 생각한다.

이 책은 타이완의 국립 타이완 문학관의 기획으로 샹잉문화(相映文化)출판사와 합작하여 출판한 중국어 원저를 번역한 것이다. 책 제목에서 볼 수 있는 것처럼 이메일 주소를 연상할 수 있는 제목으로, '타이완에서의 문학'이 어떤 형태로 존재하는지 소설, 산문, 시, 극본 등의 장르로 나누어 서술하고 있다. 아울러 타이완 문학을 근대와 현대로 나누어 살펴보고 있다. 이 책의 저작 대상과 범주에 대해서는 머리말에서 "『문학@타이완』은 타이완 문학의 기원과 발전, 그리고 타이완 문학사와 장르별 변천 과정에 대한 체계적인 소개에 역점을 두었다. 초기 원주민 시대부터 네덜란드의 점령, 정청궁(鄭成功, 1624~1662)의 통치, 청나라의 지배, 일본의 강제점거를 거쳐 중화민국에 이르는 타이완 문학의 작가, 작품, 사료 등과 관련된 자료들 중에서 타이완 문학 발전사에 있어 영향을 미친 것이라면, 소재 지역이나 작가의 국적, 작품의 주제 및 사용된 언어 등과는 상관없이 모두 저자들의 집필 대상으로 삼았다."라고 밝히고 있다. 이 책을 통해 타이완 문학의 진면목을 바로 보며 한국과 타이완 문학을 상호 비교할 수 있는 좋은 계기가 마련되었으면 한다.

　21세기 타이완 문학의 과거와 현재, 그리고 미래를 생각하며 그들의 문학 세계를 이해하는 것은 바로 한국 사회를 이해하는 단초가 될 것이다. 타이완은 타이완 해협 양안이라는 주어진 틀과 현대 사회 자체 속의 불안 요소를 내포한 채 제한된 안정 속에서 긴장감을 지니며 현실을 살아가고 있다. 그 속에서 문학의 위기와 죽음에 직면하는 절박함도 있다. 그럼에도 불구하고 많은 작가와 작품들을 통해 타이완의 사회와 역사를 조명하고 있는 이 책은 우리에게 타이완 문학의 새로운 가능성을 보여주고 있다. 타이완 문학을 바라보는 다양한 시선과 관점들을 새롭게 이해하며 타이완 문학에 한 걸음 더 다가갈 수 있으리라 생각한다. 글로써 친구를 사귄다는 '以文會友'처럼 공통된 문제의식 영역 속에서 타이완의 작가와 학자들과 지속적인 만남을 모색해 나갔으면 한다.

　이 책은 박재우 선생님의 관심과 배려 하에 홍콩과 타이완, 해외화인

문학에 대한 공부를 지속하던 중, 국내에 타이완 문학을 제대로 소개해 놓은 저서가 없음을 안타깝게 여긴 제자들이 박선생님의 신중년(新中年 : 60~75세) 진입을 경하 드리기 위해 김순진 박사와 박남용 박사를 중심으로 하여 기획한 결과물이다.

타이완에서 나온 문학사가 몇 가지 있지만, 그들을 검토한 결과 세대별 시각의 차이를 보이고 있어, 우리는 비교적 젊은 소장학자들을 중심으로 하여 타이완 문학을 새롭게 보고자 하는 시도가 돋보이는 이 책을 선택하게 되었다. 원저자 가운데 천졘중교수는 한국에도 온 바 있고, 몇몇 젊은 학자들의 학문적 성취는 이미 익히 알고 있는 바이라서 더욱 신뢰를 갖게 되었다.

타이완의 11명 전문 학자들이 집필한 저서이기에 용어와 문체가 제각기 달랐으며 번역 역시 여러 명이 작업하였기에 어려움이 많았다. 예를 들어 용어의 문제에서는 '現代'를 어떤 저자는 '근대'의 의미로, 또 어떤 저자는 '현대(중국의 當代)'의 의미로 사용하였다. 이러한 문제는 번역의 과정에서 문장의 의미에 따라 1949년 이전은 '근대'로 그 이후는 '현대'로 바꾸었음을 밝힌다. 공동 번역은 작품 제목의 번역이나 잡지 이름, 단체 이름 등을 통일하는 문제가 쉽지 않다. 이러한 용어뿐만 아니라 문체의 통일을 위해 김순진, 배도임, 박정훈 박사가 전체적으로 손을 보는 어려운 작업을 맡았다. 또한 원서에서 동일한 저자가 집필한 몇몇 부분은 내용이 많이 중복되기도 하였기에 교정 과정에서 적절히 조정하였음을 밝혀둔다.

끝으로 이 책이 출간될 수 있도록 판권을 허락해 준 타이완 측과 계약에 힘써 주신 김태성 박사님께 감사의 인사를 전한다. 특히 이 책의 출간을 흔쾌히 허락해 준 역락출판사 대표님께 감사드리며, 편집과 교정에 힘써 주신 출판사 관계자 분들께 진심으로 감사드린다. 아울러 바쁜 와중에서도 추천사를 써 책의 출간을 축하해 주신 차오페이린(曹培林) 참사님께도 감사드린다.

　세월호 참사로 인하여 고통 받는 모든 사람들을 기억하고 위로하며
아직도 바다 밑에서 돌아오지 못한 망자들을 위해 애도의 뜻을 표한다.
아울러 타이완에도 지진으로 지형이 꺼지는 대형 참사가 났다고 하니 희
생된 분들의 명복을 빈다.

2014년 9월 역자 일동

쉬원웨이須文蔚　국립동화東華대학 중국어문학과 부교수

　　2006년 가을에 둥화(東華)대학 디지털문화센터에서는 행정원 문화건설
위원회의 위탁을 받아 '타이완 문학 독서지도에 관한 디지털학습 교과
계획과 제작'에 관한 초안을 기획하고, 디지털 기술을 활용한 일련의 온
라인 교재들을 제작하였다. 약 2년간의 노력을 통해 총 400분에 달하는
온라인 과정 10편의 영상물에 대한 촬영을 끝마쳤다. 그밖에 타이완 문
학사, 타이완 문학 고전작품 읽기에 관한 관련 강의 및 강의계획서와 영
상음악까지도 모두 문화건설위원회 예술 네트워크(http://learning.cca.gov.tw)
에서 인터넷상으로 볼 수 있도록 구축해 놓았다. 이러한 계획들이 일단
락되기도 전에 국립 타이완 문학관의 기획으로 샹잉문화(相映文化)출판사
와 합작하여 『문학@타이완』이라는 책을 출판할 수 있게 되었다. 타이완
문학의 유구함, 풍부함과 화려한 풍모를 여러 출판매체의 형태로 서점가
에 내놓았다. 이것은 타이완 문학 보급 역사상 가장 많은 형태의 매체를
활용한 교육보급 방안이라고 생각한다.
　　『문학@타이완』은 타이완 문학의 기원과 발전, 그리고 타이완 문학사
와 장르별 변천 과정에 대한 체계적인 소개에 역점을 두었다. 초기 원주
민 시대부터 네덜란드의 점령, 정청궁(鄭成功, 1624~1662)의 통치, 청나라
의 지배, 일본의 강제점거를 거쳐 중화민국에 이르는 타이완 문학의 작
가, 작품, 사료 등과 관련된 자료들 중에서 타이완 문학 발전사에 있어

영향을 미친 것이라면, 소재 지역이나 작가의 국적, 작품의 주제 및 사용된 언어 등과는 상관없이 모두 저자들의 집필 대상으로 삼았다. 특히 타이완 문학이 대학의 학문연구 분야로 자리 잡고 분야별로 전문화되었기에 라이팡링(賴芳伶), 린치양(林淇瀁), 황메이어(黃美娥), 펑더핑(封德屛), 둥수밍(董恕明), 천젠중(陳建忠), 판이루(范宜如), 우밍이(吳明益), 하오위샹(郝譽翔), 옌훙야(閻鴻亞), 쉬원웨이(須文蔚) 등의 전문가와 학자들에게 공동 집필을 요청하여 다양한 역사관과 다각적인 관점들을 두루 반영할 수 있었다. 이 또한 타이완 문학 연구사상 처음 있는 값진 시도라고 하겠다.

목차의 배열에 있어서 본서는 타이완 문학사와 타이완 문학 고전작품의 해석이라는 두 가지 관점에 주안점을 두었다. 타이완 문학사의 소개에 있어서는 시대와 문학의 변천에 의거하여 다음과 같이 세 시대로 나누어 서술하였다.

타이완 고전문학 : 「제1장 산은 노래하고 바다는 춤추며 사람은 울부짖다―타이완 원주민 문학의 기원과 의미」, 「제2장 타이완해협을 건너온 한문학(漢文學)―명청시기 타이완 고전문학」 이 두 단원을 통해서 초기 원주민 시대부터 네덜란드의 점령, 정청궁의 통치, 청나라의 지배 및 일제에 대한 초기 저항 시기에 발전한 타이완 고전문학을 소개하였다.

근대 타이완 문학 : 타이완 신문학은 1920년대 『타이완청년(臺灣青年)』 창간에서 비롯되었다. 이렇게 근대문학시대로 접어들은 이래로 1945년 일본 패망에 이르기까지 타이완 신문학은 싹트고 성장하면서 동시에 일본의 황민문학정책에 의해 핍박받았다. 타이완 근대문학사에 관해서는 「제3장 모든 것이 '근대' 때문이다―일본 통치기 타이완 신구문학 논쟁 및 속문학의 시작과 발전」, 「제4장 어둠 속에서 등불을 켜다―1920, 30년대 타이완 좌익문학운동」, 「제5장 식민지 근대성의 유혹―1930년대 이후 모더니즘과 황민문학의 등장」이라는 세 단원에 걸쳐 서술하였다.

현대 타이완 문학 : 1945년 이후 타이완이 일본의 식민통치에서 벗어나

자 문학가들도 완전히 새로운 문학과 정치경제적 상황에 직면하게 되었다. 그러면서 자연스럽게 현대 문학시기로 진입하게 되었다. 이에 관해서는 「제9장 『다리(橋)』의 연속과 단절−현대 타이완 문학사의 첫 번째 논쟁」, 「제10장 언어 속에 타오르는 전쟁의 불꽃−1950년대 반공전투문학과 모더니즘의 대두」, 「제11장 횡적 이식?−1960년대 모더니즘 문학」, 「제12장 향토가 없으면 문학은 어디에?−1970년대 현대시 논쟁과 향토문학 논쟁」, 「제13장 수놓은 듯 화려한 문학의 시대−1980년대 이후의 타이완 문학」이라는 다섯 단원에 걸쳐 나누어 서술하였다.

천팡밍(陳芳明) 교수의 말에 의하면 역사라는 것은 본디 하나의 연속선상에 있는 것이므로 결코 칼로 자르듯 나눌 수 없으며, 그 어떤 시기구분 방법을 사용한다 해도 독단에 빠지지 않거나 모순점이 없을 수 없다. 그래서 각 시기별 문학 유형과 작가의 풍격이 변화되는 모습들을 빠짐없이 살펴보는 것은 어려운 일이라고 하였다. 이 때문에 본서에서는 타이완 문학사에 대한 소개 외에도, 타이완 문학의 근대와 현대 두 시기를 문체와 장르 및 작품이 틀이 잡혀가는 발전 과정 등으로 나누어 타이완 문학의 발전 모습을 소개하였다. 이에 따라 아래의 다섯 장르를 주축으로 나누어 보았다.

소설 : 「근대 타이완 소설」, 「현대 타이완 소설」 등의 두 단원으로 나누어 대표적 소설 작품을 감상하고 소설의 예술성을 분석하였다. 그럼으로써 소설의 형식과 함의를 깊이 이해할 수 있도록 하였다.

산문 : 「근대 타이완 산문」, 「현대 타이완 산문」 등의 두 단원으로 나누어 주요 산문 작품을 감상하고 독자들이 산문에 대한 전반적인 이해와 비평 능력을 기를 수 있도록 하는데 의미를 두었다.

시 : 「타이완 근대시」, 「타이완 현대시」 등의 두 단원으로 나누어 근현대시의 발전, 유파, 주요작가, 창작이론 및 기타 관련 사항들을 파악하고 시 작품과 관련된 논의를 깊이 이해할 수 있도록 했다.

극본 : 「현대 타이완 희곡」이라는 단원에서 극본과 관련된 논의를 깊이 이해할 수 있도록 했다. 또한 일제 강점기의 희곡을 소개하는 단원을 따로 두지 않았기에 18장에서 일제강점기의 작가와 작품들을 같이 소개하였다.

디지털문학 : 「현대 디지털문학」 단원은 본 교과과정의 목표가 현대 타이완 디지털문학의 인식 수준을 높이는데 있다는 점을 알리고, 과학기술과 문학의 만남이라는 새로운 관점을 수립하는데 의미를 두었다.

원고 집필과 동시에 필자들은 교육용 영상 제작에도 참여하였다. 수차례에 걸친 회의를 통해 영상물의 단조로움을 피하고자 특집 보도 형식으로 촬영하기로 결정하였다. 한정된 제작비에도 불구하고 저명한 다큐멘터리 제작자 왕충원(王瓊文), 감독 린원룽(林文龍), 쑹쑹링(宋松齡), 위친후이(于欽慧), 음악제작자 장윈즈(張耘之)가 프로젝트에 초빙되어 합류하였으며, 편집팀으로 천페이치(陳沛琪), 위신쥐안(余欣娟), 랴오훙린(廖宏霖), 황샹(黃翔), 셰자팡(謝佳芳)이 함께 참여하였다. 불과 10개월 안팎의 짧은 기간 안에 대본작성, 촬영, 녹음, 삽화제작, 편집과 자막 입히기를 단숨에 해치웠다. 이것은 모두 인터뷰에 응해준 뤼정후이(呂正惠) 교수, 천팡밍 교수, 쑨다촨(孫大川) 교수, 차이원푸(蔡文甫) 발행인, 뤼디(綠蒂) 이사장과 시인 아다오(阿道)와 바라푸(巴辣夫)의 큰 도움이 있었기 때문에 가능했다. 자문에는 쉬쥔야(許俊雅), 황즈타오(黃志韜), 유성관(游勝冠), 린융청(林勇成)과 장리뤼(張麗綠) 같은 여러 선생님들의 조언이 있었고, 작업팀에서는 황샹(黃翔), 천류페이(陳柳妃), 셰자팡, 우야린(吳雅淋), 린팡이(林芳儀) 등이 하나된 마음으로 힘을 쏟아주었다. 잡지 『원쉰(文訊)』의 우잉핑(吳穎萍)양도 삽화의 수집에 많은 도움을 주어 예정대로 완성될 수 있었다.

'사이버대학' 특별안건 중간보고 때에 문화건설위원회 전산센터 왕후이슝(王揮雄) 팀장이 우리 제작팀과 뜻을 같이 하여 배급활동에 대한 독창적인 의견들을 제시하였다. 그래서 '타이완 문학 길잡이 디지털학습 교과 계획과 제작' 방안을 사이버 공간에만 머물지 않고 정교한 편집 작업을 통하여 3회 분량의 TV방송용 프로그램으로 제작하도록 하였으며, 이는 『문학@타이완』을 다양한 매체로 출판하게 된 계기가 되었다. 특히 이 책의 기획 기간 중에 국립 타이완 문학관 관장 정방전(鄭邦鎭)과 부관장 유수징(游淑靜)의 예리한 지적과 타이완 문학관의 전문가 천웨이룽(陳偉隆), 장신지(張信吉), 젠훙이(簡弘毅), 귀샤오춘(郭曉純), 우잉쩐(吳瑩眞)의 헌신적인 협조가 있었으며, 샹잉문화출판사의 편집장 리차(李茶)의 수준 높은 기획 및 부편집장 쉬차페이(徐僑珮)를 비롯한 후원칭(胡文靑), 윙저위(翁喆裕), 쩡양화(曾揚華) 팀원들이 이 책을 위해 쏟은 노력은 이루 다 말할 수 없다. 이 지면을 빌어 모든 분들에게 깊은 감사의 뜻을 표하는 바이다.

『문학@타이완』은 타이완 문학 입문자들을 위해 기획되어 다양한 매체로 접할 수 있게 출간된 책으로서, 제한된 편폭 안에서 타이완의 다양한 민족과 여러 시대 그리고 각 장르의 문학을 개괄하고자 하였다. 그러다보니 모든 사항들을 빠짐없이 다룰 수는 없어서 각 장 뒷부분에 '더 읽을거리'를 두어 참고할 자료들을 제시하였다. 책 속의 DVD 안에는 더 많은 영상물, 교육방안 및 디지털화 된 평가가 들어있어서 교사들이 교육현장에서 사용하기에 편리하도록 하였고 또한 독학용으로도 사용할 수 있게 하였다.

끝으로 디지털교육 시스템의 토대 위에서 타이완 문학이 지리적 제한 없이 널리 알려지기를 바라며, 타이완을 좋아하는 더 많은 독자들이 작가, 작품과 시대적 제한을 뛰어넘는 공감대를 이룰 수 있게 되기를 바란다.

CONTENTS

제1장

산은 노래하고 바다는 춤추며 사람은 울부짖다
타이완 원주민 문학의 기원과 의미

| 둥수밍董恕明 국립타이둥대학 중국어문학과 조교수 |

01 | 들어가는 말 : 드러나지 않는 '존재(存在)'

우리는 왜 언제나 '존재'해 온 사물(혹은 상태)에 대해 여전히 더 알기를 '원하는' 것일까? 지금 우리가 이야기하려는 타이완 문학처럼 말이다. 이 의문을 해결하기 위한 가장 좋은 방법은 '존재' 내부로 직접 들어가 우리와 그것 사이의 관계에 대해 살펴보는 것이다. 우리에게 '타이완 문학'은 오랜 친구일까 아니면 생소한 존재일까? 첫 눈에 반한 가슴 설레는 사랑일까 아니면 뒤돌아보며 쓴웃음 짓게 되는 처연함일까? 혹시 그 무엇도 아니라면 그것은 '타이완'이라는 특정한 지리, 역사, 문화 등의 상황적 맥락과 그와 관련된 문자의 기술을 둘러싼 '메이드 인 타이완'의 문화 창조 산업에 불과할 것이다.

우리가 '사명감'으로 충만한 타이완 문학을 그저 길거리에서 판매하는 '수공예품' 따위로 치부해 버린다면 아마도 비난을 면하기 어려울 것이다. 하지만 가만히 생각해 보면 수공예품을 만들 때의 그 독특하고 소박하며 고집스럽고 집념에 찬 과정이 바로 '타이완 문학'이 보여주는 모습 중 하나는 아닐까? 다시 말해 '타이완 문학'을 이해하기 위해 무슨 특별한 능력이 있어야 하는지는 모르겠지만, 중요한 것은 그것을 통해 자기 자신에게 되돌아가 인간으로서의 삶과 사상, 감정 그리고 상상의 세계 속에서 가장 섬세하고 풍부한 가능성을 '경험'할 수 있다는 기대를 할 수 있어야 한다. 특히 '존재가 확실하게 드러나지 않은' 상황에 직면했을 때는 지식적 차원에서의 해체가 중요하다. 하지만 이해를 통한 공감이 마련되어야 비로소 볼 수 있는 '존재'야말로 스스로 반성하고 중심을 잡을 수 있는 힘이 될 것이다.

이번 장에서 우리는 먼저 '타이완 원주민 문학'이라는 경유지를 거쳐 '타이완 문학'이라는 구도 속으로 들어가 보고자 한다. 전자가 '발굴'된 상황은 후자의 자기표현이 얼마나 어려웠는지를 부분적으로나마 보여줄 것이다. 또한 바로 이러한 이유 때문에 '타이완 문학'이라는 밭에서 자라난 온갖 꽃과 풀들은 '나와 타자'의 절충과 소통 그리고 대화 속에서 '화이부동(和而不同)'하면서 함께 번영할 수 있는 기회를 얻게 될 것이다.

02 | 원주민문학이란 무엇인가?

유엔 169호 공약에 근거하면 '원주민'은 '주류사회 혹은 현재 통치자가 유입되기 이전에 먼저 거주하고 있던 사람'으로 정의된다. 이러한 정의에 따라 타이완 원주민을 살펴보면, 그들은 다음에 열거하는 '이민족'들과 직간접적으로 교류했던 역사를 지니고 있다. 예를 들면, 네덜란드인(1624~1661), 스페인인(1626~1642), 청조 만주족(1661~1895), 한인(漢人),[1]

일본인(1895~1945) 등이다. 원주민은 끊임없이 유입된 이민족에 의해 격리되고 주변부로 내몰리면서 분류, 순화, 교화, 동화 등의 과정을 경험하였다. '존재'했지만 '드러나지 않던' 상태에서 '보이'고 기록되고 쓰여지는 경험까지, 그들의 역사는 타이완이라는 땅 위에서 여러 에스닉(ethnic)이 교류했던 중요한 축소판이라 해야 할 것이다.

일반적으로 타이완 원주민 문학에 대해서는 신분론과 제재론 그리고 언어론이라는 세 가지 각도에서 정의내릴 수 있다. 신분론은 원주민이라는 작가의 신분을 강조하는 것으로 원주민 작가가 써낸 작품의 내용이 무엇인지를 언급할 필요는 없다고 본다. 제재론은 작가의 신분이 어떻든지 간에 쓰인 내용이 원주민과 관련된 것이라면 모두 '원주민 문학'의 범주에 포함된다는 견해이다. 그리고 언어론은 작가의 모어(母語)로 이루어진 글쓰기여야 비로소 '원주민 문학'의 주체성을 드러낼 수 있다는 입장이다. 위에 언급한 세 가지 견해 사이에 다소간 편차가 있기는 하지만 그것은 결국 모두 나는 누구인가 그리고 어떠한 방식을 선택해 표현하는가 라는 문제를 둘러싼 문제라고 할 수 있다. 그리고 이러한 문제의식이 만들어낸 의의는 특히 1980년대에 이르러 중국어(漢語)로 작품을 창작한 원주민 작가들의 글쓰기가 성행한 이후 그들의 실천과 성과를 구체적으로 주목하게 되었다는 데 있다.

03 | 구전되고 타자에 의해 기록된 원주민 창작

원주민 부족들이 자신만의 문자를 갖지 못한 것은 사실이다. 하지만

---

1) 17세기 유입된 복로(福佬)와 객가인(客家人) 그리고 1945년 국민당 정부를 따라 타이완으로 이주한 외성인(外省人)을 말한다.

그것이 원주민들이 자신들의 민족적 감정, 생명의 경험, 사회적 관습과 문화적 전통 그리고 심미적 상상력을 표현할 수단이 전혀 없었음을 의미하지는 않는다. 이것은 원주민 민족에게 발달한 구전문학과 악무제의(樂舞祭儀)에 등장하는 민가 및 그 가사를 통해 대략 짐작할 수 있다. 원주민 문학의 이른바 '고전'은 자신들의 민족적 경험을 전달함과 동시에 다른 민족이 저술한 사료, 문헌, 민족지 및 창작 속에서 '원주민' 형상의 의미를 드러내 보여준다. 이제부터 (1) 원주민의 구전문학과 (2) 타자에 의해 쓰인 원주민 창작으로 나누어 타이완 원주민 문학이 아직 '형성'되기 전의 원주민 창작 상황을 살펴보고자 한다.

(1) 원주민의 구전문학

원주민들에게 글을 쓰고 기록할 문자가 없는 상황에서 그들이 조상들의 가르침과 지혜를 담아낼 수 있는 방법은 서로의 입과 귀를 통해 전하고 실천하는 것뿐이었다. 특히 구전문학 속 신화와 전설, 이야기와 속담 그리고 악무제의 속의 민가와 기도문에 이르는 모든 것들은 의심할 바 없이 그 당시 사람들과 후세들이 전통에 참여하고 전통을 만들어가는 과정에 중요한 자양분을 제공해주었다. 원주민들은 생활과 제의 속에서 규범을 수용하고 훈련을 받았으며, 그들의 역사, 문화, 교양 등은 곧 유무형적인 힘이 되어 개인과 민족의 모습을 형성하였다.

우주만물에 대한 인식, 민족의 기원에 대한 설명, 모범적 행위에 대한 표창, 금기에 대한 언급, 동물 우언 등은 모두 구전문학의 중요한 주제라고 할 수 있다. 예를 들어, 쩌우족(鄒族) 학자인 푸중청(浦忠成)이 자리촌(佳里村)에서 수집한 쩌우족의 「달을 쏘다(射月亮)」라는 신화를 통해, 우리는 위산(玉山)에서 온 쩌우족 원주민들의 '천지의 비밀'에 대한 해석을 엿볼 수 있다.

아주 오래 전 하늘은 매우 낮아서 태양과 달의 광선이 찌는 듯 뜨거웠다. 달은 남자였고, 태양은 여자였는데 달빛이 훨씬 더 강렬했다. 사람들은 태양이 떠오를 때에만 나무판자를 머리에 이고 겨우 문밖을 나설 수 있었고, 달이 떠오르면 그저 집 안으로 숨어들어 침대에 누운 채 가쁜 숨을 몰아 쉴 수밖에 없었다. 이렇게 낮밤의 구분이 없으니 부부라도 가까이 할 수 없어 아무도 보지 않는 틈을 타 몰래몰래 교합을 해야 했다.

어느 날 무당 유이푸(有伊弗)가 말했다. "계속 이렇게 된다면 우리는 언젠가 멸종하고 말테니 차라리 달을 죽여 버립시다." 그는 곧 활과 화살로 달을 쏘아버렸다. 화살이 달의 배에 명중하자 달의 핏방울이 땅위로 떨어져 대지의 색깔이 모두 변해버렸다. …… 세상은 칠흑 같은 어둠에 휩싸이고 말았다. 유이푸는 재빨리 산 속에서 베어온 나무를 태워 깜깜한 대지를 밝혔다. 산의 나무가 모두 사라지자 집을 헐어 얻은 나무를 쪼개 땔감으로 쓸 수밖에 없었고 사람들은 큰 근심에 잠겼다.

그러던 어느 날 태양이 동쪽에서 잠깐 떠오르더니 곧바로 다시 동쪽으로 숨어버리는 것이었다. 이후 매일 조금씩 하늘로 떠오른 태양은 간신히 중천에 이르렀다. 이후에도 태양은 계속 중천까지 떠올랐고, 서쪽으로 조금씩 기울기 시작하더니 갑자기 서쪽으로 떨어졌다. …… 예전의 달은 언제나 꽉 차 있었지만, 지금은 한 달씩 기다려야 본래 모습을 볼 수 있게되었다.

「달을 쏘다」라는 신화는 한족(漢族) 사람들에게는 아마도 꽤나 낯설 것이다. 그러나 이 신화 속에 등장하는 하늘과 땅이 처음 태어났을 때의 상태와 인류 생명의 번성, 인간(무당)이 자연과의 교감을 통해 지니게 된 능력(신력/영력), 낮과 밤이 교차하는 순서 등의 이야기는 모두 옛 사람들의 자연에 대한 관찰과 사고의 결과를 보여준다. 한족에게 더 익숙한 「태양을 쏘다(射日)」라는 신화전설에 관해서 다우족(達悟族), 싸이샤족(賽夏族), 부눙족(布農族), 루카이족(魯凱族), 파이완족(排灣族) 등도 많은 기록을 남겨 놓았다. 천지의 기본적인 자연 원소에 대한 이야기 속에 역할, 사건, 줄거리, 구조, 충돌, 사상, 감정, 주제 등에 걸쳐 크고 작은 차이는 존재하지만, 신화전설을 통해 우주 속에서 만물과 인간의 위치를 찾고자 하는 설명은 인류의 공통적 상상력이 구체적으로 드러난 결과라고 할 수 있다.

휘쓰루만 파파(霍斯陸曼·伐伐)[2]가 부눙족의 전설을 개작한 「'부눙' 꽃을 피우다('布農'花開)」를 예로 들어 보자. 비록 이 작품은 부눙족의 기원과 내력에 관한 이야기이지만, 우리는 이 이야기를 통해 인간의 '출현'이 풍요롭고 아름다운 천지가 내려준 선물이라는 사실을 더 깊이 이해할 수 있게 된다.

> 따스한 햇살이 아름다운 대지를 가득 메우고 부드러운 바람이 산들산들 드넓은 초원으로 불어오면, 들풀은 바람에 살랑이며 춤추고 경쾌한 강물은 동해로 흘러간다. 쪽빛 하늘이 조용히 대지를 굽어볼 때 주위는 고요하고 또 고요했다. …… 갈대 꽃잎 사이에 숨어 이리저리 두리번거리던 작은 벌레 한 마리가 꽃잎에서 날아오른다. 햇살의 보살핌과 대지의 풍요로움 속에서 벌레는 천천히 자신의 모습을 바꾸더니 이내 튼튼하고 건장한 사내아이로 변한다. 사내아이의 탄생을 바라본 세상의 모든 꽃과 풀 그리고 짐승들이 놀라워하며 외친다. "부눙! 부눙!" ……

서술자는 만물을 의인화하거나 아니면 만물이 모두 영혼을 지녔다고 여기고 있으며 한 걸음 더 나아가 인간도 '자연화' 시키고 있다. 때문에 '사람'은 벌레가 변한 존재로 여겨진다. 다른 부락에도 돌이나 알 혹은 대나무가 사람으로 바뀐 이야기가 있을지 모른다. 이 이야기는 인간을 자연 속으로 돌려놓았으며 '만물보다 뛰어나야'만 인간의 존엄이 드러나는 것도 아님을 보여준다. 살무사는 부눙족의 좋은 친구이고 물고기 날치

---

2) 부눙족의 발음으로는 후스루마 바바이다. -역자

는 신이 다우족에게 내려준 진귀한 선물이다. 베이난족(卑南族)의 전설 「미소녀가 수사슴을 따라 죽다(美少女爲公鹿殉情)」처럼 인간과 만물이 한데 뒤섞여 어우러지는 수많은 이야기 속에서 인간과 자연은 진정으로 자유롭게 서로 호응하고 소통할 수 있다.

(2) 타자에 의한 원주민 창작

구전문학 속에서 원주민의 모습은 매우 또렷하고 풍부한 이미지로 드러나게 마련이다. 그들의 감정과 상상, 관습과 행동양식에는 '원주민'만의 고유한 생각과 방식이 스며들어 있다. 반면에 그들 자신이 아닌 타자가 기록한 문헌과 사료 및 창작 속에 묘사된 원주민의 형상을 살펴보면 또 다른 풍경을 발견할 수 있다. 그것을 통해 후세들은 서로 다른 에스닉 문화와 사회적 위계 그리고 역사적 환경 속에서 선조들이 보여준 관찰과 서술에 대해 검토할 수 있다.

지금으로부터 약 400여 년 전 타이완에 도착한 네덜란드인들은 타이완 원주민들과 상당히 밀접한 관계를 맺고 있었다. 장수성(江樹生)이 번역하고 주해를 달아 놓은 『질란디아성 일지(熱蘭遮城日誌)』(제2권) 중 네덜란드 군 중사 크리스트엔 스몰바흐(Christiaen Smalbach)가 베이난사(卑南社)에서 남긴 일지(1643)의 한 단락을 살펴보자.

4월 7일. 저녁 때, 앞서 이야기한 앙기스(Angith)가 다시 나를 찾아왔다. 즈번사(知本社) 사람 셋이 농가까지 내려왔는데 살해될까 두려워 감히 들어올 엄두를 내지 못하고 있다는 것이었다. 그래서 나는 통역원 안소니에(Anthonie)에게 네덜란드 사람 몇 명을 딸려 보내 그들을 데려오도록 했다. 그들이 도착한 후 온 이유를 물었다. 그들은 다시 네덜란드 정부와 강화조약을 체결하길 원하고 있으며 베이난(卑南)사람과 타이마리(太麻里)사

람들의 잦은 공격으로 인해 부족 사람들이 죽어나가지 않기를 바란다고
했다. 그나마 남은 사람까지도 굶어죽을 지경이라는 것이었다. 베이난사
나 타이마리사와 가까운 곳이라도 괜찮고 즈번계곡(知本谿) 옆이어도 상
관없으니, 자신들에게 밭 한 뙈기만 떼어 살게 해주면 그곳에 집을 짓고
회사가 시키는 일을 하면서 살아가는 편이 더 낫겠다고 했다. …… 나는
그들이 부탁한 평화의 회복과 예전의 자유에 관해 아무런 권리도 갖고
있지 않으며 그 문제에 관해서는 의장 각하께서 모든 권리를 갖고 있으
니 내가 그 요청을 들어줄 수는 없다고 말했다. 하지만 각하께서는 공정
하고 인자하신 분으로 유혈사태를 원치 않으시며 모든 사람들이 서로 평
화롭게 지내고 또 서로 화목하기를 더욱 바라신다고 일러주었다. 그래서
이번에는 내가 책임을 지고 즈번계곡 옆에 살 곳을 지정해 줄 것이라고
했다. 대신 각하께서 상부의 명령에 따라 당신들을 어떻게 처리할지 지시
를 내리실 때까지 반드시 평화롭게 회사의 노예로 계속 그곳에서 살아야
한다는 조건을 달아 놓았다.

위에 인용한 글에서 우리는 개인의 직분을 성실하게 지키려는 서술자
가 인자함과 위엄을 동시에 갖춘 태도로 '방문자'(원주민)를 대하고 있다
는 사실을 발견하게 된다. 원주민의 요구를 경청하던 그는 그들의 심정
을 이해해줌과 동시에 단호하게 그들의 저항행위와 비협조적인 태도를
지적하고 있으며 더 나아가 원주민들이 반드시 네덜란드 동인도회사의
노예로 계속 그곳에서 살아갈 것을 요구하고 있다. 아주 짤막한 내용이
지만 '권력자'란 그 어떤 시기와 역사적 조건을 막론하고 원칙적으로
'나와 다른 종족'에 대해 구분과 명명, 협상과 권고, 감화와 위협을 수행
하고 있음을 어렵지 않게 이해할 수 있다. 정도의 차이는 있지만 사실
이것은 동서고금에 걸쳐 동일한 현상이다.

하지만 기록된 대상의 입장에서 볼 때, 타자의 시선 내부에는 역사,
문화, 사회 등에 걸쳐 작게는 개인 크게는 민족적 관계에 대한 맹목성과
편견 그리고 의식적 부정이 적지 않게 존재한다. 당시에는 관찰되기 힘

들었던 이런 종류의 '진실'은 네덜란드 중사가 열거한 원주민의 저항에 관한 설명에서 찾아볼 수 있다. 이주와 노역 그리고 복종을 막론한 그 모든 과정들은 원주민으로서는 간섭할 권리를 박탈당한 '말도 안 되는 것'이었던 반면, 권력자에게는 '지극히 당연한 논리'였다. 그런데 타자가 남겨 놓은 기억의 파편을 통해 원주민의 형상은 뜻밖에도 '역사'(문자)에 의해 자신의 모습을 드러낼 기회를 갖게 된다. 인용한 글을 통해 원주민들은 실제 생존문제를 해결하기 위해 그리고 민족 내부의 서로 다른 부락 간의 충돌과 정벌로 인해 대가를 치르고 있었음을 알 수 있다. 그런데 이때 '이민족'인 네덜란드인이 도리어 원주민이 도움을 요청해야 하는 대상이 된 것이다. 그리고 네덜란드인과 타협을 이뤄냈다는 잘못된 인식에 빠지고 심지어 '비합리적'인 대우를 받으면서도 원주민들은 여전히 '크나큰 만족감'과 '깊은 감사함'을 느끼고 있었다.

17세기 어느 네덜란드인 중사의 글을 통해 그가 기록한 타이완 원주민의 실루엣을 어렴풋하게나마 살펴보았다. 1661년 4월 30일 정청궁(鄭成功)이 타이완에 상륙함으로써 38년에 걸친 네덜란드인의 타이완 통치는 종결되고 명(明)나라 유신인 정씨(鄭氏) 세력에 의한 '원주민 통치' 시기가 시작된다. 그 중에서도 타이완 원주민에게 큰 영향을 끼친 것은 제진둔전지법(諸鎭屯田之法)과 복사지세(僕社之稅) 그리고 유화정책의 시행이었다. 이렇듯 연이어 타이완에 도착한 이민족 통치자들은 자신의 세력기반을 공고히 다지고 확장시키는 동시에 '그 땅의 사람들'이 자신들의 방식으로 살아가고 있었다는 사실을 지속적으로 무시하였다. 예를 들어 장르성(江日昇)의 『타이완 외기(臺灣外記)』에는 1682년인 강희(康熙)21년에 원주민이 정씨 세력에 격렬하게 저항했던 상황이 기록되어 있다.

강희21년 즉 영력(永曆) 36년 3월, 지룽산(鷄籠山) 일대는 강력한 군대가 주둔하고 있었던 까닭에 해안가 원주민을 시켜 식량을 보급하기 시작했는데, 멜대를 제대로 멜 수 있는 원주민이 없어 모두 등짐을 지거나 머리에 이고 갔다. 군령은 복잡하고 어려웠고 남녀노소를 불문하고 병역으로 차출되어 농사지을 시기를 놓치고 말았다. 게다가 경작으로 먹고 사는 원주민들이 집안에 여분의 식량도 없어 배를 곯아가며 노동에 시달리고 있었으니 상황은 너무나 심각했다. 심지어는 감독관에게 채찍질까지 당하게 되자 결국 각 사(社)에 소속된 역관(譯官)들을 살해하고 군량과 급료를 강탈했으니, 죽사(竹社)와 참사(塹社), 신사(新社)와 항사(港社) 등지에서 모두 이를 따랐다. 보고를 받은 정커쑹(鄭克塽)이 펑시판(馮錫範)의 의견을 물으니 펑시판은 자신의 역관인 천장(陳絳), 장병들을 지휘 통솔하는 선의전진(宣毅前鎭) 예밍(葉明), 우무위(右武尉) 보좌관 랴오진(廖進) 등을 추천하여 군대를 이끌고 가 반란군을 토벌하도록 했다. 하지만 작고 날랜 원주민들은 남녀가 줄을 지어 표창을 던지며 저항했다. 각 사와 당(黨)에는 이들을 지휘할 수 있는 통솔자가 없어서 감히 맞서 싸우지 못했다. 원주민들은 야간에 마치 뱀처럼 몰래 군영으로 들어가 싸우다가 토벌이 시작될 기미가 보이면 재빨리 깊은 산속으로 숨어들어갔다. 관리였던 훙레이(洪磊)가 이렇게 말했다. "원주민들은 천성이 참을성이 없으니, 함부로 위협만을 가하면 곧 깊은 산 속으로 숨어들어 가 그 은신처를 토벌하기 힘들게 됩니다. 부드럽게 덕을 베풀면 먼 곳에서도 후덕함을 찾아 스스로 올 것이니 적절하게 위로해 주신다면 그들을 다스릴 수 있을 것입니다. 게다가 모두가 바쁜 가을에 어찌 분란을 일으킬 수 있겠습니까? 인원을 파견하여 그들을 회유하심이 좋겠습니다."

이 내용만으로 당시 인물들의 생활과 행동 그리고 선택 등에 관한 모든 상황을 완전히 파악하기는 쉽지 않다. 하지만 원주민과 통치자 사이의 상호 영향관계가 매우 구체적으로 전달되고 있다. 온갖 고초와 굴욕을 견뎌내던 사람들에게도 결국에는 더 이상 인내할 수 없는 시기가 찾아오기 마련이다. 게다가 원주민이 이민족을 위해 목숨을 걸고 충성을 다해 부역하는 상황이 삼사백년 전의 역사 속에서만 등장하는 것도 아니다. 제2차 세계대전 당시였던 1942년부터 1944년 사이 원주민 청년들이 강제 징병되어 조직된 '가오사(高砂)³⁾ 의용대'가 있었다. 연달아 여덟 차례에 걸쳐 약 4천 2백 여 명이 멀리 남태평양 전장까지 동원되어 일본을 위한 전투에 나섰다. 그리고 1949년 국공합작의 결렬로 국민당이 타이완으로 철수한 후 1958년에 벌어진 '8·23포격전'에 참가한 원주민들의 수 역시 그에 못지않았다. 자원했던 그렇지 않았던 자신이 아닌 다른 누군가를 위해 부역하다 희생된 원주민의 수는 결코 적지 않았다. 다만 그것을 기록한 당사자들이 '그들' 역시 똑같이 피와 살이 있고, 생각과 감정이 있으며 그래서 존중과 이해를 받아 마땅한 '인간'이라는 사실을 자각적으로 의식해야 할 필요성을 느끼지 못했을 뿐이다.

강희 22년(1683) 타이완에 상륙하여 반청복명(反淸復明)을 기치로 내세웠던 정씨 세력을 토벌한 스랑(施琅)은 이듬해 타이완을 청나라의 영토에 편입시키고 타이완부(府)를 설치하여 푸젠성(福建省)에 예속시킨 후 다시 그 밑에 타이완(臺灣), 펑산(鳳山), 주뤄(諸羅) 세 개의 현(縣)을 설치한다. 당시의 청나라 정부는 타이완에 대한 적극적인 관리 및 발전 계획을 전혀 갖고 있지 않았다. 동치(同治) 13년(1874) 일본군이 타이완을 침략하자 선바오전(沈葆楨)이 타이완 방어를 책임지고 계획을 수립하고 청나라 조정은 그에 따라 산림을 개척하고 원주민을 관리하기 시작했다. 광서(光緖) 원년(1875)에 타이완으로의 이주와 원주민 거주지로의 진입에 관한 제한이 완화되자 이때부터 한족 세력이 점차 서부의 평원 지대에서 동부로 이동해 개발을 시작했다. 비록 타이완 지역에 대한 청나라 조정의 통치가 상당히 소극적이었던 것은 사실이지만 사람들의 왕래가 중단된 적은 없었다. 예를 들어, 1697년 음력 정월부터 시월까지, 관부(官府)를 대신하여 유황(硫黃) 채집을 위해 타이완에 도착한 푸젠성 막부(幕府) 소속 관리 위융허

---

3) 타이완의 별칭-역자

(鬱永河)가 타이완에서의 견문을 담아 놓은 『비해기유(裨海紀遊)』에는 당시 원주민들의 생활과 풍습에 대한 많은 기록이 남아 있다.

주뤄, 평산에는 주민이 없었고 일하는 사람은 모두 토착 원주민이었다. 원주민은 토번(土番)과 야번(野番)으로 나뉘는데, 야번은 깊은 산 속에 사는 토착민이다. 그들이 사는 곳은 사방이 병풍 같은 절벽으로 첩첩이 둘러싸여 있고 연이은 봉우리마다 은하수가 걸려 있으며 깊은 숲속은 대나무로 빽빽하여 고개를 들어도 하늘을 볼 수 없고 가시나무와 등나무가 가득하여 거동에 장애가 많았다. 까마득한 옛날부터 야번은 그곳에서 태어나 도끼도 없이 나무 위나 동굴에서 생활하며 동물의 피를 마시고 버섯을 먹고 살았는데 그 종류가 실로 많았다. 이들은 높은 산이나 무성한 대나무 골짜기 그리고 우거진 풀숲을 민첩하게 헤치고 다니며 놀란 원숭이와 산짐승을 능히 쫓을 수 있었으니, 평지에 사는 다른 원주민들은 그들을 두려워하여 감히 그들의 경계 안으로 들어가지 못했다. 게다가 야번은 무척 거칠고 사나워 시시때때로 출현하여 약탈하고 사람을 화롯불에 태워 죽이고는 어느새 자신들의 소굴로 되돌아갔으니 누구도 그들과 가까이 할 수 없었다. 살해한 사람의 머리를 잘라가서는 그것을 익힌 후 두개골을 발라내어 붉은 색을 칠해 집 앞에 걸어두었다. 동족들은 집 앞에 해골을 많이 걸어 놓은 자를 영웅으로 추앙하면서 꿈을 꾸는 듯 술에 취한 듯 교화될 줄 몰랐으니 실로 짐승에 불과할 따름이! 호랑이나 표범을 보면 뜯어 먹고, 구렁이나 독사를 발견하면 씹어 먹었으니 그들의 거처에 함부로 다가가지 못했고 적이라 할지라도 독하고 모진 각오를 하지 않는다면 그저 비와 이슬 속에서 출몰하는 소리만 들을 수 있을 뿐이다!

대단한 모험 정신을 지닌 위융허가 17세기에 묘사해 놓은 '원주민'의 형상은 "문화에 우열이란 없으며 다만 차이가 존재할 뿐"이라고 말하는 오늘날 현대인의 입장에서 보자면 각성의 필요성을 느끼지 않을 수 없다. '다른 문화'에 대한 편견은 오늘날에 이르러 더 심해진 것이 아니라 아주 오래전부터 그래왔던 것일까? 원주민이 스스로를 '문자'로 표현할 수 있는 방법이 없었다는 사실이 중요하기는 하지만, 문자를 지닌 한족이 진정으로 무엇을 보고 발견하고 느꼈는지 역시 또 다른 문제라고 할 수 있다.

이백 여 년이라는 오랜 시간이 흐른 1933년에 일본의 지리학자 다나카 가오루(田中薫)는 『남호 대산빙하 유적 탐사기행(南湖大山冰河遺跡探査紀行)』에 이런 기록을 남겨 놓았다.

> ……울창한 숲 저편에서 한 무리의 사람들이 나누는 이야기 소리가 들려왔다. 자세히 살펴보니 다름 아닌 원주민 여자들이었다. 그녀들은 검은 바탕의 천에 붉은 털실로 문양을 넣은 상의를 덧입고 있었는데 그 위에는 흰색 단추 장식을 수놓은 주머니를 차고 있었다. 종아리에는 다리를 보호하는 천을 감고 있었고 그 위는 분홍색 실로 장식이 되어 있었다. 원주민 여성들은 하나 같이 예뻤지만, 안타깝게도 모두 맨발로 길을 걷고 있어서 그녀들의 커다란 발가락들이 모두 밖을 향해 벌려져 있었다. 돌멩이가 그녀들의 발가락 사이에 끼어들어가는 장면을 본 나는 애처로운 마음을 금할 수 없었다. 원주민 여성은 등나무로 만든 커다란 바구니를 지고 있었는데 별도로 마련한 멜빵을 이마 위에 묶어서 부담을 줄였다. 등나무 바구니 안에 가득한 토란을 주재소(駐在所)[4]에 가져가 내다 팔 요량이었다. 그녀들은 동쪽의 다줘수이계곡(大濁水溪) 상류에서도 가장 깊은 골짜기에 위치한 비야하오사(比亞豪社 : Pyahau)에서 오는 길이었고, 가려는 곳이 마침 우리들과는 정반대였다. …… 그들의 맨 뒤쪽에 있던 출중한 미모를 지닌 여자 하나가 눈에 띄었다. 높고 오뚝한 콧날에 시원스레 커다란 두 눈, 그리고 아름다운 선을 그려 놓은 듯 도톰한 입술까지 전형적인 원주민 미녀였다. 다른 원주민 여자들도 귀엽기는 했지만, 이 아름다운 원주민 여성의 돋보이는 미모에 한참을 멍하니 바라볼 수밖에 없었다. 나는 사진을 부쳐주기로 하면서 그녀들에게 이름을 알려달라고 부탁했다. 목욕옷을 입은 여자는 야분 나우이(Yabun Nawui)였고, 가장 예뻤던 여자의 이름은 야분 옴마(Yabun Ohma)였다. 이후로도 나는 그토록 아름다운 원주민 여성을 만난 적이 없다.

---

4) 일제 강점기에, 순사가 머무르면서 사무를 맡아보던 경찰의 말단 기관―역자

산속에서 우연히 마주친 원주민 여성들의 옷차림과 꾸밈새, 표정과 외모 그리고 말투와 태도에 대한 서술자의 섬세한 묘사를 통해 볼 때, 인간의 '아름다움'에 대한, 특히 '다른 문화'를 바라보며 발견하게 된 아름다움에 대한 관찰과 상상에는 언제나 시공을 뛰어넘는 매력이 존재하는 것 같다. 타인과 만나 서로 교류하는 상황을 묘사하는 과정에서 서술자는 '유행을 따르기 좋아하는' 점에 있어서는 원주민 여성과 평지 여성(한족 여성이나 주재소 순찰 담당 여성 혹은 일본 여성) 사이에 민족적 차이가 거의 없다는 사실을 발견하고 있다. 하지만 원주민 여성들이 맨발로 길을 걷고 밖을 향해 벌어진 발가락 사이에 작은 돌멩이가 끼어 들어간 모습에 대한 인상을 개인적으로 서술한 부분에서는 무의식적으로 관찰자의 탐색 '기준'을 드러내기도 하였다.

타자의 관점에서 관찰되고 기록되고 묘사된 '원주민 형상'이 얼마만큼이나 대표성을 지닐 수 있을지에 대해 독자들은 큰 의문을 품을 수도 있다. 그러나 이 글이 원주민 문학이 자아를 구성해가는 과정을 통해 '타이완 문학'이 자신의 모습을 형성해가는 과정을 설명하고자 하는 것처럼, 이 양자는 모두 '나는 누구인가'라는 질문과 더불어 '이런 나'라는 존재가 결코 무(無)에서 생겨난 터무니없는 결과가 아니라는 사실을 분명하게 보여준다. 원주민이 문자를 갖지 못했고 그래서 자기 집단의 존재를 위해 '일인칭으로 된 일차적인' 기록을 남기지 못했다는 것은 자명한 사실이다. 하지만 바로 그 사실 때문에 우리는 아마도 또 다른 시각과 다양한 방식으로 나아가 변화된 태도로 자신과 타인을 인식할 수 있을지도 모른다.

만약 우리가 이처럼 '비정상인'으로 치부해왔던 원주민의 모습 속에서 '일반인'에게 속한 '인지상정'을 인식할 수 있다면, 우리는 비로소 '누군가'가 지닌 '특수성', 예를 들어 이른바 '타이완인의 주체성'과 같은 문제에 대해 보다 깊은 이해를 도모할 수 있게 될 것이다. 특히 타자에 의해 관찰된 원주민의 경험이 타이완 문학이 창조해낸 대표적 이미지 속에 위치된다면, 그것은 때때로 우리를 일깨워 평범한 이들이 지닌 한계와 진솔하게 마주하게 함으로써 서로 다른 민족 사이에도 '진실한 만남'이 가능하다는 사실을 알려줄 것이다.

04 | 맺음말
– 화이부동(和而不同), 서로 미워하지 않고 바라보기

타이완 원주민 문학에 대한 인식에서부터 더 나아가 타이완이라는 섬에서 벌어진 서로 다른 민족 간의 만남과 교류의 역사를 체험하는 것은 우리가 타이완 문학에 다가가기 위한 아주 작은 걸음에 불과할지 모른다. 그러나 그것은 원주민들이 타이완의 역사에서 '배제'되었던 수 백 년이 지난 후 비로소 출토된 작은 유물이라고도 할 수 있다. 그것은 이 섬의 사람들이 역사를 탐색할 때 티끌처럼 역사 속에서 자취를 감춘 채 생존을 위해 몸부림쳤던 원주민들을 더 이상 편견으로 가득 찬 시선으로 바라보지 않도록 도움을 줄 것이다. 물론 '미개한 족속의 살인'과 같은 '비이성'적 행위까지도 포함해서 말이다. 모리 우시노스케(森丑之助)는 『원주민 행각(生蕃行脚)』에서 원주민의 손에 살해당한 자신의 친구에 관한 생각을 다음과 같이 밝히고 있다.

내 친구 마키데라 사이치 군 부부와 아이들 일가족은 리리사(力里社)에서 반란을 일으킨 원주민들에 의해 학살당했다. 마키데라 사이치 군의 가족이 계속 뤼망사(率芒社) 주재소에 머물렀다면 화를 면했을 것이다. 애석하게도 반란이 일어나기 직전, 그러니까 다이쇼(大正) 3년 3월에 내 친구는 리리사 주재소로 발령을 받았다. 만일 그가 그곳에서 오랜 기간 살았더라면 원주민들도 분명히 그의 사람됨을 알아봤을 테고, 반란이 일어났어도 그토록 위험하지는 않았을 것이다. 친구의 불행을 떠올릴 때마다 너무도 가슴 아프고 고통스럽다.

화를 가라앉히고 냉정하게 이 불행한 사건의 원인을 분석해본다면 우리가 폭력을 비난하거나 살인범을 추궁할 입장은 아닌 것 같다. 다만 원주민 관리 정책이 도대체 어떻게 시행되었기에 이토록 가슴 아픈 결과를 낳았는지 비통할 뿐이다.

모리 우시노스케가 1924년에 남겨 놓은 이 글이 우리에게 서로 다른 주체로 '존재'하면서도 서로 용서하고 공감하며 배려하고 이해하는 인지상정을 발견할 기회를 제공해주는 것은 아닐까? 사백 여 년 동안 원주민들이 겪은 이민족과의 충돌과 조화의 과정을 통해 우리는 서로간의 차이와 한계에 대한 인식을 넘어서서 이 섬 위에서 화이부동(和而不同)하면서 서로를 미워하지 않고 바라보는 방법을 배워나가야 할 것이다.

01 예스타오, 『타이완 문학사강』(가오슝 : 문학계잡지사), 1987년.
    葉石濤, ≪臺灣文學史綱≫(高雄 : 文學界雜誌社, 1987年).

02 린타이・리원쑤・린성셴, 『시공을 가로 지르는 달빛』(타이중 : 천싱), 1998년.
    林太・李文甦・林聖賢合著, ≪走過時空的月亮≫(臺中 : 晨星, 1998年初版).

03 리푸칭, 『신화에서 거짓말까지-타이완 원주민 신화 이야기 비교 연구』(타이중 : 천싱),
    1998년.
    李福清, ≪從神話到鬼話-臺灣原住民神話故事比較研究≫(臺中 : 晨星, 1998年初版).

04 푸중청, 『잊혀진 성역-원주민의 신화와 역사, 문학 탐색』(타이베이 : 우난), 2007년.
    浦忠成, ≪被遺忘的聖域-原住民神話・歷史與文學的追溯≫(臺北 : 五南, 2007年).

05 황수징, 「타이완 해양 시찰록」, 타이완 문헌사료총간.
    黃叔璥, 〈臺海使槎錄〉, 臺灣文獻史料叢刊.

06 도리이 류조, 양난쥔 역주, 『타이완 탐험』(타이베이 : 위안류), 1996년.
    鳥居龍藏原著, 楊南郡譯註, ≪探險臺灣≫(臺北 : 遠流, 1996年)初版.

제2장

타이완해협을 건너온 한문학(漢文學)

명청시기 타이완 고전문학

| **황메이어**黃美娥   국립타이완대학 타이완 문학 연구소 교수 |

01 | 명정시기(明鄭時期)

타이완의 고전문학은 본래 한문학(漢文學)의 산물이다. 그 발생은 '한인(漢人)' 내지는 '한문화(漢文化)'의 영향과 깊은 관계를 맺고 있으며 명정시기(明鄭時期)[1]가 가장 중요한 원류이다.

1661년에 정청궁(鄭成功, 1624~1662)은 네덜란드인을 몰아내고 타이완을 '동쪽에 위치한 도시'라는 뜻에서 '동도(東都)'라 개칭하고 왕권통치를 위한 기초를 닦기 시작했다. 그러나 정청궁은 불행히도 이듬해인 1662년에 갑자기 사망했다. 1664년에 정청궁의 장자인 정징(鄭經, 1642~1681)이 대륙에서 타이완으로 왔고 그로부터 실질적인 정씨 통치 시대가 막을 열었다. 공자사당을 세우고 서당을 열어 자제들을 교육시키자는 천융화(陳

---

1) '정청궁 통치 시기'를 말한다. 명나라와의 관계를 분명하게 하기 위해 '명정시기'라고 한다. ─역자

永華, 1634~1680)의 건의가 받아들여짐으로써 점차 한문화와 한학이 타이완에서 자리를 잡게 되었다. 문학 방면에서, 연평이왕(延平二王), 영정왕(寧靖王)인 주수구이(朱術桂) 그리고 정청궁 부자를 따라 타이완에 온 쉬푸위안(徐孚遠), 왕중샤오(王忠孝), 구자오젠(辜朝薦), 리마오춘(李茂春) 등과 훨씬 이전에 이미 타이완에 정착한 선광원(沈光文) 등은 재난을 피해 타이완으로 온 같은 처지였기에 서로 돕고 의지하며 타향살이의 시름을 달했다. 더불어 이러한 유랑민의 신세한탄으로 가득 찬 그들이 슬픈 곡조는 명정시기라는 문학적 서막을 타이완에서 열게 되었다.

(1) 명정시기 타이완 문학의 개요

앞에서 언급한 명나라 유신과 문인들의 작품 가운데 지금까지 남아있는 시문집으로는 정청궁 부자의 『연평이왕유집(延平二王遺集)』, 정징의 『동벽루집(東壁樓集)』, 왕중샤오의 『왕중샤오공집(王忠孝公集)』, 쉬푸위안의 『조황당존고(釣璜堂存稿)』, 선광원의 『선광원사암선생전집(沈光文斯菴先生專集)』을 들 수 있다. 이외에 정청궁을 따라 타이완에 온 인물은 아니지만, 닝보(寧波) 사람인 장창수이(張蒼水, 본명 張煌言)와 푸젠(福建) 출신인 루뤄텅(盧若騰)에게도 타이완과 관련된 시 몇 수가 있다. 이 작품들의 내용을 살펴보면, 망국의 슬픔이나 청나라의 압박과 핍박에 대한 울분, 혹은 어쩔 수 없이 타이완으로 쫓겨나 살아가야 하는 심정 등이 곳곳에 가득 차 있다. 그렇기 때문에 명정시기의 타이완 문학은 대체로 우울하고 격정적이며 몹시 침통하고 애절하다. 그 가운데서 특히 정청궁 부자와 영정왕 주수구이가 강력하게 요구하였던 충성심, 의로움, 당당함과 이민족을 몰아내기로 맹세하는 강렬한 반항정신은 타이완 문학사에서 명정시기 문학이 만들어낸 격정적이고 장렬한 한 페이지를 장식했다.

가시밭길을 헤치고 네덜란드 오랑캐를 몰아낸 지 10년이 지나서야 겨우 조상 땅을 되찾았네. 전황(田橫)에겐 병사 3천이 남아 아무리 고생스럽고 어려워도 참고 흩어지지 않았네. (정청궁, 「타이완을 되찾으며(復臺)」)

왕의 기운이 중원에서 다하자 한족은 해외에서 떠돈다. 큰 뜻이 아직 실현되지 않았으니 매일매일 무기를 정비하노라. (정징, 「만주족 사신이 오니, 상륙하지 말라 말로 설득하기 어렵구나, 분에 겨워 이를 읊노라(滿酉使來, 有不登岸、不易服之說, 憤而賦之)」)

온갖 고생 무릅쓰고 바다 건너 피난 온 세월 몇 해던가. 지금 목숨이 다하니 다시는 고사리를 캐지 않겠지. (주수구이, 「절명사(絕命詞)」)

이상의 짧은 시 속에는, 타이완을 개척하는데 미력한 힘이나마 다 바쳐서 큰 성취를 얻고자 하는 정청궁의 용기와 의지, 타이완에 뿌리를 내리되 절대 굴복하거나 항복하지 않겠다는 정징의 굳은 의지, 몸과 마음을 다하였으니 부끄럽지 않으며 타이완에서 죽음으로 충절을 지키겠다는 주수구이의 의지 등이 각각 드러나 있다. 이들의 시에는 세차게 끓어오르는 뜨거운 피가 응집되어 있는데, 이것이 바로 명정시기 타이완 문학의 절정이다. '난세에 절개가 드러난다.'고 하는 정치적 은유는 이후 타이완 문학사에서 끊임없이 찬미되는 주제가 되었다.

이민족에 반항하는 항쟁정신 이외에 정청궁이 묘사한 '타이완'의 이미지 변화에도 관심을 기울일 가치가 있다. 타이완 땅을 밟아본 적이 없는 루뤄텅은 정청궁이 타이완을 '청나라를 몰아내고 명나라를 수복하는(反靑復明)' 근거지로 삼은 것에 반대하기 위하여 『도희시 · 장사편(鳥嚱詩 · 長蛇篇)』에서 타이완을 뱀의 소굴이라고 비유하며 사람들에게 타이완에 가지 말라고 경고하였다. 또 『류암시문집 · 동도행(留庵詩文集 · 東都行)』에서는 한 걸음 더 나아가서 타이완이 지리적으로나 문화적으로 야만적이고 미개

할 수밖에 없다고 하였다. 반대로 타이완에 체류한 경험이 있는 문인들은 '타이완 발견'의 기쁨이나 '타이완 적응'에 대한 열정뿐만 아니라 '타이완 개조'에 대한 기대도 표현했다. 왕중샤오의 「동녕풍토옥미급수개제시욱동인(東寧風土沃美急需開齋詩勗同人)」과 쉬푸위안의 「동녕을 노래하며(東寧詠)」[2]가 그 예이다.

그러나 오랜 세월 동안 그들은 대체로 선광원처럼 중국 대륙인의 시각에서 타이완의 이모저모를 관찰하였고, 늘 나그네라는 생각에서 벗어나지 못하였다. 선광원이 지은 영물시(詠物詩)를 보면, 그는 타이완의 토산 과일이 신기하기도 하고 앙증맞은 구석이 있다고 묘사하였지만, 중국 대륙의 토산 과일보다 못하다고 하거나 중원에 옮겨 심어보고 싶은 마음이 든다고 표현하였다. 심지어 「석가과(釋迦果)」에서는 "옮겨 심어도 열매를 맺지 못하니, 그저 타이완에서만 편안할 뿐이구나.(端爲上林栽未得, 只應海島作安身)"라며 자신의 처지를 비유하였다. 짧고 간단한 구절을 통해서 진한 향수를 드러내고 있다.

(2) '타이완' 이미지와 '정청궁' 창작

흥미로운 사실은, 지리적 공간적 묘사에서 내비치는 소소한 내용과 비교할 때, 정치담론 속을 들여다보면 타이완은 오히려 에너지 넘치는 이민족에 대한 저항의 거점으로서 거대한 잠재력을 갖고 있는 땅이었다는 점이다. 앞에서 인용한 정청궁, 정징, 주수구이의 시 세 수는 길이는 짧지만 하나같이 정씨왕조 시대를 보여주는 축소판인 듯하다. 이 시들에는 타이완을 개척하고 타이완에 뿌리내리고 타이완에서 생을 마감하겠다는

---

2) '동녕'은 명정시기의 타이완의 명칭이다. ─역자

마음이 드러나 있다. 그들은 죽을지언정 절대 굴복하지 않겠다는 강렬한 의지와 타이완을 새로운 정치적 공간으로 만들겠다는 야심찬 포부를 시를 통해 표출했다. 뿐만 아니라 그 당시 사람들을 깨우쳐 타이완의 정치적 역할을 새로운 각도에서 볼 수 있도록 하였다.

　명정시기의 '타이완'에 대한 묘사는 대체로 이후의 '타이완 이미지'의 구성과 형상화로 고스란히 전해졌다. 정씨왕조가 막을 내리면서 '정청궁'이란 인물과 그의 업적은 타이완 문학사에 흔히 등장하는 문학적 아이콘이 되었다. 청조 통치 시기 초기에 정청궁은 결코 선량하지 않고 배은망덕하고 극악무도한 자로서 비판받았다. 그러나 10년도 지나지 않아 장르성(江日昇)은 『타이완 외기(臺灣外記)』(1704)에서 정청궁에게 다른 평가를 내렸다. 장르성은 소설에서 (정청궁의 어머니가) 커다란 물고기가 뛰어오르는 광경을 구경하고 있을 때에 갑자기 물고기가 뱃속으로 뛰어드는 꿈을 꾼 뒤에 정청궁을 낳았다는 기이한 이야기와 (정청궁이) 고래를 타고 떠났다는 전설을 활용하여 정청궁을 신격화된 해국영웅의 형상으로 만들었다. 10년이란 짧은 기간에 어떻게 이토록 큰 변화가 생겼는가? 이는 정씨왕조가 청조에 투항한 뒤에 명정시기의 타이완 역사를 손질하여 계승하려던 청조의 역사기획과 관계가 깊다.

　일본 식민통치 시기에는 '정청궁'과 관련된 창작이 더욱 활발했다. 홍치성(洪棄生), 스스지(施士洁), 쉬난잉(許南英), 린츠셴(林癡仙), 린유춘(林幼春), 린중헝(林仲衡), 린얼자(林爾嘉), 린샤오메이(林小眉) 등이 모두 작품을 남겼다. 어떤 작품은 대체로 타이완의 상전벽해나 다름없는 세태변화를 한탄하거나 고국에 대한 그리움을 상징적으로 기탁하였다. 또 어떤 작품은 이민족에 대한 저항정신을 은유적으로 표현하기도 하였다. 그리고 적지 않은 일본인 작가들도 정청궁을 제재로 하여 작품을 창작하였다. 미야자키 라이조(宮崎來城), 타테모리 코우(館森鴻), 세키구치 타카마사(關口隆正), 야마

구치 토오루(山口透), 야스카가 마이루(安永參), 가시마 오우코우(鹿島櫻巷), 이나가키 키가이(稻垣其外) 이외에, 카나세키 다케오(金關丈夫) 등의 작품에서 '일본화'와 '대화혼(大和魂)'을 선전하는 인물이 된 정청궁을 볼 수 있다.

(3) 주요 작가

명정시기의 비교적 중요한 작가는 정징과 선광원이다. 정징은 최근에 타이완에서 발견된 『동벽루집』으로 주목을 받았고, 선광원은 일찍이 '해동문헌의 창시자'로 받들어지면서 오랜 세월 동안 명성이 식지 않았다.

① 정징

정징(鄭經, 1642~1681)은 자가 스텐(式天)이고 호는 센즈(賢之)이며 타이완에 있었던 기간에 『동벽루집』을 썼다. 이 『동벽루집』은 1664년부터 1674년까지 사이에 완성한 작품으로 주로 '서쪽 미인을 그리워하는 마음'이란 표현을 통해서 정징이 나라를 걱정하고 명나라를 그리워하는 뜻을 드러냈다. 총8권에 약 480수의 시가 수록되어 있는데, 시의 수량이 당시 타이완의 다른 작가들보다 훨씬 많았다. 심지어 선광원의 시보다도 훨씬 많아 특별한 의미를 갖는다. 이 시집에는 타이완에 있을 때 정징이 품었던 생각과 사상이 충분히 드러나 있다. 그렇기 때문에 이 시집은 타이완을 통치하면서 청조에 저항하였던 정징의 업적 이외에도 그의 인간적인 면모와 성격을 파악하는데 도움을 준다.

당시에 정징은 타이완에 '잠원(潛苑)'이라는 정원을 건축하고 '잠원주인(潛苑主人)'이라 자처하였으며, 또 '동벽루'라는 누각을 지어 시집에 『동벽루집』이라고 이름을 붙였다. 시집에는 가무를 즐기고 신나게 놀았던 실제 생활이 기록되어 있는데 정징이 풍류세월을 보냈던 모습과 비슷하다. 그러나 술에 거나하게 취하여 웃고 떠들던 이야기만 시집에 담겨 있는 것은 아니다. 정징은 오랫동안 군사, 정치, 시대 상황을 걱정하고 고민하였고, 청 왕조를 무력침공 할 뜻을 품고 있었기 때문에 군사나 전쟁에 관한 작품이 많다. 예를 들어, 「중원이 수복되지 않음을 슬퍼하며(悲中原未復)」에서는 청나라를 소탕하겠노라 맹세하였고, 「불면(不寐)」에서는 천하를 평정하지 못하여 잠들기 어려운 불안감과 초조함을 표현하였다. 그의 작품에 자주 등장하는 '외로움(孤)', '홀로(獨)' 이 두 글자나 이와 관련한 이미지 그리고 울적하고 답답한 심정은 독자에게 깊은 인상을 주며 음미할수록 그 가치를 느끼게 한다.

② 선광원

선광원(沈光文, 1612~1688)은 자가 원카이(文開)이고 호는 쓰안(斯菴)이며 저장성(浙江省) 인현(鄞縣) 사람이다. 1651년에 태풍을 만나 파도에 떠밀려서 타이완에 상륙했고, 1688년에 사망하였다. 타이완에서 30여 년을 살면서 적지 않은 시문을 창작하였다.

선광원이 타이완에서 쓴 시의 가장 대표적인 주제는 '향수'이다. 예를 들어 「돌아가고파(思歸)」에서는 오랜 세월 동안 타향을 떠돌아다닌 고독감과 외로움을 표현하였으며, 「근심의 토로(言憂)」에서는 고국의 운명에 대한 끝없는 근심과 걱정을 표현하였다. 그리고 선광원은 긴 시간을 굶주림과 싸우고 가난에 맞서는데 사용하였다. 「쌀을 빌리는 편지(柬曾則通借米)」가 가장 대표적인 예인데 이 작품에는 '가난(貧)', '궁핍(窮)', '굶음(餓)', '주림(饑)' 등의 글자가 자주 나타난다. 선광원은 개인감정을 토로하는 시 이외에도 타이완의 생활모습과 풍광을 읊은 시를 쓰기도 하였다. 예를 들어 「타이완 귤(番橘)」, 「운향과(番柑)」, 「석가과」 같은 시에서 보이듯이 타이완의 지리, 산수, 과실나무, 풍토 등을 표현하여 당시 타이완의 다양한 모습들을 잘 드러냈다. 현재 살펴볼 수 있는 선광원의 문장으로는 「타이완부(臺灣賦)」, 「타이완과 그림 연구(臺灣輿圖考)」, 「동음사 서문(東吟社序)」, 「평대만 서문(平臺灣序)」 4편이 있다. 그 가운데서 「타이완부」는 타이완을 대상으로 창작한 작품으로 타이완의 초기역사, 각 지역의 지리환경과 자연경관, 농산물과 광산물, 풍속인정 등을 소개하였다. 이 작품은 린첸광(林謙光), 가오궁첸(高拱乾), 장충정(張從政), 천후이(陳輝) 등 타이완부를 창작하는 작가들에게 교과서가 되었다.

02 | 청조 통치 시기

(1) 강희(康熙)와 옹정(擁正) 시기

1683년에 정커솽(鄭克塽)이 청조에 투항하고, 이듬해에 타이완은 정식으로 중국 영토가 되었다. 푸젠성은 포정사(布政司)[3]에 예속되어 관할되었고, 동녕(東寧)은 타이완부(臺灣府)로 바뀌었다. 그리고 그 밑에 타이완현(臺灣縣), 평산현(鳳山縣), 주뤄현(諸羅縣) 세 직할관청을 설치하였다. 이 시기의 타이완 문학은 잡초 우거진 땅을 개간하는 것이나 다름없었다. 때문에 문학 활동은 주로 청조에서 파견된 관리와 타이완에 체류하는 문인들이 주도하였다. 그들은 유학(儒學), 현학(縣學),[4] 서원(書院), 의학(義學)[5]을 통하여 한문화를 전파하고, 또 지방지(地方誌)에서 예문지(藝文志)[6]를 편찬해 넣

---

3) 청대의 관직명으로 한 성(省)의 민정, 세금, 호적을 관장하는 직책이다. —역자
4) 옛날에 생원(生員)이 공부하던 학교이다. —역자
5) 청대에 정규 지방학교에 접근하기 어려운 일반 민중을 위해 설치 된 지방의 초급 학교이다. —역자

는데 주력하였다. 타이완 문학에 비교적 큰 영향을 끼친 것은 그들 자신의 타이완 체험을 기록한 저작물이다. 예를 들면, 1684년에 주뤄 현령을 지낸 지치광(季麒光, 호 蓉洲)의 『용주문고(蓉洲文稿)』가 있다. 1692년에 분순대하병비도(分巡臺厦兵備道)와 학정(學政)을 겸직한 가오궁첸이 『타이완부지(臺灣府志)』를 편찬하여 타이완 팔경시(八景詩) 창작의 붐을 일으켰다. 1697년에 위융허(郁永河)는 타이완에 와서 비금속 유황을 채집한 뒤에 『비해여행기(裨海紀遊)』[7]를 썼으며, 쑨위안헝(孫元衡)은 1705년부터 1708년까지해방동지(海防同知)를 지내면서 『적감집(赤嵌集)』을 저술하였다. 천멍린(陳夢林)은 1716년에 엮은 『주뤄현지(諸羅縣志)』 이외에도 『유람초고(紀遊草)』, 『타이완 유람시(遊臺詩)』, 『타이완 유람초고 후편(臺灣後遊草)』도 저술하였다. 그리고 란딩위안(藍鼎元)은 1721년에 일어난 '주이구이(朱一貴)사건' 진압을위해 타이완으로 파견되었고, 『타이완 평정기략(平臺記略)』과 『동쪽정벌집(東征集)』을 저술하였다. 또한 황수징(黃叔璥)은 1722년에 초대 '순대어사(巡臺御史)'[8]에 임명되어 타이완에 와서 『타이완을 시찰하며 보고 들은 이야기(臺海使槎錄)』를 저술하였으며, 샤즈팡(夏之芳)은 1728년에 순대어사로 임명되어 타이완에 와서 타이완 최초의 공문서집인 『아득히 먼 땅, 옥척이야기(海天玉尺編)』를 편집하였다.

상술한 작품 중에서 위융허의 『비해 여행기』는 타이완 문학사에서 대대로 매우 높은 평가를 받고 있는 중요한 저작이다. 이 책은 타이완 역사의 건립, 원주민에 대한 서술, 풍속과 산물, 타이완해협(흑수구, 黑水溝)항해의 위험성과 육지의 풍광 묘사 등의 내용으로 구성되어 있다. 이 저

---

6) 역사 기록에서 당시 있었던 책의 이름을 적어 놓은 책을 말한다. ─역자
7) '작은 바다(裨海)'란 전국시대 사람인 추연(騶衍)의 '비해구주설(裨海九州說)'에서 처음 보인다. 그는 '중국의 사방에 있는 바다를 비해'라고 불렀다고 한다. ─역자
8) '순시타이완감찰어사(巡視臺灣監察御史)'의 약칭으로, 청조 통치 시기인 1722~1769년 사이에 타이완에 설치했던 감찰어사이다. ─역자

작물은 대체로 청 제국과 한문화를 최고로 여기는 시각 하에서 편찬되었다. 이 책이 지닌 타이완에 관한 창작 시각은 이후 타이완에 체류하는 청조 문인들이 참고하는 원형이 되었다. 또 이 책은 내용이 풍부할 뿐 아니라 청조가 타이완을 통치하던 초기의 답사적인 작품이었기 때문에 일본 식민통치 시기에 타이완으로 온 일본인에게도 주목을 받았다. 『비해 여행기』는 이노우 가노리(伊能嘉矩, 1867~1925)가 『타이완 관습기사(臺灣慣習記事)』에서 소개하고 평가하였으며, 모로타 이코우(諸田維光)가 발행한 『난잉에 남은 구슬(南瀛遺珠)』총서에서는 특별히 이 책을 해석하고 주를 달았다. 현재 타이완대학의 전신인 타이베이제국대학의 초대 교장이었던 시데하라 타이라(幣原坦, 1870~1953)도 『아끼는 책(愛書)』에서 이 책을 소개하였다. 그리고 니시카와 미츠루(西川滿, 1908~1999)는 이 책을 각색하여 소설 「채유기(採硫記)」를 창작했다. 뿐만 아니라 전후(戰後)부터 지금까지 예스타오(葉石濤, 1925~2008), 마이궁(馬以工, 1948~), 장쉰(蔣勳, 1947~), 옌진량(顔金良) 등도 모두 이 책을 개작하여 창작했다. 이러한 것에서 이 책의 영향력이 어떠했는가를 파악할 수 있다.

1705년부터 1708년까지 타이완의 해방동지를 지냈던 쑨위안헝은 타이완에 체류할 때에 시집 『적감집』을 냈다. 이 시집에는 산천, 풍속, 민속풍물이 묘사되어 있어서 당시 사람들의 이목을 끌었고 견문도 넓혀주었다. 특히 타이완의 풀, 나무, 새, 짐승에 대한 기록은 대부분 이전 사람들이 주목하지 못한 것들이었다. 또 1722년부터 1724년까지 초대 순대어사를 지냈던 황수징이 쓴 『타이완을 시찰하며 보고 들은 이야기』도 주목할 만하다. 이 책은 「적감필담(赤嵌筆談)」, 「원주민의 여섯 가지 풍속 연구(番俗六考)」, 「원주민 풍속의 이모저모(番俗雜記)」라는 내용으로 구성되어 있다. 그 가운데 특히 핑푸족(平埔族)의 문화를 기록한 부분이 가장 특색 있는데, 외세의 압박과 한문화의 충격으로 인해 핑푸족이 겪고 있는 곤경을 살펴볼 수 있다. 황더스(黃得時)는 이 책과 위융허의 『비해 여행기』를 '청대 수필의 쌍벽'이라고 높이 평가하였다.

상술한 내용을 종합해보면, 다음과 같은 내용을 발견할 수 있다. 청조 통치 초기에 타이완에서 타향살이를 했던 문인이나 관리는 새로이 복속시킨 타이완 땅에 대해 커다란 호기심과 관찰 욕망을 갖고 있었다. 그들은 미시적으로 타이완 원주민의 일거수일투족을 관찰하였고 원주민의 독특하고 기이한 풍속을 묘사함으로써 이국적 정조가 흘러넘치는 창작품을 만들어냈다. 또 타이완해협의 사나운 파도가 몰아치는 광경에 대한 기록과 거친 급류를 헤치며 여울을 건넌 과정에 대한 묘사, 즉 바다와 강을 횡단한 모험의 여정을 통해 청조 대륙 문인의 타향살이 심경을 드러내었다. 이외에 1692년부터 1695년까지 분순타이완병비도(分巡臺灣兵備道)를 지냈던 가오궁쳰의 「안평을 저녁에 건너다(安平晚渡)」, 「사곤에서 낚싯배에 불을 밝히다(沙崑漁火)」, 「녹이 봄날의 조수(鹿耳春潮)」, 「계롱에 쌓인 눈(雞籠積雪)」, 「동쪽바다에 해 떠오를 때(東溟曉日)」, 「서쪽섬에 지는 노을(西嶼落霞)」, 「징대에 올라 바다를 구경하다(澄臺觀海)」, 「비정에 올라 파도소리를 듣다(斐亭聽濤)」는 타이완 팔경의 경관을 유람하며 쓴 시문들이다. 렌헝(連橫)은 가오궁쳰의 이러한 작품들이 타이완 팔경시 창작에 선구자적인 역할을 했다고 여겼다.

청조 통치 초기에 타이완에 체류한 문인의 문학과 비교해보면, 강희와 옹정 시기의 타이완 본토 문인의 수는 매우 적었고, 그들은 대부분 과거 시험 출신이었다. 예를 들면 거인(擧人)인 왕장(王璋), 공생(貢生)인 장짠쉬(張讚緒), 궈비제(郭必捷)과 천원다(陳文達)는 타이완현 사람들이고, 늠선생(廩膳生) 리친원(李欽文)은 평산현 사람이며, 늠선생 천후이(陳慧)는 주뤄현 사람이다. 그들의 작품 중에서 지금 볼 수 있는 것은 모두 낱권으로 지방지의 예문지에 남아 있다. 또 대부분 모두 팔경시이다. 이를 통해 이 시기의 타이완 문학은 여전히 개간되기를 기다리고 있는 황무지 단계였음을 알 수 있다.

작가의 개인 창작 이외에 문인의 집단 활동도 이미 형태를 갖추었다. '동음사(東吟社)'는 현재 타이완 문학사에서 공인하는 최초의 시인단체(詩社)다. '동음사'에 관해 기록한 선광원의 「동음사 서문」에 따르면, 1683년부터 1684년까지 자오창즈(趙蒼直) 등과 함께 시인단체를 조직하였다고 한다. 처음에는 성(省)과 군(郡)의 이름을 합쳐서 '복대한영(福臺閒詠)'이라 이름 지었지만, 1684년에 주뤄 현령 지치광이 이 단체에 가입하면서 '동음사'로 개명하였다고 한다. 동음사라는 명칭은 선광원이 동음사의 앞날을 위해 '예전에 사태부가 동산에 은거한 이후 명성이 커졌듯이 우리 동음사도 틀림없이 발전하겠지?(羲謝太傅山以東重, 玆社寧不以東著乎?)'라는 의미로 사용한 것이다. 즉 동진(東晉)의 신하 사안(謝安, 320~385)이 동산(東山)에 은거한 뒤에 큰 뜻을 펼칠 수 있었던 것처럼 동음사도 앞으로 그리 될 수 있으리라는 의미이다. 지치광은 '동(東)'은 중국의 동남쪽 밖에 떨어져 있는 타이완 땅이 마침내 청조 영토가 된 것을 기념하기 위해 명명한 것이라고 강조하였다. 여기서 동음사란 이름이 담고 있는 정치적 함의를 짐작할 수 있다.

(2) 건륭, 가경 시기부터 동치, 광서시기까지

건륭(乾隆), 가경(嘉慶) 시기부터 동치(同治), 광서(光緒) 시기까지는 타이완 본토 문인이 잇달아 등장한 중요한 단계이다. 특히 광서연간에 더욱 성황을 이루었다. 그 가운데서 남부 지역의 문인들은 건륭, 가경 시기에 이미 개인 시문집을 내기도 했다. 장푸(章甫)는 1816년에 제자들이 『반숭집(半崧集)』을 간행하였고, 중부 지역의 문인으로 장화현(彰化縣)의 천자오싱(陳

肇興)은 동치연간에 『도촌시고(陶村詩稿)』를 간행했다. 그리고 북부 지역의 문인으로서는 신주(新竹)의 정용시(鄭用錫, 1788~1858)가 『북곽원전집(北郭園全集)』을 발간한 것이 가장 일렀는데 동치 9년인 1870년의 일이었다. 이들 시문집의 간행 상황을 보면 다음과 같은 사실을 알 수 있다. 명정시기와 청조의 강희, 옹정 시기를 거치면서 타이완 고전문학은 점차 싹을 피우고 뿌리를 내리면서 튼튼해졌다. 그리고 타이완 고전문학의 판도는 지역적으로 남쪽에서 북쪽으로, 서쪽에서 동쪽으로 확대 발전하였다. 마지막으로 전기에는 타이완의 남부지역에서 제한적으로 전개되었던 문학 활동이 타이완 전 지역으로 점차 확대 전개되면서 각 지역의 문학 농원에도 꽃이 피고 열매가 열리게 되었다.

타이완 본토 문인은 독립적으로 창작하고 작품을 출판할 수 있는 능력을 갖추게 되었다. 뿐만 아니라 도광(道光), 함풍(咸豊) 시기 이후에는 현지 문단의 지도자적인 인물로 발전하면서 타이완에 잠시 체류했던 중국 대륙 출신의 문인 위주였던 문단의 기반과 환경을 바꿀 수 있었다. 이들은 문단의 주변부에서 중심으로 다가섬에 따라 순식간에 중요한 통제권도 거머쥘 수 있었다. 이러한 변화가 바로 청대 타이완 문학이 무럭무럭 자랄 수 있었던 관건적 요소였다.

이 시기에는 타이완 본토 문인의 수와 저작이 매우 많았다. 중요한 저작에는 앞에서 언급한 사람을 제외하고도 남부에는 황취안(黃俊)의 『초노시집(草廬詩集)』과 『동녕 유람초고(東寧遊草)』, 스충팡(施瓊芳, 1815~1867)의 『석란산관유고(石蘭山館遺稿)』가 있다. 스스지의 『후소감시문집(後蘇龕詩文集)』과 쉬난잉의 『규원류초(窺園留草)』에도 일부분 청조 통치 시기의 창작이 들어 있다. 중부에는 추펑자(丘逢甲)의 『백장시초(柏莊詩草)』와 뤼뤼위(呂汝玉), 뤼뤼슈(呂汝修), 뤼뤼청(呂汝成) 3형제의 『해동삼봉집(海東三鳳集)』, 우더궁(吳德功)의 『서도재시고(瑞桃齋詩稿)』(상권), 홍치성의 『학교집(謔蹻集)』 등이 있다. 북부에는 정융시의 사촌인 정용젠(鄭用鑑)의 『정원당시문초(靜遠堂詩文鈔)』, 린잔메이(林占梅)의 『잠원에서 비파를 타면서(潛園琴餘草)』, 천웨이잉(陳維英)의 『짬을 내서 쓰다(偸閒錄)』와 『오래된 둥지의 대련 모음집(太古巢聯集)』,9) 황징(黃敬)의 『관호재시집(觀湖齋詩集)』, 차오징(曹敬)의 『조경시문략집(曹敬詩文略集)』이 있다. 동부에는 리왕양(李望洋)의 『서쪽유랑시초(西行吟草)』, 린궁천(林拱辰)의 『린궁천선생 시문집(林拱辰先生詩文集)』이 있다. 평후(澎湖) 지역의 '카이펑(開澎) 진사' 차이팅란(蔡廷蘭) 역시 『해남잡저(海南雜著)』와 『척원유시(惕園遺詩)』를 저술하였다. 작품의 유형은 시가 주류였고 수필이 그 다음으로 많았으며 그 다음으로 변문(駢文)과 부(賦)가 많았다. 내용 방면에서는 '영회시(詠懷詩)'가 가장 많았고, 사물을 노래하거나 경치를 묘사하거나 사실을 기록하는 내용은 그보다는 적었다. 언어는 대체로 통속적이고 소박한 문체를 사용하였다. 사회를 사실적으로 기록한 작품은 시국이나 동란과 관련이 깊다. 아편전쟁(阿片戰爭), 다이차오춘사건(戴潮春事件),10) 태평천국(太平天國)의 난 등 대체로 중국 대륙과 타이완에 큰 사건이 일어났을 때 많이 창작되었고, 1895년 일본이 타이완을 침략하여 식민지로 삼은 을미전쟁(乙未戰爭) 때에 정점을 이루었다.

이 시기의 타이완 고전문학은 거의 땅을 갈고 김을 매는 단계에 있었고, 지역에 따라 다른 특색이 형성되기도 하였다. 타이완 북부 지역의 경우 타이베이의 천웨이잉은 시와 대련(對聯)을 잘 썼다. 저서로는 『짬을 내서 쓰다』와 『오래된 둥지의 대련 모음집』이 있다. 그의 문하생 장수선(張

---

9) 천웨이잉은 말년에 타이완의 젠탄(劍潭) 옆에 집을 한 채 짓고 '오래된 둥지(太古巢)'라 이름 붙였다.—역자

10) '다이차오춘사건(戴潮春事件)', '다이완성사건(戴萬生事件)'이라고 한다. 청조 통치 시기의 '반청' 기치를 든 타이완 3대 민란의 하나이며, 1862년에 발발하여 1865년에 평정되었다. 다이차오춘(?~1864)이 발기하였지만 난이 진행되는 동안 각 지역의 토호들이 동조하여 4년여 동안 지속되었다.—역자

書紳)도 역시 대련을 잘 썼다. 다다오청(大稻埕) 지역의 거인 천샤린(陳霞林)
도 대련을 잘 썼는데, 왕쑹(王松)의 『대양시화(臺陽詩話)』에서도 천샤린이
대련을 잘 썼다고 언급한 것으로 보아 타이베이의 대련문학이 상당히 높
은 수준이었음을 알 수 있다. 신주 지역의 경우 원림시(園林詩)가 유명하
였다. 이것은 이 지역의 양대 정원 '잠원(潛園)'과 '북곽원(北郭園)'의 건축
과 관련이 있다. 오늘날 볼 수 있는 시집 가운데서 정융시의 『북곽원전집
(北郭園全集)』, 린잔메이의 『잠원에서 비파를 타면서』, 정루란(鄭如蘭)의 『편
원당음초(偏遠堂吟草)』에 모두 원림시가 많이 남아있다. 특히 린잔메이의
작품은 2백여 수에 달하여 그 가운데서도 으뜸이다.

　중부 지역의 시인과 작품은 사회현실을 반영하거나 백성들에게 다가
가 백성들의 고통에 관심을 가졌다는 점에서 특색이 있다. 장화 지역의
시인 천자오싱과 홍치성의 작품은 타이완 시가사(詩歌史)에서 모두 '시로
쓴 역사(詩史)'라고 불리었다. 천자오싱이 지은 『도춘시고』의 7, 8권의 「신
음 소리(呻呻吟)」는 동치연간에 일어난 다이차오춘사건으로 인하여 백성들
이 유랑하며 겪어야 했던 고통을 사실적으로 기록한 것이다. 홍치성도 『학
교집』에서 청나라 조정의 폭정과 탐관오리에 대한 강한 불만을 표현하
였다.

　남부 지역의 문인은 학문적 뿌리가 깊고 두텁기 때문에 선비기질이
짙었고 전고를 활용하는데 능숙하였다. 약간 앞서서 해동서원(海東書院)의
책임자인 산장(山長)을 지낸 스충팡이 있고, 그 이후로는 탕징쑹(唐景崧)이
분순병비도와 타이완순무(臺灣巡撫)에 임명되어 두 차례 학정을 겸직하였
을 때에 해동서원의 교사와 학생 가운데서 선발한 추펑쟈, 쉬난잉, 왕춘
위안(王春源)과 산장인 스충팡의 아들 스스지 등이 있었다.

　건륭, 가경 시기 이후로 중국 대륙과 타이완의 접촉은 예전보다 더욱
활발해졌다. 때문에 타이완으로 파견을 나온 관리나 문인의 배경은 이전

과는 달라졌고 인원도 훨씬 증가하였으며 그들이 쓴 타이완과 관련된 시문의 내용과 주제 역시 바뀌었다. 비교적 중요한 작가를 거론하면 다음과 같다. 1741년에 장메이(張湄)는 순대어사 겸 학정에 임명되어 타이완에 와서 해동서원을 창설하였다. 그는 『산지집(珊枝集)』을 편찬하였으며, 『해안의 온갖 노래(瀛壖百詠)』에 수록한 백여 수의 시에서 타이완의 풍광과 경물을 표현하였다. 1769년에 주징잉(朱景英)은 타이완의 해방동지로 재직할 때에 『해동찰기(海東札記)』를 썼다. 1804년부터 1820년까지 정젠차이(鄭兼才)는 두 차례 타이완의 현학교유(縣學敎諭)를 맡았고, 셰진롼(謝金鑾)을 도와 『타이완현지(臺灣縣志)』를 교정한 적이 있으며 『육정문선(六亭文選)』도 썼다. 1821년에 야오잉(姚瑩)은 타이완 지현(知縣)에 임명되어 모두 세 차례 타이완에 왔는데 타이완과 관련 있는 시사 성격의 문집 『동쪽바다초고(東溟奏稿)』를 편찬하였다. 1847년에 챠오진(曹謹)은 루강(鹿港)의 동지에 임명되어 타이완에 왔고 잠시 단수이(淡水)의 청사(廳事)를 맡기도 하면서 『관직일기(宦海日記)』를 썼다. 1848년에 쉬종간(徐宗幹)은 분순타이완도(分巡臺灣道)로 재임하는 기간에 『사미신재문편(斯未信齋文編)』과 『사미신재잡록(斯未信齋雜錄)』을 썼고, 아울러 『홍옥루시선(虹玉樓詩選)』도 편찬하였다. 1849년에 류자머우(劉家謀)는 타이완부교유(臺灣府敎諭)에 임명되었고, 『해음시(海音詩)』와 『관해집(觀海集)』을 썼다. 1887년에 뤄다유(羅大佑)는 타이난 지부(知府)로 재직할 때에 『율원시초(栗園詩鈔)』를 썼다. 1885년 이후에 탕징쑹은 타이완병비도, 타이완포정사(布政使), 타이완순무(巡撫) 등의 직책을 역임하였는데, 관련 저작에 『출사일기(請纓日記)』와 『시기(詩畸)』가 있다.

다음으로 타이완에 체류했던 대륙 문인이나 관리들은 문학교류와 단체 활동을 통해서 타이완 문학에 활기를 불어넣었고 타이완 문학의 발전에 이바지하였다. 타이베이의 경우, 함풍연간 이후에 반차오(板橋) 지역의 린(林)씨네가 커다란 저택을 지은 뒤에 중국 대륙의 셰잉수(謝穎蘇), 뤼스이

(呂世宜), 천멍산(陳夢山), 모하이뤄(莫海若) 등의 시인 묵객들을 잇달아 초청하여 타이완으로 불러들였다. 이들은 평소에는 린궈화(林國華), 린궈팡(林國芳) 형제와 함께 금석문자와 서화를 연구하였고, 거의 쉬는 날 없이 매일 저녁에 시를 짓고 시구를 갈고 다듬었다. 당시 린씨 집안에는 정식으로 과거에 급제하여 벼슬길로 나아가서 이름을 날린 사람이 없었음에도 불구하고 타이완으로 많은 대륙 문인들을 초청하고 문학예술을 지극히 아끼는 등 타의 모범을 보이자 린씨 집안은 자연스럽게 문단의 특별한 존경을 받게 되었다. 그럼으로써 타이베이 지역의 문단 발전에 중대한 역할도 맡게 되었다.

타이완으로 건너와 체류했던 대륙 문인과 타이완 본토 문인이 단체를 결성하여 활동한 사례도 있었다. 탕징쑹이 1893년에 세운 '목단음사(牧丹吟社)'가 가장 왕성하게 활약한 문인단체이다. 예전부터 명성이 자자하였던 린루춘(林輅存)은 당시 '문인단체'에 가입한 타이완의 선비가 백 몇 십명은 족히 넘었다고 회상한 적이 있다. 이러한 말에서 탕징쑹이 자신의 지위를 이용하여 스스지, 추펑자, 왕춘위안, 린치둥(林啓東), 황쭝딩(黃宗鼎) 등 유명한 문인들을 문인단체 활동에 참가시켰음을 알 수 있다. 그래서 타이완에 체류했던 대륙 문인과 타이완 본토 문인을 망라한 대형 시인단체가 타이베이 지역에 등장할 수 있었다. 그리고 그 명성과 기세로 자연스럽게 타이베이 지역의 문학 활동을 촉진시켜 번성하게 했다.

이외에 타이완에 체류하거나 유람 온 인사들이 시인단체에서 활동하면서 '시종(詩鐘)'11)과 '격발음(擊鉢吟)'12) 창작을 도입하였다. 이러한 시 형

---

11) 두 개의 관계없는 글자나 사물을 제목으로 삼아 7언시를 짓는 놀이를 말한다. ─역자
12) 시낭송을 할 때에, 향 중간에 동전을 묶은 실을 매어놓고 불을 붙여 향을 피우면서 시를 짓기 시작한다. 향이 다 타서 실이 끊어지면 동전이 떨어지면서 소리를 내면 즉시 시를 낭송해야 한다고 하는 놀이의 일종이다. ─역자

식은 타이완의 시인단체 활동이 '한가로운 작시'나 '과제식' 창작형태에서 벗어나 시합이나 유흥적인 색채를 가미한 창작 스타일로 변모하도록 했다. 탕징쑹이 타이완병비도에 재직할 때 타이난에서 '비정음사(斐亭吟社)'를 창립하였다. 그리고 그가 편찬한 『시기(詩畸)』는 타이완의 '시종' 활동을 가장 상세하게 기록한 자료로 '시종'의 네 가지 체재인 감자격(嵌字格), 분영격(分詠格), 합영격(合詠格), 롱사격(籠紗格)[13]의 특징을 설명하였다. 이른바 격발음과 같은 창작활동은 1886년에 신주 지역의 '죽매음사(竹梅吟社)'가 대표적이라고 할 수 있다. 그 가운데서 격발음의 활동방식은 죽매음사 회원인 차이치윈(蔡啓運)이 일본 식민통치 시기 초기에 그것을 영사(瀛社)[14]에 보급하면서 타이베이에서 크게 유행시켰고, 죽매음사는 일본 식민통치 시기의 타이완 시인단체의 격발음 유행을 더욱 가속화시켰다.

03 | 타이완 본토의 주요 작가

편폭의 제한 때문에 여기서 청조 통치 시기 타이완의 주요 작가에 관해 설명하되 작품의 질과 양을 참작하여 주첸(竹塹, 新竹의 옛날 명칭이다.) 지역의 시인 린잔메이만을 소개하고자 한다.

린잔메이(林占梅, 1821~1868)는 자가 쉐춘(雪邨)이고 호는 허산(鶴山) 혹은 소송도인(巢松道人)이라고 한다. 그는 부유한 집안 출신으로 성격이 호탕하였고 문무를 두루 갖추었다. '대조춘사건' 진압에 참여하면서 타이완 역

---

13) '감자격(嵌字格)'이란 글자를 끼어 넣는 형식이고, '분영격(分詠格)'이란 두 개의 7 언구를 각각 묘사하는 형식이며, '합영격(合詠格)'이란 하나의 제목으로 한 연만 쓰는 형식이고, '롱사격(籠紗格)'이란 두 글자의 제목으로 시를 쓰는 형식을 말한다.―역자
14) 1909년에 만들어진 시인단체이다.―역자

사에서 유명한 인물이 되었지만 문학적 성취 또한 뛰어나고 화려했다. 린잔메이는 거금을 들여 '잠원(潛園)'을 정교하게 꾸몄고, 이 정원에서 주연을 곁들인 시낭송회를 상시적으로 열었다. 또한 그가 시인단체를 만든 관계로 타이완 문단에서 주첸 지역의 영향력이 커졌다. 이외에도 린잔메이는 시 예술에 조예가 깊었으며, 『잠원에서 비파를 타면서』에 수록된 2천여 수의 시는 양적인 면에서 청조 통치 시기 타이완 본토 시인 가운데서 으뜸을 차지한다. 그의 시는 내용이 매우 풍부해서 원림 묘사, 여행 기록, 감흥 표현, 시사 반영, 교제와 접대 등 다방면을 포괄하고 있다. 그 가운데서도 많은 양의 '원림시'가 특히 독특하다. '정원에 살다(園居)'라는 제목을 사용하여 원림 속의 연못, 누각, 식당, 누대, 정자 등의 건축물을 제재로 삼아 원림생활의 정취를 토로한 작품만도 220여 수나 된다. 여기에는 원림에서 자라는 수목과 화초를 읊은 것이나 '마음을 달래며(遣興)'라는 제목이지만 실제로는 원림생활을 묘사한 작품은 포함되지 않았다. 중국의 시사(詩史)에서나 타이완의 시단에서나 원림을 묘사하는데 능한 시인은 많지 않다. 그렇기 때문에 린잔메이는 원림시 창작에 있어서 독보적이었고 다른 시인이 쉽게 대체할 수 없는 확고한 지위를 다질 수 있었다.

01 황메이어, 『고전타이완 : 문학사・시사・작가론』(타이베이 : 국립편역관), 2007년.
   黃美娥, 《古典臺灣 : 文學史・詩社・作家論》(臺北 : 國立編譯館, 2007年).

02 타이완 시 편집그룹 편찬, 『타이완의 시』(1~5권)(타이베이 : 위안류출판사), 2004년.
   全臺詩編輯小組編選, 《全臺詩》(第一至五冊)(臺北 : 遠流出版社, 2004年).

03 린잔메이, 『잠원에서 비파를 타면서』, 쉬후이위 외 교정(신주 : 문화중심), 1994년.
   林占梅, 《潛園琴餘草》, 徐慧鈺等校記(新竹 : 文化中心, 1994年).

제3장

모든 것이 '근대' 때문이다

명일본 통치기 타이완 신구문학 논쟁 및 속문학의 시작과 발전

| **황메이어**黃美娥 국립타이완대학 타이완 문학 연구소 교수 |

01 | 신구문학 논쟁

명청(明淸) 시기의 고전문학 전통을 계승한 일본 통치기의 타이완 문학은 새로운 과정에 들어섰다. 이 시기 타이완은 구시대에서 신시대로의 전환기에 접어들어 사회생활의 양식뿐만 아니라 정신 및 감각적 측면에서도 여태까지 없었던 새로운 변화를 만들어 냈다. 타이완 사람들은 대중매체, 신식 교육과 해외여행 등 각종 경로를 통해 보다 넓은 세상을 접할 수 있는 계기를 마련하였고, 이에 힘입어 복잡다단한 문화적 사유를 하기 시작했다. 변화의 시대 속에서 전통문화의 명맥을 유지하고 있었던 옛 문인들은 일본의 야마토(大和) 민족문화와 서양 사조의 맹렬한 움직임을 몸소 느꼈다. 그리고 이렇게 조성된 한문화(漢文化)는 전통을 향한 각종 질의 및 전통의 소멸이라는 엄중한 도전에 직면하였다. 타이완의 통치 주권 상실 후 전통문화의 연이은 추락과 전통 윤리의 붕괴는 당

시 타이완 구(舊)문인들에게 불안과 초조를 야기했다. 이러한 상황 하에 홍치성(洪棄生), 렌헝(連橫, 1878~1936), 웨이칭더(魏淸德, 1888~1963), 장춘푸(張純甫, 1888~1941) 등 전통으로의 회귀를 주장한 문화계 인사들이 대거 등장하였다.

20세기 초 타이완은 새롭게 급변하는 상황에 놓였다. 대다수의 신흥 지식인들은 시대의 변화와 새로운 문명을 맞이하기 위해 다윈의 진화론적 관점을 지지하였고 사회개조의 필요성을 주장하였다. '전통'은 낙후의 상징이었고 '새로움'은 시대가 따르는 주된 흐름이었으며 진보의 의미를 지니고 있었다. 그래서 예교(禮敎)와 밀접한 연관이 있던 인륜(人倫)은 종종 봉건적 속박으로 간주되어 한동안 '비효론(非孝論)'과 '자유연애'를 주장하는 목소리가 생겨났으며 개인의 감정을 해방하자는 주장이 제기되었다. 이러한 주장은 신문학의 흥기와 더불어 더욱 두드러졌다. 그래서 신문학의 맹아는 외적으로는 반봉건적(半封建的)인 시대적 요구를 내포하고 있었고, 내적으로는 개인의 자유로운 정신을 바탕에 두고 있었다. 이러한 사회 환경 속에서 식민주의(colonialism), 근대성(modernity), 본토성(locality)은 복잡하게 얽히고 연결되어 1920년대 타이완 신구문학논쟁의 발발을 자극했다.

(1) '근대'와 '전통'의 대결

1924년 장워쥔(張我軍, 1902~1955)은 구문인들과 문학을 향해 도전장을 던지고 그들을 향해 맹렬한 공격을 가했다. 또한 백화문(白話文)과 신체시(新體詩)라는 새로운 형식으로 타이완 문학의 새로운 규범(canon)을 만들고자 했다. 이 시기 타이완 문학계에서 일어난 신구문학논쟁은 신문학과 구문학의 규율과 문화적 사유를 둘러싼 논쟁이었을 뿐만 아니라 당시 문단을 장악하고자 했던 신구 문인들 사이의 쟁탈전이기도 했다. 결과적으로 이는 일제 통치 후 타이완 문학의 생태환경 변화에 영향을 주었다. 더욱 나아가 독보적 위치를 차지하고 있던 구문학을 타파하고 신구 쌍방이 대치하는 국면을 형성해 신문학이 뿌리를 내릴 수 있는 계기를 만들었다. 일본 통치기의 타이완 신문학운동은 본래 문화운동의 일환이었고, 신문학의 토대를 다졌던 신구문학논쟁은 신/구문화 교체 및 경쟁과 충돌이라는 사회적 배경 하에서 일어났다. 그래서 논쟁의 초점은 항상 신/구문화와 문학 간의 상호성에서 벗어날 수 없었다.

그렇다면 어떻게 '문학'을 통해 신문화가 지향했던 궁극적인 목표를 달성할 수 있을까? 신문화와 상호 결합할 수 있는 신문학을 세우는 것이 그 핵심이었다. 그러나 신문학을 주장했던 한 부류는 구문화를 주요 내용으로 하는 구문학을 새롭게 고치는 것 또한 중요한 임무의 하나라고 보았다. 장워쥔은 이러한 문제들에 대해 사유하고 정식으로 구문인과 구문학을 향한 선전포고 식의 글을 쓰기 시작했다. 이것이 논쟁을 발발시켰고 그 열기는 빠르게 확산되었다.

논쟁 과정 속에서 장워쥔은 침묵하지 않고 구문인들의 인품을 풍자하고 조롱하기도 하였다. 그의 글은 천쉬구(陳虛谷)의 「타이완 시단을 위해 통곡하노라(爲臺灣詩壇一哭)」, 「'북보'의 '구멍 없는 피리' 칼럼에 반박하며(駁北報的無腔笛)」와 예룽중(葉榮鐘)의 「타락한 시인(墮落的詩人)」 등의 글에서 모두 공감대를 얻었다. 이 외에도 라이허(賴和, 1894~1943)의 「타이완 일간지의 『신구문학비교』를 읽고(「讀臺日紙的『新舊文學之比較』」)」 역시 신문학에 대한 강렬한 지지를 드러냈다. 다만 장워쥔 등과 같은 사람들의 강렬한 어투와는 달리 공평하고 공정한 태도로 신구문학의 장단점을 살피고자 했다.

전체적으로 살펴봤을 때 논쟁 중에 자신의 의견을 밝혔던 신문학가들

중에서는 장워쥔의 주장이 가장 돋보였다. 그는 1924년에 『타이완 민보(臺灣民報)』 2권 24호에 「야단난 타이완 문학계(糟糕的臺灣文學界)」라는 다소 공격적인 제목의 글을 통해 타이완 문학계를 직접적으로 겨냥해 포탄을 날렸다. 그는 타이완 시인들과 그들의 작품이 퇴폐하고 아무 쓸모없으며 인간 사회를 조롱하고 있다고 질책했다. 또한 전 세계가 새로운 이상주의와 새로운 리얼리즘을 추구할 때 구문인들은 여전히 고전주의를 사수하고 있어 세계문학의 흐름 밖으로 밀려났다고 직설적으로 꼬집었다. 심지어 시사(詩社) 활동에만 빠져 술을 마시며 시를 짓고 낡고 문드러진 말만 뱉어내고 있으며, 명예를 좇고 권세에 영합하여 총독에게 잘 보이려고만 해서 시의 신성함을 말살시키고 의욕 있는 젊은이들이 게으름을 피우고 명성만을 좇는 악습에 빠지도록 했다고 했다. 장워쥔은 이 글의 끝부분에서 문학에 흥미가 있는 사람이라면 문학이론이나 문학사와 관련된 책을 읽고 중국과 외국의 우수한 작품을 많이 읽어야만 생각을 풍부하게 키우고 표현수단을 훈련할 수 있으며 문학의 올바른 창작 방향을 이해할 수 있다고 호소하였다. 이 글에서 장워쥔은 '낡은 것을 타파'하는 것 이외에도 은연중에 '새로운 것을 확립'하고자 하는 의도를 드러냈다. 하지만 담론적인 면에서는 여전히 한계를 지니고 있었다.

대체로 이 논쟁은 1924년에 장워쥔으로부터 시작되어 1942년까지 이어졌다. 이 시기 동안 신구세력은 비교적 치열하고 집중적으로 논쟁을 벌였다. 예를 들어 1924~1925년 사이에 발생한 장워쥔과 구문인들 간의 논쟁, 1929년의 예룽중과 장수쯔(張淑子) 간의 필전을 비롯하여 1941~1942년 사이의 정쿤우(鄭坤五)와 린징난(林荊南) 간의 대립 등을 들 수 있다. 그러나 비교적 사소하고 소모적인 논쟁들도 있었다. 논쟁 과정에서 구문인들은 신문학가들의 맹렬한 비판을 받았다. 신문학가들이 보기에 구문인들은 시대의 흐름을 따라가지 못하는 낡은 지식인에 불과했고, 그들이 추구하는 구문학은 낙후의 상징이었다. 그렇지만 구문인들은 문학적 규율에 있어 백화문(白話文)이 구식 언어를 대신할 수 없다고 여기고 백화문 사용에 강한 우려를 드러내었다. 정쥔우는 1925년『타이난 신보(臺南新報)』제8244호에 게재한「장워쥔군에게 쓰는 편지(張我軍一郎書)」에서 장워쥔이 제창하였던 베이징(北京) 백화문은 별다른 특징이 없으며, 이전부터 타이완에서는 이미 백화문과 유사한 쉬운 언어를 사용했었기에 굳이 바꿀 필요가 없다고 밝혔다. 이 외에도 시가(詩歌) 영역에서 대다수의 구문인들은 신체시가 압운(押韻)을 지키지 않는 점을 꼬집었고, 기존의 시 형식이나 문법, 규율 등을 깨뜨려 압운을 중시하는 전통에 도전한다고 여겼다. 그래서 그들은 신문학이 중국 전통시의 한계와 문제점들을 극복하고 변화시켰다는 점을 인정할 수 없었다. 이러한 배경 하에서 신구문학논쟁이 발생했다.

이 밖에, 당시 논쟁은 신구문학 쌍방이 시대적 변화 속에 놓인 문화환경 문제에 대해 각자의 입장과 해석을 지니고 있었기 때문에 의견이 분분하고 합일점을 찾을 수 없었다. 일본 통치기 타이완의 신문학운동을 다시금 되돌아 봤을 때 당시의 신구문학논쟁은 구문학이 근대적 신문화를 감당할 수 없었기에 일어났던 것이다. 구문인들은 전통에 집착하고 신문인들은 시종일관 근대성과 세계화를 간절히 원했기에 신구문학논쟁은 어느 순간 '근대'와 '전통' 사이의 첨예한 대립과 대결로 변해버렸다. 그런데 새로운 시대적 물결 속에서 구문인들은 왜 '옛 것'을 바꾸고 '새 것'을 받아들이지 않았던 것일까? 그들의 심경과 상황은 어떠했을까?

(2) '서양'과 '동양'의 싸움

롄헝은 린징런(林景仁)[1]의 『타이완 영사(臺灣詠史)』를 위해 쓴 후기에서 신문학은 서양문학의 잔여물이라 비판했다. 그리고 한시(漢詩)야말로 '육예지서, 백가지론(六藝之書, 百家之論)'의 '국고(國故)'[2] 문화 전통과 관련 있는데도 대다수 신문학가들은 '한문의 폐기'를 염두에 두었다고 공격했다. 이 글은 일본 통치 후 구문인이 신문학가를 공격한 중요한 글로 여겨지고 있다. 렌헝의 주장을 따라가다 보면 '국고/중국문학/한문/동양'과 '시류/한문 폐기/신문학/서양'이라는 이원 대립적 사유방식이 존재함을 발견할 수 있다. 그래서 '문학적 규율'을 둘러싼 신구문학 간의 쟁론 이외에도 구문인들의 마음속에는 중국/서양, 옛 것/새 것이 서로 대립하고 있었고 '동양'과 '서양'이 싸우는 문화적 가치에 대한 판단이 서 있었다. 바꾸어 말하면 렌헝은 자신의 글에서 신문학자가 중국의 국고와 전통문학을 버리고 새로운 사조인 서양문화와 문학을 자신의 정체성으로 삼았다고 여겼음을 드러냈다.

이 외에, 그 과정 속에서 '문학'의 정의와 범주에 대한 당시 신구 문인들의 인식 차이를 드러내기도 하였다. 구문인들이 생각했던 문학의 정의는 비교적 넓었고 모두 '국고'와 연관되어 있었다. 반면 신문인들에게 있어 소위 '문학'이라 함은 서양문학에서 말하는 '순수문학'의 개념에 가까웠기에 양쪽은 현저한 의견의 차이를 보이게 되었다.

(3) '한학(漢學)'과 '신학(新學)'의 대립

장워쥔은 1924년 『타이완민보(臺灣民報)』 2권 26호에 실린 「타이완 문학계를 위해 통곡하노라(爲臺灣的文學界一哭)」에서 렌헝의 주장에 대한 반응

---

1) 타이베이 반차오(板橋) 출신이며, 자(字)는 젠런(健人), 호(號)는 샤오메이(小眉)이다. ―역자
2) 중국 전통의 고대 문화 및 학술 등을 지칭한다. ―역자

을 보이면서 신문학가들이 반드시 한문을 버리는 것은 아니라고 특별히 강조하였다. 그렇다면 구문인들이 신문인들과 신문학에 대해 오해를 했던 이유는 무엇일까? 문제의 핵심은 한학이 부진했던 당시의 시대적 배경과 관련이 있다.

쉬쯔원(許子文)은 「한학을 유지하는 방법(維持漢學策)」에서 일본 통치기 초반의 타이완은 새로운 국면을 맞이하였고, 각 계층의 일반인들은 모두 신식 학문에 열광해 서로 경쟁적으로 서양문화를 받아들여 자유, 평등, 연애, 이기(利己) 등의 학설이 널리 성행했다고 언급했다. 모든 사람들이 서양 문화를 추종할 때 어떤 결과가 발생할 수 있을까? 황마오성(黃茂盛)이 「숭문사3) 100회 문집 서문(崇文社百期文集序)」에서 분석한 바에 의하면, 신학(新學)과 서양문화의 내재적 의미는 구학(舊學)과 동양문화가 주창했던 윤리 도덕과 상당히 충돌되는 면이 있었다. 그래서 신학과 서양문화가 점점 성행할수록 선조들의 가르침과 예법 및 오랫동안 지켜온 전통 문화가 점차 사라질 우려가 있어서 구문인들에게 신식 학문과 서양문화는 위협적인 존재로 여겨졌다.

서양문화와 동양문화 간의 경쟁, 한학과 신식 학문 간의 긴장된 대립은 한학의 쇠퇴를 막고자 했던 구문인들의 애간장을 태웠다. 그런데 신식 학문의 확대와 보급 속에서 한문의 폐지를 주장했던 일본인들의 태도는 그들의 현실적 어려움을 가중시켰다. 1918년에 일본인은 공학교(公學校) 규칙을 수정하면서 교내 한문과목의 주당 시수를 2시간으로 줄였다. 1922년에 「새로운 타이완 교육령(新臺灣敎育令)」을 공표한 후 한문을 다시 선택과목으로 바꾸었고 일부 학교에서는 독단적으로 한문과목 자체를 없애버리기도 했다. 이는 민중들의 불만과 염려를 불러일으켜 일부 타이

---

3) 문사(文社)의 이름임. - 역자

완 사람들은 한문과목 폐지를 반대했다. 또 다른 측면으로 보자면 일본인들이 강압적으로 언어정책을 시행하자 타이완 사람들은 많은 힘을 들여 '국어'를 학습해야 했다. 그래서 시대적 상황을 이해했던 사람들은 '국어'를 한평생 배워본들 제대로 이해할 수도 없는데 한문을 연습할 시간은 더더욱 없다고 생각했다. 한문 폐기라는 위기 속에서 일부 타이완 사람들은 반성적으로 거부하는 의식을 가질 수 없었을 뿐 아니라 심지어 한문은 아예 있어도 되고 없어도 되는 것으로 간주하였다. 구문인들은 이러한 조치를 보고 한학을 적극적으로 보존하는 것이야말로 인류 도덕을 구하는 것일 뿐만 아니라 나아가 전통문화와 한족의 정신을 지키는 상징이라고 여겼다. 따라서 신구문학논쟁이 일단 불이 붙자 '한족의 언어'와 '한족의 문화' 보존에 불리한 의견을 냈던 신문인들에 대해 구문인들은 당연히 민감한 반응을 보이고 흥분할 수밖에 없었다.

상술한 바를 종합하면 신구문학논쟁은 '근대'의 도래 이후 식민 지배의 상황 속에서 생겨난 각종 문제들로 인해 야기되었다. 신식 학문과 한학의 경쟁, 서양문화와 동양문화의 대치, 야마토 정신과 한족 정신의 대항 그리고 일본어와 한문 간의 상호 경쟁 하에서 신구문학논쟁의 발생은 이러한 사회적, 문화적 충돌에서 벗어날 수 없었다. 대부분은 문학 자체의 문제였지만 모두 문화적인 의미와 연관되었기 때문에 처음에는 문학 중심이었던 논쟁이 점차 문화와 종족 문제로 확장되었다.

그러나 1924년부터 1942년 사이의 신구문학논쟁에서 구문인들이 신문인들과 시종일관 대립각을 세운 건만은 아니었다. 신문학의 발생은 결국 구문인 및 구문학에 영향을 주었기에, 몇몇 구문인들은 신문학을 배척하지 않았을 뿐더러 심지어 새로운 문학기법을 배워 자신들의 창작에서 시도해 보기도 하였다. 예를 들어 린유춘(林幼春), 좡타이웨(莊太岳) 등은 모두 백화문으로 작품을 발표하였다. 1930년대 황스후이(黃石輝, 1900~

1945), 귀추성(郭秋生, 1904~1980)이 전개했던 향토문학(鄕土文學)과 타이완 언문운동(臺灣話文運動) 시기에 롄헝, 황춘칭(黃純靑), 정쿤우, 장춘푸 등은 타이완어에 대한 지지를 표명했고, 민간문학 수집에 직접 참여하거나 혹은 향토적 색채를 살린 시를 썼다. 이는 구문인들이 신문학가들과 격렬한 논쟁을 거친 이후 서로 힘을 합쳐 타이완 문학을 발전시키는 현상이 나타났음을 보여준다. 그리고 우리는 그 사이의 변화된 관계에 더욱 주목할 필요가 있다.

02 | 통속문학의 시작과 발전

'근대'의 시작은 일본 통치기 타이완 문학장(literature field)을 재정돈하고, 문체에 질적인 변화를 가져오게 하였으며, 문인들 사이에 논쟁을 일으켰다. 마찬가지로 '근대'의 도래는 '새로운 형태'의 타이완 통속문학의 시작을 재촉하였다.

일본 통치 시기의 타이완 문학에 대해 이전에는 순수문학에 속하는 신문학과 고전문학에 대해서만 주목했었다. 나중에 당시 이미 한문과 일본어로 창작된 '또 다른 부류'의 타이완 문학이 대량으로 존재한다는 사실이 발견되었다. 이러한 작품들은 '통속문학' 범주에 속했고 최초로 발견된 것은 고정된 형식이 있는 소설작품들로 그 수도 상당했다.

1924년에 장경(張梗)은 『타이완민보(臺灣民報)』에 「구소설의 개혁 문제를 토론하다(討論舊小說的改革問題)」를 발표해서 "요즘 타이완의 모 신문에 '옛날 어느 마을의 뒷동산에서' 하는 잡담식의 소설이 매일같이 실리고 있다"라고 언급했다. 여기서 그가 일찍부터 신문에 게재된 '구' 소설들에 주목했음을 알 수 있다. 다만 장경은 소설의 '낡은 작풍(作風)'을 못마땅하게 여겨 이에 대해 맹렬한 공격을 가했기 때문에 구소설 본연의 '통속성'에 미처 주의를 기울이지 못했던 것뿐이다. 사실 여기에는 문학적, 문화적 측면에서 다양한 의미가 포함되어 있다. 타이완 문언통속소설을 바라보는 장경의 시선은 곱지 못했지만, 그의 글은 통속소설의 존재를 세상에 널리 알리는데 일조했다. 그리고 이는 당시 '근대적인' 신문 매체와도 관련이 있었다.

(1) 일본인 통속소설의 첫 등장

일제 통치 이후 대중매체가 타이완으로 유입되었다. 당시 발간된 신문 잡지는 여백을 채우거나 혹은 독자 계층을 끌어들이기 위해 소설을 실어 구독률을 높이기 시작했다. 그 당시 신문 중에서 가장 일찍 발행된 『타이완신보(臺灣新報)』는 발간된 후 1896년인 메이지(明治)29년 10월 29일 제48호자에 '검은 교룡(黑蛟子)'이라는 작가가 정청궁(鄭成功)의 사적(事蹟)을 쓴 일본어 소설 「동녕왕(東寧王)」을 가장 먼저 실었다. 이 작품은 '소설'의 새로운 시작을 알렸으며 후에 연재의 형태로 계속 신문에 실렸다.

통속적인 작품은 독자를 끌어들일 수 있었기에 매일 발행되는 연속간행물인 신문은 읽을거리가 다급하게 필요했다. 근대화로 인해 변화된 일상생활 속에서 사람들은 여유롭게 문화를 즐기고 소비하였다. 이러한 분위기 속에서 성적인 상상, 기이한 모험, 유머와 익살 등 대중 오락적인 색채가 가득한 작품들이 대거 등장하였다. 일본어 통속소설 중에서 신문에 고정적으로 발표된 작품은 산폰(さんぽん)이 1898년(메이지31) 1월 7일부터 3월 31일까지 2개월 이상 연재했던 탐정소설 「멍샤 살인사건(艋舺殺人事件)」이다. 이 소설은 멍샤의 웅덩이에서 한 구의 익사체가 발견되었던 살인사건을 원작으로 하고 있다. 그 후부터 신문 연재를 통한 통속소설의

발표는 유행이 되었는데 도쿄의 일본인들까지 이러한 창작 대열에 합류하였다. 그 중에서 작품 수가 비교적 많고 열심히 창작한 사람들을 일컬어 '미선방 주인(美禪房主人)'이라고 불렀다. 다이쇼 시기와 쇼와(昭和) 시기에는 일본인이 쓴 통속소설이 타이완 신문잡지에 지속적으로 실렸으며 심지어 요시카와 에이지(吉川英治, 1892~1962), 에도가와 란포(江戶川亂步, 1894~1965), 기쿠치 칸(菊池寬, 1888~1948) 등 대가들의 작품들도 접할 수 있었다.

(2) 타이완 작품의 시험적 등장

앞에서 언급한 내용들은 일본인들이 일본어로 신문에 발표한 통속소설의 대략적 현황이다. 그리고 한문으로 통속소설을 창작하여 맨 처음 신문에 실었던 작가 역시 일본인이었다. 예컨대 1899년(메이지 32)부터 1900년(메이지 33) 사이에 『타이완 일일신보(臺灣日日新報)』의 「설원(說苑)」란에 실렸던 패관소설(稗官小說) 및 『한문판 타이완 일일신보(漢文臺灣日日新報)』에 실렸던 메이지 시대 소설가 기쿠치 산케이(菊池三溪, 1819~1891), 요다 갓카이(依田學海) 등의 작품을 예로 들 수 있다.

타이완 작가들의 통속소설 창작은 메이지 38년 7월 『한문판 타이완 일일신보』의 출간 이후부터 시작되었는데, 그 가장 큰 원인은 한문판 지면의 증가에 있었다. 이로 인해 타이완 사람들은 마침내 자유자재로 글을 쓸 수 있는 공간을 얻게 되었다. 이 시기에 활발히 활동한 통속소설 작가들은 주로 고전문학에 능숙했던 구문인들이었으며 절반 이상이 신문기자였다. 예를 들어 셰쉐위(謝雪漁), 리이타오(李逸濤), 리한루(李漢如), 황즈팅(黃植亭), 바이위짠(白玉簪) 등이 이에 포함된다. 또한 『중국어판 타이완 일일신보』가 독립적으로 발간된 때부터 메이지 44년 12월 1일에 다시 『타이완 일일신보』 일본어판과 합병할 때까지, 즉 1905년에서 1911 년까지는 바로 타이완 작가들이 통속소설을 열심히 창작하던 절정기였다. 그 이후로는 한문판 지면의 감소와 일본인/일본어 작품과의 경쟁으로 인해 작품을 게재할 수 있는 기회가 점차 줄어들어 작품의 수량이 이전보다 못하였다. 하지만 웨이칭더, 세쉐위, 쉬바오팅(許寶亭) 등은 독창적인 문학세계를 일구어 내기도 하였다.

이것이 바로 비교적 위축되고 부진했던 한문통속소설의 창작 상황이다. 이후 1930년대 이후부터 오락적 성격이 강했던 『369신문(三六九小報)』, 『풍월(風月)』, 『풍월보(風月報)』 등의 신문이 나타나 한문통속소설 창작을 위한 너른 무대를 제공하기 시작했다. 그럼으로써 비로소 『한문판 타이완 일일신보』의 창작 절정기(1905~1911)를 계승한 새로운 창작열풍이 되살아났다. 이 시기 통속 간행물의 주요한 작가들로, 문언 창작은 정쿤우, 쉬빙딩(許丙丁), 홍톄타오(洪鐵濤)를 대표로 하고 백화 작품은 쉬쿤취안(徐坤泉), 우만사(吳漫沙, 1912~2005), 린징난 등이 가장 유명했다. 특히 일부 작품들은 단행본으로 출간되어 성숙한 한문통속소설의 발전을 유감없이 보여주었다.

03 | 타이완 한문통속소설의 창작 방향과 그 특징

일제 시기 타이완의 통속소설을 되돌아보면 많은 작품들이 대거 쏟아져 나왔다. 무엇보다 창작 면에서 장편 장회소설(章回小說)과 중단편소설이 모두 등장했다. 그 중에서 지인소설(志人小說)과 지괴소설(志怪小說)이 많이 창작되었으며, 애정, 역사, 무협, 사회소설 등 다양한 장르의 소설작품들도 창작되었다. 그러나 과학소설 혹은 판타지 소설은 당시 식민지 시대의 어려움과 곤경을 반영한 타이완 정치소설에 비해 작품수가 상대적으로 적었다. 소설의 창작배경은 중국, 일본, 타이완 이외에도 유럽과 미국, 아시아와 아프리카까지도 포함되었다. 작가들은 이국(異國)의 풍속과 타이완 본토의 지리 경관의 묘사를 통해 다양한 지리적 공간과 문화적 경치를 흥미롭게 만들어 내었다. 또한 다이쇼 시기 이후에는 탐정소설의 창작이 늘어났으며 탐정소설에 반영된 서구적 정서와 분위기는 사람들의 이목을 끌기 충분했다. 1930, 40년대 탐정소설의 서사양식은 탐정류의 작품이 아닌 애정소설, 사회소설, 아동문학 작품에까지 스며들었다. 이를 통해 타이완 내에서 탐정소설이 지녔던 예술적 매력과 그 영향력을 엿볼 수 있다.

이 외에도 타이완 통속소설은 제목 외에도 장르에 따라 작품의 제재, 내용 및 글의 성격을 분명히 드러내고 있다. '골계소설(滑稽小說)', '염정소설(艶情小說)', '우언소설', '해학소설(諧謔小說)', '기록소설(紀事小說)', '전기소설(傳記小說)', '역사전기소설(史傳小說)', '이상소설(理想小說)', '사정소설(寫情小說)', '애정소설(哀情小說)', '탐정소설', '유럽전쟁소설(歐戰小說)', '풍자소설' 등이 이에 해당된다. 일본 통치 초반에 이미 등장한 다양한 분류는 타이완 사람들이 의식적으로 소설을 중심으로 한 창작의 지식계보를 형성했다는 사실을 드러낸다. 또한 소설에 이입된 작가들의 감정, 문화적 심리와 심미적 취향 역시 엿볼 수 있다. 이것이 바로 그 당시 사람들이 사회와 세계를 바라보는 방법이었다.

타이완 통속소설 특유의 미학적 측면도 살펴볼 만하다. 이러한 풍성한 수확은 근대 매체의 탄생 그리고 문학 독자층과 문화 공공 영역의 형성과 맞물려 있었다. 또한 도시문화나 대중의 탄생 등의 복잡한 갈등과도 연결되어 있어 많은 사람들의 흥미를 유발시켰다. 타이완 통속소설이라는 과제는 타이완, 중국 및 일본의 통속문학을 연결할 수 있는 일종의 교통망과도 같기에 그 의미는 곰곰이 새겨볼 만하다.

04 | 타이완 본토 출신 주요 작가

일본 통치기에 적지 않은 작가들이 한문통속소설 창작에 종사했다. 지면의 한계가 있으니 몇 명의 작가만 선별하여 간략히 소개하고자 한다.

① 리이타오(1876~1921)

일본 통치 초기 가장 대표적인 통속 소설가이다. 작가는 특히 여협객(女俠客) 형상을 성공적으로 창조해 내어 20세기 초반 타이완 신여성의 소망과 환상을 심도 있게 드러내었다. 주요 작품으로는 「유학의 기이한 인연(留學奇緣)」, 「불행한 여자 영웅(不幸之女英雄)」, 「영웅남녀(兒女英雄)」, 「검화전(劍花傳)」 등이 있다. 리이타오는 다른 작가들과 달리 '이원(梨園)[4]'과 '우기(優伎)[5]'들을 작품의 주요 제재로 삼았다. 이는 아마도 만청문학(晚淸文學) 속 화류문화(花柳文化)의 영향을 받았거나 혹은 작가가 중국 전통 희곡에 정통했기 때문일 것이다.

② 셰쉐위(1871~1953)

셰쉐위가 프랑스 소설을 중역한 「전쟁터에서의 기이한 인연(陣中奇緣)」은 일본 통치기 타이완 본토 출신 문인소설 창작의 시작을 알린 작품이다. 그의 작품은 장편이 많은데 주요 작품으로는 「건비계강기(健飛啓彊記)」,

---

4) 중국 전통 극단.−역자
5) 중국 전통 가희(歌姬) 혹은 무희(舞姬)를 모두 지칭함.−역자

「앵두꽃의 꿈(櫻花夢)」, 「신도적기(新蕩寇志)」, 「십팔의전(十八義傳)」, 「무용전(武勇傳)」, 「일화영자전(日華英雌傳)」 등이 있다. 그는 특히 역사소설과 무협 및 탐정소설에 뛰어 났으며 일부 작품은 제국주의적인 색채를 띠고 있었다.

③ 웨이룬안(魏潤庵, 1886~1964)

웨이룬안의 소설은 중국과 일본 그리고 서양소설의 영향을 받아 당시 식민지 타이완 통속문학의 혼종성을 가장 잘 드러내고 있다. 작가는 일본 및 서양 통속문학의 기법을 모방하여 창작 활동을 하거나 중역을 했다. 창작 작품으로는 「자웅검(雌雄劍)」, 「비가당(飛加當)」, 「아코 의사 스가야 항노죠(赤穗義士菅谷半之丞)」, 「쯔카하라 자몬(塚原左門)」 등이 있으며, 중역한 작품으로는 「사자의 지옥(獅子獄)」, 「치흔(齒痕)」, 「누구의 잘못인가(是誰之過歟)」, 「환주기(還珠記)」 등이 있다. 작가는 탐정소설의 번역과 모사(模寫)에 능했으며, 타이완의 도덕관과 사상에 맞추기 위해 원문의 내용을 수정하곤 하였다. 이처럼 상이한 언어 환경을 자유자재로 넘나드는 작가의 문학세계는 다양한 문화 간의 소통과 중재라는 특수한 의의를 지니고 있기도 하다.

상술한 작가들 외에도 백화문으로 통속소설을 쓴 쉬쿤취안과 우만사의 문학적 성취는 매우 높았다. 쉬쿤취안의 「사랑스러운 원수(可愛的仇人)」, 「영혼과 육체의 길(靈肉之道)」 등과 우만사의 「부추꽃(韭菜花)」, 「여명의 노래(黎明之歌)」, 「대지의 봄(大地之春)」 등이 이에 해당된다. 이 두 사람의 작품은 5·4 신문학과 원앙호접파(鴛鴦胡蝶派) 소설의 영향을 받았으며 동시에 중국 전통 애정소설의 영향도 받았다. 작가들은 대중을 계몽 시키면서도 전통적인 도덕적 입장과 방식에서 벗어날 수 없었다. 혼인문제와 타이베이 도시 문화를 묘사할 때 전통적 요소와 근대적 요소가 결합되어 매우 애매한 성격을 보여주고 있다. 이러한 작품은 신구문화적 성격이 뒤섞여 있는 타이완 독자와 대중들의 사랑을 받았으며, 당시 사람들의 심미적 정서와 취향을 만족시켰다.

01 황메이어, 『중층적인 근대성의 거울 : 일제 통치기 타이완 전통 문인의 문화시야와 문학상
상』(타이베이 : 마이톈출판사), 2004년.
黃美娥, ≪重層現代性鏡像 : 日治時代臺灣傳統文人的文化視域與文學想像≫(臺北 : 麥田出版社, 2004年)

02 황메이어, 「시부터 소설까지 : 일제 통치 초기 타이완 문학 지식의 새로운 질서의 생성」, 『당
대』 제221기(2006年), 42〜65쪽.
黃美娥, 〈從詩歌到小說ー日治初期臺灣文學知識新秩序的生成〉, ≪當代≫ 第221期(2006年1
月), 頁42-65.

03 황메이어, 『타이완 한문 통속소설집 1, 2』(도쿄 : 뤼인서점), 2007년.
黃美娥, ≪臺灣漢文通俗小說集一、二≫(東京 : 綠蔭書房, 2007年)

제4장

어둠 속에서 등불을 켜다

1920, 30년대 타이완 좌익문학운동

| **린치양**林淇瀁, 필명 向陽　국립타이베이교육대학 타이완문화연구소 부교수 |

01 | 어둠의 시대

타이완 신문학이 1920년에 시작되었다는 일반적인 견해는 타이완 젊은 엘리트들이 전개한 타이완 문화운동과 상당히 관계가 깊다. 문화운동이라는 총체적인 목표 아래서, 젊은 엘리트들이 각성하고 제창한 덕분에 타이완 신문화운동은 일본의 식민통치 아래서도 싹을 피우고 무럭무럭 자랄 수 있었다.

신문화운동이 미처 태동하지 못했던 시기에 타이완에는 전혀 판이한 세 가지 문학 창작 시스템이 있었다. 첫째는 한시(漢詩)와 한문(漢文)을 포함하는 중국에서 온 고전 한문학 창작이다. 둘째는 1885년부터 『타이완부성교회보(臺灣府城教會報)』에서 사용한 타이완어 '백화자(白話字)'[1] 창작이며, 셋째는 일본의 식민통치와 더불어 시작된 일본어 창작이다. 한문 창

---

1) 라틴자모를 사용한 민난어(閩南語) 정자법.−역자

작은 명정시기(明鄭年代, 1661~1683) 때부터 상당히 풍부하고 고전적인 시문 작품을 남겼고, 일본 식민통치 시기(1895~1945)와 전후(戰後)에도 명맥을 유지했다. 타이완어 창작은 1920년대에 라이런성(賴仁聲, 1898~1970)의 『엄마의 눈곱(阿娘的目屎)』(1924), 정시판(鄭溪泮, 1896~1951)의 『삶과 죽음의 경계선(出死線)』(1926) 등으로 대표되는 타이완 백화소설이 나오면서 성숙해졌다. 이후 1930년대와 1970년대에 일어난 두 차례 향토문학운동이 오늘날 타이완어 문학의 기반을 튼튼하게 다졌다. 일본어 창작은 일본 식민통치 기간에 타이완 일본어문학이라는 꽃을 피우고 열매를 맺었다. 전후 이후 지금까지도 일부 타이완 작가들은 하이쿠(俳句)[2]나 와카(和歌)[3] 등을 서사에 활용하고 있다.

타이완 신문학의 탄생을 이해하려면 먼저 1920년대 문학 창작의 다양한 배경에 대해 살펴보아야 한다. 그래야만 일본 식민통치 시기 타이완 신문학운동의 복잡성과 문학 언어를 선택해야 했던 고충을 정확하게 파악할 수 있고, 더 나아가서 '중국어 창작' 중심 사유의 틀 속에 빠지지 않을 수 있기 때문이다.

1920년대 타이완 신문학은 앞에서 말한 창작 언어의 여러 갈래 및 일본의 식민 지배를 받은 시대적 배경 때문에 기이하고 복잡한 양상으로 전개되었다.

우선, 일본 식민제국이 갖고 들어온 자본주의와 근대화 프로젝트는 타이완 사회를 급격하게 근대화시키고 자본주의화시켰다. 이는 한문화(漢文化) 중심이며 전통 농업경제 위주였던 기존의 타이완에 거대한 충격과 변화를 가져왔다. 문학의 발전 방면에서 보자면 창작 언어를 선택함에 있어서 전통적인 한문 창작은 당연히 점차 와해되고 젊은 엘리트의 도전을

---

2) 일본의 5-7-5 음절의 운율을 지닌 세계에서 가장 짧은 정형시.−역자
3) 일본의 5·7·5·7·7의 5구 31음의 단시.−역자

받았다. 창작 내용에 있어서는 전통적인 한문문학 관념과 더 나아가 봉건적이고 보수적인 문학 경향에 대해 회의하고 비판했다.

다음으로, 20세기 초의 국제사회는 모두 사회주의와 민족주의의 충돌에 직면했다. 러시아를 중심으로 하는 프롤레타리아 국제 혁명운동이 이즈음에 완성되었고, 사회주의 사조가 당시의 국제사회에서 광범위한 영향을 미쳤다. 제1차 세계대전(1914~1918) 이후에는 세계 전역에서 민족자결의 물결이 세차게 일어났고 민족주의 사조는 각 식민지와 반식민지에서 식민제국에 대한 거센 반항을 가져왔다. 타이완의 젊은 엘리트는 사회주의와 민족주의의 거대한 물결 속에서 타이완이 처한 환경과 앞날에 대해 고민하지 않을 수 없었다. 이를 문학 창작의 내용에 반영하기 시작함으로써 좌익 리얼리즘 창작의 길이 열리게 되었고, 민족주의적인 사고에 바탕을 둔 향토문학논쟁도 나타났다. 그 속에서 사회주의와 민족주의를 한데 융합하여 타이완어로 창작을 해야 한다는 주장도 있었다. 이러한 것들로 인해 타이완 신문학운동은 갖가지 주장이 서로 복잡하게 뒤엉키면서 여러 갈래를 갖게 되었다.

마지막으로 1919년 중국에서 일어난 '5·4운동'과 신문학운동이 가져온 자극을 들 수 있다. 1915년 9월에 천두슈(陳獨秀, 1879~1942)는 『청년잡지(靑年雜誌)』(제2권부터 『신청년(新靑年)』으로 개명)를 창간했다. 천두슈는 이 잡지의 창간호에 게재한 「삼가 청년에게 고함(敬告靑年)」이란 글에서 중국 사회의 암흑적인 상황을 통렬하게 질책하고 전통적인 봉건사상 문화에 도전하면서 신문화운동의 기치를 들었다. 이후에 『신청년』은 공자를 수호신으로 여기는 봉건 독재자와 독재제도를 타도하자고 호소하며 '공자 타도' 붐을 일으켰다. 뒤이어 후스(胡適, 1891~1962)도 1917년에 「문학개량에 대한 소견(文學改良芻議)」이란 선언적인 글을 발표하여, 문언문을 반대하고 백화문을 제창하였으며 구문학을 반대하고 신문학을 제창하였다.

이른바 문학혁명을 제창한 것이다. 이는 1919년에 대규모로 일어난 5·4운동의 도화선이 되었고, 일본의 식민지배에 놓여 있던 타이완의 젊은 엘리트들도 각성시켰다.

국제적인 사조와 5·4운동이라는 외부의 자극을 받아, 일본 도쿄에서 유학하고 있던 타이완의 젊은 엘리트들은 1920년 1월 '신민회(新民會)'를 조직하였다. 이들은 동포의 행복, 민족자결 쟁취, 타이완문화 촉진을 위해 사회운동을 전개하자고 주장하였다. 그리고 7월 16일에 『타이완청년(臺灣靑年)』을 창간했다. 이 간행물은 뒤에 『타이완(臺灣)』, 『타이완민보(臺灣民報)』로 개명했고, 일간신문 『타이완신민보(臺灣新民報)』로 이어졌다.(이후 '타이완민보계열'로 약칭한다.) 1921년 10월 17일에 장웨이수이(張渭水, 1891~1931)가 발기한 '타이완문화협회'가 타이베이에서 창립되었다. 타이완문화협회는 타이완 내외의 젊은 엘리트와 사회 지도층 인사들을 망라하여 당시 타이완 사람들이 가장 큰 기대를 거는 운동단체가 되었다. 타이완민보계열은 이 단체의 기관지가 되어 이후 타이완 문화와 사회 그리고 정치운동의 선성(先聲)이 되었으며 타이완 신문학운동의 시작점이 되었다.

02 │ 저항적인 식민지문학

현존하는 사료에 의하면 타이완 신문학운동에 대해 논한 최초의 글은 천신(陳炘, 1893~1947)이 『타이완청년』 창간호에 발표한 「문학과 직무(文學與職務)」이다. 이 글에서 천신은 "문학이란 문화를 계발하고 민족을 진흥시키는 것을 그 직무를 삼지 않으면 안 되고, 진보적인 사상을 전파하여 우매함을 각성시키고 휴머니즘을 고취시킴으로써 사회를 혁신시키는 것을 자신의 소임으로 삼지 않으면 안 된다."라고 강조하였다. 이 글의 문맥으로 볼 때 타이완 신문학운동은 '우매함을 각성시키는' 계몽운동이며, '민족을 진흥시키는' 민족주의의 길을 요구하고, '문명을 전파시키는' 근대화 주장과 '휴머니즘을 고취시키고 사회를 혁신시키는' 사회주의 사상을 담고 있음을 알 수 있다. 이 글은 타이완 신문학의 탄생을 널리 알리고 일본 식민통치 시기의 타이완 신문학운동이 가야 할 길을 알려주었다.

이어서 1921년 9월 15일에 발간한 『타이완청년』 3권 3호에 간원팡(甘文芳, 1901~1986)은 일본어로 쓴 「실사회와 문학(實社會と文學)」을 발표하였다. 여기서 그는 문학을 '자연을 즐기며 시를 짓거나 심심하고 따분할 때의 소일거리'로 삼지 말고, 사회 현실을 직시하고 중국 신문화운동을 배워야 한다고 강조했다. 같은 해 12월 15일 『타이완청년』 3권 6호에 천돤밍(陳端明)이 발표한 「일상용어고취론(日用文鼓吹論)」에서, 타이완 작가들은 중국에서 새로 일어난 백화문을 배워서 '용감하게 문학을 제창하고 개혁하기'를 바란다고 말했다. 이 두 편의 글은 한 편은 일본어, 또 한 편은 한문으로 쓰였는데 모두 다 중국의 5 · 4운동과 그 주장을 처음으로 소개한 문장이다. 흥미로운 점은 비평가가 중국 신문학과 신문화운동을 격찬했음에도 불구하고 중국 백화문을 배워 창작한 작품이 미처 나오기도 전에 타이완 신문학운동이 만들어낸 첫 번째 창작은 주이펑(追風, 1902~1969)의 일본어 소설 「그녀는 어디로 갈 것인가?─고뇌하는 젊은 여성에게(彼女は何處へ?─惱める若き姉妹へ)」이었다는 사실이다. 이 소설은 타이완에서 신문학운동이 전개된 이후의 첫 번째 작품으로, 타이완 신문학의 '일본어문학'이라는 존재와 그 시작을 나타낼 뿐만 아니라 타이완 신문학운동이 결코 중국 5 · 4신문학운동의 영향에서 비롯된 것은 아니라는 점을 설명하는 것이기도 하다. 이는 귀중한 역사적 사실이다.

또한 주이펑의 「그녀는 어디로 갈 것인가?」는 타이완 좌익문학의 서막을 열었다는 점에서도 중요한 의미를 갖는다. 주이펑은 사회주의적인 반봉건의식을 바탕으로 하여 당시 구사회의 혼인제도에 속박 당하는 타이완 여성의 고통을 묘사하고, 결국 여주인공이 혼약을 파기하고 일본 유학길에 올라 혼인과 행복의 자주권을 추구하는 모습을 그렸다. 소설은 식민지 타이완의 운명을 그렸으며 또한 부권의 그늘에서 해방되고픈 타이완 여성의 소망을 반영했다. 이때부터 일본 식민통치 시기의 타이완 신문학은 일본어든 중국어든 혹은 타이완어를 사용하든지간에 모두 식민지 타이완의 운명과 긴밀하게 연결되어 있었다. 그리고 사회주의의 비판적이고 사실적 담론으로 식민제국에 대해 적극적이거나 혹은 소극적인 저항을 하였다.

다른 측면에서 교회에서 사용하는 '백화자'(로마자)를 타이완어로 계속 사용하자는 주장도 신문학운동 초기에 있었다. 1922년 9월 8일, 차이페이휘(蔡培火, 1889~1983)는 『타이완』 제3권 제6호에 발표한 「신타이완의 건설과 로마자(新臺灣の建設と羅馬字)」에서 '로마자를 보급하여 타이완문화의 기초를 다지는 길'을 강조하였다. 그는 로마자를 채용하여 '타이완어 문화를 보급시켜'야만 물적(物的) 타이완을 심적(心的) 타이완으로 바꿀 수 있다고 주장했다. 이는 타이완어 문학이론의 기초를 다지는 최초의 글이었다. 1923년 1월 1일에 출간된 『타이완』 제4권 제1호는 황청충(黃呈聰, 1886~1963)의 「백화문을 보급하는 새로운 사명에 내해 논함(論普及白話文的新使命)」과 황차오친(黃朝琴, 1897~1972)의 「한문개혁론(漢文改革論)」이라는 두 편의 글을 게재했다. 황청충은 중국 5·4운동 당시 후스의 백화문학사에 대한 논증을 바탕으로 하여 '특별한 문화를 창조하여' 타이완을 개조해야 하며, '중국처럼 완전한 백화문을 고집하지 말고 타이완의 일상 언어로 절충적인 백화문을 만들도록 노력해야 한다.'고 강조했다. 황차오친은 더욱 분명하게 타이완 사람은 '말과 글이 일치하지 않는 한문'을 버려야 한다고 주장했다. 또한 '타이완 백화문 강습회'를 열어 "말과 글이 일치한 문체를 사용하고 말과 글에 근거하여 듣는 사람들이 쉽게 익히고 쉽게 쓸 수 있도록 해야 하며 형식에 얽매이지 말고 경전구를 사용하지 말고 말하는 대로 쓰면 된다."고 주장했다. 이 두 문장의 주장도 마찬가지로 중국 백화문과 다른 '타이완 백화문' 창작을 위한 이론적 기초를 다진 것이다.

뒤이어서 장워쥔(張我軍)이 등장했다. 1923년 4월 15일에 『타이완민보』는 도쿄에서 "평이한 한문이나 통속적인 백화로 세계적인 뉴스를 소개하고 시사를 비평하며 학계의 동정, 국내외 안팎의 경제 소식을 전하고 문예를 제창하며 사회를 지도하고 가정과 학교를 연결시키고 …… 타이완 문화를 계발하자"는 주장을 내놓았다. 그리고 이 간행물은 고전 한문의 굴레를 벗어던지고 백화문을 채택하였다. 당시에 중국 베이징으로 가서 수학한 장워쥔은 중국 5·4신문학운동의 영향을 받고 1924년 4월 21일 『타이완민보』에 「타이완 청년에게 보내는 편지(致臺灣靑年的一封信)」를 발표하여 타이완의 구식 문인을 인정사정없이 비판했다. 같은 해 11월에 그는 또 같은 간행물에 「야단난 타이완 문학계(糟糕的臺灣文學界)」라는 글을 발표하여 구식 문인이 "파렴치하게도 문사의 낯짝을 하고 거리낌 없이 학구적인 많은 천재들을 매몰시켜 버리고 전도유망한 많은 젊은이들을 매장시켜 버렸다."고 꾸짖었다. 장워쥔의 직설적인 비판은 즉시 기성 문학계의 반격을 야기했다. 롄야탕(連雅堂, 1878~1936)은 『타이완시회(臺灣詩薈)』[4]에서 신문학 작가의 "입은 육경(六經)도 읽지 못했고 눈은 제자백가의 주장도 보지 못했으며 귀는 이소(離騷), 악부(樂府)의 소리도 들은 적이 없으

---

4) 롄야탕이 1924년 1월에 타이베이에서 발행한 중국어 문언잡지이다. 1925년 10월에 롄야탕이 항저우(杭州) 시후(西湖)로 요양을 떠나면서 정간되었다. 모두 22기를 발행했다. ─역자

면서 툭하면 한자를 폐지해라, 한자를 폐지해라 요란을 떨고 심지어 신문학을 제창해야 한다고 아우성을 친다."고 비난했다. 그러자 장워쥔은 이에 질세라 「타이완 문학계를 위해 통곡하노라(爲臺灣的文學界一哭)」, 「힘을 합하여 저 시든 풀 더미 속에 파묻힌 낡은 전당을 허물어 버립시다(請合力拆下這座敗草叢中的破舊殿堂)」, 「거의 들리지 않는 시 읊는 소리(絶無僅有的擊鉢吟)」 등의 글을 발표하였다. 여기서 그는 "타이완 문학계를 깨끗이 청소하고 시단의 요괴들을 깡그리 때려죽여야 한다."고 역설하였다. 이렇게 신문학사의 신/구 문학논쟁이 발생하였다. 구문학파는 정쿤우(鄭坤五, 필명 鄭軍我, 1885~1959), 자오루(蕉麓, 본명 羅秀惠, 1865~1943), 츠첸왕성(赤嵌王生),[5] 황산커(黃衫客), 이인여우(一吟友) 등으로 대표되고, 신문학파는 장워쥔, 라이허(賴和), 양윈핑(楊雲萍, 1906~2000), 차이샤오첸(蔡孝乾, 1908~1982) 등으로 대표된다. 간행물 상에서 벌어진 논쟁을 통해 타이완 신문학운동은 우세한 위치를 차지하게 되었다. 그리고 그로부터 중국 5·4문학의 주장과 이론도 타이완 문단의 주목을 받게 되었다.

이러한 과정 중에서 장워쥔은 1925년에 첫 번째 시집 『어지러운 도시의 사랑(亂都之戀)』을 자비로 출판했다. 이 시집은 타이완의 첫 번째 중국어 신시집이다. 이외에 양윈핑, 라이허, 양화(楊華, 1906~1936)가 모두 이 시기에 작가의 대열에 합류하기 시작했다. 양윈핑과 장멍비(江夢筆)가 『사람들(人人)』 잡지를 창간하고 신시를 발표했다. 양윈핑의 「밤비(夜雨)」와 「무제(無題)」, 양화의 「소시(小詩)」와 「흑조집(黑潮集)」은 모두 이 시기의 훌륭한 작품들이다. 라이허는 이 시기의 타이완 소설을 대표한다. 그의 「구경열기(鬪鬧熱)」와 「막대저울 하나(一桿‘稱仔’)」는 신소설 창작의 서막을 열었다. 라이허, 장워쥔, 양윈핑, 양화는 타이완 신문학운동 초기의 걸출한 네 작

---

5) 츠칸왕성(赤崁王生)이라고 하는 자료도 있다.－역자

가라고 말할 수 있다.

1920년대는 타이완 신문학운동 초기 단계로 여전히 신문학의 창작기교를 탐색하였다. 식민지라는 역사적 현실로 말미암아 작가들은 대부분 리얼리즘 수법과 사회주의와 휴머니즘적 정신으로 창작 활동을 이어갔다. 언어는 타이완어와 일본어 그리고 중국 백화문이 뒤섞인 특수한 '혼합 언어(mixed language)' 양상을 보였지만, 봉건에 대해서든 식민에 대해서든 혹은 전통 어문에 대해서든 간에 모두 강렬한 저항정신을 담고 있었다. 1930년대 타이완 좌익문학은 이를 발판으로 하여 성숙하기 시작했다.

03 | 좌익과 향토의 대화

1920년대 후기에 이르러 타이완의 정치 상황에 변화가 나타나기 시작했다. 1927년에 '타이완문화협회'가 분열되고, 1928년에 타이완 민중당(民衆黨)과 타이완 공산당이 성립됨으로써 사회주의는 급진적인 젊은 인텔리들의 주요한 사조가 되었다. 그러자 타이완총독부는 지식인과 사회단체에 대한 통제를 강화하기 시작했다. 문학 주장과 창작은 이때부터 더욱 활발해졌고, 타이완 향토와 민간사회도 작가들이 관심을 갖는 대상이 되었다. 이 시기가 바로 좌익문학이 발흥하고, 향토문학이 성숙하는 단계였다.

1930년 8월 16일, 황스후이는 『오인보(伍人報)』6)에 「왜 향토문학을 제

---

6) 1930년 6월에 타이완 공산당원인 왕완더(王萬得, 1903~1985), 천량자(陳兩家), 저우허위안(周合源), 장썬위(江森鈺) 등이 장차오지(張朝基, 1878~?)와 함께 조직한 '오인보사(伍人報社)'가 발간한 간행물이다. 창간 당시에는 좌익을 연합시키는 형태였으나 뒤에 공산주의 색채가 짙어지면서 수차례 정간 당했으며, 15호까지 발행했다.—역자

창하지 않는가?(怎樣不提倡鄉土文學)」라는 글을 발표하였다. 이 글에서 그는 다음과 같은 말을 하여 사람들의 이목을 집중시켰다.

> 그대는 타이완 사람이다. 그대의 머리는 타이완 하늘을 이고 있고, 발은 타이완 땅을 밟고 있고, 눈은 타이완의 현실을 보고 있고, 귀는 타이완의 뉴스를 듣고 있다. 지난 시간 역시 타이완의 경험이고, 입으로 말하는 것 역시 타이완의 말이다. 그래서 기둥처럼 곧은 그대의 붓대와 꽃이 핀 듯이 화려한 붓은 타이완의 문학을 써야 할 것이다.
> 타이완의 문학을 어떻게 써야 하는가? 타이완 말로 글을 쓰면 되는 것이요, 타이완 말로 시를 지으면 되는 것이요, 타이완 말로 소설을 쓰면 되는 것이요, 타이완 말로 노래를 만들고 타이완의 사물을 묘사하면 되는 것이다.

이 논조는 타이완 사람의 민족주의적인 상상을 담고 있고, 상당부분 사회주의적인 사고를 담고 있다. 황스후이의 좌익적 정체성은 '고통당하는 무수한 군중을 대상으로 문예를 만든다.'는 주장을 하도록 했다. 바꾸어 말하면 농민과 노동자 계급의 언어로 타이완 신문학을 창작해야 한다는 말이다. 황스후이의 논조로 보면 식민국 일본의 언어와 조국 중국의 백화문은 상대적으로 모두 계급성을 가진 '지배계급'의 언어이지 고통당하는 프롤레타리아 대중의 언어가 아니다. 타이완의 고통당하는 대중들이 말하는 타이완어만이 프롤레타리아 대중의 언어이다. 1931년 7월 24일에 그는 또 「향토문학을 다시 말함(再談鄉土文學)」이란 글을 발표하여 언어문자라는 형식 측면에서 향토문학을 논하였다.

황스후이의 주장은 즉시 귀추성의 적극적인 갈채를 받았다. 귀추성은 1931년 7월 『타이완뉴스(臺灣新聞)』에 2만여 자에 달하는 「'타이완언어' 건설의 제안 한 가지(建設'臺灣話文'─提案)」를 발표하여 '타이완어 문자화'에 대해 한 걸음 더 나아간 관점을 제기했다. 그리고 같은 해 8월에 또 「타이완언어를 건설하자(建設臺灣話文)」라는 글을 써서 타이완언어와 민간문학, 향토문학을 결합시킬 것을 강조했다.

황스후이와 궈추성 두 사람의 주장이 연달아 찬성과 반대 논쟁을 야기했기 때문에, 문학사에서는 이것을 '향토문학논쟁'이라고 부른다. 이 논쟁은 1934년까지 계속되었다. 찬성하는 작가에는 정쿤우, 좡쑤이싱(莊遂性, 1897~1962), 황춘칭(黃純青, 1875~1956), 리센장(李獻璋, 1904~1999), 황춘청(黃春成), 칭윈(擎雲), 라이허 등이 있었다. 그리고 반대하는 작가에는 랴오위원(廖毓文, 1912~1980), 린커푸(林克夫, 본명 林金田, 1907~?), 주뎬런(朱點人, 1903~1951), 라이밍훙(賴明弘, 본명 賴銘煌, 1909~1971), 린웨펑(林越峰, 본명 林海成, 1909~?) 등이 있었다. 이 논쟁을 종합하여 보면, 사실 그 이면에는 타이완언어를 사용해야 하는가 혹은 중국 백화문(일본어까지)을 사용해야 하는가 하는 창작 논쟁을 담고 있다. 또한 향토문학이 민족성 위에 세워져야 하는가 아니면 계급성 위에 세워져야 하는가 하는 노선 논쟁이 숨겨져 있다. 결국 좌익 계급적 관점과 타이완 민족적 관점을 융합한 '향토문학'이 논쟁 속에서 우위를 점했다.

이 시기에는 좌익문학 잡지도 등장했다. 1928년 5월에 좌경적인 타이완문화협회가 『타이완대중시보(臺灣大衆時報)』를 창간했고, 1930년대에 들어선 뒤에는 『오인보』, 『타이완전선(臺灣戰線)』, 『내일(明日)』, 『홍수보(洪水報)』, 『현대생활(現代生活)』, 『적도(赤道)』, 『신타이완전선(新臺灣戰線)』, 『타이완문예(臺灣文藝)』 등의 잡지들이 쏟아져 나와 타이완 문학에 영향을 미쳤다. 그러나 이러한 잡지들은 나오자마자 출판금지를 당했고 마지막에는 1931년 타이완 민중당이 타이완총독부에 의해 결사금지 조치를 받고 타이완 공산당도 붕괴되면서 끝이 났다.

1931년 가을에 라이허, 궈추성, 예룽중(葉榮鐘, 1900~1978), 우춘린(吳春霖), 황청(黃城), 쉬원다(許文達) 등 12명이 발기하여 '남음사(南音社)'를 성립하고, 다음 해 1월 1일에 『남음』 잡지를 창간했다. 이 잡지는 비록 1년도 유지되지 못했지만 타이완지방자치연맹(臺灣地方自治聯盟)[7]의 기관지였고, 타이완언어 사용을 실천한 유일한 매체였다는 점에서 매우 중요하다. 이 잡지는 '첫째, 사상과 문예를 보편화하고 대중화하고 둘째, 작품을 발표할 공간을 제공한다는 두 가지 사명을 어깨에 짊어진다.'는 자부심을 지니고 '타이완언어 토론란', '타이완언어 시행란' 같은 칼럼을 마련하였다. 때문에 타이완어 문학의 창작, 논술, 타이완 민간문학의 수집과 정리에 지대한 공헌을 하였다.

1933년 3월 20일에 타이완계 재일교포 문학청년 쑤웨이슝(蘇維熊, 1908~1968), 웨이상춘(魏上春), 장원환(張文環, 1909~1978), 우훙추(吳鴻秋), 우융푸(巫永福), 황보탕(黃波堂), 왕바이위안(王白淵, 1902~1965) 등이 도쿄에서 '타이완예술연구회(臺灣藝術研究會)'를 조직하였다. 그리고 '타이완 문학과 예술의 향상을 꾀한다.'는 목적에서 같은 해 7월 15일에 『포르모사(福爾摩沙)』를 출간했다. 이 간행물은 모두 3기까지만 간행되었고, 타이완예술연구회도 저절로 해산되어 1934년에 성립한 '타이완문예연맹(臺灣文藝聯盟)'에 흡수되었다. 그로부터 타이완 신문학을 전파하는 중심도 타이완민보 계열에서 문학단체와 잡지로 바뀌었다. 이렇게 타이완 문학단체가 처음으로 형성되었고, 문학잡지가 문학 전파의 책임을 맡기 시작했다.

이어서 1933년 10월에 황더스(黃得時, 1909~1999), 주뎬런, 궈추성, 랴오위원 등이 '타이완문예협회(臺灣文藝協會)'를 결성하고 궈추성을 간사장으로 선출했다. 타이완문예협회는 1934년 7월 15일에 잡지 『선발부대(先發部隊)』를 창간하고, 발간사에서 '산만에서 집약으로, 자연발생기의 행위에서 의식적인 건설행동으로 바꿀 것'을 강조했다. 『선발부대』는 제1기에

---

7) 1930년 타이완 민중당에서 분리해 나온 단체. -역자

'타이완 신문학의 출로 탐구 특집'을 마련했다. 그리고 이듬해 1월에 제2기를 발행하면서 『제일선(第一線)』으로 개명하고, '타이완 민간이야기' 특집을 마련하였지만 바로 정간되었다. 이 간행물은 대중문학과 타이완 민간문학에 대한 주장을 계승하고 있었고 강렬한 리얼리즘 색채를 지녔으며 1930년대 타이완 문학의 주요한 흐름을 보여주었다.

타이완 문학가들의 최초 동맹은 1934년 5월 6일에 성립한 '타이완문예연맹'으로, 타이완 각지에서 온 작가 53명이 창립에 참여하였다. 라이허, 라이칭(賴慶), 라이밍훙, 허지비(何集璧), 장선체(張深切) 등의 5명을 상임위원으로 선출하였고, 장선체가 상임위원장을 맡았다. 이 연맹은 타이완의 문예동인들을 단결시키고 서로 친목을 다지고 타이완문예를 진흥시킨다는 취지에서 출범했다. 11월에 연맹간행물 『타이완문예』를 창간하고, 타이완 신문학운동에 새로운 물결을 일으켰다. 그렇지만 참여한 작가가 너무 많고, 문학주장과 정치노선도 각기 달랐기 때문에 점차 장선체를 중심으로 한 '풍토노선(風土路線)'과 양쿠이(楊逵, 1906~1985)가 주도하는 '사회노선'으로 갈라졌다. 결국에는 두 노선의 이데올로기가 충돌하는 일이 발생하였고, 양쿠이는 1935년 11월에 연맹을 탈퇴해 독자적으로 『타이완신문학(臺灣新文學)』 잡지를 창간했다. 이후 1937년 7월에 중일전쟁(1937~1945)이 발발하자 두 간행물 모두 강제로 정간 당했다.

1930년대의 타이완 신문학은 타이완 작가와 작품이 두루 성숙한 시기라고 말할 수 있다. 비교적 전기에 활동한 작가 라이허, 양서우위(楊守愚, 1905~1959), 천쉬구(陳虛谷, 본명 陳滿盈, 1891~1965), 양윈핑 이외에도 신예 작가들이 끊이지 않고 배출되었다. 양쿠이, 주뎬런, 왕스랑(王詩琅, 1908~1984), 차이추퉁(蔡秋桐, 필명 愁洞, 1900~1984), 궈추성, 랴오위원, 우융푸 등이 그들이다. 신시(新詩) 방면에서는 양화, 왕바이위안, 천치원(陳奇雲, 1905~1930), 우쿤황(吳坤煌, 1909~1989)과 '염분지대(鹽分地帶)' 시인 궈수이탄(郭水潭, 1907~1995), 우신룽(吳新榮, 1907~1967), 쉬칭지(徐清吉, 1907~1982), 왕덩산(王登山, 1913~1982) 등과 '풍차시사(風車詩社)'의 양츠창(楊熾昌, 1908~1994), 린용슈(林永修, 1911~1944), 리장루이(李張瑞, 1911~1952), 장량뎬(張良典, 필명 丘英二, 1915~) 등이 활약했다. 그들의 작품은 타이완 신문학의 번성을 가져왔다.

04 | 사회, 민족과 향토

타이완 신문학운동 초기와 1930년대의 발전 과정을 살펴보면 반제국적인 사회주의 색채가 짙고, 반식민적 민족주의 정신과 타이완을 사랑하는 향토의식이 강렬했음을 볼 수 있다. 이것은 국제적 흐름과 일본 식민통치 등의 객관적인 상황 하에서 타이완 신문학운동 전기 20년 동안 타이완 작가들의 작품과 담론의 주된 흐름이었다.

타이완 신문학운동의 전기와 후기 단계에서 훌륭한 작품들이 대량으로 창작되었다. 일본어, 중국어, 타이완어 그리고 세 언어를 혼용한 작품이 많이 창작되어 복잡하고 기형적인 창작 면모와 언어적 특색을 보여주었다. 사회주의와 민족주의 시각에서 제기된 주장이 야기한 논쟁도 제법 주목을 받았다. 그 가운데 타이완 언어와 관련된 논쟁은 지금까지도 적지 않은 영향을 미치고 있으며, 1945년 이후 타이완어 문학의 원천이 되었다. 작가의 수도 증가하였고 그룹을 결성하는 현상 등이 나타나 일본 식민통치 시기 타이완 문학의 절정을 보여주었다. 사실상 주류 좌익 이외에도 신감각파나 초현실주의 등의 모더니즘 지류도 형성되었다. 타이완의 많은 작가들은 어둠 속에서 등불을 밝히고 타이완과 타이완 문학의 여명을 탐색했다.

아쉽게도 1937년 7월 7일, 일본이 중국 루거우교(蘆溝橋)를 침공하면서 중일전쟁이 발발하자 한문은 강제로 폐지되었고, 그로 인해 중국어나 타이완 언어를 사용한 타이완 신문학 창작도 중단되고 말았다. 결국 전면적인 일본어 문학시기로 들어가면서 타이완 신문학운동은 민족주의 계열이건 사회주의 계열이건 할 것 없이 모두 중단되고 말았다.

밤빛은 짙게 더욱 어두워졌다. 이후의 타이완 신문학은 일본어 창작이라는 또 다른 상황 속으로 들어가고 말았다.

01 나카시마 토시로, 『1930년대 타이완 향토문학 논쟁자료집』(가오슝 : 춘후이), 2003년.
中島利郎, ≪一九三〇年代臺灣鄉土文學論戰資料彙編≫(高雄 : 春暉, 2003年).

02 린치양, 「민족상상과 대중노선의 궤적 : 1930년대 타이완언어 논쟁과 타이완어 문학운동」,
연합보 부록, 『타이완 신문학 발전의 중대사건 논문집』(타이난 : 국가 타이완 문학관),
21-47쪽.
林淇瀁, 〈民族想像與大衆路線的交軌 : 1930年代臺灣話文論爭與臺語文學運動〉, 聯合報副刊編,
≪臺灣新文學發展重大事件論文集≫(臺南 : 國家臺灣文學館, 頁21-47).

03 천팡밍, 『좌익 타이완』(타이베이 : 마이텐), 1998년.
陳芳明, ≪左翼臺灣≫(臺北 : 麥田, 1998年).

04 『타이완 신문학 잡지총간』(총 17권)(타이베이 : 동방서국), 1981년 수정본.
≪臺灣新文學雜誌叢刊≫(共十七卷)(臺北 : 東方書局, 1981復刻本).

제5장

식민지 근대성의 유혹

1930년대 이후 모더니즘과 황민문학의 등장

| **천젠중**陳健忠　국립칭화대학 타이완 문학 연구소 조교수 |

01 | 머리말 : 식민지 근대성의 유혹

1895년 이후 타이완을 식민통치한 일본 정권은 타이완에서 자본과 원료의 지속적인 착취를 위하여 자본주의화와 근대화 개혁을 제한적으로 추진하였다. 근대적 제당공업, 신식 교육, 위생의 개선 등은 근대성의 성과임에 틀림없다. 식민성과 근대성의 문제는 닭이 먼저냐 알이 먼저냐 하는 문제와 비슷해 모종의 공통분모를 찾을 수 있다. 그리하여 점차 '식민지 근대성(colonial modernity)'이란 말이 생겼다. 일본은 식민국의 약탈을 더욱 수월하게 하기 위해서 제한적인 발전을 계획했다. 식민주의 담론은 근대성이 우월하다고 선험적으로 단정해 버렸고, 이로 인해 타이완 본토 지식인들이 근대성을 추구할 때 식민성과 근대성의 이미지가 함께 뭉뚱그려 혼합된 근대성을 추구할 수밖에 없었다. 그리고 일본을 진보의 상징으로(상대적으로 식민지 약탈의 의도는 간과하고서) 여기는 어려움에 처하게 되었다.

1920년대 중반 일본 식민통치 시기 타이완 신문학의 발전 초기에는 리얼리즘을 기초로 하여 중국 백화문을 창작 언어로 하였으며(타이완언어, 일본한자, 전통한문이 혼용되고 있었다.) 계몽문학과 반(反)식민문학 작품이 주류를 이루었다. 그렇지만 1930, 40년대 일본의 식민지 교육은 타이완 사람들의 문화와 정신세계에 깊은 영향을 끼쳤고 일본어로 교육을 받고 성장한 신세대 작가들이 등장했다.

1930, 40년대 타이완의 신세대 일본어 작가들(일부는 한문 작가)에게 수용된 문학적 영향은 매우 복잡했다. 일본 신감각파 등의 모더니즘 문학 사조나 낭만주의 문예사조가 그들의 새로운 창작기교로 활용되었다. 그리고 타이완 문화 재건과 식민통치가 서로 뒤엉킨 문제는 그들을 매우 고통스럽게 했다. 그렇지만 식민지 근대성이 타이완 사회에 군림한 뒤에 만들어낸 근대도시와 근대적인 사물 속에서 생존하면서 근대시민의 정신세계로 귀속한 사람들은 더욱 많아졌다. 그들이 추구했던 문학예술의 근본적인 지향은 식민에 대한 저항으로부터 선회하여 식민국 일본 사회에서 어떻게 하면 식민지 근대성의 혜택을 받아서 일본인과 동등한 '동포'가 될 수 있는가에 초점이 맞추어져 있었다. 하지만 결과적으로 아무것도 얻지 못했다.

모더니즘을 기초로 한 도시문학과 황민화운동 이후에 성행한 황민화를 주제로 한 황민문학은 식민지 근대성의 유혹으로 포장된 산물이었다. 문화정체성(cultural identity)과 국가정체성(national identity)의 형성과 상실은 그들의 근본적인 관심거리였다. 창작기교의 변화는 그들의 혼란스럽고 애매한 정신 상태와 어우러졌다.

02 | 도시문학, 모더니즘과 문학적 신감각

모더니즘 이전의 문학작품에서 등장한 농촌/도시, 개인/집단의 이원대립 패턴은 도시를 비판의 대상으로 삼은 것이었다. 도시가 '제2의 자연'이자 자신들의 대리인이 될 때만 도시는 비로소 독립적인 제재로 표현될 수 있으며 '도시' 창작은 새로운 가능성을 확보하게 된다.

때문에 도시의 근대적인 경험을 정확히 바라보고 그것을 문학 표현의 중심 주제로 삼을 때에 도시생활과 문학적 미학에 부합하는 '신감각'이 만들어진다. 그리고 이러한 문학적 신감각이 바로 모더니즘 문학사조가 그토록 드러내고자 했던 핵심이라고 말할 수 있다. 그런데 '모더니즘'과 '제국주의'가 동시에 동양으로 들어온 것은 피할 수 없는 역사적 운명이었고 식민지 동양의 모더니스트들은 문화적 주체성이 침략당하고 변형되는 위기를 겪으면서도 제국에서 들어온 신기술과 새로운 언어로 창작을 할 수밖에 없었다. 이 때문에 동양의 모더니스트들은 그 나라의 민족주의자들이나 문화보수주의자들보다 두드러져 보일 수밖에 없었고 탈식민정신이 강렬한 문학사에서 그들에 대한 평가는 현저한 차이를 보일 수밖에 없었다.

20세기 초기 중국과 타이완 신문학의 전개과정에서 보면, 1930년대에 도시문학의 형태로 등장한 타이완의 모더니즘 문학은 당시 타이완 젊은 이들이 일본에서 유학할 때에 받은 영향과 직접적 관계가 있었다. 그 근원을 캐보면 모더니즘 사조에서 받은 영향이 특히 깊다. 모더니즘의 갈래 가운데 한 유파로 평가하는 '신감각파'는 일본에서 시작된 것이기는 하지만 사실 일본 역시 이를 서구유럽에서 받아들였다.

1920년대 중기에 등장한 일본의 신감각파는 20세기 초기 일본 문단의 자연주의 문학과 프로문학에 대한 반동에서 비롯되었으며, 모더니즘 문학의 한 갈래로 비교적 일찍 싹튼 문학사조 가운데 하나이다. 신감각파의 등장은 당시 문단 내부의 노선 논쟁 이외에도 자본주의 사회가 현대인에게 만들어준 위화감, 1923년 일본의 관동대지진(關東大地震) 이후의 사회 경제 질서의 혼란 등이 작가들의 정신적 심리적 동요를 가일층 부추긴 것이 계기가 되었다.

천팡밍(陳芳明, 1947~)이 1930년대 타이완 문학을 논할 때에 농민문학, 좌익문학의 발흥 이외에 다른 발전 현상으로 제시한 것이 바로 '도시문학'의 등장이다. 그는 이 시기의 도시문학 창작의 흐름에 대해 다음과 같이 설명했다.

> 도시문학이 모더니즘과 필연적인 관계를 가진 것은 아니다. 그러나 타이완이 끊임없이 자본주의화 됨에 따라서 도시화 추세도 막을 수 없었다. 타이완의 도시문학은 대체로 두 가지 양상으로 나타났다. 타이베이 작가들이 표현한 근대적 모습과 타이완 유학생 작가들이 반영한 일본 도쿄의 도시생활이다. 전자는 왕스랑(王詩琅)과 주뎬런(朱點人, 1903~1949) 등이 가장 대표적이고, 후자의 대표적 작가로는 우융푸(巫永福), 웡나오(翁鬧, 1908~1940) 등을 들 수 있다. 이러한 도시문학은 신시의 발전 과정 속에서 그대로 투영되었다. 왕바이위안(王白淵)의 등장부터 '풍차시사(風車詩社)'의 탄생까지의 과정에서 이러한 모더니즘의 굴곡진 궤적을 대략적이나마 살펴볼 수 있다.

우융푸와 같은 시기에 도쿄에서 유학했던 또래 작가들의 소설, 즉 우톈상(吳天賞)의 「꽃봉오리(蕾)」와 「용(龍)」, 웡나오의 「잔설(殘雪)」과 「날이 밝기 전의 연애이야기(天亮前的戀愛故事)」, 장원환(張文環, 1909~1978)의 「일찍 시든 꽃봉오리(早凋的蓓蕾)」, 심지어 우융푸의 「머리와 몸(首與體)」과 「동백꽃(山茶花)」 등의 작품은 모두 개인의 문제를 중심에 두고 부르주아의 퇴폐적인 낭만에 젖어 자신들의 고민을 토로하였다. 그래서 반역자 내지는 디아스포라적인 모습을 지닌 인텔리 형상이 등장한다.

도시가 주는 위화감과 매력은 타이완 출신 유학생들 창작에서 쉽게 찾아볼 수 있는 단골메뉴가 되었다. 여기서 우리가 생각해야 할 문제는 당시 지식인 작가들의 도시적 근대성 경험이 무엇 때문에 리얼리즘에서 모더니즘으로, 객관적 사실 묘사에서 주관적 심리 묘사를 중시하는 문학적 근대성으로 전환되었는가? 하는 점이다. 일본 신감각파의 등장은 문학의 내부적인 노선 발전과 시대적 고민에 대한 반동에서 비롯되었다고 말할 수 있다. 하지만 타이완 출신 유학생들은 타이완 피식민자들이 느끼는 이중적 갈등[1] 이외에도 도시 문명에 대한 자신들의 느낌도 반영하였다. 이것은 사실 세계 각처의 모더니스트들이 도시 생활에서 느꼈던 소외감과 일치한다고 할 수 있다. 그래서 타이완의 특수성만 가지고 모더니즘 문학이 등장하게 된 계기를 제대로 이해할 수 없기 때문에, 우리는 타이완 인텔리들이 경험했던 도시 경험, 즉 근대문명(근대성)과 식민문제(식민성) 사이의 갈등 경험을 제대로 봐야 한다.

일본의 도시에 유학한 타이완 작가들은 때로는 도시문명에 매료되기도 하지만 때로는 대도시로 '상징'되는 고달픈 인생을 원망하기도 하였다. 이들 소설의 주제는 계몽과 반식민이 아니었다. 오히려 문학예술과 사랑에 대한 추구 같은 몽상이 더욱 매력적이었다. 이러한 스토리는 타이완을 배경으로 하는 것이 아니라 식민국 일본 도쿄를 무대로 하여 쏟아져 나왔다. 타이완 모더니즘이 '국경' 밖에서 일본의 도시 근대성이 야기한 문학적 근대성에 편승하여 보여준 것은 바로 타이완 지식인들의 또 다른 삶에 대한 사유였다. 그것은 개인주의적인 것이었지 결코 나라의 운명을 주축으로 삼은 것은 아니었다.

---

1) 식민국과 모국인 식민지 양자 사이에서 느끼는 갈등—역자

웡나오의 「날이 밝기 전의 연애이야기」는 관능적인 유혹과 도시적인 이미지 묘사로 가득 채워져 있다. 작가는 주인공의 독백을 통해서 인간 내면세계의 동요를 보여주고 있는데, 그는 소설에서 다음과 같이 강조하였다.

> 나는 야수요. 성현의 길이 인간의 길이라면, 나는 분명 샛길로 빠졌으니 무시당해 마땅한 존재요. 나를 무시해도 좋소. …… 이 땅이 다시 야수들로 넘쳐난다면 얼마나 좋겠소! 내가 인류의 멸망을 원하는 것은 아니니 노여워하지는 말기를 바라오. 내 말은 현재의 인류는 자신들의 생활 방식과 모든 문화를 잊어버리고 다시금 야수의 상태로 돌아가야 한다는 뜻이오.

웡나오는 야수의 상태로 되돌아가기를 바란다는 말로 도시생활에 지친 마음과 심정을 토로하였다. 이는 도시가 주는 정신적 억압과 모든 생명력의 상실로 연결되어야 한다. 그가 쓴 것처럼, 소설 속 서술자가 말하고 있는 시간은 바로 그의 서른 살 마지막 날이다.

> 아, 나의 청춘은 이미 지나갔다. 사라졌다. 오늘 여기서 마지막을 고하리라. …… 나에게 청춘 없는 삶은 죽음이나 마찬가지다.

웡나오의 이러한 내적 독백은 근대문명에 대한 작가의 반감을 드러내고 있다. 이는 청춘과 생명력을 상실한 근대인의 탄식이기도 하지만, 또한 식민지 백성으로서의 정체성과 출로가 모두 막혀 토해내는 절망적인 울부짖음으로 간주할 수도 있다. 필자가 강조하고 싶은 것은 도시 근대성의 경험이 바로 타이완 모더니스트들이 문학적 근대성을 드러낸 근거라는 점이다. 그들의 텍스트 속에서 도시는 '제2의 자연'이었고, 도시생활 자체는 그들의 정신적 고뇌의 근원이었다. 또한 이들의 작품에서 드러나는 갖가지 갈등과 퇴폐적인 심리묘사는 식민국의 도시를 반식민의 목표로 삼았던 글쓰기의 형태와는 분명 달랐다.

그래서 신문학운동 시기의 타이완 작가들의 다른 도시 관련 창작과 마찬가지로 도시문명으로 상징되는 억압과 허무 그리고 퇴폐를 보여주었다. 그들이 모두 모더니즘의 형식으로 도시를 논했던 것이 아닐 뿐이다. 그러나 이런 대비를 통해서 우리는 식민지 작가의 입장에서 보면 도쿄든 타이완이든 도시는 모두 억압을 의미했음을 알 수 있다. 그리고 이를 통해 식민지 도시 속의 근대성이 그 생활을 지배했던 영향력을 드러냈음을 알 수 있다. 아나키스트(anarchist)였던 왕스랑의 「밤비(夜雨)」, 「몰락(沒落)」과 「사거리(十字路)」 등의 작품에서 묘사하고 있는 것은 사회운동에 위축된 무력한 지식인들의 퇴폐적인 그림자가 되어버린 도시의 모습이다. 「밤비」의 한 대목을 살펴보자.

넓디넓은 다이헤이쵸(太平町) 거리 양쪽에 즐비한 커다란 상점들은 땅거미가 내리자 어둠 속에 파묻혔다. 눈부신 전깃불이 차츰 위풍을 드러내며 태양을 대신하여 세상을 지배한다. 개업한지 얼마 안 된 커피숍 '장미꽃'이 사거리 모퉁이에서 고운 자태를 드러냈다. 축음기에서 쿵작쿵작 흘러나오는 간드러진 노랫소리, 자줏빛 '네온사인'이 모던 걸의 요염한 얼굴을 비추며 도쿄의 차이나타운에 새로운 매력을 덧칠했다.

근대적 사물과 관련된 묘사는 식민지 근대성이 이미 도쿄를 점령했음을 지적하려는 목적 이외에도 작가에게 강한 인상을 준 근대성의 '이국적인 분위기'도 담아내고자 했다. 하지만 도시 근대성에 대한 애증 사이에서 식민지 작가가 지닌 애매한 미학적 경향이 드러나는 듯하다. 즉 근대도시의 마력과 힘(억압)은 식민지 작가들이 느끼는 갈등의 근원이 되었다. 그러나 아나키즘적인 좌익작가들의 고충은 도시 자체에서 비롯된 것이 아니라 도시문명을 추구하는 헛된 노력에서 비롯되었는지도 모른다. 하여튼 대부분은 식민지의 현실적 곤경에서 비롯된 것이었다.

도시 속의 근대문명과 동시에 대두된 문제에는 '근대적 산물'인 '모던 여성(모던 걸)'도 있다. 여성 문제는 늘 도시와 떨어질 수 없는 관계를 맺고 있다. 모더니즘의 영향을 받은 소설가들에게 있어서 여성의 연애나 성적 욕망에 대한 묘사는 텍스트 속 심리묘사 가운데서도 가장 클라이맥스를 장식하였고, 리비도(Libido)적 성욕은 마치 주관과 감각기관을 강조하는 신감각파의 핵심인 것 같다.

「날이 밝기 전의 연애이야기」에도 '원시', '자연' 따위의 개념들이 등장한다. 윙나오는 분명 남성의 입장에서 여성의 호감을 얻지 못한 슬픔을 탄식하고 있다. 하지만 '청춘', '생명' 등의 어휘들과 상대적인 개념으로 말하자면 그는 분명 근대 도시적 억압이 사라진 원시적인 공간을 동경했다고 할 수 있다. 청춘과 사랑은 모두 도시공간에서 사람에게 열정을 주는 근원이기도 하지만, 욕망을 채우지 못한 뒤에 더욱 깊은 상실감에 빠지게 하는 근원이기도 하다.

> 나는 그저 쓰레기야. 사랑을 간절히 찾고, 이렇게 사랑을 열렬히 갈망하는 나에게 하느님은 단 1초도 은혜를 베풀어준 적이 없어. 난 도저히 이런 것이 타당하다고 인정할 수 없어. 아! 청춘은 사라지고 있어! 쏜살같이 지나가고 있어!

윙나오의 소설에서 청춘, 예술, 사랑, 여성 등 '이상'에 대한 추구는 '도시문명'의 대립물로 줄줄이 끌려나왔다.

이 외에도 도시 이미지의 주관적 인상이나 개인의 운명에 대한 심리분석을 막론하고, 모더니즘 문학은 모두 텍스트 속에서 작가가 그려낸 '상황'으로부터 해석을 해낸다. 그리고 그들이 어떻게 '근대'를, 식민통치 아래의 '근대'를 표현했는지에 귀 기울인다. 이러한 근대성이 그들에게 진보나 쾌락만 가져다 준 것은 아니다. 고통스럽게 억눌린 고민과 욕망이 어떤 상징성을 지니고 있음은 말할 필요도 없다.

양츠창(楊熾昌)의 초현실주의 시에는 타이완 남부의 고도(古都)이자 중심 도시인 '타이난(臺南)'의 창백한 모습이 드러난다. 그의 「무너진 도시(毀壞的城市)」에는 다음과 같이 쓰여 있다.

> 패배한 땅의 거죽에 이름을 쓴 사람들은
> 휘파람을 불고, 속 빈 조개껍데기는
> 오래된 역사, 땅, 집과
> 나무를 노래하네. 모두 그윽한 명상을 사랑하였네.
> 가을나비 날치는 해질 무렵이여!
> 뱃노래 부르는 시바히메(芝姬)여
> 고향을 그리는 슬픈 탄식이 처량하구나.

모더니즘 문학의 한 갈래인 양츠창의 초현실주의 시는 프로문학과는 전혀 다른 미학적 경향을 반영하고 있다. 그러나 모더니즘이 표현한 신 감각이 반드시 모두 '초현실적'일 필요는 없다. 초현실주의는 특수한 문학적 기교로써 현실적인 문제를 '초월'했으나, 말로 표현할 수 없는 어떤 '현실'을 은유하고 에둘러 말하거나 대응시켰다고 해야 할지도 모른다.

이외에도 양츠창과 동시대 작가인 우융푸의 「머리와 몸」을 살펴보면 이러한 특징들이 더욱 확연해진다. 작품에는 국족(國族)과 문화 정체성 문제 및 도쿄의 도시문명을 그리워하는 주인공의 복잡한 감정이 뒤섞여 있다. 「머리와 몸」은 봉건문화로 가득 찬 피식민지 타이완과 근대적 유혹으로 넘쳐나는 식민국의 도시 도쿄 사이에서 배회하는 식민지 타이완의 젊은 지식인들의 방황을 드러내고 있다. 그리고 이는 자연스럽게 식민지 문학의 국족 정체성이라는 우언을 담고 있다.

소설은 타이완의 두 젊은 유학생을 통해 전개된다. 수업을 마친 어느 날 오후에 이야기 속의 서술자인 '나'는 친구 S와 함께 도쿄 거리를 거닌다. 그러면서 마음속으로는 S가 타이완으로 돌아와 결혼문제를 해결하라고 가족들로부터 재촉을 받고 있다는 사실을 생각하고 있다. S는 도쿄에 이미 사랑하는 연인이 있었다. 작가는 1인칭 서술자인 '나'의 주관적인 서술방식으로 S의 형상과 그의 고민을 묘사하였다. 그리고 '나'의 입을 통해 직접적으로 "최근 그가 괴로워하는 것은 머리와 몸의 문제이다."라고 서술하였다.

> 사실 나는 우리가 머지않아 헤어져야 한다는 걸 알고 있다. 그러나 S는 내 곁을 떠나지 않으려 한다. 이는 머리와 몸이 완전히 대립하고 있는 상태이다. S는 도쿄에 남고 싶어 하지만 그의 가족들은 그의 '몸'을 원했다. S의 가족들은 연달아 편지를 보내 S의 귀국을 재촉하고 또 재촉했다. 그 이유는 그가 귀국을 해야 인생에서 가장 중대한 문제를 해결할 수 있기 때문이다. 하지만 바로 그런 까닭에 S는 도쿄에 남고 싶어 했다.

「머리와 몸」에 등장하는 유학생은 '딜레마에 빠진 인물' 형상으로 타이완 문학사에 등장했다. 작가는 새롭고 날카로운 예술적 기교로 인물의 심리 속으로 깊숙이 파고들어가서 인물의 내면세계를 심도 있게 그려냈다. 하지만 스수(施淑)가 「감각의 세계 : 1930년대 타이완의 색다른 소설(感覺世界 : 三〇年代臺灣另類小說)」에서 언급했던 것처럼, 식민지 타이완의 인텔리 작가들은 '감각의 세계로 도망쳐도 현실적이고 존재적인 곤경에서는 벗어날 수 없었다.' 어머니 타이완과 식민자 일본 사이에 처한 타이완 유학생들은 곤혹스러운 시련을 경험할 수밖에 없었다.

「머리와 몸」에서 우리는 초보적으로 타이완 지식인들이 부딪쳤던

1930년대 근대성의 망령들을 보았다. 또한 '식민교육체제' 하에서 일부 사람들이 훗날 타이완 본토와 멀어질 수밖에 없었던 부분적인 원인도 엿볼 수 있었다. 타이완 지식인들에게 미친 식민지 문화의 흡인력이 그 정도였던 것이다. 라이허(賴和)나 그의 세대가 지니고 있던 본토성에 대한 사유와 비교한다면, 우융푸 소설에 등장하는 딜레마에 빠진 인물은 식민지 근대성의 새로운 포로였다. 따라서 이러한 맥락에서 보자면 근대성과 식민성 사이의 갈등이 그 속에서 완전히 드러났으며, 타이완 모더니즘 문학과 식민지 문제가 뒤엉켜 있음을 보여주는 또 다른 예라고도 할 수 있다.

03 | '황민문학'의 등장과 식민지 근대성

식민과 전쟁은 이미 오랜 세월 전에 일어난 일인데, 우리는 과거의 시대에 있었던 '황민문학'이란 문학현상을 어떻게 연구하고 평가해야 하는가?

일본 제국주의가 1895년에 타이완을 통치하기 시작한 뒤에도 타이완의 역사, 문화, 언어, 풍속습관은 일본과 확연히 달랐다. 그래서 일본은 열강의 식민지 통치 방식에 따라 민족 차별적인 식민지 통치를 실시하였다. 일본 정부는 식민지 지배를 강화하기 위하여 평등대우, 내지연장주의, 동화주의 따위의 방침을 내세웠고, '식민교육체제'를 통해 일본국가에 동화된 타이완사람을 육성하였다. 이 외에도 일본은 근대적 일본과 낙후한 타이완이라는 이원대립적 개념을 강화시켰다. 그럼으로써 타이완 사회에서 서당을 몰락시키고 전통풍습을 사라지도록 하였으며 일본어 사용을 확산시키고(상대적으로 모국어는 상실되고) 점차 일본식 생활이 근대적이고 진보적이라는 관념을 형성시켰다. 이러한 식민문화 환경 속에서 일본에 '동화된' 인물이 탄생하였다.

타이완 문학에서 동화된 인물은 사실 매우 일찍 출현했기 때문에 황민화운동 이후에 나타난 현상은 아니라고 할 수 있다. 단지 1920년대와 1930년대 중기의 작가들이 비판적인 각도에서 이런 인물들을 묘사하였을 뿐이다. 라이허의 「부 어르신(補大人)」, 천쉬구(陳虛谷, 1891~1965)의 「금의환향(榮歸)」, 주덴런의 「뽐내기(脫穎)」, 차이추퉁의 「보정양반(保正伯)」은 모두 다 그러한 작품들이다.

어려서부터 일본식 교육을 받고 자란 타이완 작가들 가운데 대다수는 (전부는 아니다) 정신적 혹은 문화적으로도 자신들이 '일본 국민'이라는 정체성을 갖게 되었고 일본으로 상징되는 근대 문화의 우월성을 흠모하기 시작했다. 그들은 열심히 '일본'을 배우고 모방하여 그들의 정체성을 갖고자 했지만 여전히 평등한 대우를 받을 수는 없었다. 이런 굴욕감과 당혹감 때문에 그들은 일본어로 '정체성'이라는 주제의 작품을 창작할 때면 정신분열을 일으킬 것 같은 위태로움 속에서 몸부림쳐야 했다.

1930년대부터 일본 제국주의의 침략 야심은 더욱더 거세졌다. 총독부는 타이완의 민족주의나 사회주의 색채를 띤 정치운동이나 문화운동을 통제하는 한편 일본어를 보급하고 부락진흥운동(部落振興運動)[2] 등 사회 교화운동을 적극적으로 추진하였다. 그렇게 타이완 사람의 동화를 가속화시켰고, 타이완사람을 '이해(利害)를 함께 할 수 있는' 일본 국민으로 만들어 나갔다. 타이완의 반식민적인 정치와 사회운동의 몰락은 식민통치

---

2) 일본 식민통치 시기에 부락 단위로 조직하여 추진한 사회운동. 일본은 제1차 세계 대전 이후에 연이은 경제공황으로 농촌이 몰락했기 때문에, 1931년부터 '농촌경제갱생운동(農村經濟更生運動)'을 추진했다. 이 갱생운동의 일환으로 식민지 타이완에서 '부락진흥운동'이 실시되었다. —역자

의 형세가 날로 가혹해졌음을 의미했다. 일본의 적극적인 동화교육은 자라나는 타이완의 신세대들을 일본에 길들이고 동화시키는 위기에 빠뜨렸다.

1937년 7월에 중일전쟁(中日戰爭)이 전면적으로 발발하자 일본은 장기전과 국방경제체제의 필요성 때문에 1938년에 '국가총동원법(國家總動員法)'을 공포하였다. 타이완에서도 '황민화 운동'이 시행되었는데 그 주요 항목에 국어운동, 창씨개명, 지원병 제도, 종교와 사회풍속 개혁 등이 담겨 있었다. 이 운동의 목적은 식민지 국민을 '천황의 백성'이나 '천황의 신민'으로 개조하려는 것이었다. 특히 1942년에는 전쟁의 요구에 부응하기 위하여 지원병 제도를 실시하여 수많은 타이완 젊은이들 사이에서 '종군' 붐을 일으켰다. 일본의 식민통치 역사에서 '황민문학(皇民文學)'이란 어휘는 매우 늦게 나타났다. 특히 중일전쟁 말기에 가서야 일본 관리, 학자, 작가들이 '찬양'과 '수용 개편'이라는 의미를 담고서 대대적으로 선전하였다. 이른바 '황민문학'은 주로 당시 타이완 사람들이 얼마나 종군하고 싶어 했는지, 또한 어떻게 진정한 천황의 백성이 되어 갔는지에 대한 심리과정을 묘사했다. 그러나 전쟁 후에는 '황민문학'이라고 불리는 작품에 익숙해지기는 했지만 타이완(혹은 중국)의 민족주의 입장에서 식민전쟁과 황민화운동에 협력한 작품을 멸시하고 배척했다.

전쟁 시기에 타이완 문단 전체를 이끌었던 가장 중요한 문학 진영은 1940년대 초기에 니시카와 미츠루(西川滿)가 편집한 『문예타이완(文藝臺灣)』과 장원환이 편집한 『타이완 문학(臺灣文學)』이다. 그러나 일본에 가까운 입장을 취하든 타이완에 가까운 입장을 취하든지 간에 날로 강화되는 황민문학 체제 아래서 양쪽 진영의 작가들 모두 전쟁에 협력하는 작품을 창작하지 않을 수 없었다. 저우진보(周金波, 1920~1996)의 「지원병(志願兵)」과 천휘취안(陳火泉, 1908~1999)의 「길(道)」은 의심할 바 없이 가장 좋은 교과서이다.

앞 단계에서 동화된 인물을 비판했던 소설들과는 달리, 황민화운동에 휩쓸린 신세대 작가들은 확고한 입장을 지니고 일본화 된 등장인물들의 언행을 비판할 수 없었다. 도리어 작가들은 자신들의 현실적 불안을 끊임없이 작품 속에 투사해내면서, 소설 속 인물들로 하여금 피식민자들의 뇌리에서 항상 맴도는 '평등'이나 '정체성' 등의 난제에 대해 고민하도록 했다.

앞에서 언급했던 두 편의 작품 외에도 왕창슝(王昶雄, 1916~2000)의 「급류(奔流)」와 뤼허뤄(呂赫若, 1914~1951)의 「가을날(淸秋)」도 이른바 황민문학에 가까운 작품으로 늘 의심받았다. 그러나 사실 상당히 많은 작가와 작품들이 애써 '보고도 못 본 체 하는' 방관 속에서 한쪽에 방치되어 왔다. 최근에 이르러서는 장원환, 우만사(吳漫沙)와 『풍월보(風月報)』, 『남방(南方)』, 『타이완예술(臺灣藝術)』 등의 간행물에 투고했던 작가와 작품, 심지어 타이완에서 활동한 일본인 작가들까지도 엄격하게 재검토하고 있다.(보고도 못 본 척 하거나 도덕적 비평을 하는 방식이 아니다.)

저우진보는 오랫동안 대표적인 황민문학 작가로 여겨졌으니 그를 중심으로 논의를 하는 것이 좋겠다. 그의 출세작 「지원병」은 타이완 젊은이가 '진정한' 일본인이 되어가는 심리적 문제를 주제로 삼았다. 우리는 저우진보의 출세작 「지원병」을 통해서 타이완 작가들이 어떻게 대놓고 일본 제국주의의 전시체제에 부응했는지 알 수 있다. 일본에서 유학하는 지식인 장밍구이(張明貴)는 '이론'과 '이성'에서 출발하기 때문에 비일본인적인 감각의 장벽을 깨뜨리지 못한다. 하지만 학력이 높지 않은 가오진류(高進六)는 오히려 박수 의식으로 일본정신을 깨닫고 피로 쓴 지원서를 제출하고 전쟁에 뛰어들어 타이완 사람으로서 일본제국에 충절을 다하겠노라 결심한다. 그는 거리낌 없이 '혈연'과 '종족'의 울타리를 뛰어넘어 황국성전의 거대한 소용돌이에 뛰어든다.

소설 속 모든 인물들의 지원병과 관련된 대화와 변론은 마치 교향곡에서 동일한 주제 양식이 반복되면서 강렬해지는 것과 같은 형식을 취한다. 마지막에는 작중인물이 격정에 가득 차서 피로 쓴 지원서를 제출하고 전쟁에 뛰어드는 장면에서 클라이맥스에 이른다. 저우진보는 소설 속에서 천황을 위해 전사하면 타이완 사람의 지위가 높아질 것이며, 타이완 사람은 교육수준이 낮은 비천한 인종이기 때문에 일본처럼 근대화를 이루어야만 '미신을 타파하고 낡은 풍습을 없앨 수 있는' '모더니스트'가 될 수 있다고 굳게 믿었다.(「수암(水癌)」 중에서) 우리는 작가의 이러한 견해를 어떻게 봐야 할까?

일본 천황을 위해 기꺼이 전쟁터에서 죽고 싶었던 저우진보는 왜 여전히 그토록 고통으로 몸부림쳐야 했던 것일까? 저우진보 자신도 고민이 아예 없었던 것은 아니었다. 소설 「'자'의 탄생('尺'的誕生)」에서 스모를 할 줄 모르는 타이완 초등학생은 자신이 멸시 당한다고 느꼈기 때문에 스스로 '방관자'가 된다. 이 아이는 늘 울타리 근처에 선 채로 다른 아이들이 펼치는 전쟁놀이를 조용히 구경한다. 있는 힘껏 자아를 개조하려고 노력하지만 늘 일본인이라는 정의(定義) '밖'으로 배척당할 수밖에 없다는 위화감이 독자들의 독서신경을 끈질기게 자극한다. 아마도 당시의 타이완 젊은이들만이 이러한 민감한 고립감을 느낄 수 있었을 것이다.

저우진보는 일찍부터 일본 근대화의 가치를 인정했다. 그러나 그렇게 인정했음에도 왜 그는 끝내 자신과 타이완 사람들을 위한 출로를 찾지 못하고 일본인들의 멸시 때문에 속을 태워야 했을까? 우리는 이에 대해 다시 한번 생각하지 않을 수 없다. 타이완 사람의 비애는 민족적 입장을 지킬 수 없었던 데에 있지 않았다. 그의 비애는 스스로 자신을 버리고, 자신을 왜곡하고, 심지어 자기희생의 방식으로 식민 통치자에게서 평등을 얻고자 했던 데에 있다. 일제 식민통치 시기의 강세였던 식민문화가 타이완 사람에게 '동화'를 빙자하여 평등을 쟁취하도록 강요했기 때문이다. 하지만 결과적으로 그것은 허황된 꿈이었을 뿐이다. 이러한 실례가 우리에게 다음과 같은 사실을 암시해준다. 남에게 정체성과 신앙을 선택할 권리를 허용하지 않는 헤게모니(hegemony)가 어떻게 진정한 평등이라고 말할 수 있는가? 헤게모니의 본질은 사람들이 스스로 결정할 수 있는 권리를 갖는 것을 허용하지 않는 것이다.

결론적으로, 우리는 '황민문학' 현상이라는 역사적 문제에 대한 토론 이외에도 포스트 콜로니얼 시대를 사는 타이완 사람의 관점으로 어떻게 이러한 문학현상을 재평가할 것인지에 대해서도 언급해야 한다. 우리는 그로부터 파생된 관련 논제들을 제공함으로써 현대를 살아가는 사람들이 앞서 간 선조들의 피와 눈물로 물들인 문학작품을 꼼꼼히 읽으면서 깊이 사유하고, 그 속에서 귀중한 계시를 찾을 수 있기를 진심으로 바란다.

01 스수, 『양안문학논집』(타이베이 : 신디), 1997년.
　施淑, ≪兩岸文學論集≫(臺北 : 新地, 1997).

02 천팡밍, 『식민지 모던 : 근대성과 타이완 역사관』(타이베이 : 마이톈), 2004년.
　陳芳明, ≪殖民地摩登 : 現代性與臺灣史觀≫(臺北 : 麥田, 2004).

03 류수친, 『전쟁과 문단 : 일본 식민통치 말기 타이완의 문학활동 : 1937. 7~1945. 8』, 타이완대학교 역사학 연구소 석사논문, 1994년.
　柳書琴, ≪戰爭與文壇 : 日治末期臺灣的文學活動≫(臺灣大學歷史學硏究所碩士論文, 1994).

제6장

문학적 근대성의 다른 경험

근대 타이완 소설

| 천젠중陳建忠 국립칭화대학 타이완 문학 연구소 조교수 |

01 | 식민지 근대성과 문학적 근대성 :
일본 식민통치 시기 소설의 창작 환경과 시대적 명제

일본 식민통치 시기의 타이완 소설은 타이완 사회의 식민화 과정 그리고 근대화 여정과 같은 발걸음으로 발전했다. 그래서 지식인과 작가들의 작품에서 드러나는 미학과 사상을 통해 일본 식민통치 시기 타이완 소설의 다양한 특징을 살펴 볼 수 있다. 이러한 특징은 '다중적 근대성(multiple modernities)'이라고 표현될 수 있으며 일본 식민통치 시대의 타이완 소설의 복잡하고 극심한 변화를 보여준다.

일본 제국주의의 식민 통치하에서 타이완은 사회, 정치경제, 문화 각 방면에서 한꺼번에 식민문화를 받아들였고, 일본이란 창구를 통해서 세계적인 근대적 사조를 받아들였다. 타이완은 '강제로' '근대' 세계로 진입하였기 때문에 타이완의 고유한 전통은 '근대성 사물'인 이성, 법제, 민주, 전화, 서양의학 등과 복잡하게 대립할 수밖에 없었다. 근대성을 수용하거나 저항하는 양자 사이에서 계층과 세대 차이에 따라 타이완 사람들의 반응은 각기 달랐다. 문학도 예외일 수 없었다. 작가마다 타이완에 군림하는 근대성에 대한 서로 다른 느낌을 반영하였다. 또한 각기 다른 문학예술 수법으로 '근대'를 해석하면서 저마다의 개성과 우수성을 드러냈다.

이른바 근대성의 근원을 캐는 일이 본질적으로는 일본 식민통치에 처한 인텔리들의 반식민, 반봉건 사상의 근원을 추적하는 것이긴 하지만, 식민 상태에 놓인 지식인이 근대성을 어떻게 수용했는가 하는 것은 종종 그들이 자신의 본토성에 대해 어떻게 사색하고 반응했는가를 보여주기도 한다. 특히 식민지 문화의 식민성이 근대성과 공생할 때에, 토착적인 특징은 '근대' 담론 속에서 개혁하지 않으면 안 되는 후진 문화로 무시당하기 일쑤였다. 그래서 타이완의 지적 인텔리들이 곤경에 빠지는 상황도 다반사였다. 이 때문에 소설 텍스트를 통해서 일본 식민통치 시기의 타이완소설의 사상주제와 미학형식 등의 방면에서 그 변화와 의미를 관찰해 보고자 한다면, 반드시 타이완 작가의 근대성에 대한 추구/저항의 궤적을 따라가서 살펴봐야만 한다.

일본 식민통치 시기인 1920년대 이후로 전개된 근대소설의 전통은, 문학의 근대적인 형식의 변화부터 식민성과 토착성에 대한 사상적 모색에 이르기까지 주로 계몽소설, 프로소설과 도시/모더니즘소설, 황민화 주제소설 등 몇몇 유형으로 전개되었다. 이러한 전개과정에 문학의 근대성이란 주요 이슈가 포함된다.

일본 식민통치 시기의 타이완 신문학을 연구하는 '중점'은 앞에서 말한 여러 소설 유형에 맞추어져 있다고 할 수 있다. 이런 소설들이 드러낸 문학 근대성과 작가들의 식민 근대성에 대한 수용/저항 태도는 소설의 파장력에 대한 토론을 자연스럽게 이끌어내는 동기가 된다.

그래서 이런 다중적 근대성 경험을 드러내는 일본 식민통치 시기의 타이완소설을 다시 읽어야만 식민 근대성과 토착성 사이에서 딜레마에 빠진 타이완 인텔리 작가의 복잡하면서도 미묘한 심적 세계(정신사)에 대해 더욱 깊이 이해하게 될 것이다. 아울러 타이완 문학의 근대성 경험의 수용과 변화 과정에 대해서도 문학과 정신사의 상호 영향관계를 파악해야 더욱 적절히 해석하고 위상을 제대로 정립할 수 있을 것이다.

02 │ 계몽소설과 반봉건, 탈식민[1]

계몽주의(enlightenment)는 타이완 지식인들의 기본적인 시대사상이긴 했지만, 그들이 수용한 계몽적인 근대성은 복잡한 의미를 담고 있다. 그들은 근대성을 바탕으로 자신의 폐쇄적인 문화내부에 대해 자아비판(반전통/반봉건)을 해야 했고, 아울러 외부에서 침입한 제국 식민주의에 대한 저항(반제/탈식민)도 실천해야만 했다.

초기에 『타이완(臺灣)』과 『타이완민보(臺灣民報)』 등의 잡지에 발표된 소설인 어우(鷗)의 「두려운 침묵(可怕的沈默)」,[2] 주이펑(追風)의 「그녀는 어디로 갈 것인가?(彼女は何處へ?)」, 우즈(無知)의 「신비한 자치섬(神秘的自制島)」, 류창쥔(柳裳君, 본명 謝國文, 1889~1938)의 「개와 양의 재앙(犬羊禍)」, 스원치(施文杞)의 「타이완 딸의 슬픈 이야기(臺娘悲史)」는 기본적으로 몇 가지 분명한 특징을 보여준다. 설교 투의 형식과 구소설의 상투어나 어휘 등을 여전히

---

1) 원문에서 사용하는 '抵殖民'이라는 개념은 'Postcolonialism'가 아닌 'Decolonization'이다. 즉 '후식민'이 아닌 '탈식민'이란 의미를 강조하기 위한 용어로 보인다.―역자
2) 1922년에 출판된 이 소설은 서명이 '어우(鷗)'인데, 류나어우(劉吶鷗, 1905~1940)로 추정한 자료도 있다. 참고 陳萬一敎授演講槪要 ms.chgsh.chc.edu.tw/~chi/teach_work/chun_wun_e.htm, 칭화대학 타이완 문학 연구소 천완이(陳萬益) 교수의 <從日據時代臺灣小說的發展槪況看"臺灣意識"> ― 역자

군데군데 사용하였는데, 이는 모두 전통적 중국 구소설의 상투적인 용어이며 근대소설의 예술적 기교를 미처 파악하지 못해서 남은 흔적이다.

근대소설의 예술적 기교를 비교적 세련되게 구사한 라이허(賴和)와 양윈핑, 장워쥔 등이 문단에서 활약한 시기의 타이완소설은 이미 서양식 근대소설 형식과 언어의 훈련을 마치고 제법 성숙해 있었다.

우선 '사람'은 어떻게 정의되는가? 하는 문제는 계몽주의라는 보편적 가치를 신봉하는 계몽자에게 가장 중요한 물음이었을 것이다. 계몽자는 자유와 평등을 사색하고 추구하면서 그들은 자신의 민족에게서 아주 오래도록 고질적으로 길든 비인간적인 악습을 보았다. 이렇듯 타이완 신문학과 신문화운동이 공동으로 추구한 목표는 '후발 주자'인 아시아 국가들이 강제로 '근대'에 들어갈 때에 직면하게 되는 필연적인 과제들이었다고 말할 수 있다. 이들은 반식민주의와 반제국주의 이외에, 내부적인 후진성을 '없애'고 자유, 인권, 민주, 과학을 추구하는 등의 문제를 서양에서 이미 발전한 계몽주의에 의지해 해결하고자 했다. 계몽주의가 선전하는 이성정신에 의지하면서 '사람'의 중요성이 비로소 봉건종법의 억압 아래서 터져 나왔던 것이다.

라이허의 「불쌍한 그녀가 죽었다(可憐她死了)」는 부호 아리(阿力)가 나이 많은 부인부터 어린 첩까지 이미 셋이나 있으면서도 또 가난뱅이네 열일곱여덟 살 먹은 딸 아진(阿金)을 돈을 주고 사와서 '동물적으로 유린하는' 내용이다. 라이허는 그러한 비인간적인 삶을 기록했다. 이것은 「막대저울 하나(一桿'稱仔')」의 친더찬(秦得參)이 "사람이 사람 같지 않고 짐승 같으면 뭐하러 살아. 무슨 세상이 이래? 차라리 죽는 게 나!" 하고 외치는 비명처럼 계몽자의 정신으로 '사람'의 존엄과 가치를 호소하는 라이허의 메시지다.

「로맨틱 이야기(浪漫外紀)」 속의 '뱀장어'에 대한 특수한 견해에 대해서도 주의할 필요가 있다. 라이허는 뱀장어의 성격에서 부랑자들이 지니고 있는 우열한 양면성을 감지했다. 비록 쉽게 농락당하는 결점을 지적하기는 했지만, 법률적으로 특히 식민지의 법률로 규정할 수 없는 그들의 성격에 깊은 지지를 보내는 것 같다. 그들은 '타이완 사람들의 전형적인 성격과는 아주 달리' 감히 반격을 할 수 있었다. 이것이 바로 라이허가 바라는 타이완 사람들의 성격이다.

계몽소설은 민족, 계급, 성별 등 각 방면의 문제를 통해서 전통적인 사유의 틀을 타파하고 개인주의, 자유주의 등 해방의 근대성을 기초로 삼은 근대문학을 세우고자 했다. 때문에 일본 식민통치 시기의 소설 중에서 신소설은 무엇보다도 관심을 기울여 볼 가치를 지니고 있다.

03 │ 프로소설과 근대성 비판

계몽주의와 민족주의는 일본 식민통치 시기의 지식인들 대부분이 공유하는 사상적 기반이었다. 그렇지만 세계와 타이완의 현실적인 요구에 부응하여 유입된 사회주의 사조는 1920년대 말기에 타이완의 정치와 사회 운동단체를 분화시켰다. 그리고 이데올로기가 다른 진영이 상상하는 타이완의 미래 역시 각기 달랐다.

프로문학(proletarian literature)은 원래 무산계급문학을 가리키며 좌익문학이라고 칭해지기도 한다. 타이완에서 프로소설은 총독부의 정치운동에 대한 억압과 제한을 받았기 때문에 활발히 전개될 수 없었다. 그러나 프로소설의 사회주의 사상은 일관되게 본토성을 지키고 식민지 근대성에 대해서는 보류적인 태도를 갖거나 심지어 비판했기 때문에 일본 식민통치 시기 타이완소설이 보여준 다중적 근대성 경험과는 다른 차원의 모습을 보여주고 있다.

양쿠이(楊逵)는 프로문예사조가 한창 성행했을 때에 성과가 가장 많은 프로소설가라고 할 수 있다. 타이완 프로소설의 근대성에 대한 태도는 그의 많은 견해와 실천을 통해 충분히 이해할 수 있다. 양쿠이의 프로소설 「신문배달부(送報伕)」는 도쿄의 『문학평론(文學評論)』에서 주관하는 문학상에서 대상 없는 우수상을 수상하였다. 때문에 그는 일본 문단 진입에 성공한 첫 번째 타이완 작가가 되었다. 이 소설은 타이완의 정경유착과 일본 자본가의 억압과 착취를 비판하고, 더불어 작가 자신의 식민지 근대성에 대한 강렬한 비판도 드러냈다. 또한 그는 인터내셔널리즘 색채를 지닌 '다국적 무산계급동맹' 이념을 제기하고 민족대립이 아닌 '계급 동맹' 입장에서 타이완의 근대성 경험을 세계적인 반자본주의 근대성 사조와 결합시켰다.

뤼허뤄(呂赫若)의 소설 「달구지(牛車)」는 일본 좌익문학 간행물인 『문학평론』 2권 1호에 게재되었다. 이것은 양쿠이에 뒤이어 두 번째로 일본 문단에 진출한 작품이다. 이 소설에서 식민의 꼬리를 물고 따라 들어온 근대적 운송수단이 어떻게 전통적인 달구지를 대체하였는지, 그리고 침략자가 공언하는 자본주의 근대화 발전이라는 슬로건 아래서 타이완 농민이 어떻게 더욱 빈곤해졌는가 하는 상황이 잘 표현되었다. 장선체(張深切)는 「타이완 신문학 노선에 대한 제안 한 가지(對臺灣新文學路線之一提案)」라는 글에서 우시성(吳希聖, 1909~?)의 「돼지(豚)」, 양쿠이의 「신문배달부」, 뤼허뤄의 「달구지」를 평론하면서 1930년대 중엽부터 타이완 좌익프로문학이 더욱 대대적으로 발전했다고 말했다. 그는 "이 세 작품은 모두 일본 프로문학의 경향을 이어받았다. 이 경향은 지금 점차 영향력을 확대하고 있고, 앞으로 타이완 문학에서 새로운 유파를 세울 것 같다."고 말했다. 이는 당시 평론가들이 타이완 좌익소설을 중시하고 있었음을 보여준다.

계몽소설과 마찬가지로 프로소설의 주요 예술수법은 리얼리즘에서 출발했지만, 계급적 각성과 자본주의 시스템을 비판하는 입장을 훨씬 더 강조하고 식민지 근대성에 대한 저항적인 색채를 더욱 강렬하게 드러냈다.

04 | 도시소설과 문학의 신감각

천팡밍(陳芳明)이 『연합문학(聯合文學)』에 발표한 「타이완신문학사(臺灣新文學史)」에서 1930년대 타이완 문학을 논할 때에 농민문학, 좌익문학의 발흥 이외에 다른 발전현상으로 제시한 것이 바로 '도시문학'의 등장이다.

웡나오(翁鬧)는 「날이 밝기 전의 연애이야기(天亮前的戀愛故事)」에서 도시적인 근대성을 드러낸 주인공의 독백과 주관적인 스케치로 도시문학 작가로서의 문학적 새로운 감각을 보여주었다.

타이완 유학생소설인 우융푸(巫永福)의 「머리와 몸(首與體)」은 일본 신감각파의 기법을 엇섞어서 주관성과 내면묘사를 강조하였다. 봉건문화로 가득 찬 피식민지 타이완과 근대적 유혹으로 넘쳐나는 식민국의 도시 도쿄 사이에서 배회하는 식민지 타이완의 젊은 지식인들의 방황을 드러내고 있으며, 이는 자연스럽게 식민지 문학의 국족(國族) 정체성이라는 우언을 보여주고 있다. 소설은 타이완의 두 젊은 유학생을 통해 이러한 이야기를 전개하고 있다.

소설 속의 유학생은 딜레마에 빠진 인물 형상으로 타이완 문학사에 등장했다. 작자는 새롭고 날카로운 예술적 기교로 인물의 심리 속으로 깊숙이 파고들어가서 인물의 내면세계를 심도 있게 그려냈다. 그러나 어머니 타이완과 식민자 일본 사이에 처한 타이완 유학생의 경험은 사람을 당혹스럽게 하는 시련이었다. 라이허와 같은 한문세대가 가지고 있는 본토성에 대한 사유와 옹호적 태도와 비교한다면, 일본어세대 작가인 우융 푸와 그 또래 작가들의 소설 속에 등장하는 딜레마에 빠진 인물은 식민 지 근대성의 새로운 포로였다.

05 | 결어 : 일본 식민통치 시기 소설 모습 다시 그려보기

본문에서 언급한 근대성과 본토성 그리고 식민성 등의 문제는 사상적 이면서도 미학적인 것이기 때문에 종합적이고 변증적으로 관찰해야 한 다. 때문에 본문에서 거론한 계몽소설, 프로소설, 도시소설, 모더니즘소 설과 '황민화 주제' 소설과 같은 소설 유형에는 깊이 토론해야 할 작품 이 아직 많이 있다. 더 나아가서 작가의 창작과정과 세계 문학사조의 변 화를 결합시켜서 해석하려면 상당히 커다란 연구공간이 필요하다.

사실 일본 식민통치 시기 타이완소설의 세심한 면목을 깊이 살펴보려 면 탐정소설이나 애정소설과 같은 통속소설 그리고 여성소설도 살펴보 아야 한다. 이러한 소설 유형은 모두 일반적인 고전문학이나 남성문학과 는 다른 문학적 특징을 드러내는 것이므로 앞으로 더욱 많은 사람들이 관심을 갖기를 바란다.

지금도 일본 식민통치 시기 타이완소설의 판도와 모습은 끊임없이 확 대되고 변화하고 있다.

01 쉬쥔야, 『일본 식민통치 시기의 타이완소설 연구』(타이베이 : 문사철), 1995년.
　　許俊雅, ≪日治時期臺灣小說硏究≫(臺北 : 文史哲, 1995).
02 천졘중, 『서사 타이완・타이완 서사 : 라이허의 문학과 사상 연구』(가오슝 : 춘후이), 2004년.
　　陳建忠, ≪書寫臺灣・臺灣書寫 : 賴和的文學與思想硏究≫(高雄 : 春暉, 2004).
03 천졘중, 『일본 식민통치 시기 타이완 작가론 : 근대성, 본토성, 식민성』(타이베이 : 우난),
　　2004년.
　　陳建忠, ≪日治時期臺灣作家論 : 現代性・本土性・殖民性≫(臺北 : 五南, 2004).

제7장

타이완 이미지를 다시 엮어 그리다

근대 타이완의 르포문학과 산문

| **판이루**范宜如 국립타이완사범대학 중문학과 부교수 |

01 | 양쿠이 르포문학의 이론과 실천

(1) 미개척지에서 첫 삽을 뜨다

양쿠이(楊逵)의 작품은 타이완 '르포문학(reportage)'의 맹아기를 상징한다. 1935년에 양쿠이는 타이완 문학사에서 가장 먼저 르포 「타이완 지진재난 지역 현장조사 및 위문기(臺灣地震災區勘察慰問記)」를 창작하였다. 그리고 1937년에 연속해서 「르포문학을 말한다(談報告文學)」, 「무엇을 르포문학이라 하는가?(何謂報告文學)」와 「르포문학에 관한 질의문답(報告文學問答)」 등의 이론적인 글을 발표하였다. 양쿠이가 「르포문학을 말한다」에서 제시한 견해는 타이완 신문학에서 르포문학 창작의 길잡이가 되었다. 그는 "우리가 성장하고 살고 있는 타이완사회를 우선적으로 묘사하되 우리 스스로를 타이완에만 가둬두어서는 안 된다. 우리는 작가마다 넓은 시야를 지닌 세계인으로서, 세계인의 시각에서 타이완을 관찰하고 타이완의 이야기를 쓰기를 바란다."고 제창하였다. 양쿠이는 「무엇을 르포문학이라 하는가?」라는 글에서 르포문학이란, '보도의 방식으로 자신이 사는 동네, 주변이나 현지에서 발생한 일에 대해 쓴 문학작품'이라고 간단명료한 정의를 내렸다. 또한 르포문학이 다른 장르의 작품과 다른 점은 다음과 같은 특징을 갖기 때문이라고 설명하였다. 르포문학은, 첫째, (르포를 애독하는) 독자를 배려한다. 둘째, 보도는 사실에 근거한다. 셋째, 저자는 보도하는 사실에 대한 자신의 견해를 사람들에게 진심을 다해 전달해야 한다. 양쿠이는 1937년 6월에 출판된 『타이완 신문학(臺灣新文學)』에 「르포문학에 관한 질의문답」이라는 문답형식으로 쓴 글을 게재하였다. 그는 여기서 "사고하고 관찰하여 사회와 사물의 진면목을 파악하고, 또한 여러 사건의 내용에 부합하는 가장 효과적인 표현방식을 찾도록 훈련해야 한다."고 거듭 강조하였다.

양쿠이의 르포문학에 대한 주장에서 우리는 지식인으로서의 사회 참여의식을 읽을 수 있고, 아울러 '독자'를 배려하는 작가의 마음도 이해할수 있다. 또한 양쿠이가 문학의 본질에 대해 깊이 이해하고 있음도 알수 있다. 양쿠이의 '사실'과 '진실'에 대한 자리매김은 르포문학이 한 사회의 집단기억과 깊은 연관성을 맺고 있음을 잘 드러낸다. 이 시대에 양쿠이의 르포를 다시 읽는다는 것은 타이완 문학의 원초적인 맥박소리에 귀 기울일 수 있게 됨을 의미한다.

(2) 집단기억의 소리 - 「타이완 지진 재난 지역 현장조사 및 위문기」와 「재난지역, 점차 사라지는 기억들」에 대하여

1935년 4월 21일에 발생한 '타이중(臺中), 신주(新竹) 지진'으로 모두 3,276명이 사망했다. 양쿠이는 「타이완 지진재난지역의 현장조사 및 위문기」, 「재난지역, 점차 사라지는 기억들—타이완 지진재난지역의 복구 현황(逐漸被遺忘的災區-臺灣地震災區劫後情況)」이라는 두 편의 글을 써서 독자들이 사고현장으로 되돌아가서 재난을 당한 사람들의 뒷이야기에 귀 기울여 볼 수 있도록 했다.

「타이완 지진재난지역의 현장조사 및 위문기」는 '이미지'와 '서술'로 지진 이후 대면한 죽음의 경험을 깊이 있게 형상화한 작품이다. 양쿠이는 '목격—두려움—넋 나감—전율'이라는 자신의 정서 변화를 직접적으로 묘사했다. 독자는 이를 통해 죽음의 그림자가 엄습하는 공포를 직접 체험하게 되고 지진으로 인해 혼란과 불안에 빠진 절망적인 상황을 느끼게 된다.

서른 살 정도 된 한 여인이 가마니로 싼 아기의 시체를 안고 무너진 건물 잔해더미 위를 넋을 잃고 배회하고 있다. 저쪽에서 아이를 찾으며 울부짖고 이쪽에서 아빠, 엄마를 부르고 형제를 찾으며 울부짖는 소리는 마치 도살장에 있는 것처럼 마음을 미어지게 한다. 심지어 다리가 잘린 어떤 사람도 아이를 구하려고 필사적으로 잔해더미를 파내고 있다.

이러한 보도를 접한 독자는 마음 아파하면서 '하늘과 땅이 어질지 않아 만물을 모두 쓸모없는 것으로 여기는구나.' 하며 탄식하게 된다.

「타이완 지진재난지역의 현장조사 및 위문기」의 사실적인 묘사는 '툰쯔자오(屯子腳)' 주민들이 처한 생지옥과 같은 광경을 객관적으로 보여주었다. 그러나 양쿠이는 결코 '타인의 고통을 방관'하지만은 않았다. 그와 타이완문예연맹(臺灣文藝聯盟)은 그 즉시 구조작업에 뛰어들었으며 동시에 현지조사라는 인문 글쓰기를 시도하였다. 양쿠이는 '현장 체험 일기'의 형식으로 재난현장의 음식물 보급과 배급 상황을 일일이 기록하였다. 비록 여기저기 갈겨써놓은 메모들이기는 했지만, 이런 간단한 메모에서도 인간미가 빛을 발했다. 동시에 양쿠이는 재난지구의 재건 중에 발생한 사회적 문제를 꼼꼼하게 제시하기도 하였다. 「재난지역, 점차 사라지는 기억들-타이완 지진재난지역의 복구현황」은 행정 공무원의 무능함과 보통 사람의 불가항력을 여실히 보여준다. 그럼으로써 그야말로 '정의니 공공이니 도리니 하는 문제'를 따져볼 수 없으니 그게 망국으로 가는 길이 아니겠냐고 탄식하지 않을 수 없게 한다. 이러한 글쓰기는 재난을 복구할 때에 나타나는 행정기관과 민간 사이의 차이도 드러내 보여준다.

또한 그는 재난지역을 직접 방문하여 소박한 필치로 지진이 휩쓸고 간 마을의 파괴상황을 재현하였다. '들은 것'과 '직접 본 것'은 그대로 창작의 소재가 되었으며, 이러한 소재들은 지진의 '실제상황'을 더욱 입체적으로 만들었다. '이 작은 마을에서도 200명이 죽었다고 한다.' 하고 펑위안(豊原) 지역 안에 있는 툰쯔자오(屯子脚)의 '전멸' 상황을 숫자 제시와 대비를 통해 보도하였다. 펑위안 지역을 보도하는데 '도(也)'라는 글자한 개로 타이완 섬사람 전체의 공동적인 운명을 대변한 것이다. 처참하게 죽은 돼지 시체, 어린이 시체, 젊은 남자의 시체 등이 도처에 널브러진 신좡쯔(新庄子)의 참상을 표현한 대목을 접한 독자는 사람이 생지옥에 처한 실제상황을 절로 연상하지 않을 수 없을 것이다.

지진 지역의 상황을 쓴 작품에서 각 지역의 재난 실정과 양쿠이가 방문하고 목격한 사실이 전면에 드러나 있지만 '죽음의 기록' 뒷면에 감추어진 것은 오히려 가슴을 치게 하는 분노였다. '하늘과 땅이 어질지 않아서' 자연이 반격한 것인가? 아니면 사람이 잘못 만든 시스템 때문인가? 땅이 사람을 시험한 것일까? 아니면 국력의 상실과 약화를 반영한 것일까? 이는 양쿠이가 다큐멘터리 형식으로 생각해보라며 독자에게 남긴 숙제이다.

(3) 무성시대로의 진입

양쿠이의 르포문학에 대한 이해와 창작은 1937년이라는 시대 배경에서는 '유일한, 우렁찬 외침'이었다. 일본의 고압적인 식민통치 하에서 양쿠이가 제창한 르포문학은 사상성과 비판성을 담고 있었고 식민자의 의식과는 다소 거리가 멀었기 때문에 후속 창작이나 더욱 개진된 이론이 나오기는 힘들었다. 일본 식민통치 시기의 르포문학을 논할 때에 양쿠이의 이 두 작품만 거론하게 되는 까닭이 여기에 있다. 1945년 광복 이후에 양쿠이는 『역행보(力行報)』에서 계속 '사실적 문학'을 주장하였고, 같은 해 7월에 잡지 『조류(潮流)』 여름호에 「꿈과 현실(夢與現實)」을 발표하여 자신의 '현실'에 대한 비판정신과 젊은이에게 거는 큰 기대를 밝혔다. 그러나 1949년 4월에 '4·6사건'이 발생하자 경비사령부(警備司令部, 즉 계엄사령부)는 타이완대학과 사범대학[1] 학생자치회 소속의 많은 학생들을 체포하였다. 당국은 양쿠이가 발표한 「평화선언」을 빌미로 삼아 그를 체포하여 징역 12년형에 처했고 이어서 좌익계 인사와 반정부 세력에 대한 '숙청작업'을 전개하였다. 이러한 정치적 분위기와 사회적 환경의 영향으로 인하여 르포문학은 적막한 황무지가 되었다. 이는 분명 역사적 상황에 대한 문학의 소리 없는 대응이었다.

02 | 일본 식민통치 시기의 타이완 산문

(1) 경계 넘기 : 일본 식민통치 시기의 타이완 산문의 범주

쉽게 직접적으로 생각을 표현하는 장르로서 산문은 늘 주류이기도 하

---

1) 지금의 '타이완사범대학'을 말한다.

면서 주변부이기도 한 위치에 있어 왔다. 산문을 주류라고 말하는 이유는 작가가 대부분 산문창작을 통해서 자아를 표현하고 사상을 드러내며 사건을 묘사하고 일상의 느낌을 드러내기 때문이다. 하지만 산문을 주변부라고 말하는 이유는 신시(新詩)의 행 나누기와 이미지 언어, 소설의 서사와 대화 같은 명확한 장르적 특징을 갖지 못한 까닭에 산문이 마치 일종의 '여분의 장르' 같은 것으로 인식되기 때문이다. '정통성'을 지닌 것처럼 보이는 장르라는 입장에서 일본 식민통치 시기의 타이완 산문을 되돌아보면, 일본 식민통치 시기 산문의 풍부하고 복잡하면서 다원적인 풍경을 발견할 수 있을 것이다.

(2) '타이완' 구성 : 일본 식민통치 시기 타이완 산문의 주제와 내용

산문 창작은 열린 공간을 갖고 있다. 일본 식민통치 시기의 작가들은 다양한 제재로 타이완 서민생활의 무늬를 짜고 타이완 산문의 '감각구조 (structure of felling)'를 형상화하였다. 때문에 산문을 통해서 타이완의 역사와 사회를 정확하게 '발견'할 수 있고, 글의 외침을 통해서 타이완의 향토를 응시할 수 있을 것이다.

1) 감정의 표현과 창작

산문은 가장 '진실'한 장르다. 그것은 사람의 생활에 가장 가까이 다가가서 작가의 내밀한 감정을 지도처럼 그려낸다. 일본 식민통치 시기에 산문이 독자의 감동을 자아낼 수 있었던 것은 생활을 둘러싼 서사라는 점 이외에도 진심을 토로했기 때문이다.

우신룽(吳新榮)의 「죽은 아내에게 말하기(亡妻記)」가 『타이완 문학(臺灣文學)』

에 발표되었을 때, 황더스(黃得時)는 '타이완의 『부생육기(浮生六記)』'라고 호평했다. 우신룽의 이 작품을 꼼꼼히 읽어보면, 옛날 타이완 백성의 일상생활에 대한 자세한 묘사와 젠더의 틀을 넘어서는 진실함 그리고 인간미 넘치는 감정의 토로를 발견할 수 있을 것이다. 작품은 남성의 감정세계를 아주 세밀하고 섬세하게 전달하였고 또한 아이와 나누는 대화에서는 가슴속에 감추어둔 슬픔을 드러내기도 한다. 작품의 부제목은 '흘러가 버린 청춘일기(逝去的靑春日記)'로 끝부분에서 작가는 평범하면서도 상징적 의미를 가진 봄을 사라져 버린 감정에 대한 기억으로 치환시켰다.

우신룽의 「죽은 아내에게 말하기」 이외에 룽잉쭝(龍瑛宗, 1911~1999)의 「시간의 장난(時間的嬉戱)」도 감정의 흐름을 표현하고 있어 매우 감성적이다. 개인감정의 개입 이외에 철학적 사유 분위기도 산문 창작에 사색의 무늬를 입혀주어 끊임없이 탐색하는 문학의 자세를 보여준다.

2) 공간의 문화적 해석

① 여행으로 인문적 시야를 열다

린셴탕(林獻堂, 1881~1956)의 「세계일주 여행기(環球遊記)」는 한 도시의 모습에서부터 한 나라의 모습까지를 묘사하고 있다. 역사적인 유래가 있는 이야기와 대조, 인문적인 관찰과 묘사를 통해 산문을 창작하는 시야를 확장시켰다. 예를 들어 센강(Seine River) 왼쪽 기슭과 오른쪽 기슭을 대비시키고, 분수를 통해 당시 정의를 위해 목숨 바친 영웅의 뜨겁게 끓는 피를 연상하고는 "아! 공포시대의 프랑스여!"라고 탄식하기도 한다. 또 나폴레옹의 무덤을 방문할 때는 항우(項羽)의 '해하전투'와 대비시켰다. 이쯤 되면 여행은 더 이상 공간적 이동의 기록이 아니라 역사와 기억의 문화체험인 것이다.

여행 중의 많은 디테일한 묘사는 모두 '국민성'에 대한 생각을 펼쳐낸 것이고 '타자의 영역'에 들어선 것이다. 린쎈탕은 이국풍경을 구경한 것이 아니라 그 나라 국민 특유의 '국민성'의 이모저모를 놓치지 않고 요모조모 살펴보았다. 그래서 파리 사람들이 대부분 소박하고 근검하다는 점을 발견했고 그것을 여행기에 기록하였다. 심지어 별난 모습의 소박한 차림새를 한 시골 노인네가 그와 그의 아들 판룽(攀龍)에게 "지구상에서 가장 아름다운 도시라는 말은 공연한 것이 아니지요. 당신들이 보기에는 어떤가요?"라며 확신에 찬 말투로 물어보는 것에 주의를 기울이기도 한다. 또한 프랑스 학자의 책을 읽고는 '걷는' 모습으로 영국과 프랑스 두 나라 국민의 특성을 가려내기도 한다. 여행하면서 본 것이 읽은 것과 서로 대조를 이루기도 하고 증명을 해주기도 한다.

이 외에 일본의 우에노(上野) 음악학교를 졸업한 장원예(江文也, 1910~1983)는 석간신문에서 본 뉴스를 자기반성으로 전환시켰다. 1936년 9월 『월간악보(月刊樂譜)』에 게재된 「베이핑에서 상하이까지─해오라기의 시(從北平到上海─白鷺鷥的詩篇)」는 주로 음악에 대한 이야기이지만, 수많은 비유를 활용하여 여행하면서 보고 들은 이야기를 쓴 산문이다. 여기서 장원예는 여행하면서 느낀 개인적인 감상과 심경을 토로하였다. 그는 세계적인 음악은 '가슴속에 머물고 있는 세계 각 나라의 군대'가 되었다고 썼는데, 이는 여행에 대한 또 다른 시각을 드러낸 말이라고 할 수 있다.

② 모던도시

류제(劉捷, 필명 郭天留, 1911~2004)의 「다다오청 점묘화(大稻埕點畵)」는 '모던도시'의 잠재적 특성에 대해 쓴 작품이다. 천팡밍(陳芳明)은 『식민지 모던(殖民地摩登)』에서 '모던'이라는 관념이 1920년대 타이완에서 아주 널리 수용되었다고 지적했다. 타이완 공산당을 이끌었던 셰쉐훙(謝雪紅, 본명 謝

阿女, 1901~1970)은 일찍부터 '모던보이(モダンボイ)'로 불렸다. 1930년대의 타이완어에 중국어 발음의 '모던'과 비슷한 '모돤(毛斷)'이라는 말도 생겼다. 이 산문은 여성적 이미지로 도시를 묘사하였고, 도시와 사람의 관계를 깊숙이 파고들어 관찰함으로써 타이완의 '모던' 관념에 대한 변화와 수용 양상을 밝혔다. 소리와 청각의 뒤섞임으로써 도시의 '감각성'을 그려냈고 소리와 음식 등의 방면에서부터 '모던도시'가 내포한 속성으로 나아갔다. 기이한 것을 찾는 관찰의 시각 역시 또 다른 풍자의 소리를 형성했다. 그럼으로써 도시는 또 다른 종류의 이질적인 공간이 되었다. 작품은 또 다른 각도에서 도시의 변화가 야기한 뻔히 보이는 (혹은 감추어진) 초조감을 지적해낸다. 예를 들어 커피숍의 질적 변화, '옛날 이야기꾼'으로 전락한 학자, 그리고 '모던기생의 기질'에 대한 다큐멘터리식의 묘사 등에 대한 관찰은 작가 류제가 창작의 경계를 확장시켜 뉴스, 실록, 현장조사 등의 형식을 종합하여 그려낸 산문의 또 다른 풍경이다. 이를 통해 우리는 도시 전체를 이해할 수 있으니, 류제의 산문은 확실히 '다중서사(multiple narrative)의 공간'이었다.

3) 식민지 경험에 대한 반성과 비판

타이완 신문학은 처음부터 식민지의 문화 속의 반일운동과 뗄 수 없는 밀접한 관계를 갖고 발전했다. 이는 타이완 신문학 전통이 특수한 성격을 갖게 된 이유이기도 하다. 라이허(賴和)의 창작은 문화식민 현상에 대해 정면에서 대응한 것 외에도 은유의 방식으로 식민문화에 대한 저항의지를 표현하였다.

① 아이는 왜 학교에 가야하는가?

라이허의 「따분한 추억(無聊的回憶)」은 교육에 대한 자조적인 회상이다. 이 산문은 개인적인 경험을 회상하면서 내재적인 비판도 은근히 담고 있다. 작가는 "학교와 나의 인연은 단지 내 이름이 졸업생 명단에 기재되어 있는 것뿐이라고 생각한다."고 말했다. 그러하다면 학교는 작가에게 '놀 수 있는 공간'을 준 것일까? 아니면 진지하게 가르침을 주는 상아탑을 보여준 것일까? 시간의 흐름에 따라 작가는 옛날의 '타이르고 이끌고', '무섭고 두려웠던' 느낌을 회상한다. 그리고 입학한 뒤에 갖게 된 '의아하고 낯선' 경험은 '왜 학교에 가야하는가?' 하는 전체적인 의문으로 집결된다.

당시 타이완사회에서 모든 사람이 공부할 기회를 가지고 있었던 것은 아니었다. 오히려 학교에 다니는 것은 '계급'을 나누는 기준이 되었다. 라이허는 친구 어머니가 했던 말을 인용해 다음과 같이 썼다.

공부라고? 너희들은 돈이 있으니까 공부할 수 있지만, 우리 같은 가난뱅이들은 돈이 없는데 누가 가르쳐주겠니? 소귀에 경 읽기라고! 가난뱅이 중에서 소가 되고 말이 되지 않은 사람이 어디 있어!

그리고 라이허는 다음과 같이 자신의 궁금증도 표현하였다.

우리도 부자라고는 할 수 없는데 왜 공부하러 가야 하는 거지? 내가 아는 부잣집 아이들은 나랑 동갑이거나 어떤 아이는 나보다 좀 더 큰데도 하인한테 업혀서 거리로 놀러 나간다. 그 아이들은 왜 돈이 있는데도 공부를 안 하는 거지? 그럼 사람 구실도 못하지 않을까? 돈의 중요성이 공부를 하거나 사람노릇 하는데 있는 것일까? 그런 건가?

친구 어머니의 말은 '돈'이 학교 다닐 능력이 있고 없고를 가르는 기준이라는 뜻이겠지만, 라이허는 공부 자체의 의미를 곱씹는다. 그러나 타이완 사람의 운명이 단순히 '부자'와 '가난뱅이' 두 가지로만 구분되는 것은 아니다. 학교에 들어가서 일본어를 배워서 일본어를 할 줄 아는 사람과 할 줄 모르는 사람으로도 구분되었다. 이것이 바로 교육의 황당한 점이다. 더욱 안타까운 일은 학교에 다니더라도 선생이 그다지 열심히, 정성껏 일본어를 가르치지 않았기 때문에, 뜻밖에도 라이허가 "나는 왜 일본인으로 태어나지 못하였을까 하고 괴로웠던 적도 있었다."고 고백했을 정도로 모순적인 콤플렉스를 갖게 만들었다는 점이다. 이는 당시 타이완 사람의 당혹스럽고 난처한 딜레마를 반영하는 것이다. 이 산문은 일본 식민통치 시기 교육사의 이면을 보여주는 기록이라고 할 수 있다.

② 감옥 경험

'감금'과 '유랑'은 정치적 반체제인사라면 절대다수가 부딪칠 수밖에 없었던 심신의 시련의 장이었고, 감방은 또 다른 규칙을 가르치는 '공간'이었다. 일본 식민통치 시기에 수많은 타이완의 엘리트들이 항일운동에 뛰어들었다는 이유로 체포되고 구금되었다. 그 가운데 가장 유명한 사건은 1923년 12월 16일에 발생한 '치경사건(治警事件)'[2]이다. 라이허의 「수필(隨筆)」은 '치경사건 1주기를 맞아' 쓴 것으로 다음과 같은 대목이 있다.

이날은 평화로운 사람들 속으로 거대한 바위가 던져져 성난 파도를 솟

---

2) 일본통치 시기에 일어난 타이완의 정치운동사건이다. '치안경찰법위반검거사건(治安警察法違反檢擧事件)', '치경법위반사건(治警法違反事件)'이라고도 한다. 타이완 총독부가 '타이완의회기성동맹회(臺灣議會期成同盟會)'를 탄압한 정치사건이다. 이 사건으로 99인이 체포되었다. - 역자

구치게 한 날이다. 이날은 우리 집안의 노인부터 어린아이까지 온 식구들이 놀라서 울부짖고 친척과 친구들에게 폐를 끼치며 온 종일 두려움에 벌벌 떨었던 날이다. 이날은 내가 난생처음으로 법의 '위엄(?)'과 '공정함(?)'을 깨달은 날이다.

라이허는 연속되는 중문(重文)을 사용하여 개인적인 느낌과 감상을 드러냄으로써 독자들이 권력의 위력을 실감하도록 하였다.

『타이완민보(臺灣民報)』 제59~62호에 게재된 장웨이수이(蔣渭水, 1891~1931)의 「옥중수필(獄中隨筆)」은 외롭고 절박한 감금상황에 놓인 한 지식인의 삶의 체험을 기록한 작품이다.

밥은 대부분 마르고 썩어서 시커멓게 변한 밥알천지였다. 평소라면 버리고 쳐다보지도 않았을 것이지만, 감옥에서는 옥수수 알갱이보다 훨씬 귀한 음식이다. 가끔 냄새 나는 쌀알이 있어 씹어보면 새똥과 쥐똥인 경우도 있었다. 그 고약한 냄새 때문에 구역질이 났지만 뱉고 싶어도 맛있는 밥알까지 딸려 나갈까봐 하는 수 없이 목구멍으로 억지로 삼켜야 했다.

새똥, 쥐똥이 섞여있는 밥 같은 사소한 일을 통해 감옥에서의 생활과 음식 상태를 알 수 있다. 이 외에도 자신이 체포되던 일을 기록할 때는 자신이 체포된 굴욕과 고통보다는 포박방식의 적절성 여부를 중점적으로 묘사하기도 하였다.

그의 포박방식은 정말 건강에 좋지 않다. …… 밧줄로 왼쪽 흉부를 묶으면 호흡에 지장을 주어 범인의 건강을 크게 해치게 된다. …… 나는 본래 그에게 건강에 해가 되지 않는 포박방법을 가르쳐주려 하였지만, 그가 다른 범인을 끌고나오는 모양을 보니 모두 복부를 묶었기에 그제서 마음이 놓여 그런 생각을 접었다.

장웨이수이가 '의사 작가'로서의 전공지식을 드러내고 있는 것이지만, 그 행간에서 드러나는 서글픔이 더욱 심금을 울린다.

③ 상실의 그림자

라이허는 1928년 5월 7일 『타이완대중시보(臺灣大衆時報)』 창간호에 좌우익 분열을 은유한 시적인 산문 「전진(前進)」을 발표하였다. 이 작품은 타이완의 산문발전사에 있어 이정표가 되었으며, 시적인 이미지로 당시의 시대적 분위기를 은유하여 사회성뿐만 아니라 예술성도 지니고 있다. 작가는 은유적 기법으로 좌익에 대한 지지와 항일운동에 거는 높은 기대를 표현하였다. 그래서 그가 반식민 노선이 분열하는 과정에서 신문협(新文協)3) 쪽에 참여한 입장도 충분히 이해할 수 있다.

산문의 서두는 침침하고 무거운 분위기로 가득 찼다. 라이허는 '어두운 저녁, 어두운 분위기', 수 백 층 지하 밑으로 겹겹이 드리워진 어둠은 '이전에 없었던 놀라운 암흑이다.' 등 연속적인 '어둠' 이미지로 일종의 '곤경미학(困境美學)'을 표현하였다. 어둠 속에서 시대의 어머니에게 버려진 두 주인공 아이들이 몸을 드러내자 작가는 은유적이고 암시적인 언어로 '고아'의 신세를 설명한다. "저 두 아이는 어쩌면 어머니의 사랑을 찾아 집을 나왔을지 모른다. 어쩌면 쫓겨난 앞 세대 사람의 자식일 수도 있다." 이 산문에서 작가는 '어둠'과 '아이'라는 두 이미지를 통해서 식민사회의 분위기와 절망에 깊이 빠진 지식인의 처지를 드러냈다.

---

3) 전신은 1921년 10월에 타이베이에서 창립한 타이완문화협회(臺灣文化協會, 약칭 '문협')이다. 1927년 좌익 계열의 롄원칭(連溫卿, 1894~1957), 왕민촨(王敏川, 1889 ~1942) 등이 장악하면서, 온건한 개혁을 주장했던 린셴탕(林獻堂), 장웨이수이(張渭水), 차이페이훠(蔡培火) 등이 탈퇴하였고, 1928년에는 타이완 공산당이 이 조직에 적극적으로 참여하면서 롄원칭도 퇴출당했다. 이후 공산당의 외곽조직이 되었으며, '신문협'으로 개칭했다. – 역자

'전진'은 희망과 기백이 흘러넘치는 말이다. 그러나 '갈 길은 아득하고 멀며', 현실세계에는 눈에 보이지 않는 어둠의 그림자가 앞에 첩첩히 놓여 있다. 이는 상투적이지 않은 예술적 표현이기는 하지만 결코 '전진'하는 힘을 강화시키려는 격려의 말도 아니다. 이것은 가시적(可視的)인 경물 너머로 시대의 부조리와 무력감을 꿰뚫어 본 말이다.

④ 도서(島嶼) 글쓰기의 다문화 상상

민속문화는 옛사람의 인생, 자연, 사회에 대한 사색과 상상을 보여주는 것으로 독특한 문화적 시각이기도 하다. 그리고 일본 식민통치 시기의 작가가 타이완 원주민과 접촉한 뒤에 쓴 다큐멘터리 창작은 '민족지(民族誌)' 제작과 유사했다. 룽잉쭝의 「보보사 지역의 잔치(薄薄社的饗宴)」는 이러한 특징을 지니고 있다. 이 작품에서는 당밀주(糖蜜酒)나 미마미쯔(米麻米玆)4)와 같은 음식과 의식의 문화적 특징을 자세히 묘사하고 있다. 미마미쯔는 '찧어서 만들 때 물을 거의 넣지 않고 다 만든 모양도 손으로 아무렇게나 빚어 놓은 것이라서 엉성해 보이지만 맛은 아주 담백하고 특별한 맛이 난다.' 라고 썼다. 결혼식 잔치 음식 말고도 그 잔치 이면에 숨겨진 혼인 관계와 젠더 문제에 대해서도 언급하였다. 결혼식 잔치부터 결혼적령기, 재산 정도, 집안 권력의 장악, 혼인 관계의 성립과 이혼 등을 포함하고 있다. 이 산문을 통해 룽잉쭝이 원주민의 문화를 깊이 접촉했고 이해했음을 알 수 있다. 심지어 원주민들까지도 이 작품을 통해 자신들의 독특한 민속의식을 감상할 수 있다.

가르시아 가브리엘 마르케스(Gabriel García Márquez, 1927~)는 『백년 동안의 고독』에서 "물건들이란 제각각 생명을 가지고 있기 때문에, 영혼을

---

4) 떡의 일종－역자

깨우기만 하면 다 되는 것"이라고 말하였다. 물건 자체는 생활의 도구일 뿐 아니라 그 안에 시간적인 개념과 인문적인 상징도 담고 있다. 장원환 (張文環)의 「빈랑바구니(嬪榔籃)」는 섬세한 필치로 일반 사람의 일상생활을 재현하였다. 쌀가루 경단과 쥐며느리 벌레로 아들을 낳을지 딸을 낳을지 점치는 놀이는 옛날 타이완 어린아이의 놀이장면을 그대로 재현한 것으로 또 다른 유형의 민속 창작이기도 하다.

⑤ 여성의 목소리에 귀 기울이기

만약 젠더가 문학을 읽는 한 시각이라면, 일본 식민통치 시기에 여성을 묘사한 타이완 산문에는 우신룽이 죽은 아내를 넋두리 상대로 삼아 혼잣말로 중얼거리는 산문 「죽은 아내에게 말하기」와 라이허의 첫 번째 작품 「무제(無題)」에서의 여성서술을 눈여겨 볼 수 있다. 이 외에도 양첸허(楊千鶴)의 「결혼을 앞둔 딸의 마음(待嫁女兒心)」에서는 결혼을 앞둔 여성의 망설임, 당혹스러움과 성(性)에 대한 비판적인 생각을 묘사하였다.

이 작품에는 결혼 의식이 등장하며 딸의 출가를 앞둔 전통 봉건가정의 복잡한 심리가 담겨 있다. 또 결혼적령기에 이른 여성의 심경이 나타나 있기도 한다. '구리'가락지 한 개를 통해서 그녀의 삶은 다른 가족에 동화되고 그 가족들 속으로 용해된다. 그리고 이러한 내용은 피할 수 없는 운명이라는 느낌을 받게 한다. 작품의 결말에서 작가는 시집가기 전에 혼수품을 훑어보는 대목에 이르러 작품 전체를 관찰의 시각으로 바꾸어 버린다. 작품은 대화의 틀을 유지하며 단순한 사물들을 진지하게 만드는 여성적 글쓰기의 힘을 보여주고 있다.

03 | 산문 작품의 다양한 언어 현상

구문학에서 신문학까지의 변화과정에 나타난 일본 식민통치 시기 타이완 산문에서 다양한 언어가 보이는 현상은 사실 시간적으로나 공간적으로 '필연적'인 현상이었다. 황메이어(黃美娥)는 1895년부터 1924년 사이에 접촉할 수 있었던 '새로운 체제'의 문학 원류에는 적어도 세 가지가 있다고 주장하였다. 첫째는 1869년 일본의 메이지유신 이후 점차 나타난 '근대문학'이다. 둘째는 청나라 말기인 19세기 말, 20세기 초에 등장한 백화문운동(白話文運動)과 문학개량(文學改良)의 풍조이다. 셋째는 1917년의 중국백화문운동(中國白話文運動)이다. 1924년까지의 신·구문학논쟁 이후에 비로소 보신문학의 '규범(canon)'이 편적으로 인정받고 실천되었다. 산문 창작의 언어를 예로 들자면 다음과 같은 몇 가지 특징이 있다.

첫째. 문언문과 백화문의 혼용

린셴탕은 문언문과 백화문을 혼용한 언어로 여행의 경험을 서술하였다. 산문 속에서 고전시를 인용하였을 뿐 아니라 고풍스럽고 우아한 문언으로 서술하였다. 예를 들어 「나폴레옹의 무덤(拿破倫之墓)」은 "힘은 산을 뽑고 기개는 세상을 뒤덮는데, 시세가 불리하니 오추마가 나가지 않는구나! 오추마가 나가지 않으니 어찌하랴? 우미인이여, 우미인이여, 그대를 어찌할 것인가?5)"라는 문언시로 시작하고 있다. 또한 '진짜 아름답다(眞是好看)', '다른 길거리(其他的街路)' 등 근대적 어휘를 삽입하여 일본 식민통치 시기의 산문이 신구문학이 융합된 환경 속에 있음을 드러냈다.

---

5) 항우가 해하전투에서 읊었다고 하는 시 구절이다. ─ 역자

둘째. 백화문과 신시의 병렬 등장

언어의 표현으로 볼 때, 라이허의 첫 번째 산문인 「무제」의 전반부는 백화문이고 후반부는 신시(新詩) 한 수로 이루어져 있어 젊은 문학청년의 창작적 특징을 담고 있다. 언어의 활용 방면에서 백화문을 기반으로 하였으며 타이완의 토속적인 색깔도 지니고 있다.

셋째. 타이완어의 자연스러운 흡수

작가들은 타이완의 말과 글을 자연스럽게 자신의 작품 속에 용해시켰다. 장웨이수이 「옥중산문」에서 '뱉고 싶어도 맛있는 밥알까지 딸려 나갈까봐 하는 수 없이 목구멍으로 억지로 삼켜야 했다.'의 '삼켜야 했다(吞落去)', 라이허 「무제」의 '가장 유행하는 옷(最時式的衣衫)', 「따분한 추억」의 '무식쟁이(靑盲牛)', '팽이치기(干樂)', '머리카락(頭髮)', '타이완의 북부(頂港)' 등의 어휘를 사용한 것이나, '동시효빈(東施效顰)'과 같은 뜻을 가진 타이완 속담 '엄계진봉비(閹雞趁鳳飛, 뭣도 모르고 따라 한다)'를 활용한 표현 등이 이러한 예이다. 이러한 작품들은 매우 강한 친밀감을 주고 있다.

넷째. 일본한자의 사용

라이허의 작품을 예로 들면, 라이허가 일본어 교육을 받았기 때문에 그의 산문에는 '고즈까이(小使, 심부름꾼)', '고요우타시(御用達, 납품업자) 같은 일본 한자가 종종 나타난다. 마찬가지로 장웨이수이의 작품에도 '태신(手信, 간단한 선물) 같은 일본어 단어가 등장한다. 하지만 일본 한자가 결코 독서하는데 방해가 되지 않으며, 도리어 당시의 시대 상황을 이해하는데 도움을 준다.

04 | 맺음말

산문은 개인생활의 형상화라고 할 수 있다. 산문이란 문학형식을 통하여 작가는 개인생활의 자잘한 체험과 느낌을 드러내고 감정을 토로하거나 개인생활의 단편을 새로이 구성한다. 혹은 자신의 개인적인 심사를 표현하는 감성의 기록으로 삼을 수 있다. 일본 식민통치 시기의 타이완 산문은 외부현실에 대한 관심, 예술형태에 대한 표현이 예술미감에 대한 기획을 넘어섰기 때문에 감정의 표현과 서사, 공간의 문화적 해석, 식민경험에 대한 반성과 비판, 도서(島嶼) 작품에 드러나는 다문화적 상상과 여성의 목소리 등 다양한 각도에서 타이완을 구성하고 타이완을 다시 그려냈다. 독자는 타이완 땅의 선조들과 이야기를 나누면서 '사람'이라는 풍경을 비춰볼 수 있을 것이다.

01 천완이 주편, 『국민문선산문집 1』(타이베이, 옥산사), 2004년.
　　陳萬益主編, ≪國民文選散文卷(1)≫(臺北 : 玉山社, 2004).

02 천젠중, 「어둠 속의 빛-라이허의 시적인 산문 「전진」의 시대의식을 논함」, 『타이완신문
　　예』(2000년 6월).
　　陳建忠, 〈黑暗之光-談賴和詩化散文〈前進〉中的時代感〉, ≪臺灣新文藝≫(2000年 6月).

03 쉬다란, 「일본 식민통치 시기의 타이완 산문」, 『라이허와 동시대의 작가-일본 식민통치
　　시기의 타이완 문학 국제학술대회』(1994년 11월 25일~27일).
　　許達然, 〈日據時代臺灣散文〉, ≪賴和及其同時代的作家 : 日據時期臺灣文學國際學術會議≫(1994年
　　11月 25日~27日).

제8장

세 가지 언어가 서로 어우러지는 시
근대 타이완 신시

| **린치양**林淇瀁, 필명 向陽　국립타이베이교육대학 타이완문화연구소 부교수 |

01 | 세 가지 언어에서 출발하다

타이완 신시운동은 타이완 신문학과 함께 나타났다. 시대 조류의 첨예함 속에서 시대와 사회에 대한 시인의 민감함을 표현하였으며 작품을 통하여 끊임없이 새로운 타이완 신문학의 발전과정을 형성했다. 일제 통치시대의 타이완 신시 발전은 간단히 다음과 같이 정리할 수 있다.

1923년 5월 주이펑(追風)은 일본어로 「시의 모방(詩の眞似する)」이라는 단시 4수를 창작하여 타이완 신시의 원류를 열었다. 이 단시 4수는 「번왕을 찬미하다(讚美蕃王)」, 「석탄의 노래(煤炭頌)」, 「사랑은 튼실하리라(戀愛將茁壯)」, 「꽃 피기 전에(花開之前)」이다. 일본어 신시로부터 타이완 신시가 발전되어 나왔다는 것은 인정하지 않을 수 없는 역사적 사실이다. 이것은 타이완 신시 역사의 복잡성을 의미하며, 동시에 식민지 시대 타이완 신시와 문학의 다양성을 보여준다. 주이펑 다음에는 왕바이위안(王白淵)이 있고 마

지막에는 1930년대 이후에 천치윈(陳奇雲)과 수이인핑(水蔭萍)이 만든 『풍차(風車)』 시잡지와 염분지대(鹽分地帶) 시인 궈수이탄(郭水潭) 등의 일본어 시인이 있다. 이들로 인해 일본 통치 시대의 타이완 신시는 당시의 중국 신시와 다른 모습을 지닐 수 있었다. 이 때문에 타이완 신시를 말할 때 일본어 시인과 작품의 맥락을 무시할 수 없다.

그 다음으로, 타이완 신문학운동은 중국 5·4신문학운동과도 연관성이 있기 때문에 타이완 신시에 대한 중국 백화문학의 계발과 영향을 소홀히 할 수 없다. 1924년 베이핑에서 공부하던 장워쥔(張我軍)이 바로 이 횃불에 불을 붙인 첫 번째 사람이었다. 그가 1925년 12월에 자비로 출판한 『어지러운 도시의 사랑(亂都之戀)』은 타이완 신시사의 첫 번째 중국어 신시집이다. 뒤이어서 1930년에 『타이완민보(臺灣民報)』가 신시를 게재하는 「서광(曙光)」란을 열어 많은 신시인을 배출하였다. 예를 들어 라이허(賴和), 양서우위(楊守愚), 양윈핑(楊雲萍), 양화(楊華) 등의 우수한 시인의 작품이 같은 시기의 일본어 신시와 서로 경쟁을 하며 그야말로 대성황을 이루었다.

마지막으로, 1930년대에 일어난 타이완 어문운동(話文運動)은 타이완 말로 시를 쓸 것을 주장하여 타이완 언어로 된 신시의 등장을 독려했다. 라이허, 양서우위, 양화 등의 시인이 생동감 넘치는 타이완 언어로 아름다운 작품을 써서 타이완 신시의 모습을 새롭게 바꾸었으며 또한 전쟁 후 '타이완어 시'가 등장할 수 있는 기반을 다졌다. 그럼으로써 타이완 신시 발전사를 토론하거나 이해하는데 빠뜨릴 수 없는 큰 맥락이 되었다.

일본 통치 시기의 타이완 신시 발전을 이해하기 위해서는 초기 타이완 신시에서 발견되는 창작 언어의 복잡성과 다양성을 이해해야 한다. 그래야만 비로소 타이완 신시 발전의 독특성을 정확히 이해할 수 있다.

02 | 일본 통치 시기 타이완 신시 발전

일본 통치 시기의 타이완 신시가 발전한 시간은 길지 않다. 1923년 5월 주이펑의 창작부터 계산하면 1945년 일본 통치를 마칠 때까지 22년에 불과하다. 하지만 이 22년 동안 언어상으로는 앞에서 서술한 바와 같이 일본어, 중국어, 타이완어의 사용이 있었고, 시의 표현과 주장 면에서는 리얼리즘과 모더니즘의 대립이 있었다. 그러나 서로 다른 시인과 작품의 풍격은 더욱 다채롭고 다양했다. 때문에 이 시기의 신시 발전에 대해 먼저 조감해 볼 필요가 있다.

우리는 신시 발전 단계를 '기초기(奠基期)'(1923~1932), '발전기(發展期)'(1932~1937), '전환기(轉折期)'(1937~1945) 등 세 분기로 나누어 일본 통치 시기 타이완 신시 발전의 과정을 간략하게 살펴보기로 하겠다.

(1) 기초기

1920년 7월 16일에 『타이완청년(臺灣靑年)』이 일본 도쿄에서 창간되어 타이완 신시문화운동의 서막을 열었다. 이것을 타이완 신문학의 시작으로 볼 수 있다. 창간 초기의 『타이완청년』은 기본적으로 평론을 위주로 하여 타이완 문화개혁과 창조를 강조하였다. 그래서 문학창작은 없었으며, 문학평론은 창간호에 천신(陳炘)이 게재한 「문학과 직무(文學與職務)」가 처음이었다. 1922년 7월 제4호에 주이펑(셰춘무 謝春木)의 소설 「그녀는 어디로 갈 것인가?(彼女は何處へ?)」가 연재됨으로써 비로소 정식으로 타이완 신문학 창작이 시작되었다. 그러나 신시는 1923년 5월에야 주이펑이 일본어로 「시의 모방」이라는 단시 4수를 창작하면서(1924년 4월에 『타이완(臺灣)』 제5년 제1호에 발표하였으나 8개월 동안 출간이 지연되었다) 정식으로 시작되

었다. 따라서 타이완 신시의 기초를 닦은 시기는 1923년부터로 보아야
하며 주이펑을 기초를 다진 주요 창시자로 봐야 한다.

「시의 모방」 4수는 「번왕을 찬미하다」, 「석탄의 노래」, 「사랑은 튼실하
리라」, 「꽃 피기 전에」이다. 그중에서 주목할 만한 가치가 있는 것은 「번
왕을 찬미하다」와 「석탄의 노래」이다.

〈번왕을 찬미하다〉
나는 그대를 찬미한다.
나는 그대의 손, 그대의 힘으로
그대의 왕국을 세운다.
그대의 아내를 얻으니
그대는 남들의 공로를 도용하지 않는다.

나는 그대를 찬미한다.
그대는 거짓되지 않으며, 그대는 숨기지 않는다.
그대가 바라는 바를 바라고
그대가 사랑하는 것을 사랑하고
그대는 허세 부리지 않는다.

〈석탄의 노래〉
깊은 산에 꼭꼭 숨어
땅 속에서 오래도록
지열로 수만 년을 태우며
그대의 몸은 검어졌다
검었다가 차가워지며
붉게 변하며 익었다
백금을 녹일 정도로 타오르며
그대는 아무 것도 남기려 하지 않았다

「번왕을 찬미하며」는 원주민 민족 지도자에 대한 칭송을 통하여 외래 통치자의 식민 지배를 받는 비애 속에서 독립적이고 자주적인 유토피아를 세우려고 하는 갈망 그리고 "그대가 바라는 바를 바라고 /그대가 사랑하는 것을 사랑하고"라는 자유에 대한 지향을 표현하고 있다. 또한 시인의 좌익사상을 반영하고 그 시대 타이완 사람들의 집단상상을 반영하고 있기도 하다. 「석탄의 노래」는 "몸은 검어졌다 /검었다가 차가워지며 /붉게 변하며 익었다"하는 석탄 생산 과정과 특성으로 식민통치자들에 의해 고난을 당하지만 종국에는 껍질을 깨고 나오겠다는 의지를 노래하고 있다.

이 시기에 주이펑처럼 일본어로 창작한 시인에는 천치윈, 왕바이위안 등도 있다. 이 두 사람의 작품은 양이 더욱 많으며 예술적 성과도 훨씬 뛰어나다.

천치윈은 펑후(澎湖) 사람이며, 1930년 11월에 일본어 시집 『열류(熱流)』(南溟藝園 출판)를 출판하였다. 그의 시는 장시(長詩)로 「츠칸루의 발자국 소리(赤崁樓的足音)」, 「오월 즈음에 내리는 비(偎依著五月的雨)」 등의 작품이 유명하며, 낭만주의적인 퇴폐와 애수로 가득하다. 1931년 6월 1일, 왕바이위안은 일본어 시집 『가시나무의 길(棘の道)』을 일본의 쿠보소우(久保莊) 서점에서 자비로 출판하였다. 왕바이위안과 주이펑은 모두 좌익청년으로 일생을 사회주의와 그 운동에 헌신하였기에 일본 정부나 이후 타이완으로 온 국민당 정부에게 받아들여질 수 없었다. 그들 두 사람의 시는 탈식민론자 이론가 프란츠 파농(Franz Fanon)이 "정복되었지만 인정하지 않고, 열등하다고 평가되어도 그들보다 낮다고는 생각지 않는다."라고 말한 것과 같은 마음을 표현했다. 그리고 예술적 성취 방면에서는 일본 전위시인의 영향을 받았기 때문에 자연주의를 융합한 특징을 갖고 있다. 왕바이위안의 「시인(詩人)」을 예로 들어 보자.

장미는 소리 없이 활짝 피어나
무언 속에서 시든다.
시인은 남을 위해 부지불식간에 태어나
자신의 아름다움을 먹고 죽는다.

매미는 허공 속에서 노래하며
결과는 생각지도 않고 왜 날아갔나?
시인은 마음속으로 시를 쓰며
쓰고 쓰고 지워 나간다.

달은 홀로 거닐며
밤의 어둠을 밝게 비춘다.
시인은 외롭게 노래 부르며
만인의 심금을 이야기 한다.

이 시는 왕바이위안의 자화상이자 일본 통치 시기 타이완 신시인의
공통적인 슬픈 감정이라고 할 수 있다. "장미는 소리 없이 활짝 피어나 /
무언 속에서 시든다."는 구절에서 시인의 내면이 장미의 고요한 특징과
같음을 구체적으로 묘사하고 있으며, 일본 통치시기에 "시인은 남을 위
해 부지불식간에 태어나 /자신의 아름다움을 먹고 죽는" 타이완의 고독
감을 암시하고 있기도 하다. 시인이 마음속에서 쓴 시는 마치 "달은 홀
로 거닐며 /밤의 어둠을 밝게 비추는" 것처럼 마구 휘갈겨 쓴 것이다. 식
민 제국의 통치 아래에서 타이완 시인이 외로이 노래하는 이유는 만인의
가슴 속에 깊이 파묻힌 우울을 토해내기 위한 것이다.

일본어 신시 창작이 시작된 1923년 전에는 한시(漢詩)의 힘이 상당히
강했다. 『타이완(臺灣)』의 '사림(詞林)' 칼럼은 쉰 적이 없었으며 심지어 나
중에 신문학을 제창한 장워쥔도 한시를 창작했다. 그는 1923년 4월에
출판한 『타이완』 제4년 제4호에 한시 「타이완 의회에 청원하는 분들께

(寄懷臺灣議會請願諸公)」를 게재하기도 하였다.

> 고향은 아득하고 가는 길이 끝없으나
> 변화의 시대를 느꼈으니 바꾸기를 희망한다.
> 진실한 마음을 모두 다 북쪽 궁궐에 바치니
> 낡은 습관을 버리고 동양을 지키련다.
> 필부에게도 흥망의 책임이 있거늘
> 대중은 여전히 아부하느라 바쁘구나.
> 나는 아직도 어지러운 세상 속에 있어
> 그대들을 따라 나서지 못하는구나.

두 달이 지난 후 같은 해 6월에 출판된『타이완』제4년 제6호에 장워쥔의 또 다른 한시「시사를 읊으며(詠時事)」가 게재되었다. 이렇게 비교 대조하면 타이완 신시는 장워쥔이 제창하여 시작된 것은 아니라는 사실이 매우 분명하다.

그리고 타이완에 등장한 첫 번째 중국어 신시도 장워쥔의 작품이 아니라 스원치(施文杞)의 것이었다. 그는 1923년 12월『타이완민보』에「린경위군이 장교장을 따라 난양으로 건너가는 것을 전송하며(送林耕餘君隨江校長渡南洋)」를 발표하였는데, 얼마 후에 다시「가면도구(假面具)」란 시를 발표하였다. 하지만 두 시의 문구가 무미건조하고 시적인 색채가 부족해서 거의 주목을 받지 못했다.

장워쥔은 처음에 타이완 백화문학을 주장하면서 주목을 받았다. 1925년 12월 28일에 그는 자비로 타이베이에서 타이완 신문학사에서 첫 번째 중국어 시집으로 여겨지는『어지러운 도시의 사랑』을 출판하였다. 이 시집은 장워진이 중국 베이징에서 느꼈던 연정을 노래한 것으로 초기 타이완 중국어 신시의 실험적 정신을 보여주었다. 장워쥔의 시는 백묘(白描)를 위주로 하고 있으며 이미지적 표현이 부족해서 약간 스원치의 풍격과 가깝다고 할 수 있다. 이와 비교해 볼 때 주이핑의 「시의 모방」과 왕바이위안의 「시인」은 이미지 표현이 훨씬 다양하다.

이 시기 중국어 신시를 쓴 시인으로 소설가 라이허(賴和)와 양화(楊華)의 존재를 소홀히 할 수 없다. 라이허는 타이완 신문학운동의 지도자로, '타이완 신문학의 아버지'로 불린다. 그의 작품 중에서 가장 주목 받는 작품은 리얼리즘적 사회시로, 예를 들어 「깨달음 아래의 희생 : 얼린의 동지에게 부치며(覺悟下的犧牲 : 寄二林的同志)」, 「남국의 슬픈 노래(南國哀歌)」 등이 있다. 또한 「씨 뿌리는 사람(種田人)」, 「불쌍한 거지아낙(可憐的乞婦)」, 「농민요(農民謠)」, 「농민의 탄식(農民嘆)」, 「겨울에 새로운 곡식 수확을 하러 가다(冬到新穀收)」 등의 중하층계급에 관심 갖고 있는 작품들은 더욱 좌익작가의 슬픈 연민으로 가득하였다. 더욱 중요한 것은 라이허의 언어는 타이완어과 중국어, 그리고 일본식 한문이 섞여 있어 식민지 작가의 탈식민적인 언어 풍경을 생생하게 보여주고 있다는 점이다. 「생활(生活)」이란 시를 보자.

영원한 세상, 순간의 인간으로 가득 차 있다.
무수한 사람들과, 혼자인 내가 있다.
하루 종일 밤새도록, 먹는 것과 잠자는 것으로 바쁜
그런 생활처럼
나는 그녀에 대해 미련 없다.
어찌 이 목숨을 연장하는 힘은
사람들이 일순간 거절하는 것도 용인하지 않는가.

하지만 나중에 그는 여전히 고생스럽게 노동하는 대중에게 생각이 미친다.

불쌍한 노동자들만

온 힘을 다해 피땀을 흘리며
고통스런 날을 지내도
충분하지 못한 잠과
대강 때우는 밥 세끼를 얻을 뿐이다.

이 시는 '고독한 나'를 통해 '고통스러운 대중'에게 접근한다. 그리고 내면에서 나오는 슬픔으로 노동자들의 '충분하지 못한 잠'과 '대강 때우는 밥 세끼를 얻는' 비애를 묘사하였다. 타이완어의 '밥과 잠(食和眠)', '목숨(養命)', '힘(氣力)'과 일본어인 '노동자(勞動者)' 그리고 중국어가 서로 뒤섞여서 식민지 타이완의 특수한 언어 풍경을 더욱 분명하게 드러내고 있다.

라이허처럼 한학의 기초를 갖고 있는 시인 양화는 소시(小詩)와 타이완어 시로 유명해졌다. '박명시인(薄命詩人)'이라고 불린 양화는 평생 병과 가난에 시달리다가 결국 대들보에 목을 매 자살하였다. 이때 나이가 36살이었다. 『흑조집(黑潮集)』, 『새벽빛(晨光集)』 등 유고시가 약 300여 수가 남아 있다. 그의 시는 부분적으로 빙신(冰心)과 타고르(Rabindranath Tagore, 1861~1941)의 단시를 모방하였다. 그 중에서 「여공의 슬픈 노래(女工悲曲)」, 「심현(心弦)」 등은 타이완어로 쓰여졌는데 그 성과와 영향이 상당히 크다. 1932년에 완성한 「여공의 슬픈 노래」를 예로 들어보자.

별은 드문드문, 바람은 선들선들,
처량한 달빛이 그대를 비추어,
얼굴을 부비고, 눈을 비벼 뜨니,
날이 밝을 때인 듯.
날이 밝을 때는, 바로 일하러 갈 때,
늦으면 안 되니, 서둘러 겨울옷을 입는다.
가자! 가자! 가자!
서둘러 방직공장으로 갔으나,
철문이 굳게 잠겨, 들어갈 수 없다.

그때서야 달빛에 속았음을 안다.
돌아가자니 달이 서쪽으로 기울어 꾸물거리고
돌아가지 않자니, 아침밥을 먹지 않아 배 속이 텅 비었다.
이 시간, 고요하니 길에는 오고가는 사람도 없다,
　　　　썰렁하니 잡초도 뒤얽히고
　　　　싸늘하니 냉기가 사지를 파고드는데
　　　　나무는 듬성듬성 달그림자 나뭇가지에 걸려 있다.
기다리고 기다려도 철문은 열리지 않고,
서릿바람 얼음물처럼 차갑다.
추워! 추워!
그녀의 손발 얼어 오그라드니, 견디기 어렵다.
그녀의 몸은 지치고 힘이 떨어지니,
달이 떨어지고 나서야, 닭이 운다.

　이 시는 양화가 노동자를 억압하고 착취하는 자본제국주의를 비판하는 좌익 입장에 서 있음을 분명하게 드러내 주고 있다. 그리고 타이완어로 쓰여 사실적이고 비판적인 풍격을 더욱 잘 보여주고 있다. 양화가 그려낸 여공은 일본 통치 아래의 모든 타이완 사람들의 공통적인 처지를 상징하고 있다. 시는 가요처럼 압운 형식을 취하고 있기 때문에 '슬픈 노래(悲曲)'라는 제목을 붙였다. 특히 "고요하니 길에는 오고가는 사람도 없다 /썰렁하니 잡초도 뒤얽히고 /싸늘하니 냉기가 사지를 파고드는데 / 나무는 듬성듬성 달그림자 나뭇가지에 걸려 있다."라는 네 구는 민간 희곡에서 많은 영향을 받았음을 보여주고 있다. 그럼으로써 이 시는 일상 언어의 한계에서 벗어나 타이완어 문학의 깊이 있는 틀을 형성할 수 있게 되었다.
　기초기의 시인에는 양서우위(楊守愚)와 쉬구(虛谷) 등도 있다.

(2) 발전기

　기초기의 타이완 신시는 리얼리즘을 주요한 흐름으로 받아들였으나 발전기 이후에는 초현실주적인 시풍이 나타나기 시작하였다. 1932년 1월 9일에 『타이완 신민보(臺灣新民報)』가 주간지에서 일간지로 변경되어 4월 15일부터 정식으로 발행하면서 발전기로 진입하는 경계가 되었다. 이때부터 타이완의 신시 풍격은 더욱 풍부해지며 새롭게 발전하기 시작하였다. 리얼리즘 계열의 시인들도 지속적으로 창작을 했지만 이때에 초현실주의를 제창하는 시인과 시사(詩社)가 등장했다. 양츠창(楊熾昌)과 그가 이끄는 '풍차시사(風車詩社)'는 타이완 신시가 갔던 또 다른 새로운 길을 보여주고 있다.

　양츠창은 필명이 수이인핑(水蔭萍)이며 타이완 초현실주의의 선구자이다. 그는 1931년에 초현실주적인 풍격을 지닌 일본어 시집 『열대어(熱帶魚)』를 출판하였다. 그리고 1933년에는 타이난(臺南)에서 리장루이(李張瑞), 린융슈(林永修, 필명 林修二), 장량뎬(張良典)과 일본 시인 토다 후사코(戶田房子), 키시 레이코(岸麗子), 나오카지 텟페이(尙梶鐵平) 등 모두 7명이 모여 '풍차시사'를 만들어 초현실주의 시풍을 일으켰다. 1936년에 양츠창은 타이완의 첫 번째 초현실주의 선언서인 「새로운 정신과 시의 정신(新精神和詩精神)」을 발표하였다. 당시 일본에서 성행하던 전위운동과 서양의 미래파 선언, 다다이즘, 초현실주의, 신즉물주의 등의 담론을 포함하는 현대시운동을 소개하였는데 그 가운데서 초현실주의를 가장 높이 받들었다. 그는 '연상비약, 의식의 구도, 사고의 음악성, 기법의 교묘한 운용과 세심한 박력성(迫力性)' 등을 주장하면서 '초현실은 시가 비상하는 이채로운 꽃밭'이라고 강조했다. 이러한 주장은 그의 작품에서 구체적으로 나타나고 있는데 「여승(尼姑)」이란 시를 보자.

젊은 여승 돤돤(端端)이 창을 열었다.

밤안개가 혼미하게 뒤덮고 있었다. 돤돤이 새하얀 팔을 펴서 가슴을 끌어안는다. 무서운 밤기운 속에서, 신단의 불상은 위엄 있게 웃고 있다. 돤돤의 눈은 밤처럼 맑고, 그림자는 고요하며, 등불은 밤새도록 타오른다.

밤의 질서에 놀란 돤돤이 허망한 성(性)의 이념 속으로 들어간다. 나의 유방은 왜 그녀의 아름다움과 비교할 수 없는가. 나의 눈두덩이 아래는 무엇 때문에 잊어버린 색깔만 비추고 있을 뿐일까……

붉은 유리의 여의등(如意燈)이 계속 타오르고 있다. 구릿빛 범종에 차가운 영혼이 떠다니고, 여승의 대청은 주차장처럼 고요하다.

붉은 그림자가 비추일 때 신의 형상이 꿈틀거린다.

베다할아버지의 검이 빛나며, 십팔나한이 신령스런 호랑이를 타고 있다.

돤돤은 합장을 한 채, 정신을 잃고 기절한다.

여명의 종을 따라 몸을 일으키는 여승 돤돤. 선향(線香)과 정향(淨香)이 타오르고 있다. 단정히 앉아 있는 돤돤이 울고 있다. 한 바탕 경문을 읊는다.

－－－어머니! 어머니

돤돤은 신에게 처녀 여승의 청춘을 바친다.

「여승」은 1934년 12월에 쓰였다. 이 시는 소녀 돤돤의 출가를 주제로 삼아 현실과 환상, 정욕과 성령(聖靈), 여승과 불상 사이에서 발생하는 '망설임 / 움직임'의 충돌을 상당히 세심하고 깊이 있게 표현했다. 아울러 선명한 이미지의 등장과 단절, 정서의 박동과 기복에서 섬세한 감성과 황폐한 아름다움을 표현해 내고 있으며, 전통적인 동양문화의 보수성과 내적인 구속을 전복시키고 있다. 오늘날 읽어보아도 여전히 아름다운 쓸쓸함을 지니고 있으며 영혼을 감동시키는 시라고 할 수 있다.

풍차시사에 속하는 리장루이와 린슈얼의 시풍도 상당히 유사하다. 그들은 모두 이미지의 운용과 퇴폐적 분위기를 특별히 강조하였다. 리장루이의 「육체의 상실(肉體喪失)」을 살펴보자.

나는 우주의 소리를 따라 승화한다
머릿속의 슬픈 유희
하얀 연기   보랏빛 하얀
하얀 색과 보랏빛의 연기가 뒤쫓고 있다
좋아   나는 아무 것도 생각하지 않는다
연애와 생활과 꿈과 침대

이 시는 색채의 변화를 사용해 자질구레한 삶의 모습을 절절하게 묘
사했다. 하얀색과 보라색의 연무는 인생을 비유한 것이며 '연애와 생활
과 꿈과 침대'는 현실세계이다. 퇴폐적인 미감을 가진 글자는 한 개도
쓰지 않았지만 오히려 자연스럽게 에로틱한 느낌에 젖어들게 한다.

전후의 '창세기시사'가 보여주는 초현실주의적인 창작과 비교해 보면,
풍차시인의 초현실적인 작품과 주장은 더욱 체계적이고 풍부해졌음을
알 수 있다. 그러나 『풍차』는 4기까지만 출판되고 폐간되었다.

이 시기의 리얼리즘 진영에서는 '염분지대(鹽分地帶)' 시인이 주요한 역
할을 차지하고 있었다. '염분지대'는 소금을 생산하는 타이난(臺南), 자리
(佳里), 베이먼(北門) 일대의 지역을 가리킨다. 그 시기의 뛰어난 시인들로
는 우신룽(吳新榮), 왕덩산(王登山), 궈수이탄(郭水潭) 등이 있다.

궈수이탄은 1929년에 일본인 타다 토시로우(多田利郞)가 주관하는 '남명
낙원(南溟樂園)'에 가입하여 신시를 창작하기 시작하였다. 1932년에는 우
신룽 등과 '자리 청풍회(佳里靑風會)'를 계획했고, 1935년에는 '타이완 문
예연맹 자리지부'를 만들어 전면적 일본어 사용 시기에 타이완 향토문학
진영을 형성하였다. 궈수이탄의 시는 풍부하지는 않지만 '염분지대' 시
인들 가운데서 가장 높은 성과를 보이고 있다. 그의 시는 감정이 진지하
고 현실에 대해 깊은 관심을 보여주고 있으면서도 현실을 초월할 수도
있는 냉정한 미감을 표현하였다. 그가 1939년에 둘째 아들이 요절한 후

쓴 「목관을 향해 통곡하노라(向棺木慟哭)」를 실례로 살펴보자.

사랑스런 내 아들, 젠(建)아
아빠는 잠들지 못하고 너를 부르고 있다.

은빛 투구를 쓰고, 금빛 장총을 들고
흰 눈 같은 준마를 타고
아득히 먼 어린이나라 만리 길을 달려
씩씩한 모습으로 돌아오라고 너를 부른다.

아니, 아니, 넌 아니다.
허영을 추구하는 아이가 아니다.

만약, 정말 너라면
두 손으로 가을 대추나무 과실을 받쳐 들고
평소처럼 흔들거리면서
미소 지으며 돌아올 것이다.
……

사랑스런 내 아들, 젠아
아빠가 너에게 약속하마.
공동묘지의 연못가에서
쓸쓸히 홀로 있는 너의 무덤 옆에
상사나무 한 그루를 심고
슬플 때 와서 너를 보겠노라고.

아! 네가 영원히 휴식하는 곳에
바쳐진 꽃들을 바람이 가지고 놀고 있구나.

시들어도 괜찮아, 어여쁜 꽃아
어디로 가니? 어린 영혼
무심한 나비 두 마리

날아와, 훨훨 춤추고는, 다시 날아갔다.

　이 시는 서정적인 필치로 죽은 아이를 그리워하는 아버지의 안타까운 그리움을 세심하게 묘사하면서도 감성을 적절하게 절제하여 시의 결말에는 무덤 앞에서 나비가 나는 모습을 끌어들였다. 그럼으로써 의경에 특별한 깊이를 더하고 죽음과 생명이 서로 어우러지는 시야의 확장으로 승화시켰다.

　우신룽은 염분지대 문학의 정신적인 지주였다. 그는 라이허처럼 사회적 약자에 대한 관심을 지니고 문학으로 반항정신을 표현하였다. 「고향의 상여소리(故鄕的輓歌)」와 「우서출초가(霧社出草歌)」가 대표적인 시이다. 타이완어로 쓴 「고향의 만가」를 살펴보자.

> 동포들이여!
> 그대는 그대의 소년 시절을 잊지 말아야 한다,
> 달빛 밝은 앞뜰에서,
> 형수와 제수씨가 쌀 찧는 것을 보며,
> 원시 시대의 고시(古詩)를 들었다.
>
> 지금은!
> 지역마다 마을마다 방아 찧는 기계가 있지만,
> 밤낮으로 애끓는 울음소리,
> 아아, 굶주려 죽어가는 사람들을 보라.
> 보라! 수많은 나뭇가지만을 헛되이 삼키는 사람들을.

　이 시는 타이완어를 사용해 식민지 전후 고향의 상황을 대조하여 묘사하고 있다. 시적 어투는 백묘에 가깝지만 오늘의 시와 비교해보아도 깊은 감정의 호소가 더욱 돋보인다.

　왕덩산은 전형적인 '염촌시인(鹽村詩人)'이다. 그의 시는 신감각파의 길을 따랐으며 자연의 아름다움과 감정의 기복이 서로 교차하고 있다. 그래서 일본인 쿠로키 오우코(黑木謳子)는 그를 '신감각파 시인'이라고 불렀다. 「해변의 봄(海邊的春)」을 살펴보자.

내가 자주 와서 서있는
해변
쓸쓸한 몸은
점차 어두워지는 하늘과
바다의 창백한 얼굴을 응시하고 있다

(3) 전환기

일본 타이완 총독부는 1937년부터 1945년 일본이 전쟁에서 패할 때까지 중국어 사용을 전면적으로 금지하였다. 한문의 사용이 금지된 이 시기에 라이허는 창작을 멈추었다. 게다가 황민화운동이 전개되면서 좌익사조와 정당·사회 운동도 억압을 당했다. 타이완의 신시 창작은 이로 인해 정체되고 방향이 바뀌는 힘겨운 단계로 빠져들었다.

이 시기에 일본 시인 니시카와 미츠루(西川滿)가 1939년 9월에 '타이완 시인 협회(臺灣詩人協會)'를 만들었고, 12월에는 그가 주편하는 시전문지 『화려도(華麗島)』를 창간하였다. 1940년 1월에는 '타이완 시인 협회'를 개편하여 '타이완 문예가 협회(臺灣文藝家協會)'를 설립하고 『문예타이완(文藝臺灣)』을 발행하였다. 일본어 신시는 식민 당국의 장려와 후원 아래 비약적으로 발전하였으며 니시카와 미츠루는 이 시기 타이완의 어용 문단과 시단을 장악한 주요 인물이 되었다. 당시 타이완 시사(詩社) 가운데서 '타이완 문예가 협회'는 일본 작가가 주관한 특수한 예라고 할 수 있으며, 전환시기의 타이완 시풍도 이로 인해 상당히 큰 영향을 받았다.

이 때문에 타이완의 시인들은 현실을 언급하지 않는 낭만, 퇴폐, 서정의 길로 방향을 바꾸었고 전쟁의 불길 아래서 창백한 꽃을 피웠다. 예를 들면 양원핑(楊雲萍), 추춘광(邱淳洸, 1908~1989), 장둥팡(張冬芳) 등의 시인이 모두 이러했다.

양원핑은 원명이 양유롄(楊友濂)이다. 중학교 때부터 『타이완민보』에 소설과 신시를 발표하기 시작했다. 19살 때 치런(器人)[1]과 타이완 첫 번째 백화문학 잡지인 『사람들(人人)』을 창간하고, 1943년에는 타이베이 칭수이서점(淸水書店)에서 시 24수가 수록된 일본어 시집 『산하(山河)』를 출판하였다. 그의 작품은 타이베이 다다오청(大稻埕)의 풍물과 인정을 표현하거나 삶의 단상을 표현하여 사상적인 깊이를 지니고 있다. 예를 들면 「악어(鱷魚)」란 시를 보자.

> 나는 움직이지 않고 정지하였지만,
> 지구는 오히려 그곳에서 여전히 운동하고 있다.
> "여기의 물은 너무나 차가워,
> 다시 조금씩 따뜻하게 해줄게."
> 그러나 추워, 추워,
> 아, 추워,
> 내 꼬리의 검(劍)만
> 영원히 날카롭고, 검어지지 않는다.

이 시는 의인화시킨 사물을 노래하는 형식으로 표면적으로는 악어의 특성에 대해 쓰고 있지만 내면적으로는 '그곳에서 여전히 운동하고' 있는 외재적 세계에 대한 풍자와 '추위'에 대한 견고하고 완강한 저항을 담고 있다. 일본 황민화운동이 기세등등하게 타오르고 전쟁이 발발할 때,

---

1) 쟝멍비(江夢筆)의 필명.─역자

양원핑의 이 시는 엄숙한 경고와도 같았다.

추춘광은 본명이 추먀오창(邱淼鏘)이다. 1938년과 1939년에 『화석의 사
랑(化石的戀)』과 『슬픈 해후(悲哀的邂逅)』라는 일본어 시집 두 권을 출판하였
다. 애정 묘사를 위주로 하는 그의 시는 감상적이고 유미적이다. 예로 「하
얀 손수건(白手帕)」이란 시를 보자.

나는 줄곧 깊이 생각하고 있다.
기차가 몇 개의 역을 지나갔지만
여전히
하얀 손수건 그림자가 앞에서 어른거린다.

녹색 풍경이 차창에서 날아오르며
부드러운 빛이 드문드문 마음속으로 파고드는데
강, 숲, 산, 움직이지 않는 구름
그리고 나

오전의 태양이
따뜻한 바람을 시인에게 보내자
희미한 열정은 상승하였지만
갈수록 멀어지는 거리여

나는 아직 깊이 생각하고 있다.
너를 만난 그 비 내리던 날을 깊이 생각한다.

이 시는 젊은 남녀가 손수건을 교환하는 모습을 통해 애정의 쓸쓸함
과 달콤함을 표현하고 있는데 그 모습이 감동적이다. 차창 밖의 자연 경
치와 차창 안의 물건을 보고 그 사람을 생각하는 마음이 서로 교차하며
아름다운 적막감을 형성하고 있다.

03 | 연결 : 일본 통치 시기부터 전후(戰後) 초기까지

1942년 중학생 일학년 학생들인 장옌쉰(張彦勳), 주스(朱實), 쉬스칭(許世淸) 등 세 사람은 '은령회(銀鈴會)'를 발기하고 등사한 인쇄물식 간행물인 『변연초(ふちぐさ, 邊緣草)』를 모두 십 몇 기까지 출간하였다. 전쟁이 끝난 후 린헝타이(林亨泰, 1924~)가 가입하면서 1948년에는 시 전문지 『조류(潮流)』를 발행하였다. 이 중학생 모임은 의외로 언어를 뛰어넘어 다리 역할을 하는 세대가 되었다. 그들은 일본 통치 말기의 타이완 신시가 지니고 있던 전통과 풍격을 유지하면서 전쟁 후의 타이완 시단을 향해 미세한 향기를 불어 넣었다.

'은령회' 및 시 전문지 『조류』는 전쟁 후 타이완 신시 발전의 시작이라는 점뿐만 아니라, 전쟁 전과 전쟁 후의 타이완 신시를 연결하는 과도기적 역할을 했다는 점에서도 그 의미를 찾을 수 있다. 『조류』에 게재된 일본어 시와 중국어 작품은 약 8대 2의 비율이었다. 일본이 전쟁에서 패한 뒤 1949년 중화민국 정부가 타이베이로 옮겨오기 전의 타이완에는 여전히 일본어로 창작하는 시인과 작품이 적지 않게 있었다. 이것은 일본 통치 시기 타이완 신시의 흐름이 계승된 것이지 결코 '단절'된 것은 아님을 보여준다. 또한 일본 전위시 사조의 영향을 받은 타이완 시인(예로 잔빙(詹冰), 천첸우(陳千武), 린헝타이(林亨泰), 진롄(錦連) 등)은 일본 통치 시기의 전위적인 실험을 전쟁 후에도 지속해 모더니즘 운동을 촉발하는 고리가 되었다.

이외에도 은령회 시인들은 일본어에서 중국어로 바뀌는 언어의 변화를 극복해서 1960년대에 가서는 '삿갓(笠)'시사에 가담하기도 했다. 또한 그들은 타이완 본토 경험과 현실인식으로 인해 모더니즘적 창작에서 리얼리즘적 창작으로 넘어갔다. 이것은 타이완 신시 발전과정 중에서 상당히 특수한 「삼중 초월(三重跨越)」, 즉 시대초월, 언어초월, 미학초월이라고 할 수 있다.

　일본 통치 시기의 타이완 신시 발전을 회고해 보면, 우리는 세 가지 유파를 만날 수 있다. 첫째는 주이펑이 열고 풍차시사와 염분지대 시인군을 걸쳐 양윈핑 등의 시인에 이르는 일본어 창작이다. 둘째는 스원치와 장워쥔이 소개한 백화 중국어 창작이다. 셋째는 라이허와 양화가 시도한 타이완어 창작이다. 이 세 가지 흐름은 일본 식민 당국의 통치 정책과 전쟁의 그림자 아래서 그 모습을 숨기기도 하고 드러내기도 하였다. 그 아래에는 세 가지 창작 문체(언어 뒤에 숨은 이데올로기와 정체성과 함께)의 변증과 투쟁이 있다. 일본 통치 시기 타이완 신시 발전의 다양성과 복잡성은 이를 통해 살펴볼 수 있다.

■ 더 읽을거리

[평론부분]
01 양쯔차오, 『펑라이문장과 타이완시』(타이베이 : 위안징), 1983년.
   羊子喬, ≪蓬萊文章臺灣詩≫(臺北 : 遠景, 1983).
02 예디, 『타이완 초기 현대시인론』(가오슝 : 춘후이), 2003년.
   葉笛, ≪臺灣早期現代詩人論≫(高雄 : 春暉, 2003年)
03 린치양, 「회랑과 지도 : 타이완 신시 풍조의 연원과 조감」, 린밍더 편, 『타이완 현대시 경
   위』(타이베이 : 연합문학), 2001년.
   林淇瀁, 〈長廊與地圖 : 臺灣新詩風潮的溯源與鳥瞰〉, 林明德編, ≪臺灣現代詩經緯≫(臺北 : 聯
   合文學, 2001).

[작품부분]
04 양쯔차오 · 천첸우 주편, 『어지러운 도시의 사랑』(타이베이 : 위안징(遠景), 1982)
   羊子喬、陳千武主編, ≪亂都之戀≫(臺北 : 遠景, 1982).
05 양쯔차오 · 천첸우 주편, 『광활한 바다』(타이베이 : 위안징(遠景), 1982)
   羊子喬、陳千武主編, ≪廣闊的海≫(臺北 : 遠景, 1982).
06 양쯔차오 · 천첸우 주편, 『숲의 저쪽』(타이베이 : 위안징(遠景), 1982)
   羊子喬、陳千武主編, ≪森林的彼方≫(臺北 : 遠景, 1982)
07 양쯔차오 · 천첸우 주편, 『망향』(타이베이 : 위안징(遠景), 1982)
   羊子喬、陳千武主編, ≪望鄉≫(臺北 : 遠景, 1982).
08 리난헝 주편, 『일본 점령 하의 타이완 신문학 · 명집4 · 시선집』(타이베이 : 밍탄), 1979년.
   李南衡主編, ≪日據下臺灣新文學 · 明集4 · 詩選集≫(臺北 : 明潭, 1979).

제9장

『다리(橋)』의 연속과 단절

현대 타이완 문학사의 첫 번째 논쟁

| **우밍이**吳明益　국립동화대학교 중국어문학과 부교수 |

고구마는 지구의 한 편에 서 있다!

다만 유목민족처럼 광활한 대초원을 방황하고 있는 역사가 보일 뿐이다.

조국—하지만 시베리아의 차가운 한 줄기 바람이 일자 아무것도 보이지 않는다. 모두 사라져버렸다.

─중리허(鐘理和), 『고구마의 슬픔(白薯的悲哀)』[1](1946)

01 | 들어가는 말

만약 우리가 문학사를 결코 고정불변한 비석이 아니라 다양한 시대적 요소가 결합된 복합체에 더 가까운 것이라고 믿는다면, 문학사는 적어도 작가를 핵심으로 하는 '창작의 역사'와 텍스트를 핵심으로 하는 '텍스트의 역사' 및 독자(전문적인 독자와 일반적인 독자를 포괄하는)가 기대하는 범주로서의 '수용의 역사'로 나누어 볼 수 있다. 그리고 거기에 끊임없이 양자에 개입하고 영향을 끼치는 '비(非)문학적 요소(extra-literary factors)'도 보

---

1) 고구마는 타이완을 의미한다.─역자

낼 수 있다. 1940년대 『다리(橋)』 부록을 둘러싼 논쟁에는 상당히 많은 비문학적 요소가 포함되어 있었다.

대략 1947년 11월부터 1949년 3월까지, 신생 간행물이었던 『다리』 부록에 문학적 관점에 관한 주장이 제기되었다. 이 주장들은 창작 개념이나 과거 문학적 사실에 대한 해석 및 수용과 관련된 것들이었다. 또한 정치나 문화 정책 등과 같은 비(非)문학적 요소의 영향을 받아 색다른 대화들도 오고갔다.

당시 논쟁을 이끌었거나 토론에 참여했던 작가들이 모두 필명을 사용했기 때문에 논쟁이 종료된 후 작가들의 구체적인 신분을 확인할 방법은 거의 없다. 하지만 이름을 숨긴 일부 참여자들과 그다지 중요하지 않은 다수의 작가들 사이에서 벌어진 이 논쟁은 타이완 문학사에서 상당히 중요한 사건이 되었다고 할 수 있다. 논쟁의 과정과 그 안에 담긴 문학관 사이의 충돌을 통해 향후 타이완 문학의 발전과 관련된 몇 가지 핵심적 논제가 암묵적으로 제시되었기 때문이다. 문학사가들은 통상적으로 이 논쟁을 '다리 부록 논쟁(橋副刊論戰)'이라고 부르지만 일부에서는 '타이완 신문학운동 논쟁'이나 '타이완 문학논쟁'이라 부르기도 한다. '다리 부록 논쟁'은 1920년대부터 전개된 타이완 신문학운동 이후, 중국 대륙의 1920, 30년대 문예사상, 이론, 작품과 다시 한 번 대화를 나눈 문학적 사건이라고 할 수 있다. 그리고 이 사건은 서로 다른 다양한 문학적 관점들이 지닌 소통의 욕망으로 점철되어 있다.

그러나 사실 문학사에서 '공통된 인식'이 출현하는 경우는 거의 찾아보기 힘들다. 오히려 서로 다른 의견 속에서 문학적인 핵심문제가 보다 쉽게 발견되곤 한다. '다리 부록 논쟁'의 과정 전체를 다시 살펴보면 우리는 논쟁이 발생하게 된 데 몇 가지 주요한 원인이 있었음을 발견할 수 있을 것이다.

02 | 단절의 원인

논쟁의 과정을 통해 볼 때, 논쟁에 참가한 양측은 서로 다른 '역사 인식의 배경'을 지니고 있었다. 그 배경과 관련된 쟁점은 '일본 통치 시기 타이완에 대한 인식의 차이'였다. 만약 당시 국민(國民) 정부의 통치를 받았던 타이완 국민의 시선을 통해 본다면, 국민 정부와 타이완 국민이 상상한 '조국' 사이에는 어떤 격차가 존재할까? 당시 타이완에 정착한 국민 정부는 군대와 행정 권력을 모두 통합한 '행정장관공서(行政長官公署)'를 설립했다. 역사학사 리샤오펑(李篠峰)은 『2·28²)을 읽다(解讀二二八)』에서 "이런 시스템은 일본 통치 시기의 총독부와 본질적으로 전혀 차이가 없다"고 인식했다. 게다가 1945년 이후 국민 정부의 관료 시스템에는 심각한 부패 현상까지 발생한다. 이 일련의 상황으로 인해 문화 엘리트들이 지닌 정치와 경제에 대한 기대감에 간극이 벌어지기 시작했고 집권자에 대한 저항적 심리가 퍼져나갔다. 이 때문에 당시 타이완 문단에서 활동하던 본토(本土) 문학 엘리트들 사이에서는 좌익운동과 좌익문학에 공감되고 경도되는 추세가 형성될 수밖에 없었다. 집권자들은 이러한 상황에서 오히려 독단적인 문예정책을 채택하였고 이로 인해 당시 작가들은 '새로운 언어를 다시 수용'해야 하는 어려움에 처하게 되었다. 이 때문에 양측의 모순은 갈수록 악화되었다.

집권자였던 국민 정부의 시각에서 볼 때, 타이완은 50년 동안 일본의 식민 지배를 받은 지역으로 황국신민화운동(皇國臣民化運動) 이후 이미 상당 정도 '일본화'된 것으로 비쳐졌다. 이 때문에 권력을 장악한 정부 기관은 자신들이 일방적으로 상상한 '민족정신'과 '민족교육'을 강화하여 이런

---

2) 1947년 2월 28일 발생한 타이완 시민들의 대규모 반(反)정부 시위이다. 많은 타이완 사람들이 국민당 정부가 동원한 무력에 희생된 사건이다. ─역자

국면을 타개하고자 했다. '국어(國語)' 교육의 실시와 일본어 사용의 금지, 일본어를 사용하는 관련 매체의 폐지 등은 모두 그러한 구상 하에서 이루어진 정책의 일환들이었다. 1946년 10월 24일에 룽잉쭝(龍英宗)이 책임 편집을 맡고 있던 『중화일보(中華日報)』일본어판 문예란이 폐지되었다. 표면적으로 볼 때는 단순히 신문의 문예란 하나가 사라진 것에 불과하지만, 사실 이것은 일본어로 글을 쓰는 데에 익숙했던 작가들이 작품을 발표할 공간을 상실했다는 의미를 지니고 있었다. 이로 인해 그들의 마음 속에는 말할 수 없는 고통과 어두운 그림자가 드리워졌다. 린루이밍(林瑞明)은 『타이완 문학의 역사적 고찰(臺灣文學的歷史考察)』이라는 책에서 장워쥔(張我軍)이 전쟁이 끝난 후 타이완으로 돌아와 장원환(張文環)과 만났을 때의 상황을 다음과 같이 기록해 놓았다.

나는 원환 군과 이야기를 나누며 걷다가 한편으로는 이따금씩 원환 군에 관한 일을 생각했다. 타이완 광복 이전 타이완의 중견 작가였던 그는 문학가로서 막 성숙한 단계로 들어서고 있었다. 바로 그 때 타이완이 광복을 맞이한 것이다. 민족적 감정에 불타오르던 그에게 타이완의 광복은 당연히 난생 처음 맞이하는 가장 큰 기쁨이었지만, 작가로서의 그의 삶은 그 때부터 좌초되고 말았다! 일본어로 글을 쓰는 것에 익숙했던 그는 마치 팔이 잘린 장수처럼 무공을 뽐낼 전쟁터를 잃은 영웅이 되어 창작의 펜을 고각(高閣)에 묶어 놓을 수밖에 없었다. 광복 이후 열심히 중국어를 공부하기는 했지만, 창작의 펜을 연마한다는 것이 어찌 쉬운 일이던가? …… 지금 그의 중국어 창작 실력이 얼마만큼 쌓였는지 자세히 알 길은 없다. 하지만 이 몇 년 동안 그가 살면서 견뎌내야 했던 중압감과 창작을 중단해야 했던 마음속 번민을 나는 아주 잘 알고 있다. 이러한 생각이 들 때마다 원환 군을 비롯해 그와 비슷한 처지에 놓인 타이완 작가들을 향한 크나큰 동정을 금할 길이 없다!

다음은 '중대한 정치적 사건의 충격'이 불러온 반응이다. 1947년에 타이완 사회를 뒤흔들어 놓은 '2·28사건'이 발생했다. 그것은 정치적 독재의 시작이기도 했다. 수많은 예술가, 문화계 인사들이 이 사건으로 체포되거나 피살되었으며 목소리를 자유롭게 낼 수 없는 서슬 퍼런 공안정국이 형성되었다.

셋째, 논쟁에 참여한 양측은 '타이완 문학과 타이완 문화에 대한 인식의 차이'를 지니고 있었다. 양안(兩岸)이 장기간에 걸쳐 단절되어 있었기 때문에 당시 국민정부는 타이완의 역사, 문학, 문화에 대한 이해가 매우 부족한 상태였다. 게다가 국민정부가 타이완 본토 문화 엘리트들의 관점을 뭉뚱그려서 '노예화 교육'의 결과로 간주했기 때문에 둘 사이의 오해는 더욱 깊어졌다. 이런 역사적 배경 아래에서도 문화 엘리트들은 여전히 소통을 위해 '중국문학'과 '타이완 문학'이라는 두 개념을 연결시키고자 했다.

03 | 연결의 전략과 토대

문학사의 전체적인 발전 과정을 통해 살펴보자면, 사실 『다리』 부록 논쟁 이전에도 이미 유사하게 '타이완 문학'을 새롭게 평가하려는 논의가 있었다. 펑루이진(彭瑞金)은 『타이완 문학 탐색(臺灣文學探索)』에서 1974년 초 중화일보 「신문예(新文藝)」의 책임 편집자였던 장모류(江默流)의 관점을 인용하여 다음과 같이 말했다.

……이 성(省)의 상황은 조금 특수하다. 50여 년 동안 일본 제국주의자들의 통치를 받아 타이완과 조국의 관계가 단절되었기 때문에 문화적 교류에 많은 장애가 발생했다. 중국의 '5·4' 시기에 일어난 신문예운동은 20여 년 동안 약간의 수확을 거두었지만, 타이완은 이 운동의 영향을 받

을 기회조차 없었다. 때문에 이곳은 여전히 '문예의 처녀지(處女地)'나 마
찬가지이다.

하지만 이것은 일본 식민통치시대 타이완 문예의 발전 과정을 제대로
이해하지 못한 서술자의 오해에서 비롯된 관점임이 분명하다. 이러한 관
점에는 편차가 있었고 게다가 관련 문제에 대한 문단의 서로 다른 해석
을 불러일으키기도 했다. 얼마 후 즈전(稚眞)은 「순수 문예를 논하다(論純文
藝)」를 발표해서 '문예를 위한 문예'를 제창하였다. 그리고 양펑(楊風)은 「상
아탑에서 벗어나자(請走出象牙塔來)」를 통해 또 다른 관점을 제시했다. 그는
비교적 좌익문학정신에 편향된 관점으로 문예 종사자들에게 "시대의 고
통과 즐거움에 민감해야 한다. 이러한 민감함이 종종 많은 사람들이 느
끼는 고통과 즐거움을 보여주고 있다. 광명을 노래하고 또 어둠을 저주
해야 한다."라고 말했다. 이러한 논쟁의 쟁점들은 사실 문학의 본질에
대한 관점의 차이에서 비롯된 것이었다. 그러나 '다리 논쟁'에는 문학창
작에 사용하는 언어 문제까지도 포함되어 있었다. 이러한 것들은 어쩌면
현재 우리의 심리 상태를 당시의 역사적 상황에 대입시켜야만 비로소 공
감과 이해가 가능한 문제일지도 모른다.

룽잉쭝(龍瑛宗)이 책임편집자였던 중화일보의 일본어판 문예란이 폐간
되자 일본어로만 창작을 해오던 타이완 본적(本籍) 작가들의 창작활동에
큰 충격이 전해졌다. 신문이나 잡지의 부록은 사실상 당시 문단에서 가
장 중요한 발표 매체였기 때문이다. 이듬해(1947) 8월 1일에 신생 간행물
『다리』 부록이 창간되어 이삼일에 한 번씩 20개월 동안 모두 223회가
발행되면서 당시 가장 큰 영향력 있는 문학 매체의 하나가 되었다. 당시
부록의 책임편집자는 거레이(歌雷)[3]였다. 그가 주관하던 『다리』 부록은

---

3) 본명은 스시메이(史習枚)이다.

논쟁이 벌어지는 전쟁터가 되었고 거레이 역시 이 전쟁터에서 목소리를 내는 주요 인물 중 하나였다.

창간호에 발표한 「출간 전 머리말(刊前序語)」에서 거레이는 이렇게 밝히고 있다.

> …… 종일 신음만 해대던 글 따위는 버려라. 그런 글들은 사람을 옹졸한 틀에 가두고 슬프고 고독하게 하며 심각한 전염병을 불러온다. 오늘의 독자들에게 유미주의적 감상주의는 필요 없기 때문이다. …… 문예 종사자에게 가장 중요한 것은 진실과 열정 그리고 생명이다.

연이어 발표한 그의 글들을 통해 볼 때, 거레이의 가장 기본적인 입장은 바로 '인민적'이고 '일상적'이며 '전투적'이고 '혁명적'인 그리고 '사실적'이면서도 '인도주의 정신'에 입각한 문학을 창조하는 것이었다. 아마도 이것은 '좌익'적인 입장에 편향된 문학이라고도 할 수 있을 것이다. 아울러『다리』는 타이완에서 '5·4 중국신문학' 및 '민주와 과학'이라는 등불로 '문학의 다리'를 놓을 수 있기를 기대했다. 거레이가 비록 '외성작가(外省作家)'[4)]의 신분이기는 했지만『다리』가 정치적으로 일본에 반대했을 뿐만 아니라 국민정부 역시 인정하지 않았기 때문에, 타이완 문학 엘리트들과 일정 정도 '소통'의 기반을 마련할 수 있었다. 펑루이진은『타이완 문학운동 40년(臺灣新文學運動四十年)』에서 당시 거레이가 이끌던『다리』를 평가하면서 "처음 시작했을 때에는 타이완의 과거 역사와 문학 운동에 대한 구체적인 인식이 전혀 없었다. 하지만 문학에 대한 편견이 없는 성실하고 열광적인 문학도였다……"고 언급한 바 있는데 공정한 평가라고 할 수 있다. 우리는 "다리 논쟁은 '성실하고 열광적' 태도를 지닌 문

---

4) 예스타오(葉石濤)는 성외(省外)작가라고 부른다.

학 매체에서 시작되었고, 서로 다른 문화와 시대적 배경에서 자라난 문
학도들이 서로의 문학에 대한 인식과 배후에 감춰진 문학적 태도 그리고
문학적 믿음을 탐색해 나가는 과정이었다."라고 말할 수 있다.

04 | 『다리』를 지은 것은 무엇을 소통하기 위해서인가?

1947년 11월 7일 어우양밍(歐陽明)이 발표한 「타이완 신문학 건설(臺灣新
文學的建設)」에는 타이완 신문학을 새로이 정립할 때 반드시 직면하게 될
몇 가지 핵심적 문제가 구체적으로 제시되어 있다.

(1) 타이완 신문학과 중국 신문학의 연계 문제
(2) 타이완 신문학의 역사와 성격에 관한 문제
(3) 인민문학론(人民文學論)의 제기
(4) 성내(省內) 및 성외(省外) 작가와 문화사업자 간의 결속 문제

이 몇 가지 문제들은 사실 '다리' 논쟁에서 언급된 핵심 논의들을 포
함하고 있다. 어우양밍이 제시한 이 문제들을 '다리 논쟁' 중에 발표된
글들과 함께 묶어 살펴보면 몇 가지 중요한 쟁점을 귀납해낼 수 있다.
먼저 첫 번째 논점은 '타이완 신문학' 및 '중국 신문학' 사이의 관계이
다. 과연 '타이완 신문학'은 '주변부 문학(邊疆文學)'이나 '지방 문학(地方文
學)'인가? 타이완 문학을 '독립된 문학'으로 볼 수 있는가? 아주 간단한
질문이지만 사실 그 배후에는 문화적 정체성의 차이와 문화주체를 규정
하려는 욕망이 갈등을 겪고 있다.
『다리』에서 입장을 표명한 외성인(外省人) 작가들 다수의 의견은 타이완

신문학을 '중국신문학의 한 지류'로 보는 것이었다. 반면 본성인(本省人) 작가들은 타이완만의 신문학 전통을 세워 향후 타이완 문학이 그 전통에 따라 발전해 나가기를 희망했다. 사실 이러한 문제의 핵심은 "일본 식민 시기 이전의 타이완과 중국문학 사이의 관계는 따지지 말고, 타이완 신 문학 발전의 역사가 형성해가는 '특수성'이 중국 신문학에서 '벗어날' 만 큼 커서 자신만의 독자적 전통을 세울 수 있겠는가?"였다.

거레이, 야오원(姚筠), 첸거촨(錢歌川), 천다위(陳大禹)는 특수성을 인정하기 는 했지만 여전히 타이완 문학을 중국문학의 하위에 놓인 주변문학이라 고 인식했다. 심지어는 타이완 문학이 '식민지'와 '일본문화'의 색깔을 너무 많이 가지고 있다고 우려하기도 했다. 반면 양쿠이(楊逵), 린수광(林曙 光),5) 예스타오는 특수성을 강조하면서 타이완 문학은 반드시 타이완의 땅과 역사적 특수성 위에서 '거듭 성장'해야 하며 중국의 주변문학이 되 는 것을 목표로 해서는 안 된다고 생각했다.

여기서 우리는 잠시 타이완 문학사에서 매우 중요한 문학가인 양쿠이 의 관점에 주목할 필요가 있다. 당시 양쿠이 역시 「어떻게 타이완 신문 학을 건립할 것인가(如何建立臺灣新文學)」, 「과거 타이완 문학운동의 회고(過 去臺灣文學運動的回顧)」, 「작가는 인민 사이에서 관찰한다(作家到人民中間去觀察)」, 「타이완 문학의 길을 찾아서(尋找臺灣文學之路)」 등의 글을 발표했다. 또한 그는 『다리』가 개최한 어느 다과회 자리에서 '반제반봉건과 민주과학'을 강조함과 동시에 언어의 전환으로 인해 야기된 문학창작문제에 대한 자 신의 관점을 밝히기도 했다. 그는 자신이 생각하는 타이완 신문학 건립 을 위한 구체적 단계를 다음과 같이 설명했다. "외성과 본성 사이의 구 분을 타파하고 타이완 문예 종사자 전체가 참여하는 좌담회를 개최한다.

---

5) 본명은 린선창(林身長)으로 린수광이라는 필명 이외에 라이난런(瀨南人), 자오스(照 史) 등의 필명을 가지고 있다. ─역자

제목을 선정해 신문학 문제에 관해 토의하고, 일본어로 창작된 작품을 번역하여 게재한다. 사실적인 르포문학을 제창한다." 얼마 후 『다리』 부록은 타이완 출신 작가를 중심으로 두 번째 다과회를 개최하는데[6] 이 자리에서 양쿠이는 다시 한 번 다음과 같은 발언을 했다.

> 타이완 신문학운동의 과거를 회고해 볼 때, 우리가 발견할 수 있는 특수성이란 언어적인 문제이다. 사상적으로 '반제반봉건과 민주과학'이라는 것은…… 국내와 별 차이가 없다. 광복된 지 거의 3년이 다 되어가지만, 생기를 되찾아야 할 타이완 문학계는 여전히 침체되어 있으니 안타까운 일이다. 이런 현상의 첫 번째 원인은 언어에 있다. 그러니까 수년 동안 사용이 금지되었던 중국어가 오늘날 우리에게는 생소해진 것이다. 중국어로는 우리의 뜻을 충분히 표현해내기 어렵게 되었다. 두 번째는 정치적 환경과 정치적 변동으로 인해 작가들이 위협과 두려움을 느끼고 불안에 떨면서 창작 공간이 제약을 받게 된 것이다.

양쿠이의 관점에는 상당히 고차원적인 사유의 단계들이 포함되어 있었다. 우선 그는 타이완 신문학과 중국 신문학이 '반제반봉건과 민주과학의 건립'이라는 점에서 일치하고 있음을 밝혔다. 하지만 일치하지 않는 두 가지가 있었으니, 하나는 언어적 문제였고 다른 하나는 문학에 가해지는 정치적 압력이었다. 이 두 가지는 이후 중국 신문학과 타이완 신문학이 통합하는 데 문제를 일으키게 될 것이다.

한편 타이완 문학의 특수성은 인정하지만 여전히 중국문학 속으로 되돌아가야 한다는 주장에는 천다위와 첸거촨의 견해가 대표적이다. 천다위는 「'타이완 문학' 해제(「臺灣文學」 解題)」에서 '타이완 문학'이라는 개념은 당연히 성립될 수 있지만 그 '타이완 문학'은 중국의 '주변문학'으로

---

6) 이 회의에는 우줘류(吳濁流), 우잉타오(吳瀛濤), 린수광, 황더스(黃得時) 등이 참석했다.

존재해야 한다고 주장했다. 쳰거촨의 관점은 "일본의 식민통치로 인해 '타이완의 문학 활동이 답보 상태에 빠져들었다.' 이 때문에 타이완 문학을 재정립하는 과정에서 '타이완 지역의 언어를 사용하고 뒤섞는 것'에는 동의한다. 하지만 타이완 문학을 중국문학이나 일본문학과 동등한 입장에서 논해서는 안 된다."는 것이었다. 거레이의 생각도 이와 매우 유사하다.

> 타이완 문학의 특수성 문제와 관련하여 우리는 결코 타이완 문학의 지역성을 강조하거나 지역성과 특별한 관계를 유지하려는 것이 아니다. 반드시 오늘날 타이완 문학의 특수한 요소를 통해 타이완 문학을 발전시켜야 한다는 점을 말하고자 하는 것이다. 마치 타이완 문단에서 제기된 '주변문학'이라는 개념처럼 서로 다른 지역성에 기초하여 현실감이 살아있는 진실을 반영하고 민간형식을 활용할 수 있어야 한다.

여기서 우리는 다음과 같은 사실을 발견할 수 있다. 본성인 작가 대부분은 일본 식민시대 타이완의 신문학이 어느 정도 성과를 거두었다는 사실을 긍정적으로 평가하고 있지만, 이에 대한 외성인 작가들의 인식은 비교적 부정적이다. 이로 인해 관용적 입장을 지닌 일부 논자들이 타이완 신문학이 '뒤섞인' 언어로 표현되어 있다는 사실을 수용하기는 했지만, 결코 타이완 문학을 중국 신문학의 발전과 동일한 차원에서 생각할 수는 없다고 보았다. 아울러 타이완 문학이 중국문학의 체계 안에 포함될 때에야 비로소 최종적으로 '길은 다르지만 같은 목적에 이르는' 결과를 기대할 수 있다고 여겼다. 이 점이 바로 논쟁의 초점이었음을 분명하게 알 수 있다.

두 번째 논점은 '중국 신문학'에 대한 평가이다. 후샤오중(胡紹鐘)은 「타이완 신문학을 건설하는 길(建設臺灣新文學之路)」에서 '자주적'이고 '지역적 특수성을 지닌' 문학을 만들어야 한다는 점을 강조했다. 또 그는 타이완 문학이 더 이상 5·4의 제약을 받지 않아야 한다고 주장했다. 그 이유는 문학의 본질은 '지속적인 혁명'인데 5·4문학혁명은 이미 '과거의 혁명'에 불과하지만 오늘의 문학은 '끊임없이 전진하는 혁명'이 되어야 하기 때문이라는 것이었다. 이런 관점은 양펑(楊風)의 지지를 받았다. 반면 쑨다런(孫達人)은 「전진과 후퇴를 논하다(論前進與後退)」를 발표하여 이에 반박했다. 그는 5·4는 '반제반봉건적 정치사회사상 운동'이며 5·4운동 시기와 당시의 타이완은 사회 형태적인 면에서 거의 차이가 없기 때문에 타이완 신문학이 이런 정신을 추구하는 것을 퇴보로 볼 수는 없다고 생각했다. 그리고 뤄퉈잉(駱駝英)은 이러한 두 가지 관점을 조화롭게 개괄하면서 5·4정신을 계승하여 다시 한번 발전해 나갈 수 있다고 여겼다.

견해의 차이로 벌어진 이러한 논쟁의 한 가지 전제는 '당시 타이완의 사회 형태가 과연 5·4시기 중국의 사회 형태와 유사한가? 사회적 변화 속에서 문학예술이 담당한 역할이 두 사회에서 동일한가?'였다. 이에 대해서는 당연히 보는 사람에 따라 관점이 달랐다. 이 때문에 뤄퉈잉은 1948년 8월 「'타이완 문학' 문제 논쟁을 논하다(論'臺灣文學' 諸問題的論爭)」를 발표해 이 문제에 주목했다. 뤄퉈잉은 '5·4 이후 사회 형태가 전면적으로 변한 것도 아니지만 중국 사회가 아무런 변화도 없이 완전히 정체되었던 것도 아니다. 하지만 5·4 정신의 본질은 정확한 것이기 때문에 만약 타이완 문학이 그 기초 위에서 발전해 나갈 수 있다면 의혹은 사라질 것이다.'라고 여겼다.

논쟁의 세 번째 초점은 '낭만주의'와 '리얼리즘'이 결합되어 '신사실주의(新寫實主義)'와 같은 글쓰기 스타일을 만들어낸 것에 대한 견해이다. 그리고 이것은 이른바 '인민의 문학'이라는 개념과도 직접 연관되어 있다. 아루이(阿瑞)는 1948년 5월 14일에 『다리』 부록에 「질풍노도운동(狂飆運動)」

을 발표했다. 원래 이 단어는 18세기 독일에서 일어났던 '스투름 운트 드랑(sturm und drang)'에서 유래된 것이다. 독일의 질풍노도운동은 개인주의를 강조하고 자연을 숭상하고 감정에 순응하는 행위 양식으로 과도한 이성주의에 반대했다. 레이스위(雷石瑜)는 타이완에서도 '질풍노도운동'을 발전시켜 이를 기반으로 당시 타이완 신문학이 직면한 '장애'와 '역사적 부담감'을 떨쳐버리고 작가들의 '감정과 양심'을 해방시켜 개성을 발휘할 수 있도록 해야 한다고 주장했다. 또한 한 걸음 더 나아가, 한 차원 높은 인생관을 함양하여 낭만주의적 개인중심주의를 사회중심으로 승화시켜야 하며, 더욱 고상한 우주관을 형성해 낭만주의를 삶에 대한 과학적 인식의 차원으로 승화시킬 수 있기를 희망했다. 그래서 그는 '신사실주의'라는 개념을 제시했다. 레이스위가 주장하는 신사실주의는 '자연주의의 객관적 인식과 낭만주의의 개성 및 감정에 대한 종합과 변증법적 승화'를 의미한다. 바로 이러한 개념 하에서 양쿠이와 주덴런(朱点人)의 작품은 상대적으로 중요한 위치를 차지하게 된다.

1949년 논쟁이 종료되기 직전 다시 한 번 제기된 논제는 '문학이론과 실천의 관계에 대한 문제'였다. 1948년 8월 15일 천바이간(陳百感)[7]은 「타이완 문학인가? 나의 견해를 밝히다(臺灣文學嗎?容抒我見)」를 발표하였다. 천바이간은 이론이라는 것은 인민에게서 나오는 인민의 것이라고 주장했다. 이론을 다루려면 반드시 인민의 사상과 감정을 인식하고 "인민과 더불어 동고동락하며 인민을 교육하고, 인민을 통해 배우고 문학을 무기로 삼아 인민을 위해 복무해야 한다."고 주장했다. 이것은 이미 사회주의 문학 이론에 상당히 가깝게 접근한 것이었다. 또한 그는 문학이론은 인민으로부터 나와야 하며 세련되게 다듬는 과정을 통해 창작과 실천의

---

7) 본명은 추빙난(邱炳南)으로 일본으로 귀화한 후 추융한(邱永漢)으로 개명하였다.

도구가 될 수 있다고 여겼다. 하지만 뤼튀잉은 천바이간이 실천에 대한 이론의 영향력을 근본적으로 부정하여 실천론과 경험비판론 그리고 실용주의로 전락했다고 비판했다. 1948년 9월 5일 천바이간이 「뤼튀잉 선생에 답하며(答駱駝英先生)」를 발표하는데, 이 당시 국민당과 공산당 사이의 세 차례에 걸친 대규모 전투가 화베이(華北)에서 전개되고 있었고 국민당 정부의 상황은 순식간에 악화되었다. 천바이간은 실천의 중요성을 더욱 강조했을 뿐만 아니라 한 걸음 더 나아가 이론이란 통속적이고 이해하기 쉬워야 한다는 문학적 개념도 제시했다. 그러나 이런 논의들이 여전히 탁상공론 수준에 머물러 있을 때 공산당은 이미 문예를 무기로 만들어 국민당 정부가 중국 대륙에서 몰락하는 속도를 부추겼다. 1949년 국민당 정부가 타이완으로 넘어 오자 정치적 국면은 전환되었고 그에 따라 '다리'도 끊어지고 말았다.

05 │ 두 가지 문학사관의 일시적 소통 단절

필자 개인적으로 1940년대 중반의 중리허(鍾理和)는 매우 특별하고 전형적인 '다문화적 배경'을 지닌 작가라고 생각한다. 그는 어린 시절 일본식 교육을 받았고 고문을 가르치는 시골 학당에도 다녔으며 베이징에도 가보았다. 그리고 타이완으로 돌아온 이후에는 다시 중국어로 글을 쓰기 시작했다. 『종리허전집·6(鐘理和全集·6)』에서 그는 자신의 경험을 이렇게 진술하고 있다.

학교에서 일본어를 배웠고 학교 졸업 후 일정 기간 동안 접한 것 역시 대부분 일본어였다 …… 다음으로 나는 중국어(당연히 백화문을 가리킨다)를 선생님 없이 혼자 공부하면서 객가어(客家語) 발음을 기초로 글자를 읽었다. 바로 이 두 가지 점 때문에 훗날 나는 작품을 쓰면서 말할 수 없는 고뇌를 느꼈고 내가 쓴 글들은 어색하고 혼란스러웠다. 처음에 글을 쓰기 시작했을 때 나는 한 손에 펜을 들고 머릿속으로는 일본어로 원고를 구상했다. 그리고 그것을 다시 국어(중국어)로 번역했다. 그런 후야 비로소 펜으로 종이에 적어 내려가기 시작했다. 일본어 문법과 객가음으로 이루어진 중국어는 나의 가장 큰 두 적이었다.

문학은 언어예술이기 때문에 교육적 배경은 창작자가 사용하는 언어의 숙련도에 절대적인 영향을 끼친다. 이 자서전에서 중리허는 자신이 어떻게 작가가 될 것인지를 '학습'했다고 언급하기도 했다. 이때 학습은 복합적 의미뿐만 아니라 은유적 성격도 띠고 있다. 그 은유적 성격은 곧 타이완의 작가들이나 문학이론가들이 이러한 다문화적 배경 사이에서 조화를 이루고 또한 다양한 관점을 수용하여 미래를 향해 나아갈 수 있는 '다리'를 만들고자 했음을 설명해준다.

그러나 급변한 정치적 환경은 이러한 긍정적 발전 추세에 심각한 타격을 입히고 말았다. 1949년 4월 6일 발생한 4·6사건으로 타이완대학교와 타이완사범대학교의 학생을 비롯해 문화계 인사 수 백 여명이 체포되었다. 『다리』 부록의 책임 편집자인 거레이는 물론 '다리 부록' 논쟁의 주요 인물이었던 쑨다런, 레이스위도 함께 체포되었다. 타이완 신문학운동에서 빼놓을 수 없는 인물인 양쿠이도 4·6사건 당일에 쓴 「평화선언(和平宣言)」으로 인해 또다시 체포되어 뤼다오(綠島)[8]에 12년 동안이나 구금당한다.

그 이전인 3월 12일에 『다리』는 이미 정간되었다. 본성인 작가와 외성인 작가 사이에 가로놓였던 소통의 교량이 갑자기 끊어지자 열정과 격정으로 충만했던 문학석이고 문화적인 논쟁 역시 종말을 고하게 된다.

---

8) 타이완 타이둥현(臺東縣)에 위치하여 태평양과 마주하고 있는 섬 - 역자

타이완성 주석 겸 경비사령관직을 맡고 있던 천청(陳誠)에 의해 5월 20일 '전성계엄령(全省戒嚴令)'이 선포되면서 국민당에 의해 공산당의 주변 조직으로 낙인찍힌 문학단체 '은령회(銀鈴會)'도 강제로 해산된다. 뤼허뤄(呂赫若)는 홍콩에서 중국공산당 화둥쥐(華東局)과 만나고 타이완으로 돌아온 이후 실종되었고, 예스타오는 1951년 체포되었다. 일본어로 밖에 글을 쓸 줄 몰랐던 수많은 작가를 도와 작품을 번역하고 원고를 윤색하여 발표했던 린수광(林曙光)은 자신이 블랙리스트에 포함되자 도피생활을 시작했다. 황쿤빈(黃昆彬), 추마인(邱媽寅), 천진훠(陳金火), 스진츠(施金池) 등도 체포당한다. 이렇게 '다리'는 끊어졌다. 이것은 한 시대와의 이별을, 그리고 어떤 문학적 가치와의 고별을 의미하는 것이었으며, 또한 타이완 문단에서 서로 다른 문학사관 사이의 소통이 잠시 정지된 것을 의미했다. 하지만 논쟁과 사유 그리고 대화와 탐색은 여전히 계속되고 있다.

이중 언어 제1세대 작가인 중리허는 「고구마의 슬픔(白薯的悲哀)」에서 이렇게 말한다.

"가을은 비바람이 끝없이 몰아치는 계절이다. 하지만 고구마는, 바로 이때에 여물어간다."

01 스자쥐, 「차단당한 문학논쟁 : 타이완 신문학 제문제 논쟁 1947-1049」, 천잉전, 청**젠**민
편, 『1947~1949 타이완 문학문제 논쟁집』(타이베이 : 인간), 1999년, 9-28쪽.
石家駒, 〈一場被遮斷的文學論爭 : 關於臺灣新文學諸問題的論爭〉, 收錄於陳映眞、曾健民編, ≪1947
~1949臺灣文學問題論議集≫(臺北 : 人間, 1999), 頁9-28.

02 펑루이진 : 「1948년 이후 타이완 문학 논쟁 기록」, 『타이완 문학 탐색』(타이베이 : 첸웨
이), 1995년, 221~239쪽.
彭瑞金, 〈記一九四八年前後的一場臺灣文學論戰〉, ≪臺灣文學探索≫(臺北 : 前衛, 1995), 頁
221-239.

03 천팡밍, 「전후 초기 문학의 재건과 전환」, 『연합문학』197기(2001년 3월), 150-163쪽.
陳芳明, 〈戰後初期文學的重建與頓挫〉, ≪聯合文學≫ 197期(2001年3月), 頁150-163.

제10장

언어 속에 타오르는 전쟁의 불꽃

1950년대 반공전투문학과 모더니즘의 대두

| 펑더핑封德屛 『원쉰』 잡지사 사장 겸 책임편집인 |

01 | 반공문학이 대두된 시대적 배경

1948년 말 공산당과의 내전에서 연이어 패배한 국민당은 타이완으로의 퇴각을 준비하기 시작한다. 1949년 5월 20일 타이완성정부(臺灣省政府)와 타이완경비총사령부(臺灣警備總司令部)가 계엄을 선포하고 같은 해 12월 7일 국민당 정부는 정식으로 타이완에 입성한다.

처음 타이완에 도착한 국민당 정부가 맞닥뜨린 것은 내전의 실패와 타이완에서 발생한 '2·28사건' 그리고 '4·6사건'으로 인한 사회적 혼란이었다. 1949년 8월 5일 미국 국무원이 '중국문제백서'를 발표하자 국민당의 내정과 외교관계는 곧바로 고립무원의 상태에 빠져들었다. 심지어 중국공산당은 3개월 내로 '타이완을 피로 물들여' 조속하게 타이완 해방의 임무를 달성하겠다고 협박하기까지 했다. 이 때문에 타이완으로 근거지를 옮긴 초기의 국민당 정권은 실로 위태로운 상황에 처해 있었다.

이처럼 공산당에 대한 두려움으로 파생된 위기감은 1950년 한국전쟁 발발 당시 미국이 타이완에 대한 원조를 재천명함과 동시에 미국이 파견한 제7함대가 타이완 해협에 주둔하기 시작하면서 비로소 해소되었고 국민당 정부는 잠시나마 숨을 돌릴 기회를 얻게 된다. 미국의 경제적·군사적 지원 하에서 국민당 정부는 1950년 이른바 '적색 사상' 청산을 꾀하면서 보다 안정적인 정권의 기반을 마련하고자 했다.

초기에 국민당은 내부적으로 대륙을 차지하려는 노력이 실패한 원인을 분석했다. 장제스(蔣介石)는 「국민당 개혁안에 대한 의견 제출(交議本黨改造案說明)」에서 당시 국민당 내부에 팽배했던 부패와 정신적 해이함에 대한 강력한 개혁의지를 피력했다.

1950년 7월 국민당 중앙상무위원회(약칭 中常會)가 「본당개조안(本黨改造案)」을 통과시키고 대외적으로 「본당개조요강(本黨改造綱要)」을 선포한다. 같은 해 8월 5일에는 '중앙개조위원회(中央改造委員會)'가 정식으로 성립됨에 따라 다년간 준비해 온 개혁 사업이 정식으로 시작된다. 국민당 각급 기관과 기율에 대한 철저한 개혁을 단행하는 것 이외에도 농민운동과 노동운동, 여성운동과 청년운동 등 대중운동도 전개해 나간다.

02 | 문예운동의 전개

(1) 문화개조운동

국민당은 실패의 원인을 검토하면서 조직의 해이함과 부패 그리고 결여된 적극성 이외에도 사상적으로 문예전선이 철저하게 무너졌기 때문이라고 생각했다. 이 때문에 '반공수복'이라는 국가정책에 부합하는 '문화개조운동(文化改造運動)'이 국민당의 수많은 기획 중에서도 가장 중요한 개혁정책의 일환이 되었고, 아울러 1950년대 타이완의 문화 생태 환경을 직접적으로 조성하기에 이른다. 문화 개조 운동은 청년 구국 운동의 개시, 교육제도 및 교과서 개정, 청년구국단의 조직, 각 급 학교 및 학생에 대한 엄격한 통제 등이 주요 골자를 이루었다.

이 외에도 문화개조운동의 또 다른 두 가지 핵심 사항이었던 '공산당 비적이 저지른 잔학한 사상적 독재 통치의 폭로'와 '예를 밝히고 의에 따라 치욕을 씻고 국토를 수복하는 정신교육의 단행'은 더욱 집중적으로 사회 전반으로 확대되어 대중들의 사상교육을 이끌었다.

이전의 실패 원인을 분석하던 장제스는 국민당이 '선전 활동을 소극적으로 전개하고 이론을 충실하게 구축하지 못했기 때문에' 공산당이 우세를 점하게 되었다고 거듭 강조했다. 이에 따라 조직된 '건전선전기구(健全宣傳機構)'가 군중문화전람회(軍中文化展覽會), 학생 '반공항러'[1] 만화전람회, 미술전람회를 개최하고 반공영화를 순회 상영함과 동시에 방송국 설립 및 반공신문과 잡지의 창간을 주도해 나갔다. 다른 한편으로는 주요 철도 노선이 위치한 각 정거장에 '반공항러' 선전 열차 설치를 계획하는 등 수많은 선전기구가 그야말로 봇물 터지듯 쏟아져 나왔다.

이 때문에 국민당이 전개한 개조운동은 불과 2년 만에 사람들의 뇌리 속에서 극적인 '반공'의 선전효과를 거두게 되었다.

(2) 문화청결운동

1953년 11월 장제스의 「민생주의 교육에 관한 두 편의 보충 서술(民生主義育樂兩篇補述)」(이하 「민생」으로 표기)이 발표되자마자 문예계 인사와 각 기

---

1)공산주의에 반대하고 러시아에 대항하다. ─ 역자

관단체는 마치 총동원이라도 된 듯이 이 글에 대한 반응을 쏟아냈다. 장다오판(張道藩)은 「민생주의 문예정책 약술(略述民生主義的文藝政策)」이라는 글에서 앞서 언급한 「민생」이 "민생주의 사회문화 정책의 지향과 계획 그리고 미래의 중국 문예 부흥을 위해 밝고 찬란하게 빛나는 청사진을 보여주었다."고 말했다.

중국문예협회 역시 스물 네 차례에 걸쳐 개최된 좌담회에서 「민생」의 내용을 세 개의 부분과 여섯 가지 발전 방향으로 귀결시켰다. 그 중 제6조 발전 방향이 제시한 내용은 "이상의 임무를 완성하기 위해 다양한 방식으로 문예운동을 전개하고 공산당 비적에 대한 심리전술 강화를 결정한다."는 것이다.

1954년 7월 26일 문협의 발기인 중 하나인 천지잉(陳紀瀅)은 『중앙일보(中央日報)』와 『타이완신생보(臺灣新生報)』 두 신문에 게재한 '문화청결운동'을 제안하는 글을 통해 「민생」에서 제시된 '적색 해독'과 '황색 폐해' 이외에도, 광고 선전물을 통해 타인의 사적 비밀을 폭로하여 사회적 풍기 문란을 조장하는 것 역시 불법적인 '흑색 신문'에 해당하므로 강력하게 처벌해야 한다고 주장했다. 같은 해 8월 8일 중국문예협회 대변인 왕란(王藍)은 이 운동에 대한 적극적인 지지를 선언하면서 "…… 본 회의는 각 계 각 층 지도자들의 독려를 수용하여 맡은 바 임무를 극복하고 앞으로 나아갈 것이다."라고 공개적으로 선언하기도 했다. 이 두 편의 담화가 발표된 후 '문화청결운동'은 문협의 선도와 지원 하에서 그 기세가 하늘을 찌를 듯 거세졌다.

(3) 전투문예운동

1955년에 장제스는 이른바 '전투문예(戰鬪文藝)'라는 개념을 제시했다.

그 이듬해인 1956년 1월 국민당 제7차 중상회가 '반공문예전투를 전개하는 실시방안(展開反共文藝戰鬪實施方案)'을 통과시키면서 국민당 정부는 처음으로 문예발전 방향에 대한 명확한 의견을 제시하였다. 이것은 「민생주의 교육에 관한 두 편의 보충 서술」과 '문화청결운동'의 맥락을 계승한 것이다.

1949년 11월 3일, 대륙에서 타이완으로 건너 온 작가 쑨링(孫陵)은 '반공문예의 첫 외침'으로 불리는 '대타이완을 수호하라(保衛大臺灣)'라는 노래를 발표한다. 같은 해 11월 16일, 쑨링은 『민족보(民族報)』「민족칼럼(民族副刊)」에 「문예사업자의 당면 임무-전투를 전개하여 적에게 반격하다(文藝工作者的當前任務-展開戰鬪反擊敵人)」라는 제목의 글을 발표하는데, 이 역시 '전투문예'와 관련된 첫 번째 글이라고 할 수 있다. 1950년 3월 23일 『타이완신생보』 칼럼이 주최한 문예작가좌담회에서는 '전투문예'와 관련된 토론을 벌이기도 했다. 총괄해보면, 1955년 이전에 '전투'와 '전투문예'라는 용어는 문예계가 중국공산당이라는 적과 대항할 때에 갖춰야 했던 심리적 준비상태를 가리키며 또한 문학예술은 중국공산당과 전투를 치르는 데 있어 매우 중요한 도구라는 의미를 지칭하는 데에 사용되었다.

1954년 중국청년창작협회 제1차 전체회원대회에서 작가협회 발기인 대표였던 가오밍(高明)은 재차 '전투문예'라는 개념을 제시하면서 "전투문예는 곧 생존을 쟁취하는 문예"라고 설명했다. 이 개념은 이후 국민당 중앙위원회가 채택하고 장제스가 대외적으로 반포함으로써 문예운동의 정식 명칭으로 간주되기 시작했다. 중국문예협회는 이 운동에 모든 역량을 동원하여 전력투구했고, 각종 전투문예활동과 좌담회 및 문예모임을 개최하고 문예선집을 발간하는 등 전체 문예운동에서 가장 핵심적인 역할을 수행하게 되었다. '전투문예'가 제기됨으로써 국가와 정당이 직접적으로 1950년대 반공문학의 지위를 절정의 위치까지 끌어올리게 되었다.

03 │ 문예단체와 문예기구의 설립

문예정책은 추진력과 집행력을 필요로 한다. 1950년대 반공문학의 발전 역시 정부 당국과 친정부적 단체들의 적극적 지원에 힘입은 결과이다. 이제부터 1950년대에 활동했던 일부 중요한 문예단체와 문예기구에 대해 나누어 설명해보도록 하겠다.

(1) 중화문예장학회

1950년 3월 국민당 중앙위원회 제4조에 의해 '중화문예장학위원회(中華文藝獎金委員會, 약칭 '문장회')'가 창설되었다. 이 단체의 모든 사업 및 업무는 국민당 중앙개조위원 장다오판이 집행하였다.

중화문예장학회는 1950년에 창립되어 1956년 해산하는데, 당시 중화문예장학회는 원고 모집 요강에 다음과 같은 조건을 명시해 놓았다. "본 장학회에 응모하고자 하는 모든 종류의 문예창작물은 다양한 방식을 활용하여 국가민족의식을 고취시키고 공산주의와 러시아에 반대하는 의미를 지닌 것이어야 한다." 그리고 작품 응모와 관련해서는 두 부분으로 나누어 설명하고 있다. 첫째, 문예이론, 시, 소설, 극본 등의 원고는 수시로 모집한다. 둘째, 매년 설날, 5·4 기념일, 쌍십절(雙十節), 국부(國父)탄신 기념일에 정기적으로 문예 장학금 수여식을 개최한다.

1951년 5월 중화문예장학회는 『문예창작(文藝創作)』을 창간하여 수상작만을 선별하여 출판했다. 6년이라는 발행기간 동안 약 8백만 글자를 수록함으로써 '반공문학'의 선전과 장려에 매우 큰 영향을 주었다.

중화문예장학회에서 수상한 작품들의 주제가 대부분 '반공'과 관련된 것이기는 했지만, 그 중에도 예외는 있었다. 타이완 본토 작가 랴오칭슈

(廖淸秀)의 「은인과 원수의 피눈물(恩仇血淚記)」과 중리허(鍾理和)의 「카사야마
농장(笠山農場)」의 주제는 '반공항러'와는 전혀 관련이 없었음에도 불구하
고 입선작이 되었다.

물질적으로 부족했던 시대에 중화문예장학회가 집행한 고액의 상금은
분명히 예술가들의 창작을 독려하는 커다란 원동력이 되었고 아울러 문
예창작 인구를 큰 폭으로 늘려 놓았다. 비록 그 주제가 획일적이고 단조
롭기는 했지만 응모한 글의 종류와 형식은 오히려 더 다양해졌다. 시, 악
보, 극본은 물론이고 선전포스터, 만화, 문예이론, 가사와 멜로디 등에
이르기까지 형식은 다양해졌으며 내용은 통속화 되었다.

'반공문학'이라는 이 거대한 물결은 1956년 중화문예장학회가 사업
중단을 선포하고 같은 해 12월 『문예창작』까지 정간되자 그 열기도 차
츰 수그러들었다.

(2) 중국문예협회

1950년 3월 중화문예장학회를 발족시켜 반공문학 창작을 장려하는 것
이외에도, 국민당 중앙위원회는 서클 조직의 역량을 활용할 계획으로 별
도의 문예기구 창립을 보조하기로 결정한다. 이에 따라 천지잉과 당시
각 신문잡지사 부록 편집자들이 설립한 '부록 편집자 친목회'가 발기인
이 되어 1950년 5월 4일 타이베이시 중산홀 대연회실에서 중국문예협회
(中國文藝協會)를 창립하는데, 당시 문단에서 활동하던 거의 대부분의 인사
들을 총망라하여 방대하게 조직되었다. 중국문예협회는 경비 등의 문제
를 포함한 각 방면에서 당정(黨政) 간의 협조를 얻어, 다양한 문예 사업을
전개하고 각종 문예 연구실습을 기획하고 지도하였으며, 아울러 문학예
술의 보급과 교육 그리고 차세대 작가 육성에 주력하였다. 중국문예협회

는 그물 같은 촘촘한 조직을 활용하여 문예계 인사들의 역량을 한데 모으고 대중과 문예계의 여론을 응집시켰다. 중국문예협회는 1950년대 관방 문예 정책의 대리인 혹은 집행자라 해도 과언이 아니다.

(3) 중국청년창작협회

1952년 10월 31일 국민당 청년사업부에 속하는 중국청년반공구국단(中國靑年反共救國團)이 창립된다. 이 기구의 주요 임무는 전국의 청년들을 규합하여 반공구국의 대열에 합류시키는 것이었다. 이듬해인 1953년 8월 중국청년반공구국단의 지원 하에 쭌펑(遵彭), 류신황(劉心皇), 가오밍(高明), 펑팡민(馮放民) 등이 발기인이 되어 '중국청년창작협회(中國靑年寫作協會)'를 창립한다.

중국청년창작협회 창립 초기의 회원들은 대부분 고학력 지식인들로 전문대를 포함한 대졸자가 78%, 고졸자는 20%였다. 이 협회는 각 현(縣)과 시(市) 및 해외에 설치한 수많은 지부 이외에도 직속 부서를 갖고 있었다. 우선 중국문예방송통신학교(中國文藝函授學校)가 방송통신을 통한 문예 교육을 강화했고, 다음으로 중국펜동호회(中國筆友會)가 세계 각국과의 교류를 적극적으로 추진해 나갔다. 협회는 『아기사자문예(幼獅文藝)』를 출판하고 또 각 지부의 청년간행물과 문예총서의 출판을 도왔다. 협회가 출판한 다양하고 풍부한 정기간행물과 문예총서는 당시의 문예 단체 중 첫손에 꼽힐 정도였다.

중국청년창작협회는 중국청년반공구국단의 '전국청년하계전투훈련'에 맞추어 전투문예캠프의 개최를 위탁하는 주요 프로젝트를 매년 한 차례씩 진행했다. 이 프로젝트는 수 십 년간 중단되지 않고 이어져 전국 문예청년들의 사상과 창작에 막대한 영향을 끼쳤다.

(4) 타이완성 여성창작협회

타이완성 여성창작협회(臺灣省婦女寫作協會)는 쑤쉐린(蘇雪林), 셰빙잉(謝冰瑩), 리만구이(李曼瑰), 쉬중페이(徐鍾珮), 장쉐인(張雪茵), 류팡(劉枋), 왕옌루(王琰如), 왕원이(王文漪), 장밍(張明), 판런무(潘人木), 장슈야(張秀亞) 등 32명의 발기인에 의해 1955년 5월 5일 타이베이시에서 창립되었는데 전국 각지에서 백여 명의 인사가 참가하였다.

타이완성 여성창작협회는 설립 취지를 다음과 같이 밝히고 있다. "본 협회는 여성 창작을 격려하고 여성문제를 연구함으로써 삼민주의(三民主義)를 실천하여 반공항러의 역량을 증대시킬 것을 주된 목적으로 삼는다." 그러면서 다른 한 편으로는 선언문을 발표하여 "이는 자유중국 각 계각층의 글쓰기를 좋아하는 여성들을 결집시킨 결정체이다. …… 오늘부터 우리는 분산되었던 역량을 한데 모아 우리의 손에 쥐어진 한 자루의 펜으로 최전선에 나아가 적의 심장부를 찌를 것이다."라고 밝혔다.

타이완성 여성창작협회는 당시의 모든 문예 단체 중에서 유일한 여성계 문예 단체로 국민당의 여성 사업과 그 연원을 같이 하고 있었다. 협회는 정기적으로 다양한 창작 좌담회를 개최하고 진먼(金門)과 마쭈(馬祖) 전선의 장병들을 방문하면서 문예총서를 간행하기도 했다. 출판된 총서 중 극히 일부분이 '반공항러'라는 주제의 영향을 받았던 것을 제외하면, 대부분은 여성의 자각과 여성의 가치 긍정 그리고 여권 신장, 성별과 에스닉(ethnic) 문제 등을 주요한 관심사로 삼았다.

04 | 1950년대의 문예잡지와 신문 부록

문예잡지와 신문 부록은 1950년대의 양대 문학 생산 기지이자 문단의 핵심적인 조직 단위였다. 물질과 자원이 턱없이 부족했던 1950년대에 80종 이상의 문화 혹은 문학적 성격을 띤 잡지가 연이어 간행되었다는 사실은 실로 기적적인 일이라 하지 않을 수 없다. 이런 현상의 근원을 추적해 본다면 물론 당시 정부의 문예정책으로 창작이 장려되고 한편으로는 많은 이들이 동란의 시대에 고향을 떠난 비통한 심정을 토로하기에 급급할 수밖에 없었던 상황이 가장 큰 원인일 것이다. 하지만 부분적으로는 바다를 건너 타이완으로 온 이백만 명의 거주민들 중 적지 않은 수가 대륙에 거주할 당시 신문을 발행하거나 간행물을 편집한 경험을 지닌 문예 청년이었다는 것도 하나의 원인이라고 할 수 있다. 그런데 계엄령이 선포된 시기 신문의 창간과 등록이 극도로 제한적이었던 까닭에 이 젊은 베테랑들은 허가받은 잡지나 간행물의 편집에서만 자신의 능력을 발휘할 수밖에 없었다.

정부는 '전투문예' 정책을 적극적으로 추진했고 작가들이 공산당의 만행과 '반공항러'에 대한 결심을 써내길 희망했다. 그런데 창작된 작품에는 반드시 그것이 발표될 무대가 있어야 했기에 충만한 전투적 분위기가 1950년대 문학잡지의 특징 중 하나가 되었다. 당시의 잡지들은 이른바 관영잡지(黨·政·軍을 포함한)가 대부분이었는데, 그 중에는 중화문예장학회가 운영하는 『문예창작』, 훗날 『군중문예(軍中文藝)』와 『혁명문예(革命文藝)』로 이름을 바꾼 국방부 총정치작전부의 『군중다이제스트(軍中文摘)』, 중국청년반공구국단의 『아기사자문예』가 있었다. 이밖에도 직간접적으로 지원을 받은 잡지로는 『반월문예(半月文藝)』, 『문단(文壇)』, 『햇불(火炬)』, 『오아시스(綠洲)』, 『중국문예(中國文藝)』, 『문예월보(文藝月報)』 등이 있었다.

그러나 1950년대 방대한 수량의 문학잡지 중에 '반공문학'이라는 단조롭고 획일적인 주제의 영향을 받는 잡지만 존재했던 것은 아니다. 지식인이 참여한 문학예술 혹은 문화적 성격의 잡지 역시 속속 무대 위로 등장하기 시작했다. 그 예로 타이완대학교의 샤지안(夏濟安, 1916~1965), 우루친(吳魯芹), 류서우이(劉守宜)가 창간한 『문학잡지(文學雜誌)』 및 1960년 타이완대학교 외국문학과의 바이셴융(白先勇, 1937~), 왕원싱(王文興, 1939~)이 만든 『현대문학(現代文學)』을 들 수 있다. 그리고 비(非)순수문학 성격의 잡지 중에서는 녜화링(聶華苓, 1925~)이 편집 주간을 맡은 『자유중국(自由中國)』의 문예란과 1957년 창간된 잡지 『문성(文星)』이 지식인들로부터 상당한 주목을 받았다. 1959년 창간된 『필휘(筆彙)』같은 경우는 문학 창작물과 평론 이외에도 서구의 새로운 사조를 대거 소개하면서 『문학잡지』의 정신을 상당 부분 계승하고자 했다.

1950년 11월 타이탕공사(臺糖公司)의 직원이었던 스판(師範), 진원(金文), 신위(辛魚), 황양(黃楊), 루둔(魯鈍) 다섯 명이 『들바람(野風)』을 창간한다. 그들의 창간 취지는 "새로운 문학예술을 창조하고, 새로운 작가를 발굴해 낸다"는 것이었다. 이 잡지의 대중적 성격과 새로운 작가들의 대거 수용으로 인해 구독률은 수직상승하게 된다. 『들바람』이 지닌 서정적 낭만과 가벼운 분위기는 표면적으로 문단의 주변부에 위치한 작은 지류로 보일지 모르지만 분명한 시대적 의미를 지니고 있다. 이외에도 상당한 인기를 얻었던 『물결(暢流)』, 『자유토론(自由談)』, 『이삭줍기(拾穗)』 등의 잡지가 적지 않은 독자를 확보하고 있었다.

출판물 제한 조치와 계엄이 끝나기 이전, 타이완의 신문 부록은 그 구조상 기본적으로는 여전히 '문예' 부록이라는 전통적 틀 속에 놓여 있었다. 학자 샹양(向陽)은 이런 현상이 한편으로는 부록이라는 전통에서 비롯된 것이고, 다른 한편으로는 신문 사업 자체가 정치권력의 압박과 경계를 받았기 때문이라고 말한다. 동시에 국민당의 문예정책 하에서 신문 부록은 국민당의 정책을 구체화 시키는 중요한 전파 매개체이기도 했다. '반공문예'가 일으킨 붐이 타이완 신문 부록의 주류를 이루었을 뿐만 아니라, 출판물 제한 조치와 계엄으로 인해 1950년대에는 민간 차원의 신문사 경영이 거의 불가능했기 때문에 어둡고 서슬 퍼런 정치적 분위기 속에서 부록의 책임자들은 지속적으로 부담을 느낄 수밖에 없었다. 『타이완신생보』의 책임 편집인이 「수수방관론(袖手傍觀論)」을 게재했다가 사직한 것이 그 중 한 예이다. 1953년에서 1963년까지 『연합보(聯合報)』 부록의 편집장을 지낸 린하이인(林海音, 1918~2001) 역시 부록에 짤막한 글을 실었다가 자리에서 물러나고 말았다. 과거에 귀이둥(郭衣洞)으로 잘 알려진 바이양(柏楊)은 『자립석간(自立晚報)』의 부록을 책임지고 있던 기간에 게재한 글 때문에 정권의 눈 밖에 나는가 하면, 『중화일보(中華日報)』 부록에 번역해 실은 「뽀빠이(Popeye the Sailor)」 때문에 유죄를 선고받고 9년 동안 수감되기도 했다.

05 | 신문 통제 및 서적 간행물 검열제도의 시행과 영향

공산당에게 패배하여 타이완으로 퇴각한 국민당 정부는 전쟁에서 실패한 중요한 원인 중 하나가 문예전선의 실패에 있다고 보았다. 실패를 교훈 삼아 얻어낸 결론은 대륙과 관련된 모든 정보와 도서 및 잡지의 유통을 차단하고 아울러 문예출판과 단체 결성에 대해 엄격한 심사나 검열 혹은 금지 조치를 취해야 한다는 것이었다.

1950년 「타이완성 계엄기간 신문 및 잡지 도서에 관한 통제 방법(臺灣省戒嚴期間新聞紙雜誌圖書管制辦法)」이 반포되었고, 1951년 1월에는 「타이완성 정부·보안사령부의 법률위반 도서, 신문, 잡지, 영상, 극본, 가곡에 대한 검열 실시방법(臺灣省政府·保安司令部檢查取締違禁書報雜誌影劇歌曲實施辦法)」이 통과되었다. 분명한 것은 이러한 것들이 국민당 정부가 채택한 '반공항러'

라는 기본 국가정책을 더욱 강화하기 위해 제정되었다는 사실이다. 당시 신문과 잡지 및 도서 통제와 관련된 단어 중에는 개념이 모호하여 확실한 기준을 찾기 힘든 것들이 있었는데, '사회적 위해'나 '감정적 도발' 같은 개념들이다. 이밖에 타이완에서 발행되는 신문 잡지와 도서 및 기타 출판물은 반드시 발행 전 한 부를 보안사령부로 송부해 검토를 받아야 했다. 이처럼 가혹한 심사제도 속에서 타이완의 모든 출판물은 국가의 검열을 피할 수 없는 운명에 처해 있었다.

일찍이 「대타이완을 수호하라」를 통해 반공의 첫 신호탄을 쏘았던 쑨링(孫陵)의 1956년 작 『눈보라(大風雪)』 역시 타이완성 보안사령부에 의해 출판이 금지되었다. 또한 지쉬안(紀弦), 탄쯔하오(覃子豪), 펑방전(彭邦楨)의 시와 무중난(穆中南)의 소설도 출판이 금지되거나 일부 내용을 삭제 및 수정해야 했다. 이처럼 걸핏하면 징계를 당하게 되는 기준 자체마저 모호한 금서검열제도 하에서 작가들의 마음속에 자리 잡게 된 말로 표현하기 힘든 두려움은 창작의 다양성을 저해하였으며 학술적 자유와 문화 발전에 영향을 끼쳤다. 더구나 '5·4' 이후 이어져 온 신문학 전통의 맥을 끊은 것은 실로 엄청난 손실이라고 할 수 있다.

06 | 반공문학과 모더니즘문학의 흥망성쇠

타이완으로 옮겨온 초기부터 국민당은 공포감을 조장하면서 좌익적 경향을 띤 문예사조를 엄격하게 제한하고, 거리낌 없이 '타이완을 피로 물들이겠다'던 공산당에 대해 원한 가득한 적대적 분위기를 조성하였다. '반공항러'와 '반공수복'이라는 슬로건은 1950년대 문화교육사업의 주축이 되었고 국민당정부는 선전과 교육, 창작 장려, 출판 보조 등의 방법을 통해 '반공문학'이라는 대업이 모든 국민들의 마음속에 뿌리내리기를 기대했다. 하지만 1950년대에 타이완으로 이주한 작가들이 하나같이 '반공문학'만을 부르짖고 있었을까? 1950년대에 등장한 모든 문학작품들이 반공문학일까? 사실 우리는 주변부로 밀려나 소외당한 수많은 작가들 역시 창작을 통해 이 시대에 다채롭고 찬란한 자취를 남겨놓았다는 사실을 외면해서는 안 된다.

이제부터 반공문학이라는 주류에서 벗어나 있던 주변부 문학에 대해 몇 부분으로 나누어 살펴보고자 한다.

(1) '반공'이라는 정치의식을 넘어선 여성의식

1955년 창립된 타이완성 여성창작협회가 '삼민주의를 실천하고 반공의 역량을 증대시키는 것'을 설립 취지로 삼고 있었기 때문에 타이완 당국의 입장에서는 여성작가들의 창작 조직이 반공문학에 힘을 보태줄 것이라고 여겼다. 하지만 사실상 이 협회가 출판한 집단창작집과 개인선집에서 '반공'과 관련된 내용을 찾아보기는 힘들다. 이 여성작가들이 지닌 여성으로서의 주체의식은 반공이라는 정치의식을 훌쩍 뛰어넘는 것이었다.

우리는 1950년대 여성작가가 남겨 놓은 창작성과를 통해 이 시기의 창작 상황을 가늠해 볼 수 있다. 우선 우웨칭(武月卿)이 편집한 『중앙일보 (中央日報)·여성과 가정 주간(婦女與家庭週刊)』을 살펴보자. 원래 '여성'과 '가정'을 위해 창간되었던 이 주간지는 글 읽기를 좋아하던 책임 편집자의 글 솜씨로 인해 여성작가가 모여드는 문학적 분위기가 짙은 간행물로 탈바꿈하게 된다. 1950년대에 활동했던 많은 여성작가의 첫 번째 책과 대부분의 작품들이 바로 이 잡지에 발표된다.

이 외에 1949년 창간된 반월간 『자유중국(自由中國)』의 「문예란(文藝欄)」

역시 여성작가인 녜화링(聶華苓)이 책임 편집자였다. 녜화링은 편집자로 지내는 기간 동안 의도적으로『자유중국』의 문예란을 당시의 반공문학 붐과 분리시키고자 했다. 꽤 많은 분량의 여성작가들 산문과 놀라울 만큼 많은 중편소설과 단편소설이 여기에 발표되었는데, 그 중 '반공'을 주제로 한 것은 극히 적었고 '사회적 관점'과 여성의식을 피력한 작품들이 절대다수였다.

(2)『문우통신(文友通訊)』 및 타이완 출신 작가의 상황

언어적 단절과 장애로 새로이 중국어를 배워야 했던 까닭에 타이완 현지 출신 작가들에게 1950년대는 '침묵'의 시대나 마찬가지였다. 그러나 문학에 대한 뜨거운 열정으로 그들은 천천히 중국어를 배워나가기 시작했다.

1957년 4월 23일 중자오정(鍾肇政)이 처음으로 작품 모집 서한을 보낸다. 줄판2) 방식으로 매월 문우들의 서신을 모집할 것이라는 내용과 함께 등사판 우표를 문우인 천휘취안(陳火泉), 랴오칭슈(廖清秀), 중리화(鍾理和), 중자오정, 스추이펑(施翠峰), 리룽춘(李榮春), 쉬빙청(許炳成)3) 등 일곱 사람에게 부친다. 그러면서 "매 호는 9일에 신문지 두 장 분량으로 찍어낸다. 게재 비용을 받지 않으며 원고료도 지불하지 않는다."는 내용도 덧붙여 놓았다. 모든 문우들이 이 엄격한 규정에 따라 매월 한 차례씩 원고를 부치면서 '문우통신'이라 불리게 되었다. 이 간행물의 창간 취지는 '함께 절차탁마하고 격려하며 서로의 소식을 전한다.'는 것이었으며 모두 열다섯 차례 발행되었다. 앞서 언급한 '전후(戰後) 제1세대 타이완 소설가'라

---

2) 철필로 등사 원지를 긁을 때 밑에 받치는 가로세로 홈이 팬 강철판 — 역자
3) 필명은 원신(文心)이다.

불릴 만한 이들 중 네 명은 당시에 이미 중화문예장학회의 장편소설상이나 기타 부문에서 수상한 경력을 갖고 있었다. 1년 4개월 동안 발간된『문우통신』을 통해 주류 문단 밖에 있던 또 다른 작가들의 목소리를 구체적으로 들을 수 있었다.

(3) 모더니즘문학의 대두

학자 천팡밍(陳芳明)은 1949년부터 1955년까지의 시기를 '반공문학'의 첫 번째 단계로 파악하면서 첫 번째 단계 마지막에 이르러서는 이미 반공문학에 지친 기색이 역력했다고 보고 있다. 물론 이런 견해에는 그럴 만한 이유가 있다. 1956년 장다오판이 주관한 중화문예장학회가 해산을 선언함에 따라 이 장학회에 의해 지원을 받았던『문예창작』역시 간행이 중단되었다. 1956년 1월 20일, 1930년대에 '루이스(路易士)'라는 필명으로 다이왕수(戴望舒)의 '현대파(現代派)' 활동에 참여했던 지셴(紀弦)이 타이베이에서 '현대파'를 창립한다. 그리고 같은 해 2월 1일『현대시(現代詩)』제13호에 게재한「현대파 공고(現代派公告)」라는 글을 통해 '육대신조(六大信條)'를 발표한다. 지셴은 '신시(新詩)의 재혁명을 선도하고', '신시의 현대화를 실현하자'고 외치며 더 나아가 현대시의 완전한 서구화를 주장했다. 이후 당시의 양대 시사(詩社)라고 할 수 있는 '현대시사(現代詩社)'와 '남성시사(藍星詩社)' 사이에 벌어진 논쟁에 군중(軍中) 시인들을 주축으로 남부지역에서 창간된 '창세기(創世記)'시사까지 참여하면서 타이완의 현대시 운동은 바야흐로 번영기를 맞이하게 된다.

한편『문학잡지』와『문성(文星)』의 시작부터 감안해 본다면, 모더니즘 계열의 소설과 시가 유행하기 시작한 시기에는 큰 차이가 없다. 1956년 9월 타이완대학교 외국문학과의 교수 샤지안은 같은 과 소속의 강사 및 학생들과 공동으로 『문학잡지』를 창간하고, 창간호의 「독자에게 드림(致讀者)」이라는 글에서 다음과 같이 밝히고 있다.

비록 우리는 혼란한 시대에 살고 있지만, 우리는 우리의 글이 '혼란'하지 않기를 희망한다. 우리가 제창하고자 하는 것은 소박하고 이지적이며 냉정한 예술적 품격이다. …… 물론 선전을 위한 작품 중에도 좋은 문학 작품이 있을 수 있겠지만, 문학은 결코 단순한 선전일 수 없다. 문학은 천고에 변치 않는 그만의 가치를 지닌 존재다.

샤지안은 공산당의 선동적인 문학에도 반대했지만, 그와 동시에 1950년대 구호로 가득 찬 반공문학에도 반대했다. '신구(新舊) 대립과 중서(中西) 모순'이라는 문화적 곤경에 처해 있던 샤지안이 자유주의적 입장에서 모더니즘적 사유를 받아들인 것도 『문학잡지』의 중요한 특징을 형성했다. 이는 타이완의 문단에 참신한 분위기를 불어넣어 주었을 뿐만 아니라, 타이완 문단이 서구의 모더니즘과 관계를 맺기 시작하는 데 중요한 역할을 하게 된다.

1950년대 국민당이 활용한 '반공문학'과 '전투문예' 정책의 억압적인 선전활동도 여성문학과 자유주의문학 그리고 본토문학이 주변부에서 차츰 중심부로 진출하는 큰 추세를 막을 수는 없었다. 『문학잡지』가 표현하고자 한 것은 바로 1950년대 지식인이 바라본 사회적 소외현상에 관한 것이었다. 그 내용을 살펴볼 때, 고전적이거나 현대적인 모든 서구문학이 주요한 소개 대상이었다. 실제로 창작된 작품들도 고전적인 사실적 기법이 그 창작의 기조를 이루고 있었다. 훗날 타이완대학교에서 '현대문학사(現代文學社)'를 설립하고 『현대문학』 잡지를 창간하게 되는 주요 인물들, 즉 바이셴융, 왕원싱, 천뤄시(陳若曦, 1938~) 등은 모두 샤지안의 학생들로 그들의 초기 작품도 모두 『문학잡지』에 발표되었다. 이처럼 『문학잡지』는 타이완 문단에 중요한 영향을 끼치게 되는데, 이는 타이완의 첫 번째 지식인 문학잡지였을 뿐만 아니라 타이완 모더니즘 문학의 이론적 틀과 인적 재원을 마련하는 데에 있어서도 중요한 역할을 담당했다. 그리고 그것은 곧 본격적인 타이완 모더니즘 문예사조의 전주곡이자 첫 울림이었다.

☰ 더 읽을거리

01 예스타오, 『타이완 문학사강』(가오슝 : 문학계잡지사), 1987년, 제3장.
　　葉石濤, ≪臺灣文學史綱≫(高雄 : 文學界雜誌社, 1987), 第3章.

02 잉펑황, 「1950년대 타이완의 문예 잡지와 문화 자본」, 리루이텅 펴냄, 『중화현대문학대계
　　(2)・평론권』(타이베이 : 구가), 2003년, 491~508쪽.
　　應鳳凰, 〈50年代臺灣文藝雜誌與文化資本〉(收錄於李瑞騰編), ≪中華現代文學大系[貳]:評論卷≫(臺
　　北 : 九歌, 2003), 頁491~508.

03 판밍루, 「타이완 새로운 고향-1950년대 여성 소설」, 메이자링 펴냄, 『젠더 담론과 타이완
　　소설』(타이베이 : 마이톈), 2000년, 35~65쪽.
　　範銘如, 〈臺灣新故鄉-50年代女性小說〉, 收錄於梅家玲編, ≪性別論述與臺灣小說≫(臺北 : 麥
　　田, 2000), 頁35~65.

04 펑루이진, 『타이완 신문학운동 40년』(타이베이 : 춘후이), 1997년, 제4장.
　　彭瑞金, ≪臺灣新文學運動四○年≫(臺北 : 春暉, 1997), 第4章.

제11장

횡적 이식?

1960년대 모더니즘 문학

| **하오위샹**郝譽翔 국립동화대학 중국어문학과 교수 |

01 | 존재 – 1960년대 지식인의 초조함

1950년대 초에 타이완으로 물러난 국민당 정권은 공산화에 반대하기 위해 문학을 정치적 도구로 삼았으며 사상과 문화 담론에 엄격한 통제를 가했다. 그래서 전투문학과 반공문학의 발전은 최고봉에 이르렀지만 이데올로기가 고도로 작동한 결과 이 시기의 문학은 인쉐만(尹雪曼)이 말한 것처럼 '지나치게 개념화되고 지나치게 어색해졌다.' 마지막에는 결국 지나치게 틀에 박혀 생명력이 사라졌으며 문예계에서 버림을 받게 되었다.

1960년대에 들어서면서 냉전 시기의 국제정세는 타이완을 고립무원의 상태에 빠뜨렸다. 정부의 고압적인 정치는 지속적으로 지식인의 정신세계를 짓눌렀고 침묵을 강요받은 지식인들의 고통은 몹시 컸다. 그런가 하면 타이완의 경제가 비약적으로 성장하고 시장이 개방됨에 따라 서구의 정신문화와 사회 풍습이 함께 밀려 들어와 타이완 문화는 급속도로 서구화되었다. 천팡밍(陳芳明)은 이 단계를 가리켜 '타이완 문학사에 나타난 최대의 방랑기'라고 하였다. 이러한 때에 지식인의 개입과 비판은 도리어 간접적으로 중서문화의 충돌을 일으켰다. 문화가 대치(對峙)하고 정치 이데올로기가 작동하는 역사적 상황 아래서 지식인들은 자신들이 처한 현실 속에서 심하게 방황하고 어찌할 바를 알지 못했다. 이때 실존주의나 프로이트 정신분석학 그리고 모더니즘과 같은 서구 전후(戰後) 문예사조가 전파되고 실험소설, 공연 문화, 영화 등이 서로 어우러졌다. 타이완 지식인과 작가들은 모두 이러한 다양한 자극과 관점을 배움의 대상으로 삼았다. 그래서 왕더웨이(王德威)는 '아름다운 실수'라는 정처우위(鄭愁予)의 시구로 타이완 모더니즘의 발생을 비유하기도 했다. 모더니즘의 발생에는 이러한 깊은 역사적 연원과 문화적 의미가 존재했다.

1960년대에 흥기한 타이완 모더니즘 사조는 주로 실존주의 사상을 기초로 하고 있다. 모더니즘 문학이 표현하고자 애를 쓴 주제는 바로 실존주의에 대한 믿음이었다. 사실 사르트르나 카뮈와 같은 서양 모더니즘 문학의 대가들 자신이 바로 실존주의 철학의 신도이기도 했다. 그래서 당시의 타이완 지식인들은 서구 실존주의를 위주로 한 모더니즘 소설과 시를 보배로 여기고 앞 다투어 전파하고 모방하고자 했다.

결론적으로 타이완 1960년대 모더니즘 문학의 출현은 아마도 왕더웨이가 『타이완 : 문학으로 역사보기(臺灣 : 從文學看歷史)』에서 말한 것처럼 "'현대'가 현대가 된 이유는 바로 시간의 단절에 대한 위기감 그리고 정통성, 의미, 주체의 생사존망 등에 대한 불안한 마음에서 비롯되었다. 1950, 60년대 타이완의 역사적 상황에 비추어 보면 리얼리즘이 아닌 모더니즘만이 그 시대의 징후를 드러낼 수 있었다." 그 시대 지식인들은 인류 운명의 순간을 이해하기 위해 발걸음을 멈추고 질문을 던졌다. 도대체 무엇이 우리를 삶의 이 지점까지 데리고 온 것일까? 리얼리즘과 모더니즘의 동요 속에서 우리는 어디서 왔으며 어디로 가야 하는가?

02 | 양대 버팀목 - 『문학잡지』와 『현대문학』

타이완 모더니즘 문학은 현대시에서 비롯되었지만 현대 소설 창작으로 전성기를 알렸다.

현대시는 지셴(紀弦)의 『현대시』계간과 '현대시사(現代詩社)'를 필두로 하여 '신시의 재혁명을 이끌고 신시의 현대화를 추진한다.'라는 목표를 전편에 내세웠다. 후에는 '남성시사(藍星詩社)'의 『남성시간(藍星詩刊)』, 『남성시엽(藍星詩頁)』과 장모(張默)와 뤄푸(洛夫) 등의 『창세기(創世記)』가 출현했다. 이러한 시 단체는 형식이나 언어에 있어서 전위적이고 실험적인 작품 창작에 도전했다. 비록 보수주의자들의 강렬한 비판을 받기도 했지만 1960년대 현대시의 변혁이라는 문학적 행로를 기록하게 되었다.

현대시의 뒤를 이어 소설의 개혁도 일어났다. 중요한 간행물로는 리아오(李敖) 등이 만든 잡지 『문성(文星)』, 레이전(雷震)의 『자유중국(自由中國)』 그리고 샤지안(夏濟安)의 『문학잡지(文學雜誌)』, 바이셴융(白先勇)의 『현대문학(現代文學)』 등이 있었다. 또한 녜화링(聶華苓), 위리화(於梨華) 등의 현대 소설 작품도 등장했다. 특별히 언급할 만한 것이 없던 1950년대와 1960년대 문단 상황이 지나가자 모더니즘을 대표하는 신예작가들이 연달아 등장하여 다양한 시도를 하기 시작했다.

그 중에서 타이완대학 외국문학과의 샤지안을 필두로 하는 일군의 교수와 학생들은 1956년에 월간 『문학잡지』를 창간하여 '최선을 다해, 주저 없이, 착실하게'라는 질박한 풍격을 강조하면서 군대 생활이나 색정 혹은 향수를 그리던 당시의 창작 주제에서 벗어나고자 했다. 이들은 지식

인의 사유 영역으로 들어가고자 했다. 샤지안은 창간호의 뒷부분에 쓴 「독
자들에게(致讀者)」라는 글에서 이렇게 밝히고 있다.

　　비록 우리는 혼란한 시대에 살고 있지만, 우리는 우리의 글은 '혼란'하
지 않기를 희망한다……. 우리는 현실에서 도피하고 싶지 않다. 우리는
'진지한 작가는 반드시 그의 시대를 반영하고 그 시대의 정신을 표현하는
사람'이라는 신념을 지니고 있다……. 우리가 문장의 아름다움을 추구하
지 않는 것은 아니지만 진실을 이야기 하는 것이 더욱 중요하다고 생각
한다.

　　샤지안은 사실을 왜곡하거나 의미 없는 글 장난이나 하는 창작을 하
려고 하지 않았다. 그는 보수적이고 강압적인 환경의 압박 속에서 타이
완 문학의 발전을 위해 서구 문학과 교류할 수 있는 통로를 열었다. 그
렇지만 리어우판(李歐梵)은 『현대성의 추구(現代性的追求)』에서 이와 관련된
언급을 하면서 타이완 문학에서의 '모더니즘'에 대한 또 다른 관점을 제
기하기도 하였다.

　　그렇지만, 진리와 진실은 분명 독자들과 미래의 작가들이 추구하고 제
공해줄 수 있는 것이 아니다. 재미있는 사실은 샤교수가 키우려는 젊은
작가들이 단순히 언어의 아름다움에 대해서만 흥미를 느낄 뿐, 사회정치
와 현실을 반영하는 일에 대해서는 별 흥미가 없었다는 것이다. 그들은
어쩔 수 없이 '진실'을 써야 할 때 바로 '모더니즘'이 지니고 있는 다양한
암시적 풍자와 수법을 사용했다. 그럼으로써 고립된 자신들의 공포와 불
안감 그리고 아버지 세대를 대신해 벌을 받는 곤혹스러움을 표현했다. 모
더니즘 문학은 이 시기에 바로 이렇게 성숙되기 시작했다.

　　『문학잡지』는 고금을 융합하고 중서를 서로 비춰보며 창작과 이론 비
평을 함께 중시한다는 편집 방침을 세웠다. 그럼으로써 반공문학 이념과

방향을 달리하는 많은 작가들을 받아들였다. 그 중에는 녜화링, 장아이링(張愛玲, 1920~1995), 마오쯔수이(毛子水), 장슈야(張秀亞), 린하이인(林海音), 린원웨(林文月), 위리화 등이 포함된다. 위리화는 그 과정을 다음과 같이 말하기도 하였다.

우리들은 『문학잡지』에 투고 하면서 점점 성장해 갔다.

이러한 작가들의 가세는 1960년대 타이완 문학 발전 과정이 사실은 반공문예에 대한 시대적인 반작용이라는 사실을 분명하고도 상징적으로 보여주고 있다.

1960년에 바이셴융과 천뤄시(陳若曦), 왕원싱(王文興) 등은 공동 기획을 통해 『현대문학』 잡지사를 설립하고 같은 해 3월에 『현대문학』 창간호를 출판하였다. 이들은 『현대문학』 발간사에서 순수예술의 제창과 서양 현대문학의 추앙이라는 창간 목적을 분명하게 밝히고 있다.

우리들은 서양 현대 예술학파와 조류, 비평과 사상을 시기별로 나누어 체계적으로 소개하고 최대한 그 대표적인 작품을 선택하고자 한다. 이렇게 하는 것은 결코 우리들이 외국 예술을 편애하기 때문이 아니라 단지 '타산지석'이라는 발전 원칙을 믿기 때문이다……

이 잡지는 서양 문학 작품을 대량으로 번역 소개하여 서양 문학에 대한 독자들의 관심을 이끌어 냈다. 또한 타이완의 현대소설 작품을 적극적으로 실었으며 나아가 타이완 모더니즘 문학의 대표 작가들을 배양해 내기도 하였다. 이렇게 하여 모더니즘 문학은 타이완 1960년대 문단을 주도하는 문학 유파가 되었다. 이것은 샤지안의 『문학잡지』가 뿌린 씨앗이 거둔 결과이기도 하다.

『현대문학』은 1960년에 창간되어 1973년에 정간되면서 13년의 시간 동안 51기를 출판하였다. 1977년에 위안징(遠景)출판사의 후원으로 복간되었지만 경영상의 어려움으로 인해 타이완 모더니즘 문학에서 가장 중요했던 문예 공간은 1986년에 다시 정간되었다.

03 │ 서양을 이식하다 – 1960년대 문학의 기본 정신

1960년대의 타이완 문단은 모더니즘 문학이 주류를 이루었다. 이 시기는 타이완 모더니즘 문학의 번영을 상징할 뿐만 아니라 서양 문학의 모더니즘 사유와 작품을 받아들이는 면에서도 엄청난 성과를 거둔 때였다.

이 시기에는 주로 '횡적 이식'으로 '종적 계승'을 대신하기를 외쳤다. 그리고 서양의 실존주의, 의식의 흐름, 초현실주의 등의 전위적 문학 이데올로기와 창작 기교를 받아들여 새로운 예술 형식과 풍격을 실험하고 창조해내고자 했다.

1960년대 지식인은 대륙 문학과 일제 시기 타이완 신문학 아래서 문학이 자리매김할 수 있는 공간을 찾을 수 없었다. 그래서 예스타오(葉石濤)가 말한 것처럼 '진공(眞空) 상태'에 빠져들고 말았다. 끊임없는 소외로 인해 어쩔 수 없이 전반서화(全般西化)라는 현대 전위적인 문학 경향으로 나아갈 수밖에 없었고 '뿌리 없음', '추방', '유랑' 등의 사상에 관심의 초점이 맞추어졌다. 그래서 인간의 실존 의미를 탐색하는 실존주의 사상이 풍미하게 되었다. 왕상이(王尚義)의 소설 「들비둘기의 황혼(野鴿子的黃昏)」에도 이러한 실존주의적 경향이 가득하다. 그 외에 '유랑'과 '뿌리 없음'이라는 주제 역시 1960년대의 소위 '유학생 문학'을 형성해 '뿌리 없는 세대'의 정신적인 허무함을 보여주었다. 해외 유학생의 뿌리 없는 유랑이든 아니면 문화적인 소외든 모두 깊이 있게 그려져 매우 깊은 감동을 주었다. 천뤄시, 충쑤(叢甦), 장시궈(張系國), 바이셴융, 녜화링, 위리화 등의 작가들이 모두 이러한 작품을 많이 창작했다. 그 중에서 위리화의『종려나무를 또 봤다, 종려나무를 또 봤다(又見棕櫚, 又見棕櫚)』는 가장 대표적인 작품으로 '유학생 문학의 원조'라고 불린다.

타이완 모더니즘 문학은 1960년대 매우 성행해서 모더니즘 간행물과 문학 유파가 탄생하기도 했지만 사실상 엄밀한 조직과 통일된 강령은 지니지 못했다. 그리고 작가들 간의 문학적 주장과 창작 풍격도 일치하지 않았다. 이로 인해 작가들에 의해 표현된 문학적 풍격 역시 비교적 복잡했다. 타이완의 1960년대 모더니즘 문학이 비록 독자적이고 과도한 '도시화', '외래화', 개인주의적 경향으로 인해 비난을 받기도 했지만 이러한 격정적이면서도 창백한 모습이 있었기 때문에 타이완 1960년대의 시대적 징후를 드러낼 수 있었다.

04 | 대표적인 작가와 작품 – 녜화링, 바이셴융, 왕원싱

1960년대 모더니즘 소설 작가들은 대략 두 부류로 구분할 수 있다. 하나는 녜화링, 위리화, 바이셴융, 천뤄시…… 등처럼 서양 모더니즘의 특정한 부분을 받아들인 후에 전통 문학과 부딪히고 융합하는 과정을 거친 사람들이다. 그래서 이들은 완전히 '전반서화' 되지 않았고 작품 속에서 리얼리즘의 흔적을 약간씩 드러내기도 한다. 또 다른 부류는 왕원싱, 어우양쯔(歐陽子, 1939~), 치덩성(七等生), 마썬(馬森)…… 등처럼 작품 속에 짙은 리얼리즘 의식도 없고 전통 문학으로부터도 멀어져 '전반서화'의 정신으로 문학 창작을 하는 사람들이다. 편폭이 제한되어 있어 대표적 모더니즘 작가인 녜화링, 바이셴융, 왕원싱을 통해 타이완 1960년대 모더니즘 문학의 대략적인 모습을 그려보고자 한다.

(1) 녜화링

녜화링(1925~)은 후베이(湖北) 잉산현(應山縣)의 한 관리 집안에서 태어났다. 항일 전쟁 때 12살이던 녜화링은 가족들과 함께 피난 생활을 시작했다. 이러한 가정적인 고난과 유랑 생활로 인해 녜화링은 일찍부터 힘겨운 삶을 체험하게 된다. 1949년 대륙을 떠나 타이완으로 갔고 이때부터 그녀의 창작 생애는 빛을 발하기 시작했다. 녜화링은 『자유중국』의 문예란 편집을 맡았을 때 문예의 자주성을 견지하였고 반공적인 글의 발행을 반대했다. 그러나 레이전의 체포와 『자유중국』의 정간에 이어 녜화링 자신 역시 경비총사령부에 의해 엄중한 감시와 통제를 받게 되자 창작과 번역에만 몰두한다. 그리고 장편 소설 『잃어버린 금방울(失去的金鈴子)』과 많은 단편 소설을 창작해 『연합보(聯合報)』에 연재를 할 수 있는 기회를 얻어 강렬한 반응을 일으켰다.

1962년부터 녜화링은 타이완대학과 둥하이(東海)대학에서 현대문학과 문학 창작 과목을 강의했다. 그때 도서관에 소장되어 있는 중국 대륙의 근현대 소설, 특히 루쉰(魯迅)과 '5·4시기'의 작품을 광범위하게 읽었다. 1963년에는 미국 시인 폴 엥글(Paul Engle)을 알게 되고 1967년에는 한 걸음 더 나아가 '국제 작가 창작실'을 만들어 세계 각국의 작가들과 만나고 교류하기도 하였다. 이 당시의 녜화링은 이미 고난에만 관심을 기울이는 것에서 벗어나 더욱 넓은 시야로 시대와 인생을 살피고 있었다. 또한 그녀의 문학 사상 역시 미국으로 간 이후 점차 분명해졌다. 그녀는 '전통을 현대에 녹여내고 서양을 중국에 녹여내기를 희망'했던 초기 모더니즘 작가였다.

네화링은 매우 많은 작품을 창작했다. 1980년에 출판한 단편소설집에 수록된 「달빛, 마른 우물, 세 발 고양이(月光, 枯井, 三脚貓)」와 1960년대 초기에 쓰인 장편소설 『잃어버린 금방울』 그리고 미국으로 간 후에 창작한 『쌍칭과 타오홍(桑青與桃紅)』은 모두 그녀의 주요한 대표 작품이다.

「달빛, 마른 우물, 세 발 고양이」는 대표적인 모더니즘 소설이라고 할 수 있다. 주인공 팅잉(汀櫻)은 남편이 병으로 성적 불구가 되자 러자오칭(樂兆淸)과 성적인 관계만을 맺고자 한다. 네화링은 의식의 흐름 수법을 사용하여 욕망과 전통 예교의 충돌 속에서 팅잉의 내면과 잠재의식의 활동을 세밀하게 그려나갔다.

『잃어버린 금방울』에서는 주로 중국 봉건 제도가 여성에게 가하는 억압을 고발하고 있다. 작가는 여성들이 전통 봉건 예교에 의해 속박당하면서도 끊임없이 자신들이 원하는 결혼과 애정을 이루려는 모습을 그려냈다. 주인공 링쯔(苓子)는 외삼촌인 의사 양인즈(楊尹之)를 사랑한다. 하지만 인즈가 과부 차오이(巧姨)와 사랑에 빠져 뜨거운 밀회를 즐기고 있음을 알게 되자 링쯔는 질투심에 타올라 일부러 이 일을 폭로한다. 그로 인해 차오이는 좡(莊)씨 집안에서 쫓겨나고 인즈는 아편을 팔았다는 모함을 받고 옥에 갇히게 된다. 또 다른 여성 위란(玉蘭)은 혼인도 하지 않고 수절을 강요받는다. 하지만 그녀는 자신의 정욕을 따르기로 결정하고 마을의 현장(縣長)과 다른 남성들을 유혹해 사통(私通)을 하게 된다. 야아(Y Y)는 뱃속에서부터 혼사가 정해졌던 폐병쟁이와 결혼하지 않고 그 지역에 주둔한 군대의 중대장과 몰래 도망을 치지만 결국 잡혀 돌아온다. 네화링은 이러한 불행한 여인들에 대한 묘사를 통해 전통적인 혼인 제도를 강하게 공격한다.

『쌍칭과 타오홍』은 어지러운 시대 속에서 중국의 명문 선비 집안의 여인 쌍칭이 힘겨운 운명의 질곡을 겪은 후에 자신의 정욕에 몸을 맡겨 서양의 창기 타오훙으로 변화하는 모습을 그려내고 있다. 녜화링은 모더니즘의 의식의 흐름이나 상징 등의 서술 방식과 리얼리즘적인 묘사 수법을 사용하여 쌍칭이 타락하고 파멸해가는 과정을 매우 심도 있게 그려냈다.

녜화링의 창작은 대부분 1950, 60년대에 집중되어 있다. 그녀의 작품 내용은 주로 몇 가지로 구분할 수 있다. 항전 시기의 기억, 대륙에서 타이완으로 떠나온 사람들의 내면에 보편적으로 존재하는 상실감과 슬픔 그리고 동란의 역사 속에 처한 중국인의 상황 등이다. 녜화링의 소설 작품은 황중톈(黃重添)이 『타이완 신문학 개관(臺灣新文學槪觀)』에서 말한 것처럼 '탕자의 슬픈 노래'라고 할 수 있다. 그녀는 '뿌리를 잃은' 고통을 묘사하고 여러 가지 모습의 탕자 형상을 만들어 냈는데, 이는 사실 작가 본인의 심정과 느낌에 맞추어 그려낸 것이기도 하다.

소설 작품에서 보이는 녜화링의 풍격은 그녀가 『쌍칭과 타오훙』의 머리말에서 말한 것처럼 '안주하지 않는 도전'이다. 이러한 '안주하지 않는' 고집으로 인해 그녀의 작품에는 정교하면서도 화려하고 다채로운 예술적 풍격이 드러난다. 내용이 다양할 뿐만 아니라 스토리 구성에는 사실과 상징이 결합되어 있다. 다양하게 구상된 내용에서부터 사실과 상징이 결합된 스토리 구성에 이르기까지 녜화링은 진실하고 전형적인 세부 묘사를 통해 언어와 작품의 매력을 보여주었다. 그리고 그것은 시대의 역사적인 상황에 부합할 뿐만 아니라 강렬하고도 풍부한 사회적 의미를 지니고 있기도 하다. 이것은 바이셴융이 「유랑하는 중국인－타이완 소설의 추방 주제(流浪的中國人――臺灣小說的放逐主題)」에서 말했던 내용과도 일치한다.

오늘날 타이완 작가들은 국가의 어려움으로 인해 슬픔에 잠기고 온몸으로 비통해 하고 있다. 그들의 작품 역시 자신도 모르는 사이에 시대와 국가를 위해 슬퍼하는 위대한 전통에 응답하는 것이기도 하다.

(2) 바이셴융

바이셴융(1937~)은 광시(廣西) 구이린(桂林)에서 출생하여 1952년에 타이완으로 갔다. 1957년 타이완대학 외국문학과에 입학했고, 1965년 이후부터 지금까지 캘리포니아대학교 산타바바라 분교에서 학생들을 가르치고 있다.

바이셴융의 아버지는 국민당 정부의 바이충시(白崇禧)장군이다. 그는 어려서 집안이 부유했지만 7, 8세 때 폐병에 걸려 4, 5년간 격리되어 치료를 받아야 했다. 이로 인해 본래 활발하고 외향적이던 바이셴융은 민감하고 내향적인 성격으로 변했다. 이후 대학에 입학해서야 비로소 다시 외향적인 성격으로 돌아왔다. 바이셴융이 치료를 받던 기간에 그 집에 있던 라노양(老央)은 종종 바이셴융에게 역사 이야기를 들려주어 그의 문학에 대한 흥미를 일깨워 주었다. 그렇기 때문에 라오양은 바이셴융의 첫 번째 문학 스승이라고 할 수 있다. 중학교 때 그가 문학의 세계로 들어가는 것을 도와준 두 번째 스승은 리야윈(李雅韻)이다. 그는 바이셴융이 『들바람(野風)』이라는 잡지에 투고할 때 추천을 해 주어서 바이셴융의 문학 창작 기반을 마련해 주었다. 마지막 타이완대학 외국문학과에서 그는 세 번째 스승인 샤지안을 만나게 된다. 샤지안은 『문학잡지』에 바이셴융의 「진다할머니(金大奶奶)」를 실어주었다. 이것은 매우 큰 격려였다. 그래서 바이셴융은 왕원싱, 어우양쯔, 천궈시 등 몇 명의 학우들과 1960년 『현대문학』 잡지를 만들 수 있었고 그들의 작품도 이 잡지에 많이 실렸다. 1962년이 되어 바이셴융은 어머니가 병으로 사망하자 상을 마치고 나서 아버지와 작별을 하고 미국으로 건너간다. 그가 산문집『무심히 고개를 돌리니(驀然回首)』에서 "한 달 남짓의 기간 동안 생리사별을 한꺼번에 다 겪으니, 인생의 시름이 이때부터 시작되었다."라고 말한 것처럼 이러한 인생의 경험을 바이셴융은 문학 창작을 통해 더 깊이 있고 세심하게 묘사해 냈다.

바이셴융의 작품에는『고독한 17세(寂寞的十七歲)』,『뉴요커(紐約客)』,『타이베이 사람들(臺北人)』,『서자(孽子)』등이 있다. 그 중에서『타이베이 사람들』이 가장 중요하다.『타이베이 사람들』은 열네 편의 단편소설로 나눌 수 있지만, 그 속에는 대륙/타이완, 과거/현재의 내재적인 연관성이 담겨 있다. 첫 번째「영원한 인쉐옌(永遠的尹雪艶)」에서부터 열네 번째「국장(國葬)」까지 모두 연결된 체계를 지니고 있어 샤즈칭(夏志清)이 말한 것처럼 "『타이베이 사람들』은 중화민국의 역사라고 할 수 있다." 바이셴융은 이 책에서 영원히 늙지 않는 인쉐옌에 대한 환상을 보여주기도 하였지만 또 한편으로는 구지탕(古繼堂)이 말한 "역사에 충실하고 삶의 리얼리즘에 충실한 작가"의 필치를 보여주기도 하였다.

바이셴융은 비록 서양 문학의 창작 기교를 대량으로 받아들이기는 하였지만 그의 소설에는 시종일관 중국 소설의 전통이 관통하고 있다. 그의 작품에는 중국 고금 소설로부터 받은 영향의 흔적을 분명하게 찾아볼 수 있다. 그리고 이 때문에 중국 현대문학사와 소설사에 그의 독특한 예술적 가치와 지위가 분명하게 남아 있다.

바이셴융은 시대와 국가를 걱정하는 마음을 창작으로 표현하였다. 바이셴융에 대해 평론하는 거의 모든 학자들은 작품에서 드러나는 의식의 흐름 수법을 인정하고 바이셴융을 중국과 서양 문학 표현 수법을 결합시킨 집대성자라고 인정하고 있다. 그의 작품은 의식의 흐름 수법 이외에도 상징과 색채예술 등의 기교를 사용해 인물을 창조해 내고 주제를 표현하고 있다. 이 외에도 그는 숫자를 주제 속으로 녹아들게 하는 수법에 능숙하다. 숫자를 이용해 '있음'과 '없음'의 상대적인 미감(美感)을 만들어 내서 한 편의 시(詩)같은 함축적인 정서를 소설에 불어넣는다.

'현대'와 '전통'의 융합은 일관된 바이셴융의 창작 방향이자 목표였다. 그는 인간 세상의 쓸쓸함을 문학의 가장 높은 경지로 여겨 이를 추구했다. 그래서 그의 작품은 수많은 곡절과 아쉬운 분위기로 가득하다. 이에 대해 샤즈칭은 다음과 같이 말한 바 있다.

> 바이셴융은 현대 중국 단편소설가 중에서 독특하게 뛰어난 사람이다. 이 세대 중국인들이 독특하게 지니고 있는 역사의식과 문화적 향수로 인해 전통과 보수를 존중하는 그의 기질이 만들어졌다. 그리고 정통적인 서양 문학 훈련과 근대 여러 대가들의 창작 기교에 대한 깨달음은 그가 새로운 경지를 창조하고 현대 문학 정신으로 가득한 작가가 되도록 하였다.

바이셴융을 평론하는 샤즈칭의 말은 '전통'과 '현대' 사이에서 동요하는 바이셴융의 모순된 심정과 문학적 풍격을 여실히 드러내고 있는 듯하다.

(3) 왕원싱

왕원싱(1939~)은 푸젠(福建) 푸저우(福州) 사람으로 1947년에 타이완으로 왔다. 1958년 타이완대학 외국문학과에 입학해 바이셴융, 어우양쯔 등과 학우가 되었고 지금까지 타이완 대학 외국문학과의 교수로 있다.

왕원싱은 『현대문학』 잡지에서 두뇌역할을 했던 인물로 초기에는 대부분의 편집을 도맡아 책임졌다. 그는 모더니즘 문학의 주장을 믿고 널리 알렸을 뿐만 아니라 언어의 중요성과 '정교한 생략'을 강조했고 이를 창작에서 실천하기도 했다. 그의 대표작은 1972년 『중외문학(中外文學)』에 연재되고 1973년에 출판된 『집안의 변고(家變)』이다. 이 이외에도 단편소설집 『용천루(龍天樓)』, 『장난감 권총(玩具手槍)』 그리고 1981년의 장편소설 『바다를 등진 사람(背海的人)』 등이 있다.

『집안의 변고』의 이야기와 인물은 상당히 단순하여 작가 자신이 주장한 '정교한 생략'을 실천한 대표작이다. 스토리는 판민셴(范閩賢)이 아들 판화(范曄)의 학대를 견디지 못하고 집을 나가자 판화가 아버지를 찾는 과정이다. 결국에는 삼 개월을 찾았지만 아무 것도 찾지 못하고 끝난다. 이 소설은 언어의 운용과 구조가 치밀하면서도 두드러져 있다. 사회 변천과 서구화 과정 속에서 가정이 겪는 문제를 내용에 담고 있어 서구화 과정 속에서 전통 가정과 서양 사회 관념의 충돌을 생각하게 한다.

지금까지 왕원싱 작품에 대한 학자들의 평가는 상당히 양극화 되어 있다. 예를 들어 옌위안수(顏元叔)는 『집안의 변고』가 '5.4 이후 가장 위대한 중국 소설의 하나'라고 평하고 있다. 하지만 구지탕은 『바다를 등진 사람』을 매우 부정적으로 비판하면서 왕원싱이 '전반서화'의 창작 이념을 견지하고 있어 그가 가는 창작의 길이 '갈수록 좁아지고 있다'고 지적했다. 그러나 어떻든지 간에 왕원싱이 1960년대 서구 모더니즘에 충실한 대표적 작가였다는 사실은 분명하다.

왕원싱은 초기부터 창작 언어를 중요하게 여겼다. 글자상의 의미에 중점을 두기 보다는 언어 자체의 '표현'에 집착했다고 할 수 있다. 왕원싱에 대한 다른 사람들의 평가가 어떻든지 간에 왕더웨이는 『집안의 변고』와 『바다를 등진 사람』이 '모더니즘이 타이완에서 가장 활기차면서도 가장 적막한 것임을 증명하는 경전'이라고 여겼다.

왕원싱은 언어 표현으로 전통에 도전하고 전통을 해체하였으며 중국어 글쓰기 형식을 파괴했다. 그래서 많은 공격과 비평을 초래하기도 했다. 그러나 그것은 '언어는 작품의 모든 것이다. 그래서 언어를 따라 천천히 읽을 때에만 작품의 본 모습을 착실하게 읽었다고 할 수 있다.'는 사실을 분명하게 보여주고 있다. 문학 관념과 문학 창작 그리고 정치와 문화, 이 네 가지의 사위일체를 견지하고 표현하는 왕원싱의 일관된 주장은 그의 독특하고 강렬한 작품 풍격을 만들어 냈다. 그리고 1960년대 모더니즘 작가 중에서 대체될 수 없는 대표적인 특성을 지니게 되었다.

01 리어우판 : 「타이완 문학 중의 '모더니즘'과 '낭만주의'」, 『현대성의 추구』(타이베이 : 마이
   텐, 1996년).
   李歐梵,〈臺灣文學中的「現代主義」和「浪漫主義」〉,≪現代性的追求≫(臺北 : 麥田出版社, 1996).
02 장쑹성 : 「모더니즘과 타이완 모더니즘 소설」, 『문학 마당의 변천』(타이베이 : 연합문학,
   2001).
   張誦聖,〈現代主義與臺灣現代派小說〉,≪文學場域的變遷≫(臺北 : 聯合文學, 2001).
03 천팡밍 : 「타이완 현대문학과 50년대 자유주의 전통의 관계」, 『후식민 타이완』(타이베
   이 : 마이텐, 2002).
   陳芳明,〈臺灣現代文學與五〇年代自由主義傳統的關係〉,≪後植民臺灣≫(臺北 : 麥田出版社, 2002).

제12장

향토가 없으면 문학은 어디에?

1970년대 현대시 논쟁과 향토문학 논쟁

| **린치양**林淇瀁, 필명 向陽 국립타이베이교육대학 타이완문화연구소 부교수 |

01 | 폭풍우에 시달려 고향으로 돌아가다

전후(戰後) 타이완 문학사를 보면 1945년 이후 타이완 땅에서 나오는 목소리는 기본적으로 국민당 통치 아래서 모두 억압을 당해왔다. 많은 원인이 있지만 그 중에서 비교적 눈에 띄는 것은 일본 식민 통치가 끝난 이후 타이완 작가들이 직면한 '언어를 뛰어 넘어야 하는' 문제였다. 이들은 본래 익숙하게 사용하던 일본어 대신 중국어를 배워야 했다. 그것은 많은 작가들이 창작을 그만 두어야 했던 원인의 하나였다. 그리고 1947년 '2·28사건'으로 타이완 본적의 엘리트들이 제거될 때 타이완 본적의 문학가들도 함께 연루되었다. 다행스럽게 살아남은 사람들까지도 이로 인해 아무 말도 할 수 없는 벙어리가 되어 버렸다. 이것이 또 다른 원인이었다. 그 결과 1950년대에서 1960년대까지 타이완 문학 작품에서 타이완 강토와 사람들에 대한 모습은 찾아보기 힘들게 되었다. 1950년대의 주류 반공문학과 1960년대의 모더니즘 문학에는 전체적으로 타이완이라고 하는 땅에 대한 관심과 묘사가 부족했다. 또한 타이완의 사회적 현실에 대한 모습과 관심에서도 비껴나 있었다. 반공문학이라는 틀에 박힌 정치선전 작품과 현실에서 괴리된 모더니즘 문학으로 인해 전후 20여 년 동안의 타이완 문학은 상당히 편향된 현상을 드러내게 되었고, 백색공포 통치 속에서 타이완 사회의 진상과 사람들의 목소리는 자신을 분명하게 표현할 방법을 상실하고 말았다.

1970년대 '향토문학'이 고치를 깨고 나오게 된 원인을 문학장(literature field)의 변화를 통해 살펴본다면 가장 근본적인 것은 내부 요인이었다. 사실 리얼리즘을 주요한 창작 정신과 기교로 하는 향토문학은 일본 통치 시기 타이완 신문학운동과 창작의 주류였다. 라이허(賴和)와 양쿠이(楊逵)에서 우줘류(吳濁流) 등의 작가에 이르기까지, 이들의 작품 속에는 타이완 토지와 타이완 사람들의 구체적인 이미지가 표현되곤 했다. 1950년대 반공문학의 거센 물결 아래에서 중리허(鍾理和) 역시 「비(雨)」, 「가난한 부부(貧賤夫妻)」 등 많은 중단편 소설과 장편소설 『카사야마 농장(笠山農場)』을 써 타이완 향토문학의 정기를 이어 받았다. 1960년대 모더니즘 문학이 우세를 점하던 때에 중자오정(鍾肇政)은 장편소설 『루빙화(魯冰花)』와 대하소설 『탁류삼부곡(濁流三部曲)』을 발표하기 시작했다. 그리고 랴오칭슈(廖清秀), 원신(文心), 천훠취안(陳火泉), 중리허 등 타이완이 본적인 작가들을 불러 모아 『문우통신(文友通訊)』이라는 유인물을 통해 서로에게 힘을 불러넣어주었다. 1964년 잡지 『타이완문예』와 시 간행물 『삿갓(笠)』의 창간은 타이완 본토 문학 단체가 결합하고 향토문학이 재기하고 있음을 보여주는 이정표였다. '언어를 뛰어 넘은 세대' 작가들이 새롭게 출발해서 새롭게 무대에 등장한 전후 세대 작가들과 힘을 합함으로써 '향토문학'의 발전을 위한 매우 충분한 공간이 1970년대에 마련되었다.

타이완 문학 공간 내부의 변화 이외에도, 1970년대에 들어선 타이완은 외교적 위기의 충격과 사회적 변화의 바람을 연달아 맞이하게 되었다. 그리고 이것은 향토문학이 고개를 들게 된 외부적 요인이 되었다.

외교적 충격에 대해 보자면, 1970년 11월에 '댜오위타이 사건(釣魚臺事件)'[1]이 발생해 타이완 지식인들의 민족주의에 대한 각성을 불러일으켰다. 그래서 '댜오위타이 보위 운동'이 등장했다. 1971년 10월에는 중화인민공화국이 중화민국을 대신해 연합국 내에서 대표 자격을 갖게 되자 타이완은 연합국에서 퇴출되었다. 그리고 1972년 2월에 미국의 닉슨 대통령은 중국을 방문해 '상하이공보(上海公報)'에 서명하고 중화인민공화국 정부가 유일한 합법적인 중국 정부임을 인정했다. 이로 인해 타이완과 미국의 외교 관계는 더욱 큰 변화를 맞이하였다. 같은 해 9월에는 일본이 중국과의 외교 수립을 선포하고 타이완과는 외교 단계를 단절했다. 이로 인해 타이완은 국가적 어려움에 처했고 연이은 외교 단절 사건을 맞이해야 했다. 이러한 외교적 위기 속에서 지식인들은 그로 인해 '향토로 귀환'하는 것에 대한 성찰을 하게 되었다. 또한 문화적인 면에서 다시 한번 자강하고 자립해야 함을 느끼게 되어 '민족'과 '향토'라는 개념이 무대 위로 떠오르게 되었다. 오랜 시간 동안 타이완 문학 작품에 존재했던 향토문학은 이러한 이유로 다시 평가 받고 중요하게 여겨졌다.

당시 타이완 사회의 변화 역시 향토문학 발전에 자양분이 되었다. 타이완은 1950년대부터 토지개혁을 실시하고 1960년대에 자본주의화 과정을 거친 후 경제적인 면에서 미국을 중심으로 하는 국제 시장의 주변적 위치를 차지해왔다. 동시에 새로운 중산계급이 흥기하였고 젊은 지식인들은 정치 개혁과 문화 진흥을 요구하는 목소리를 내기 시작했다. 타

---

1) 1970년에 시작되었고, 홍콩과 타이완, 해외 중국인이 댜오위타이의 주권을 회복하자고 호소한 민중운동. ─역자

이완의 외교적 좌절은 그들로 하여금 사회적 실천을 통해 '정치와 사회를 개혁하는 대열에 직접 참여'하여 다시금 새로운 사회를 만들고자 하는 희망을 품게 만들었다. 이러한 지식인들은 대부분 전쟁 이후에 태어나 '전후세대'라고 불린다. 그들은 성적(省籍-출생지와 본적)이나 이데올로기의 구분이 없으며 열정적으로 반성하고 윗세대에 대한 비판을 전개했다. 그들은 당시의 정치 체제에 도전하며 문화의 재건을 요구했다. 향토문학은 이러한 사회적 변천 속에서 전후세대의 청년 지식인들에 의해 제기되었으며 정무를 주관하는 국민당 당국을 상당히 긴장시키는 향토문학 담론이 만들어졌다. 향토문학의 재기는 국민당과 국가 문화 패권에 대한 전후 세대 지식인들의 도전을 의미한다. 이것이 바로 1977년 국민당이 '향토문학 논쟁'을 일으키고 향토문학을 억누르려고 한 근본적인 원인이다.

이렇게 외부적인 요인과 내부적인 요인이 교차되면서, 1960년대에 서구를 배운다는 핑계로 국민당과 국가 문화 패권 통제를 회피했던 모더니즘 문학은 전후 세대 지식인들의 공격 대상이 되었다. 모더니즘의 힘을 빌려 개인의 내면세계로 들어가 서구 자본주의 현대인의 고독함과 소외감을 모방함으로써 현실에서 도피했던 모더니즘 문학은 바로 이러한 이유 때문에 비판을 받게 된 것이다. 모더니즘 문학은 내용적으로 현실 사회에서 이탈해 있었고 형식적으로 과도하게 서구화 되어 있어 1970년대 외교적 어려움에 처한 타이완의 상황과 매우 어긋나 있었다. 전통성, 민족성, 사회성 그리고 본토성에 대한 주장이 1970년대 주류를 형성했으며, 일본 통치 시기의 타이완 작가들과 작품이 다시 중요하게 여겨지기 시작했다. 그리고 1950, 60년대에 출현했던 타이완 향토문학 작가와 그 작품들 역시 많은 사랑을 받았으며 전후 세대 작가들 또한 문학 공간으로 들어갔다. 이 시기에 이르러 향토문학은 이미 억누를 수 없는 강한 힘을 지니게 되었다고 할 수 있다.

02 | 전주곡 : 현대시 논쟁

1970년대 문단의 가장 중요한 사건은 향토문학 논쟁이다. 그러나 이 논쟁이 폭발하기 전, 현대시단에서는 민감한 몇몇 시인들이 이미 1960년 대 시풍에 대해 불만을 제기하기 시작했다. 최초의 불만은 전후 세대가 만든 주요한 세 개의 시단체인 '용족(龍族)', '대지(大地)'와 '주류(主流)'에서 터져 나왔다.

'용족'은 1971년 3월 3일 『용족』 시 전문지를 창간하였다. 창간 선언 에서 "우리들은 우리들의 징을 치고 우리들의 북을 두드리고 우리들의 용춤을 춘다."라고 강조했다. 구호는 상당히 간단하지만 전후 세대 시인 들의 1950, 60년대 '횡적 이식'이라는 시풍에 대한 혐오감과 '용'을 상 징으로 하여 중국 전통으로 돌아가고자 하는 소망을 드러내고 있다.

이어서 같은 해 7월 창간된 시 전문지 『주류』는 "우리들은 부정한다 / 우리들 이전에 / 끌어안았던 모든 것을", "분개함을 천하의 소임으로 삼 고, 우리들의 머리를 새로이 태어나는 이 위대한 시대의 거대한 물결로 내던져, 이 시대 중국 시의 부흥을 이룬다." 라는 점을 강조했다. 이러한 논조 아래서 현실에서 초탈한 고상한 모습만을 보여 온 기존 시단의 작 품들을 거부했다. 이는 '이 시대 중국 시의 부흥'을 책임지고자 하는 많 은 전후 세대 시인들의 바람을 반영한 것이다.

이어서 다음 해(1972) 9월 창간된 『대지』는 각 대학의 젊은 시인들이 모여 만든 것이다. 이들은 1950, 60년대 서양 시풍을 겨냥해 "20여 년 동안 횡적 이식 속에서 성장한 현대시가 새롭게 중국 전통 문화와 현실

생활을 직시하는 과정에서, 필요한 자양분과 재생의 에너지를 얻어낼 수 있도록 차츰 거센 운동으로 전개되기를 희망한다."라고 말하였다.

'용족', '주류', '대지'라는 전후 세대의 세 시단체가 현대시의 서구화 노선에 대해 반성하는 동시에 시단 외부에서도 현대시의 서구화 노선에 대한 맹렬한 공격이 전개됐다. 바로 관제밍(關傑明), 탕원뱌오(唐文標) 두 사람을 영수로 하는 '관탕사건(關唐事件)'이다.

관제밍은 영국 케임브리지 대학 문학 박사로 당시 싱가포르 대학 영문과 교수이자 『중국시보(中國時報)』의 '해외 전문 칼럼' 작가였다. 그는 1972년 『인간부록(人間副刊)』에 「중국 현대시인의 어려움(中國現代詩人的困境)」과 「중국 현대시의 환상(中國現代詩的幻境)」을 발표하였다. 이 글에서 그는 그가 읽었던 『중국 현대 시선(中國現代詩選)』, 『중국 현대 시론선(中國現代詩論選)』 그리고 『중국 현대문학 대계(中國現代文學大系)』라는 세 선집을 예로 들어 당시 현대시가 '구미 각 지역에서 수입한 새로운 것들을 기계적으로 한데 늘어놓은 것에 불과하다'고 통렬하게 비판했다. 또한 당시의 시인들이 "'문자 운용에 대한 전통 문화의 속박이 지나치게 크다.'라고 입에서 나오는 대로 불만을 털어놓지만 정작 자신들은 언어와 문자의 구조나 사용을 규정하는 이론을 깊이 있게 제기하지도 못하며", '세계성'과 '국제성'을 빌미로 서구화만을 비호하고 '민족의 특성'을 무시한다고 비판했다. 이 두 편의 논평이 나오자 이 선집 세 권의 편집을 담당했던 단체인 '창세기'는 당황했다. 그 해 9월에 『창세기』 복간호 30호를 내면서 비공식적으로 관제밍의 비판에 답을 하고 또 '기존의 창작관에 수정이 있을 것'이며 '새로운 민족적 풍격을 만드는 노력을 하고 이 세대의 목소리를 낼 것'이라고 밝혔다. 그런데 같은 해 12월 출판된 『창세기』 제31호에서는 '중국 현대시의 총체적 검토에 대한 특집호'를 마련해 관제밍에 대한 반격을 전개했다. 그의 '언사가 지나치게 과격하고 독단적'이며 '역사 전체를 한 마디로 부정하려고 한다.'라고 비평했다.

사실 관제밍의 비판은 일시적 시류에 불과했다. 1973년 7월 7일에 용족시사(龍族詩社)는 『용족평론 특집호(龍族評論專號)』를 출판하였는데, 주편인 가오상친(高上秦)은 「탐색과 회고―『용족평론 특집호』에 앞서(探索與回顧―寫在『龍族評論專號』前面)」라는 서문에서 이 특집호가 '각종 다양한 신분의 개인이 다양한 각도에서 중국 현대시단의 20여 년간의 공과득실에 대해 분석하고', '새롭게 평가하고 진지하게 검토하는 시도를 하는 것'과 연관되어 있다고 밝혔다. 또한 1950, 60년대 서구화 시풍이 '그것이 왔던 전통과 사회에서 벗어났고', '그것이 여전히 군중 속에서 살고 있음을 망각하고 또한 그 작품이 결국에는 광대한 군중 속으로 들어가야 함을 잊었으며', '뿌리를 두고 있는 땅을 상실했다'고 지적했다.

이 특집호가 출판되자 시단이 발칵 뒤집혔을 뿐만 아니라 문화계의 특별한 주목을 받고 많은 토론을 일으켰다. 당시 귀국하여 타이완대학 수학과 객좌교수로 있던 탕원뱌오도 이 특집호에 「언제 어디에서 누가?―전통시와 현대시를 논함(什麼時候什麼地方什麼人)」이라는 글을 발표해 저우멍뎨(周夢蝶), 예산(葉珊), 위광중(余光中)의 작품을 예로 들어 비판을 제기했다. 이 외에 탕원뱌오는 또 『문계(文季)』에 「시의 몰락―타이완과 홍콩 신시의 역사 비판(詩的沒落―臺港新詩的歷史批判)」과 『중외문학(中外文學)』에 「뻣뻣하게 굳어 버린 현대시(僵斃的現代詩)」를 발표하기도 하였다. 이 세 편의 논문은 당시 시단에 순식간에 소위 '탕원뱌오 사건'(이후 관제밍 사건과 함께 '관탕사건'이라고 불린다.)을 불러 일으켰다.

현대시에 대한 탕원뱌오의 질책과 비판은 두 가지로 요약할 수 있다. 첫째는 현실을 도피한다는 것이다. 그는 「시의 몰락」에서 '1965년 이후 시단에 등장한 소위 추상화된 글쓰기와 초현실적인 표현'을 없애야 한다고 주장했다. 그리고 1950, 60년대 시인들에게 '개인적이고 아무런 기능도 못하면서 이데올로기적이고 문장만 추구하고 감상적이고 집단적인' 여섯 가지 '도피' 현상이 존재한다고 여겼다. 둘째는 뻣뻣하게 마비된 퇴폐 현상이다. 그는 「뻣뻣하게 굳어 버린 현대시」에서 현대시에는 '마취제와 환각제가 널리 퍼져' 있으니 반드시 '시의 본래 모습과 건강한 개성, 시가 지니고 있는 아름다운 경제적 언어 그리고 사회에 대한 긍정적 작용을 고찰'해야 한다고 여겼다. 그래야만 비로소 현대시가 사회에 공헌할 수 있다고 여겼다.

관제밍과 탕원뱌오가 현대시에 가한 충격은 강렬했고 직접적이었다. 그리고 이에 대한 반향 역시 상대적으로 강렬했다. 1973년 10월에 출판된 『중외문학』 2권 5기에 실린 옌위안수(顏元叔)의 「탕원뱌오 사건(唐文標事件)」이 가장 먼저 탕원뱌오가 '한 가지 사실로 전체를 판단하고 있다'라고 지적했다. 2권 6기에는 위광중의 「시인이 무슨 죄인가(詩人何罪)」를 시인의 답변으로 실었으며, 저우딩저(周鼎則)는 『창세기』에 탕원뱌오가 '시는 사회에 복역해야 한다', '저의가 음험하다'라고 말했던 것을 질책했다. 현대시 논쟁은 이렇게 전개되었다.

그런데 일 년이 지난 후 1974년 8월에 『중외문학』과 『창세기』는 동시에 특집호를 내서 현대시의 발전 방향에 대해 이들과 다른 관점을 드러내기 시작했다. 한쪽에는 『푸른 별(藍星)』의 위광중이 있고 다른 한 쪽에는 초현실주의의 거대한 깃발을 걷어내 버린 뤄푸(洛夫)가 있었다. 위광중은 『중외문학』에 「시운소복(詩運小卜)」을 발표하여 1960년대 전통에 반대한 모더니즘이 '화려한 언어로 전통에 반대하여 한편으로는 고전과 스스로 단절하였으며, 다른 한편으로는 진정으로 서양을 이해할 힘도 없었다.'라고 지적하였다. 또한 용족시사를 대표로 하는 전후 세대 시인들의 '비판적 저돌성과 사상적 독립'을 긍정하였다. 뤄푸는 『창세기』에 「중국 시단을 위해 순수함을 지켜주시길(請爲中國詩壇保留一分純淨)」을 발표하여 관제밍과 탕원뱌오가 "무서운 붓을 휘둘러 반대자를 쓸어버린다."고 공격하고 또 현대시의 "정신적인 허무함, 풍격상의 난해함, 이미지 언어의 사용 그리고 순수성에 대한 추구는 결코 '서구화'라는 말로 개괄할 수 없다. 이것은 시대로 인함이고 현재의 글의 풍격이 그러한 것이며 또한 중국에 예부터 있어 왔던 것이다."라고 강조했다.

'용족', '주류', '대지' 등 전후 세대 시사(詩社)의 현대시에 대한 반성과 관제밍, 탕원뱌오의 현대시에 대한 호된 비판에서 시작하여 위광중과 뤄푸의 상대적인 태도에 이르기까지, 이 모든 것이 바로 1971년부터 시작되어 1974년에 종결된 현대시 논쟁이다. 이는 전후 타이완 신시 발전사에서 중대한 전환점을 이루었다. '세계성', '초현실성', '독창성' 그리고 '순수성' 등을 주장한 모더니즘 노선과 비교해 볼 때 전후 세대 시인들은 상대적으로 '민족성', '사회성', '본토성', '개방성' 그리고 '세속성' 등의 리얼리즘 노선에 고개를 돌리기 시작했다. 결국 1979년 창간된 『양광소집(陽光小集)』이 1980년대 이후 창작과 실천 속으로 걸음을 내딛는 것으로 구체화되었다.

더욱 중요한 것은 이러한 현대시 논쟁이 그 이후 출현한 향토문학 논쟁에서도 전주곡의 역할을 하였다는 점이다. 이 논쟁은 리얼리즘 시풍을 강조함으로써 향토문학의 리얼리즘에 일정 정도 담론의 기초를 제공해 주었다.

03 | '현실'인가 아니면 '향토'인가 : 향토문학 논쟁

시단에 현대시 논쟁이 출현하면서 타이완 향토문학 역시 무럭무럭 성장하였다. 향토문학이 형성된 데에는 역사적 맥락이 있었다. 일본 통치 시기 타이완 신문학운동은 이미 향토 문학과 리얼리즘을 창작의 주류로 확정하고 있었다. 이것은 무시할 수 없는 역사적인 배경이다. 전후의 타이완 문학 발전 과정 속에서 중자오정과『문우통신』의 문우들, 즉 중리허, 천휘취안, 리룽춘(李榮春), 랴오칭슈, 스추이펑(施翠峰), 쉬빙청(許炳成) 역시 향토문학 창작을 시작했다. 1964년 우쥐류가『타이완문예(臺灣文藝)』를 창간하고 린헝타이(林亨泰), 천첸우(陳千武), 바이추(白萩) 등이 했던 시 전문지『삿갓』을 창간하는 등의 문학 활동은 느릿느릿 전진하던 1960년대 향토문학에 성장의 요람을 제공하였다. 그 결과『삿갓』은 타이완 본토 작가들이 집결하는 근거지가 되었다. 동시에 예스타오(葉石濤)는 일찌감치 1965년에『문성(文星)』잡지에「타이완 향토문학(臺灣鄉土文學)」을 발표하여 향토문학의 이론적 기초를 차근차근 세워나갔다. 이러한 선구자들의 노력은 전후 타이완의 향토문학에 충분한 양분을 제공했다.

그러나 모더니즘 창작에 불만을 지녔던 또 다른 문학 단체의 노력도 홀시해서는 안 된다. 그것은 1960년대 말에 출발한『문학계간(文學季刊)』과『문계』잡지이다. 이들은 중국 1930년대 이후의 리얼리즘 전통을 어렴풋하게나마 계승하여 당시의 국민당 문예정책에 대해 불만을 표현하는 작품을 창작했다. 또한 작품 발표와 작가 양성이라는 두 측면에서도, 서구화되어 모더니즘을 종지로 삼았던 작가들과는 완전히 다른 천잉전(陳映眞, 1937~), 황춘밍(黃春明, 1935~), 왕전허(王禎和, 1940~1990) 등의 사람을 길러내고 그들의 작품을 탄생시켜 1970년대 전기 향토문학에 큰 힘을 부여했다. 1970년대에는 이러한 문학 단체와 앞에서 말한『타이완문예』를 위주로 하는 문학단체가 서로에게 힘을 주며 바람을 일으켰으며, 동시에 국민당 관할의 이데올로기 조직에 매우 큰 위협을 조성하기도 하였다.

이러한 맥락에서 보자면 1977년 등장한 향토문학 논쟁은 갑자기 튀어

나온 것이 아니라 역사적 배경을 지니고 있다고 할 수 있다. 1977년 4월 『선인장(仙人掌)』 잡지에 '향토문학 특집'이 실렸다. 여기에 왕퉈(王拓)의 「향토문학이 아니라 리얼리즘 문학이다(是現實主義文學, 不是鄕土文學)」, 인정슝(銀正雄)의 「무덤 속 어디에서 울리는 종소리인가?(墳地裡哪來的鐘聲?)」, 주시닝(朱西甯, 1927~1998)의 「어디로 돌아가는가? 어떻게 돌아가는가?(回歸何處? 如何回歸?)」 그리고 웨이톈충(尉天驄)의 「누가 어떤 노래를 부르는가(什麼人唱什麼歌)」 등의 글이 실렸다. 이 네 편의 글은 각자의 입장에서 좌우 양쪽 진영의 입장을 드러내고 있었다. 한쪽에서는 향토소설의 필요성과 리얼리즘의 정당성을 강조하였고, 다른 한쪽에서는 향토소설이 원한과 증오 등의 의식을 표현하는 도구로 변할 위험이 있다고 힐난하면서 향토문학이 변질해서 1930년대 중국의 프로문학과 차이가 없지 않느냐고 따져 묻기도 하였다. 이것은 이후 향토문학을 고발하는 사건의 핵심이 되기도 한다.

1977년 5월 예스타오는 『하조(夏潮)』 잡지에 「타이완 향토문학사 도론(臺灣鄕土文學史導論)」을 발표했다. 이 글에서 그는 타이완 향토문학의 특수한 역사적 맥락과 특성을 강조하고 향토문학은 타이완이 중심이 되어야 한다고 강조했다. "타이완의 입장에 서서 세계 전체의 작품을 투시해야 한다." 또한 '타이완 의식'이라는 용어를 제기해 향토문학은 '반제, 반봉건의 공통된 경험과 갖은 고생을 다해 산림을 일구고 대자연과 싸운 공통의 기억이 있다. 절대로 통치자의 의식을 가지고 글을 쓰거나 광대한 인민들의 염원을 배신하는 어떠한 작품도 쓰지 않는다.'라고 강조했다. 그는 또한 유랑문학과 대륙 경험을 추억하거나 서구화된 작품 등은 타이완 경험이 결핍되어 있다고 비판하였다. 이 글이 발표되자 곧장 향토문학 진영에 함께 속해 있던 천잉전의 반박이 이어졌다.

천잉전은 「향토문학의 맹점(鄕土文學的盲點)」이라는 글에서 타이완 향토문학은 '중국 5·4 계몽 운동과 밀접한 관련이 있는 백화문학 운동에서 영향을 받았으며 전체 발전 과정 속에서 중국 반제, 반봉건의 문학운동과 밀접한 관련이 있다. 또한 중국을 민족이 돌아갈 곳으로 여기는 그런 방향성을 지닌 정치, 문화, 사회 운동의 일환이기도 하다.'라고 강조했다. 비록 예스타오와 천잉전 두 사람이 모두 국민당의 눈엣가시라는 공통점을 지니고 있기는 하지만 향토문학의 귀속성이라는 측면에서는 분명한 차이점을 보여주고 있다. 예스타오는 타이완의 특수한 역사적 경험을 강조하고, 천잉전은 중국의 민족주의적 귀속성을 강조하였다.

향토문학 논쟁의 절정과 교전은 1977년 8월 17일에 발생했다. 『중앙일보(中央日報)』 총편집장인 펑거(彭歌)는 『연합보(聯合報)』 부록 『삼삼초(三三草)』 특별 칼럼에 「인성을 말하지 않으면 문학은 어디 있는가?(不談人性, 何有文學?)」라는 글을 연속해서 삼일 동안 실었다. 이 글에서 펑거는 앞에서 말한 왕퉈, 웨이톈충, 천잉전의 글을 반박하고 그들의 정치적 입장을 묻고 그들에게 '민족주의와 애국주의' 의식을 지녀야 한다고 요구했다. 이어서 8월 20일에는 위광중이 「늑대가 왔다(狼來了)」라는 글을 발표해서 직접적으로 타이베이에 '공농병 문예'가 나타났다고 강조하고, 향토문학이 중국 공산당에게 이용당해 특정한 정치적 속셈을 지니게 된 것은 아닌가 하는 의문을 제기했다. 향토문학 논쟁이 여기까지 발전했을 때는 이미 정치 이데올로기에 대한 고발과 검토가 진행된 것이라 할 수 있다.

또 다른 측면에서 보자면 이것은 사실 국민당 통치 당국이 정치적 의도를 숨기고 한창 흥성하는 향토문학의 물결을 막으려는 것이기도 하였다. 그래서 당시 문단에는 폭풍전야 같은 고도의 불안감이 팽배했다. 펑거, 위광중의 글이 발표된 후 향토문학 작가들은 거의 입을 열지 않았다. 긴장된 정세를 고려했을 때 아슬아슬한 일촉즉발의 사태가 『중화잡지(中華雜誌)』에서 발생했다. 발행인 후추위안(胡秋原)은 「'인성'과 '향토'의 종류에 대해 논함(談'人性'與'鄉土'之類)」, 「민족주의와 식민경제를 논함(談民族主義

和植民經濟)」 그리고 「중국인 입장의 회복(中國人立場之復歸)」 등의 여러 문장을 연달아 써서 국민당에게 교훈을 기억하라고 하고 향토문학을 억압하는 것은 적절한 행위가 아니라고 경고했다.

1978년 정월 국방부 총정치작전부 주임 왕성(王昇)은 '국군문예대회'에서 담화를 발표하면서 향토문학이 '향토에 대한 사랑을 넓혀 국가의 사랑, 민족의 사랑이 되도록 해야 한다.'라고 강조하였다. 이 담화는 겉으로는 그럴 듯해 보이지만 실제로는 향토문학의 붐이 억누를 수 없는 정도에 이르자 차라리 이를 국민당 정부 문예정책 노선(국가의 사랑, 민족의 사랑)으로 선포하여 힘을 없애고자 한 것이었다. 향토문학 논쟁은 이렇게 일단락 지어졌다.

04 | 결어 : 향토에서 타이완까지

1970년대 타이완 문단에서는 연달아 '현대시 논쟁'과 '향토문학 논쟁'이 일어났고, 이를 통해 문학 발전과 사회 변천이 서로 영향 관계에 있음을 보여주었다. 타이완이 처한 어려운 국제적 상황은 1950, 60년대 미국 문화의 비호 아래 있던 모더니즘 문학 노선의 맹점에 대해 진지한 사고를 할 수 있도록 해주었다. 그리고 이로 인해 전통으로 돌아가고 현실에 관심을 갖고 향토를 끌어안는 리얼리즘 노선이 제기될 수 있었다. 시단에서의 현대시 논쟁은 이전에 서구화된 초현실주의 시풍을 바꾸고 전후 세대 시인들이 외치는 리얼리즘의 길로 나아갈 수 있도록 하였다. 그리고 문단에서의 향토문학 논쟁은 타이완 본토 리얼리즘 노선을 심화시키고 오랜 시간 국민당이 장악했던 삼민주의 문예노선과 이별하고 다원화된 타이완을 그려내는 방향으로 나아가도록 했다.

이 두 논쟁이 공통으로 지니고 있는 의미는 전후 타이완에서 출생한 시인과 소설가 그리고 지식인들이 문학과 역사, 사회, 정치와의 관계를 새롭게 사유하고, 문학을 낳고 자라게 해준 타이완의 구체적인 모습을 새롭게 보도록 했다는 데 있다. 이렇게 생각하면 타이완 문학사에서 이 두 논쟁은 매우 중요하고 전환적 의미를 지니게 된다. 1970년대의 타이완 문단에는 기본적으로 '중국이면서 또한 타이완이다.'라는 사회학적 묵계가 존재했다. 그래서 예스타오와 천잉전이 모두 펑거와 위광중의 비판에 직면하게 되었던 것이다. 예스타오와 천잉전 두 사람은 서로 다른 민족주의적 의식을 지니고 있었지만 리얼리즘 문학에 대한 주장은 일치되었다. 그렇게 때문에 향토문학이 1970년대의 타이완에서 중요한 작용을 할 수 있었다.

전환적 의미라는 각도에서 보자면, 1970년대 지식인들의 타이완에 대한 위기의식은 현실사회에 대한 향토의식에서 충분히 드러났다가 1980년대에 진입한 이후에는 한 걸음 더 나아가 타이완 의식을 기초로 하는 타이완 정체성으로 발전하게 되었다. 그래서 이후에 '타이완 의식'은 '중국 의식'과 대립되는 현상을 형성하였다. 타이완 의식이 향토문학 논쟁 이후 점점 더 무게를 갖게 되면서 '중국이면서 또한 타이완이다.'라는 모호함은 점점 자신의 색깔을 분명히 하고 타이완 의식과 구분되었다. 1980년대 중반 이후에 '향토문학'은 '타이완 문학'이라는 이름으로 불렸으며 타이완에서 창작되고 발표되는 모든 문학을 가리키는 총칭이 되었다. 이것은 기쁜 일이 아닐 수 없다. 이는 타이완 문학이 일본 통치 시기와 국민당 권력 시기라는 겹겹의 고난과 억압을 거친 후에 마침내 주체성을 회복한 풍요로운 결과이기도 하다.

01 천정디, 「타이완의 향토문학 논쟁」, 『타이완 근대사 연구』(일어) 제3호, 천빙쿤 역, 정젠
민 주편, 『타이완 향토 문학, 황민문학의 정리와 비판』(타이베이 : 인간), 1998년, 129-
181쪽.
陳正醍, 〈臺灣的鄉土文學論戰〉, ≪臺灣近代史研究≫(日文)제3호, 陳炳崑譯, 收錄於曾建民主
編, ≪臺灣鄉土文學, 皇民文學的清理與批判≫(臺北 : 人間, 1998年初), 頁129-181.

02 웨이톈충 편, 『향토문학 토론집』(타이베이 : 위안징), 1978년.
尉天驄編, ≪鄉土文學討論集≫(臺北 : 遠景, 1978).

03 샹양, 「대로를 기다리다-70년대 현대시 풍조 시론」, 『대로를 기다리다』(타이베이 : 둥다),
1985, 49-86쪽.
向陽, 〈康莊有待 – 七〇年代現代詩風潮試論〉, ≪康莊有待≫(臺北 : 東大, 1985), 頁49-86.

04 천팡밍, 「역사의 다른 견해와 회귀의 다른 길-향토문학의 의미와 반성」, 『후식민 대만-
문학사론과 그 주변』(타이베이 : 마이톈), 2002년, 91-107쪽.
陳芳明, 〈歷史的岐見與回歸的岐路-鄉土文學的意義與反思〉, ≪後植民臺灣-文學史論及其周
邊≫(臺北 : 麥田, 2002), 頁91-107.

제13장

수놓은 꽃처럼 화려한 문학의 시대

1980년대 이후의 타이완 문학

| **쉬원웨이**須文蔚 국립둥화대학 중국어문학과 부교수 |

01 | 자유와 다원화의 길로 나아가는 아름다운 섬

1980년대는 타이완 정치경제 체제의 통제가 전면적으로 풀린 중요한 시기이다. 정치적 긴장의 해소는 작가들에게 더 큰 발전의 공간을 제공하였다. 1986년에 민주진보당이 성립되고, 1987년에 계엄이 해제되고, 1988년에는 신문 간행물 제약이 철폐됨에 따라 '반란평정 시기'가 종지부를 찍었다. 대륙 여행과 친척 방문 및 문화교육 교류 등이 자유화되었고, 문학 작품을 발표할 수 있는 무대가 늘어났으며 작품의 제재 역시 더 이상 제한을 받지 않게 되었다.

정치적 통제가 점차 완화됨에 따라 사회주의 사상은 타이완에서 더 이상 금기가 아니었다. 비판정신이나 문화연구와 관련된 사상들이 더욱 복잡해지고 정교해져 가는 문화 이론들과 함께 문학의 장 안에서 출렁였다. 1980년대 초까지 정부가 금지시켰던 루쉰(魯迅), 선충원(沈從文), 바진(巴

金) 혹은 라오서(老舍)에 이르는 대륙 작가들의 작품은 계엄이 해제된 이후에는 더 이상 금지되지 않았다. 체제의 해체와 민주주의의 물결이 타이완을 감싸자 좌익 이론은 더 이상 금기의 대상이 아니었다. 게다가 정치적 해금 이후에는 더욱 새로운 이론, 예를 들어 '비판이론', '구조주의', '해체주의', '포스트모더니즘', '페미니즘', '탈식민담론' 등이 모두 정치적 자유화 운동을 따라 들어왔다. 그리고 이러한 담론들은 문학의 장이 경직되었던 사상적 울타리에서 벗어나 새로운 가치관을 형성할 수 있도록 하는 새로운 무기가 되었다.

다른 측면에서 보자면 타이완의 오늘날 번영은 1980년대에 그 기초가 마련되었다고 할 수 있다. 1988년 타이완의 1인당 평균 GNP는 6,333달러에 달해 아시아에서 일본 다음가는 자본수출국이 되어 국제적으로 '신흥 공업화국가(Newly Industrializing Countries, NICs)'로 널리 알려지게 되었다. 경제의 번영은 대중문화와 유행문화 그리고 대중적 소비시장의 출현을 가져왔으며 새롭고 다원화된 문학 생태환경을 가져왔다.

1980년대에는 다원화된 주제가 문학 영역에 등장하였다. 리얼리즘 문학, 페미니즘 문학, 도시 문학, 지역 문학, 생태 글쓰기, 원주민 문학, 동성애 문학, 여행 문학, 음식 문학 등 각종 새로운 주제들이 화려한 꽃을 피웠다. 타이완 문학이 깊이 있게 발전하도록 영향을 준 '타이완 문학 정명(正名) 운동'도 1990년대 나타났다. 주체성을 찾자는 외침 속에서 타이완 문학은 새로운 모습을 지니게 된다.

02 | 1980년대 이후 타이완 문학의 풍경

(1) 문학 간행물과 출판 완화 그리고 탈중심화

타이완 문학의 자율적 활동은 1980년대 권위적 통치에 저항하던 대안적 매체에서부터 시작된다. 당시 당·정부·군이 삼위일체가 된 국민당의 통제 아래서, 타이완의 대중 매체는 '관료권위체제'를 형성하였기 때문에 효과적으로 타이완 사회를 통제할 수 있었다. 정치운동에 비밀스럽고 주변화 된 대안적 매체가 동원되어야 했고 문학 영역에서도 본토를 강조하고 현실을 언급하는 간행물이 마찬가지의 모습으로 출현하게 되었다. 예를 들어 1981년 3월 시 전문지 『양광소집(陽光小集)』 제5기는 시 잡지 형태로 모습을 바꾸어 현대시를 다원화시키고 사회화시키는 운동에 뛰어들었다. 이어서 1985년 출판된 『인간(人間)』 잡지 창간호에서 천잉전(陳映眞)은 사회적으로 주변화 된 창작 형태와 편집 방침에 관심을 보이고 르포문학을 부흥시켰다.

다른 한 편으로는, 1988년 언론 출판의 자유가 회복되자 양대 신문의 권력이 점점 줄어들었다. 신문의 종류가 대폭적으로 증가하자 양대 신문 부록의 영향력은 더욱 약화되었다. 신문 사업의 경쟁은 정치 사회적 의제 및 영상체육, 민생 소비 등과 관련된 통속 문화를 중점적으로 보도하게 하였다. 그리고 문학 매체는 탈중심화되어 포스트모던한 상황에 직면하게 되었다.

경제적인 부유함은 완전히 새로운 문학 매체의 번영을 가져왔다. 매스미디어와 출판계 역시 앞 다투어 커다란 규모를 갖춘 문학 정기간행물 출판에 뛰어 들었다. 1984년 11월 『연합문학(聯合文學)』이 창간되어 국내외 작가들과 학자들을 결집시키고 다양한 문학 작품과 비교문학 이론 및 평론 등을 소개했다. 그 외에 린바이(林白)출판사가 출판한 『추리잡지(推理

雜誌)』, 정중(正中)서국에서 기획한 월간 『국문천지(國文天地)』, 쉐잉(學英)문화공사에서 출판한 월간 『문학가(文學家)』 혹은 『강의잡지(講義雜誌)』는 모두 타이완 문학에 다원화된 면모를 더해주었다. 국민 생활이 부유해지자 대학가에도 많은 신흥 간행물이 나타났다. 루한슈(路寒袖)가 1981년에 창간한 시 전문지 『한광(漢廣)』을 계승해서 1985년에는 쉬후이즈(許悔之)가 편집을 담당한 시 전문지 『지평선(地平線)』, 양웨이천(楊維晨)과 황징야(黃靖雅)가 창간한 시 전문지 『남풍(南風)』, 황즈룽(黃智溶), 후중취안(胡仲權), 린샤오더(林燿德), 뤄런링(羅任玲)이 공동 창간한 『군상(群像)』, 천하오(陳浩)와 옌아이린(顔艾琳)이 발행한 시 전문지 『횃불(薪火)』 등이 생겨났다. 원기 왕성하고 기개가 늠름했던 당시의 젊은 시인들은 지금도 여전히 문학계에서 빛을 내고 있다.

1990년대 중반에 이르러 인터넷 네트워크의 출현은 작가와 독자들이 '재부족화(再部族化, retribalizing)'하는 현상을 가져왔으며 문학 단체가 재편성되는 새로운 국면을 맞이하도록 하였다. 문학 간행물과 출판에 대한 규제의 완화 그리고 탈중심화로 인해서 부록의 중요성은 점점 감소되었다. 반면 문학잡지와 문학 사이트 그리고 블로그가 점점 두각을 나타내게 되었다.

(2) 문학 단체의 끊임없는 재조직

1980년대와 1990년대 문학 단체는 1987년 7월 계엄이 해제되기도 전에 당국(黨國) 기구가 와해되고 문화 시장이 빠르게 자율화되고 대중화되는 큰 변화에 직면하게 된다. 과거 당국의 지지를 받아 번영을 누렸던 '중화문예장학위원회(中華文藝獎金委員會)', '중국문예협회(中國文藝協會)', '중국청년창작협회(中國靑年寫作協會)', '타이완여성창작협회(臺灣省父女寫作協會)', 구국단의 '전투문예진영(戰鬪文藝營)' 등의 기구들은 점점 쇠퇴해갔다. 당국의 관리가 느슨해지자 문예 모임이나 특정한 문예 정책은 문화계의 목소리를 다원화 시킬 힘은 없었지만 그래도 많은 창작 인재를 길러 냈으며 서로 미약한 힘이나마 서로 보탤 수 있는 공간을 마련했다. 특히 1980년대에 접어든 이후 1990년대 중반까지 '중국청년창작협회'는 제22대 부이사장인 정밍리(鄭明娳)와 사무국장 린야오더(林燿德)의 인솔 하에 당국 조직으로서의 임무를 폐기하고 문단의 신예를 발굴하고 토론회를 개최하였으며 전문 서적을 출판하였다. 그리고 시민사회에 불어 닥친 문예 논쟁에 관심을 기울여 순식간에 사람들의 이목을 바꾸어 놓기도 하였다. 한편 문학 단체 조직의 성원들은 내부에서 '버티려는' 움직임을 보이기도 했다. 린야오더의 갑작스러운 죽음과 정당교체 후 찾아온 정치 판도의 거대한 변화에 따라 1990년대 초 잠시 힘을 발휘했던 당국의 문예단체는 국가적 지원이 날로 줄어들자 1990년대가 끝나기 전 재기를 시도했지만 결국 역부족이었다.

흥미 있는 사실은 1950, 60년대 일어난 동인 단체들이 오히려 줄곧 강한 힘을 유지할 수 있었다는 점이다. 『창세기(創世記)』, 『삿갓(笠)』, 『푸른 별(藍星)』, 복간된 『현대시』, 더 나아가 1992년에 조직된 『타이완 시학(臺灣詩學)』 등은 그 성원 일부가 중복되기는 하지만 꽤 많은 동인들이 이미 문학 매체나 부록 혹은 잡지의 책임 편집을 맡고 있었다. 이러한 단체들과 국가 및 시장의 관계는 '덩이줄기'처럼 그 뿌리와 줄기가 서로 복잡하게 뒤얽혀 있었다. 한편으로는 1980년대 중엽에서 1990년대 사이에 본격적으로 출현한 신생대(新生代) 문학 단체들이 스스로 시사(詩社)를 조직하고 시 전문지를 경영하기도 했다. 앞서 언급한 대형 협회 조직과 비교해 볼 때 동인들의 간행물은 투쟁성 있는 운동 단체의 조직 형태로 발전되었다. 동원 능력이나 논쟁을 이끌어내는 능력 역시 상당해서 조직은 비록 안정적이지 않았지만 비교적 활발한 홍보 전략을 갖추고 있었다. 또한 반(反)경제논리의 방식으로 기호적/상징적 권력을 획득함으로써 경제 이외의 방면에서 성공을 거두었다.

동인 단체와 마찬가지로 민간에 기반을 둔 각종 문예재단, 창작회 혹은 작업실(工作坊), 예를 들어 '경선창작회(耕莘寫作會)', '우싼롄역사자료재단(吳三連史料基金會)', '염분지대문예진영(鹽分地帶文藝營)' 그리고 지방 문예협회 등은 1990년대 문학 단체 활동에서 교육과 홍보의 역할을 담당했다. 타이완 문학과 역사 운동 추진에 있어서도 이들의 활동은 주목할 만하다.

(3) 문학상 현상

포스트모던과 탈식민이라는 개념이 문화를 주도하는 상황에서 다원화와 탈중심화는 문학에 일정한 부담을 안겨줌과 동시에 다른 한편으로는 보다 많은 문학상이 설립될 수 있도록 자극을 주었다. 양대 신문의 문학상 이외에도 이미 관방이 주도했던 중국문예학회문학상, 중산(中山)문예창작상과 국가문예상, 본토파 우쥐류(吳濁流)문학상과 우싼롄문학상을 비롯해, 『중앙일보(中央日報)』와 『명도문예(明道文藝)』가 함께 만든 전국학생문학상 등이 있었다.

정부 기구나 문예 협회 혹은 기금회가 개최한 전국성 문학상 혹은 대중 전파 매체인 『중국시보(中國時報)』, 『연합보(聯合報)』, 『중앙일보』, 『중화일보(中華日報)』, 『문학타이완(文學臺灣)』, 『타이완 신문학(臺灣新文學)』 등과 같은 신문 잡지사에서 만든 '올해의 문학상'은 문학이 전형적 규율을 갖추도록 했으며 화어(華語)문학권의 교류가 이루어지도록 하였다. 한 걸음 더 나아가 살펴보면 문학 단체와 국가 이데올로기를 공고하게 하는 의미도 있었다. 자오퉁(焦桐)은 영향력이 가장 광범위하고 깊었던 양대 신문 문학상은 권력적 위계의 생산물로 드러났다고 지적했다. 심사자는 세속화되어 덕망 높은 사람이 되고 심사 참가자는 세속화되어 보살핌을 기다리는 후진이 되었다. 상을 받은 자만이 이러한 명성에 힘입어 위치를 상승시킬 수 있었고 심지어 이들만 심사를 맡을 수 있었다. 상을 받은 사람의 명성은 단순히 명예나 금전적인 이익에서 그치는 것이 아니라 매체의 권력적 시스템을 통해 합법적인 지위를 확보할 수 있었다.

각종 지역 문학상과 이와 유사한 문학상, 예를 들어 '타이완성 문학상', '타이완 문학상', '바오다오(寶島) 문학상', '타이베이 문학상', '타이베이현 문학상', '타오위안(桃園) 문예창작상', '멍화(夢花) 문학상', '타이중(臺中)현 문학상', '황시(磺溪) 문학상', '난터우(南投)현 문학상', '난잉(南瀛) 문학상', '핑둥(屛東)현 다우산(大武山) 문학상', '푸청(府城) 문학상', '신주(新竹)시 주쳰(竹塹) 문학상', '타이중시 다둔(大墩) 문학상', '쥐다오(菊島) 문학상', '지룽(基隆)시 해양 문학상', '가오슝(高雄)시 다거우(打狗) 문학상', '자이(嘉義)시 타오청(桃城) 문학상' 등이 설립되었다. 이들 뿐만 아니라 이후에 등장한 정부와 대중 매체 혹은 비영리 조직에서 주관한 '생태문학과 보도 문학상', '관광 문학상', '여행 문학상', '노동자 농민 문학상', '중화자동차 원주민 문학상', '전국 심신장애자 문학상', '중화항공 여행 문학상', '신이(信誼) 아동 문학상', '생명 사랑 문학 창작상' 등 어느 것 하나 최근 대두된 본토의식 및 향토에 발을 딛고 있는 지방문학의 요청에 호응하지 않는 것이 없었다. 그래서 하위 장르, 특정한 미학적 주장, 특정한 사회의식 혹은 상업적 홍보 등의 특색이 두드러지게 나타났다. 또한 동시에 문학상으로 뚜렷해진 지방 문화나 특정 관념에 기대어 새로운 문학 담론을 만들어 내고 새로운 평론 시스템을 구축해 문학의 판도를 새롭게 조성하기도 하였다.

03 | 타이완을 기억하고 주체성을 찾으려는 추구

(1) 타이완을 기억하고 정체성을 확립하는 문화 사업

왕더웨이(王德威)는 1980년대 이후에는 타이완을 기억하는 것이 중요한 문화적 작업이 되었다고 지적했다. 역사 환원 논쟁 속에서 정체성을 판단하는 것 역시 문학계에서 피할 수 없는 과제가 되었다. 소설이든지 르포문학이든지 관계없이 직접적으로 현실을 언급하거나 이데올로기에 매몰되었던 리얼리즘적 풍조는 모두 뒤로 물러났다. 그리고 역사를 거슬러 탐색하는 향토 역사적인 대하소설, 정치 소설, 르포문학이 앞 다투어 나타나 타이완의 역사적 모습을 재현하였다.

가장 큰 규모로 타이완 역사를 거슬러 탐색한 문학 작품은 당연히 대하소설이다. 1980년대 리챠오(李喬)가 출판한 『한야삼부곡(寒夜三部曲)』, 1990년대 둥팡바이(東方白)의 『물결이 모래를 씻어내다(浪淘沙)』 등의 작품은 모두 타이완 사람들의 엇갈린 운명과 불안하게 떠도는 정체성 그리고 권위에 저항하는 고난의 역사를 표현하고 있다. 리챠오의 창작 기교는 사실적 풍격을 강조하는 향토문학 전통과는 약간 차이가 있다. 그는 모더니즘 소설의 수법을 받아들여 의식의 흐름, 독백, 자유연상 등의 방법으로 인물의 성격과 내면세계를 깊이 있게 그려냈다. 마찬가지로 둥팡바이의 소설에도 역시 모더니즘적 기법이 녹아들어 있다. 독자들이 문학을 통해 역사를 인식할 수 있도록 한 것은 향토문학의 일대 진전이라고 할 수 있다.

1980년대 이후 소설계는 백색공포에 대해 쓰기 시작했고, 이것이 타이완을 기억하는 풍경이 되었다. 천잉전은 「방울꽃(鈴鐺花)」, 「산길(山路)」, 「뤼다오의 바람 소리와 물결 소리(綠島的風聲與浪聲)」 등의 작품을 연이어 내놓았다. 이러한 작품들 속에서 그는 정치적 수난자를 다루면서 타이완의 특수한 국제적 상황으로 시야를 넓혀갔다. 주톈신(朱天心, 1958~)도 「옛날에 옛날에 우라시마타로가 있었는데(從前從前有個浦島太郎)」를 창작해서 정치적으로 수난 받은 사람에 대해 서술했다. 또한 수난자가 현실 환경에서 직면하는 정치적 선전과 황당한 허무를 또렷하게 드러내어 매우 깊은 반성적 사유를 이끌어 내기도 했다. 1980년대와 1990년대가 교차하는 시기에 천예(陳燁)의 『니허(泥河)』, 리앙(李昂)의 『미로의 정원(迷園)』 등은 모두 2.28사건과 백색공포를 추적한 것으로 유명한 작품들이다.

천잉전과 마찬가지로 투옥 경험이 있는 스밍정(施明正)은 1981년 「죽음을 갈망하는 사람(渴死者)」으로 우쒀류문학상의 소설우수상을 받았고, 1983년에는 「오줌을 먹는 사람(喝尿者)」으로 우쒀류문학상 본상을 수상했다. 그가 회고하는 감옥의 모습은 황당극장식의 이야기로 정치적으로 박해 받던 때의 심리적 충격을 심층적으로 파헤치고 있다. 1980년대 두각을 드러낸 장다춘(張大春)은 마술적 리얼리즘의 필법으로 「장군의 기념비(將軍碑)」를 써서 당시에는 감추어져 드러나지 않았던 타이완 에스닉이나 국가 정체성 혹은 신분 인식 사이의 충돌과 모순을 지적하였다.

르포문학의 창작에서는, 란보저우(藍博州)가 1980년대 중반부터 시작해 백색공포의 사료를 집중적으로 파헤쳐 르포문학 형식으로 수난자들의 증언을 세상에 알렸다. 그 중에서 가장 유명한 작품은 1988년 『인간』 잡지에 실린 「포장마차의 노래(幌馬車之歌)」이다. 르포문학 대부분은 뉴스적 성격이 있는 제재를 다루고 있지만 란보저우는 '시효성(timeliness)'이 없어 보이는 듯한 과거 역사적인 사건으로 시선을 돌렸다. 구술된 역사 자료를 정리한 듯이 보여 신선함은 없지만 고증하고 발굴하고 조사하는 과정을 거쳐 란보저우는 여러 번 곡해를 겪은 황당하고 억울한 역사적 진상을 바로잡고 나아가 정치 수난자들의 명예를 회복시키는 새로운 작업을 시도하였다. 그럼으로써 르포문학의 경계를 개척하고 정체성을 판별하기 위한 문화적 작업에도 새로운 길을 열었다.

산문으로 눈을 돌려 보자. 1984년『중국시보』의『인간』부록에「야화집(野火集)」을 발표한 룽잉타이(龍應台)는 사회의 부정적인 현상을 파헤쳐 타이완의 낙후한 민주 관념을 고발하였다. 1985년에는 이 작품들을 모아『야화집』으로 출판하였는데, 21일 만에 24쇄를 재판하고 4개월 후에는 10만권에 가깝게 팔려 나가 정치 사회와 맞서 싸우는 문학의 힘을 보여 주었다.

(2) 주체성을 추구하는 각종 문학 창작

1980년대 이후 문학에 영향을 준 '정치적' 사조는 한마디로 주체성의 추구라고 할 수 있다. 타이완 주체성을 추구하는 '본토화(현지화)' 운동이든 성/별 관계를 다시 추구하는 페미니즘이나 퀴어(Queer) 운동이든 혹은 이름 찾기와 자치권을 추구하는 원주민 운동이든 모두 문학 창작 내부로 스며들어 독특한 창작 주제를 이루었다.

① 타이완 언어 문학 창작의 발전과 성과

린루이밍(林瑞明)의 주장에 따르면 타이완 의식이 높아짐에 따라 1980년대 중기에 이미 '향토문학'은 조금씩 '타이완 문학'이 되어가고 있었다. 또한 내적으로 타이완 문학을 지탱해 오던 타이완의식이 보편성을 획득하고 문화 상층 구조인 문학 속에서 자연스럽게 표현되어 나왔다. 타이완의 특수한 환경 때문에 표면적으로는 연속성보다는 단절성이 더 커 보이지만, 타이완 의식은 타이완 신문학 70년의 발전 여정처럼 확실하게 드러나지 않고 줄곧 밑바닥에 숨어서 흘러왔다. 이것은 타이완 문학의 매우 특수한 모습이다.

쑹쩌라이(宋澤萊, 1952~)의 관찰에 따르면 이차대전 이후 타이완어로 창작을 하는 작가들의 수는 1980년대가 되자 급격하게 증가하기 시작했다. 타이완어로 시를 쓰는 대부분의 시인들은 '전기적'이고 '전원적(서정)'인 스타일로 글을 써나갔다. 1991년에는 린중위안(林宗源), 샹양(向陽), 황징롄(黃勁連), 린양민(林央敏), 리친안(李勤岸), 후민샹(胡民祥) 등 이십 명이 '고구마시사(蕃薯詩社)'를 만들기도 하였다. 이것은 타이완 유사 이래 타이완어로 창작을 시도한 첫 번째 시사이다. 1980년대부터 지금까지 활동하는 중요한 시인으로는 쑹쩌라이, 린양민, 황징롄, 샹양, 천밍런(陳明仁), 리친안, 린천모(林沈默), 좡보린(莊柏林), 루한슈(路寒袖), 장춘황(張春凰) 등이 있다. 이 중 많은 작가들이 타이완어 산문 창작에도 대단한 노력을 기울이고 있다.

쑹쩌라이는 타이완어로 시를 창작하는 것 이외에도 1987년 타이완어로 된 소설 「항거하는 다마오시─어느 타이완 반산가족의 이야기(抗暴的打貓市──一個臺灣半山家族故事)」를 발표했다. 모두 한자로 되어 있지만 전체를 타이완어로 읽을 수 있도록 타이완어 발음을 주석으로 달아놓았다. 그리고 많은 독자들을 위해 직접 다시 베이징말로 번역을 했다. 타이완의 어느 변절자 가정을 중심으로 하여 2·28사건과 백색공포부터 1980년대의 흑막정치까지를 관찰하여 타이완 지방 자치의 어두운 면을 폭로하였다. 타이완어의 소설 창작 가능성을 증명한 작품이다.

② 성/별 문학의 발전과 성과

타이완의 여성 운동은 1970년대부터 시작되었다. 그러나 1980년대 중기에 각종 성별(젠더)문제 단체를 통해 구체화되었고 1985년 타이완 대학 인구연구 센터는 '부녀연구실'을 만들어 젠더담론을 학계로 끌어들였다.

1980년대 이후 여성소설가들, 예를 들어 리앙, 스수칭(施叔青), 샤오싸(蕭

颯), 위안충충(袁瓊瓊), 랴오후이잉(廖輝英), 주톈원(朱天文), 주톈신, 쑤웨이전
(蘇偉眞), 중샤오양(鍾曉陽), 주슈쥐안(朱秀娟), 하오위샹(郝譽翔) 등은 여성에 대
해서만이 아니라 결혼과 가정 그리고 사회 속에서 여성들이 겪는 모순과
어려움을 드러냈다. 이들의 작품에는 가부장제에 저항하고 자아를 추구
하는 표현이 적지 않다. 동성애 작품과 퀴어소설, 예를 들어 추마오진(邱
妙津), 주톈원 그리고 천쉐(陳雪) 등의 작품은 동성애자들의 주체성을 확립
하는 데 있어 새로운 국면을 만들어냈다.

　페미니즘의 충격 아래서 정욕시(情慾詩)와 신체시(身體詩)는 많은 육체,
생식기, 섹스와 관련된 어휘와 상징으로 시 언어를 가득 채웠다. 이러한
시는 시인이 육체와 양성 관계에 더욱 가까이 접근하여 새로우면서도 자
극적인 서정형식을 전개하는데 도움을 주었다. 예를 들어 류수후이(劉叔
慧)의 「하룻밤의 시(一夜詩)」는 소장한 도서 인장, 하룻밤이 지난 차, 연습
곡, 침대 머리맡에 놓인 책 등의 소재를 신체적 상징을 사용하여 다의성
있는 작품으로 만들어 냈다. 또한 이를 통해 생명과 사랑 그리고 정욕
등 인생의 기본적인 문제에 대한 사유를 전개하기도 하였다. 뤄런링(羅任
玲)의 「아가야, 이것은 너의 잘못이 아니야(寶寶, 這不是你的錯)」나 옌아이린
의 일련의 작품은 모두 이러한 성격을 지니고 있다. '여경시사(女鯨詩社)'
는 1998년 11월 1일 '천슈시(陳秀喜) 작품 토론회'에서 만들어진, 여성이
주체가 된 타이완의 첫 번째 여성 시단체이다. 이들은 페미니즘운동을
시로 전환시켜 세상에 널리 알렸다.

　1990년대부터 대량으로 출현한 페미니즘 운동 담론은 르포문학 형식
이나 '전 국민 창작' 형식으로 사람들의 마음을 감동시키기에 충분했다.
가장 유명한 예로는 1995년 초가을 타이베이시 여성권익향상위원회에서
출판한 『엄마 이야기(阿媽的故事)』와 『사라진 타이완 엄마(消失中的臺灣阿媽)』
두 권과 1998년 출판된 문학 작품 경시대회 선집인 『어머니 이야기(阿母

的故事)』를 들 수 있다. 이 작품들은 르포문학의 문체로 '타이완 여성 생활사를 재구성'해서 시대 변화와 젠더 구조 변화의 흔적을 드러내어 많은 감동을 주었다. 또한 문학을 통해 페미니즘 운동의 중요성을 깊이 생각하게 만든 작품이다.

③ 원주민 문학의 발전과 성과

1980년대 '원주민 운동'이 급속도로 전개되면서 원주민들은 정치사회적 지위와 권리의 평등을 요구하게 되었다. 또한 이들은 주체성을 추구하는 동시에 에스닉 내부의 정체성 역량도 강화해야 했다. 그래서 원주민 현대문학 작가들의 작품은 종종 대외적으로는 '주체' 위치를 확보하고 내부적으로는 자신(문화 모체)을 인식하는 모습으로 표현되었다.

1987년과 1989년에 천싱(晨星)출판사에서 우진파(吳錦發)가 편찬한 『슬픈 산림−타이완 산지 소설선(悲情的山林−臺灣山地小說選)』, 우진파 편찬의 『산지 총각에서 시집가고 싶어요−타이완 산지 산문선(願嫁山地郎−臺灣山地散文選)』, 톈야거(田雅各)의 『최후의 사냥꾼(最後的獵人)』, 모나넝(莫那能)의 『아름다운 벼이삭−타이완 산지 시집(美麗的稻穗−臺灣山地詩集)』, 류아오(柳翱)의 『영원한 부락−타이완 산지 산문집(永遠的部落−臺灣山地散文集)』 등이 차례차례 출판되었다. 이 작품들은 중국어로 된 원주민 문학이 성숙해지는 기점으로 여겨졌으며 '산지문학' 바람을 불어 일으키기도 하였다.

원주민 정명운동(正名運動)이 시작됨에 따라 '산지문학'은 1990년대에 '원주민 문학'으로 이름을 바꾸었다. 그리고 '원주민 신분의 작가들이 창작한 작품'은 그 작품의 제재가 어떠하든지 간에 모두 원주민 문학에 포함되었다. 이때부터 원주민 문학과 '정체성 정치'1)는 뗄 수 없는 관계를

---

1) Identity politics, 지역과 에스닉 등에 의해 투표하는 정치−역자

형성하였다. 이에 대해 쑨다촨(孫大川)은 다음과 같이 지적하였다.

> 우리들은 원주민을 원주민 정체성을 지닌 작가의 작품으로 엄격하게 구분해야 할 뿐만 아니라 또한 '제재'의 구속에서 벗어나 용감하게 일인칭 주체의 '정체성'으로 우리들 자신에게 속한 문학 세계를 개척해야 합니다.

1990년대 두드러진 원주민 작가 중에는 와리쓰·눠깐(瓦歷斯·諾幹)이 매우 대표적이다. 그는 1990년부터 타이완 원주민 문화 운동 간행물『사냥꾼 문화(獵人文化)』와 '타이완 원주민 인문연구 센터'를 운영했다. 그의 창작에는 시, 산문, 평론, 르포문학, 인문역사 등이 포함되어 있으며 최근에는 소설 창작도 시도하고 있다.

이 외에 저명한 원주민 작가들로는, 부농족(布農族)의 퉈바쓰·타마피마(拓拔斯·塔瑪匹瑪), 훠쓰루만·파파(霍斯陸曼·伐伐), 싸이샤족(賽夏族) 이티·다어우쒀(伊替·達歐索), 다우족(達悟族)의 샤만·란붜안(夏曼·藍波安), 파이완족(排灣族)의 리거라러·아우(利格拉樂·阿㛖), 베이난족(卑南族)의 쑨다촨, 아메이족(阿美族)의 아다오·빠라푸(阿道·巴辣夫), 파이만족의 야롱룽·싸커누(亞榮隆·撒可努) 그리고 타이야족(泰雅族)의 메커우·쒀커루(乜寇·索克魯) 등이 있다. 이들 모두 원주민 문학에 다양한 모습을 불어넣어 주었다.

04 | 포스트모던 현상에서 디지털 문학까지

문학은 포스트모던 물결을 접하면서 인터넷 네트워크가 아직 전면적으로 형성되기도 전에 이미 변화하기 시작했다. 소위 고급 문학, 순문학, 세련된 문학과 소위 저급 문학, 속문학, 대중 문학은 더 이상 분명하게 구분하거나 우열의 차이로 확연하게 양분 할 수 없게 되었다. 문학을 중심한 사유와 텍스트의 의미는 해체되고 와해되었다. 그러면서 문학은 정보 사회 속에서 새로운 확산 경로를 찾기 위해 인터넷 네트워크라는 가공의 성안으로 들어가지 않을 수 없었다. 이것은 앞으로도 문학 단체가 고민하고 실천해야 하는 과제의 하나가 되었다.

명판(孟樊)은 『타이완 포스트모던시의 이론과 실천(臺灣後現代詩的理論與實踐)』에서 풍부한 타이완 포스트모던 시의 면모를 충분하게 보여주었다. 예를 들어 언어시(言語詩)에는 천리(陳黎)의 『도서 주변(島嶼邊緣)』과 『거울을 마주한 고양이(貓對鏡)』 등이 있고, 이미지시에는 셰쟈화(謝佳樺)의 「공백 약 2:00－7행(空白約2:00－七行)」과 지샤오양(紀小樣)의 「우산 이야기(雨傘故事)」 등이 있다. 네트워크시에는 쉬원웨이(須文蔚)의 「시 한 수가 강에 떨어져 죽다(一首詩墮河而死)」와 황즈룽(黃智溶)의 「컴퓨터 시(電腦詩)」 등이 있으며, 공상과학시에는 린췬성(林群盛)의 「결말 쓰는 것을 잊었어요 : 그래서(因爲忘了寫結局 : 所以)」와 「출생 빌딩(出生大廈)」 등이 있고, 도시시에는 뤄먼(羅門)의 「도시의 죽음(都市之死)」과 「도시의 선율(都市的旋律)」, 생태시에는 위광중(余光中)의 「골프 컴플렉스(高爾夫情意結)」와 류커샹(劉克襄)의 「지난 세기(上個世紀)」 등이 있다. 또한 정치시에는 린쭝위안(林宗源)의 「말 한 마디 벌금 일 위안(講一句罰一元)」과 리민융(李敏勇)의 「피비린내 나는 통치(血腥統治)」 등이 있고, 색정시(情色詩)에는 샤위(夏宇)의 「야수파(野獸派)」와 둬쓰(朵思)의 「시구가 싹이 텄다(詩句發芽)」 등이 있으며, 탈식민시에는 류커샹의 「포르모사(福爾摩沙)」와 쿠친(苦苓)의 「언어 갈등(語言糾紛)」 등이 있다.

포스트모던이 막 흥성할 무렵인 1980년대부터 시작해 '컴퓨터시'의 각종 전위적인 창작이 시작되었다. 그리고 1990년대 초 '전자 게시판 시스템(Bulletin Board System, BBS)'이 등장한 이후 신세대 작가들이 새로운 창작 단체를 만드는 풍조가 일어났다. 1990년대 중반까지 글로벌 통신망에서 다각도의 텍스트, 다매체, 쌍방향, 입체적인 것에서 가상현실에 이르기까지 다양한 디지털 문학 작품이 대량으로 나타나 현대문단에 신선함을 제공했다.

디지털 문학의 많은 작품은 모두 1997년 성립된 '묘무묘(妙繆廟)'와 1998년 여름 연이어 만들어진 '기로화원(岐路花園)', '전방위 예술가 연맹(全方位藝術家聯盟)', '타이완 인터넷시 실험실(臺灣網路詩實驗室)', '현대시의 섬(現代詩的島嶼)', '코끼리 천당(象天堂)', '플래시 하이퍼텍스트 문학(FLASH超文學)', '감전된 신시 네트워크(觸電新詩網)', '신시 덴덴칸(新詩電電看)' 등의 인터넷 사이트에 모여들었다. 이러한 작품은 전통 문학 창작에는 없는 소위 다매체, 다방향 텍스트, 쌍방향 인터넷 '창작' 등의 특성을 보여주고 있다. 그래서 디지털 문학 실험가들은 컴퓨터 과학 기술을 각종 문학 기법과 결합시키는 것을 통해 새로운 언어를 형성했다. 동시에 다방향 텍스트의 도약과 반복 같은 인터넷에서 가장 인기 있는 독서 방식을 통해 디지털 문학 창작의 개념과 독자들의 독서 습관에 많은 영향을 주었다. 심지어 쌍방향 방식으로 작가와 독자가 공동으로 작품을 완성하고는 작가가 물러나면 매체 인터페이스만 남아 기본적인 디지털 문학 소재를 제공하여 독자들이 자신의 생활 경험과 상상을 이용해 예술품을 창작할 수 있도록 하기도 한다.

01 양자오, 『꿈과 잿더미』(타이베이 : 연합문학), 1998년, 179-197쪽.
   陽照, ≪夢與灰燼≫(臺北 : 聯合文學, 1998), 頁179-197.

02 우밍이, 『글쓰기로 자연을 해방하다-타이완 현대 자연적 글쓰기 탐색』(타이베이 : 다안),
   2004.
   吳明益, ≪以書寫解放自然-臺灣現代自然書寫的探索≫(臺北 : 大安, 2004)

03 쑨다촨, 「원주민문학의 어려움」, 『타이완 원주민 중국어 문학 선집, 평론 上)』(타이베이 :
   인커), 2003, 57-81쪽.
   孫大川, 〈原住民文學的困境〉, ≪臺灣原住人漢語文學選集, 評論卷上≫(臺北 : 印刻, 2003),
   頁57-81.

04 류량야, 『포스트모던과 포스트식민 : 계엄 해제 이후 타이완 소설 전문서』(타이베이 : 마이
   톈), 2006.
   劉亮雅, ≪後現代與後植民:解嚴以來臺灣小說專論≫(臺北 : 麥田, 2006)

제14장

슬픔의 불꽃에 타오른 문화 서사

현대 타이완 원주민 문학

| **둥수밍**董恕明 국립타이둥대학 중국어문학과 조교수 |

01 | 들어가는 말 : 주변부의 사람들

타이완 사회를 역사적으로 살펴볼 때, 1970년대에 새롭게 등장한 재야 세력은 정치, 경제 및 문화 등의 각 영역에 걸쳐 끊임없이 기존 체제와 충돌을 겪게 되었다. 그 후 개혁·개방이 지속적으로 심화되고 확대되면서 구체제가 빠른 속도로 해체되는 1980년대로 진입한다. 2000년도에 치러진 타이완 총통 선거에서 최초로 정권교체가 이루어진 이후, 대중적 의제와 개인적 가치관이 서로 격렬하게 충돌하면서 재구성되는 시대라고 할 수 있다. 이 가운데 타이완 현대 원주민 문학의 성장과 발전은 원주민 스스로의 자각적 저항운동이 널리 확대됨으로써 이루어진 결과임과 동시에, 문화적 차원에서 볼 때 타이완 향토문학 논쟁의 뒤를 잇는 또 하나의 '본토화(本土化)'의 의미를 지닌 중요한 지표라고도 할 수 있다.

그리고 '타이완'이라는 주체의 정체성 확립에 대한 학계의 지속적인 관심과 논의가 끊임없이 이어졌고, 이에 타이완인 혹은 중국인이라는 정체성의 차이는 역사상 유례가 없는 충돌과 긴장감을 보여주었다. 문학연구에 있어서도 '타이완 문학'이 '거대한 중국을 해체하고, 새로운 타이완을 재구성하자.'는 단계로 접어들었다. 이러한 타이완(자아) 창작 상황에 대한 '재'발견은 과거에 주목받지 못했던 수많은 작가와 작품들이 새롭게 읽히고 평가받을 수 있는 기회를 제공해 주었고, 동시에 연구자들 역시 매우 의식적으로 '중국문학'과의 한바탕 논쟁을 전개해왔다. 그리고 양안(兩岸)의 이편과 저편, 타지와 본토, 자민족과 이민족 사이에 끼인 타이완 원주민 문학은 '민족, 계급, 고향'이라는 자신들의 이질적인 존재 경험을 통해 주류의 지위를 차지하고 있던 한족(漢族)사회에 또 다른 방식으로 반성적 시야와 기회를 마련해 주었다.

원주민이 제1인칭 주체가 된 창작은 1960년대 파이완족(排灣族) 작가인 천잉슝(陳英雄)의 소설 「역외의 꿈(域外夢痕)」[1]을 제외하면, 1980년대에 들어서서야 비로소 타이완 문단의 이목을 집중시킨 몇몇 원주민 작가들에 의해 잇따라 출현하기 시작한다. 1983년 부눙족(布農族) 출신의 의대생이었던 튀바쓰 타마피마(拓跋斯・塔瑪匹瑪)[2]의 동명(同名) 소설 「튀바쓰 타마피마」가 얼야(爾雅)출판사와 첸웨이(前衛)출판사의 올해의 소설에 선정된 후 『최후의 사냥꾼(最後的獵人)』에 수록되었다. 그리고 1984년에 파이완족 시인 모나넝(莫那能)이 『춘풍시간(春風詩刊)』 제2호와 제3호에 발표한 시들은 훗날 『아름다운 벼이삭(美麗的稻穗)』에 수록되어 출간되었다. 그 중에서 「유랑(流浪)」, 「산지인(山地人)」, 「자, 건배(來, 乾一杯)」 등의 작품은 타이완 현대 원주민 문학 창작의 역사적 페이지를 열게 된다. 뒤를 이어 타이야족(泰雅

---

1) 2003년 4월 「회오리 추장―원주민의 이야기」라는 제목으로 제2판이 출간되었다.
2) 1960년 6월 27일 생이다. 중국어 이름은 톈야거(田雅各)이다.

族)인 와리쓰 눠간(瓦歷斯・諾幹)의 시와 평론, 「산에 오르다(上山)」의 작가인 부눙족 후스루마 바바(霍斯陸曼・伐伐), 루카이족(魯凱族)인 아오웨이니 카루쓰앙(奧威尼・卡露斯盎), 「바다로(下海)」의 작가인 다우족(達悟族) 샤만 란뷔안(夏曼・藍波安), 원주민 여성을 그려내는 데 주력했던 리거라러 아우(利格拉樂・阿𡠃)(파이완족과 한족 혼혈) 등이 연이어 등장했다. 이처럼 중국어로 작품을 창작하는 원주민 작가들의 수는 지속적으로 증가했고, 이들은 1990년대 이후 타이완 문학을 이해할 때 결코 간과할 수 없는 중요한 창이 되었다.

02 | 슬픔의 불꽃, 생명의 노래

창작의 세계로 들어 선 원주민 작가들은 시종일관 '나는 누구인가'라는 질문을 멈추지 않았다. 그들은 각각 당시 자신의 민족이 처했던 상황과 맞닥뜨리면서 철저한 '자아분석'을 시도했고 타이완이라는 섬에 실제로 존재하면서도 침묵할 수밖에 없었던 자신들 민족의 참담한 역사를 피눈물로 씻어내려는 듯 날카로운 필치로 한 줄 한 줄 써내려갔다. 그리고 그들은 선조들이 걸었던 길 위에서 오늘의 후손들이 상처받은 자아를 치유하여 본모습을 회복시킬 수 있는 계기를 찾고자 했다.

이처럼 상처투성이였던 '나'였기에 펜을 들어 자신의 이야기를 써낼 기회가 찾아왔을 때에는 그들이 설령 '갈천씨의 백성(葛天氏之民)[3]'이라 할지라도 더 이상 인내할 수 없는 지경에 이르렀던 것이다. 마치 모나넝(莫那能)이 「우리의 이름을 회복하다(恢復我們的姓名)」에서 그려낸 것처럼 말이다.

---

3) 갈천씨(葛天氏). 중국 태고 때의 임금으로 교화에 힘써 세상이 태평했다고 함─역자

'야만인'부터 '산지의 고산족'까지
우리의 이름은
조금씩 타이완 역사의 모퉁이에서 잊혀져간다.
우리의 운명, 아, 우리의 운명이란
단지 인류학 조사 보고서 속에서나
정중한 대우와 관심을 받을 뿐.
……
우리의 이름은
신분증 양식 속으로 침몰하고 말았다.
사심 없는 인생관은
공사장 비계(飛階) 위에서 흔들리고
선박 해체 공장과 탄광, 고기잡이배에서 배회했다.
장엄한 신화는
드라마 속 천박한 스토리가 되어버렸고
전통 도덕
역시 홍등가에서 짓밟혔다.
용감한 기개와 순박한 마음은
교회의 종소리를 따라 스러지고 말았다.

'우리의 이름'이 도대체 어디로 사라져버린 것일까? 지난날 그토록 소중하고 존귀했던 존재가 어째서 지금은 비천한 굴욕의 대상이 된 것일까? 모나넝은 「종소리가 울려 퍼질 때—수난을 겪은 산지의 어린 기생 자매들에게(當鐘聲響起時-給受難的山地雛妓姉妹們)」라는 시에서 윤락녀로 전락해버린 어느 원주민 소녀의 비참한 운명을 통해 이른바 '주류'와 '진보' 그리고 '문명'을 표방하는 '현대화' 된 사회가 자신과 다른 계급, 민족, 성별을 얼마나 차별적으로 바라보고 있는지 폭로하고 있다.

기생 어미가 간판을 켜며 큰 소리 외칠 때
나는 마치 일요일 아침 또 다시 울려 퍼지는
교회의 종소리를 들은 듯하다.

북녘에서 흘러와 난다우(南大武)에 닿은 순결한 햇살이
아루웨이(阿魯威) 부락에 흠뻑 쏟아져 내린다.
……
교회의 종소리가 울릴 때
어머니, 알고 계셨나요?
호르몬 주사바늘에 이 딸의 어린 시절이 일찍 끝나버렸음을.
학교의 종소리가 울릴 때
아버지, 알고 계셨나요?
포주의 주먹에 이 딸의 미소가 일찌감치 사라져버렸음을.

　파이완족 시인 원치(溫奇)의 작품인 「산지인 삼부곡(山地人三部曲)」에서 화
자는 단순한 시어로 어느 '산지인'의 운명을 그려내고 있는데, 거기에는
눈물도 절규도 폭로 따위도 필요치 않았다. 다만 '비(非)정상인'의 행동만
이 남아있을 뿐이다.

　　산 위로, 뛰어간다.
　　산을 내려오며, 뒹군다.
　　산 아래로, 기어간다.

　타이야족 작가 와리쓰 뉘간이 『산은 학교라네(山是一座學校)』에 수록한 「마
을 목사(部落牧師)」의 시어는 유머러스하고 해학적이지만, 동족의 생활과
그들의 생명을 연민 어린 시선으로 바라보려는 태도를 잃지 않는다.

　　안녕하신가요 주 예수여.
　　비록 저들이 술을 마시지만
　　그래도 교회에 갈 줄 알지요.
　　비록 늘 일요일을 잊고 살지만
　　그래도 당신의 이름으로 아이의 잘못을
　　훈계해야 한다는 사실을 알고 있지요.

비록 헌금이 조금 줄어들었지만
그래도 고개 숙여 참회할 줄 알지요.
비록 참회의 주제가 번번이
돈 내고 술 사먹은 것일지라도
하지만, 주여 ……
부디 제 동족의 무지를 용서해주소서
제 동족이 진실하고
순결하기 때문이랍니다. 아멘.

타이완 문학 중에서 '타이완인의 비애'를 묘사한 이런 작품이 원주민 작가의 작품이 되어 등장할 때에는 반드시 피도 눈물도 없는 극단적 슬픔으로 점철되어야만 하는 것일까? 그들이 '외래 민족'의 갖은 억압과 통제, 착취와 식민을 경험한 후 살아남은 '생존자'이기 때문에, 그들은 작품 속에서 개인에서 집단에 이르기까지 종종 파편화되고 왜곡된 이미지를 통해 진보된 문명적 사회가 존엄과 평등, 동정과 용서, 도리와 정의 같은 '인간으로 태어난 자들'의 기본적 가치들을 종족, 계급, 성별에 관계없이 누구에게나 동등하게 적용시키고 있는지 살펴보고 있다. 원주민 작가가 타이완 원주민들이 백 여 년 간 주류사회와 서로 영향을 주고받았던 경험을 써낸 것은, 길고도 혹독한 겨울이 지나간 후 그들이 맞이하게 된 민족의 봄이라고 할 수 있다. 그것은 나아가 사람들(특히 원주민)이 설령 지난하고 곡절 많은 심지어는 아무런 희망도 보이지 않는 그런 길을 걷게 되더라도 계속 의미 있는 삶을 살아가도록 하기 위함이다.

03 | 산과 바다의 발걸음, 문화의 서사

톈야거(田雅各)라는 중국어 이름을 사용하기도 하는 톼바쓰 타마피마의 소설 「퉈바쓰 타마피마」 속 주인공은 귀가중인 대학생이다. 집으로 돌아가던 길에 나무를 베어 아이에게 새 침대를 만들어주었다가 법원에 출두하게 되었다는 마을 부족 노인 디안(笛安)의 이야기를 전해들은 그는 자신과 부족민들이 '옛날의' 부눙족과 '지금의' 부눙족 사이에서 어떤 선택을 해야 할지 고민하게 된다. 연로한 디안에게 또 다시 법에 저촉되지 않으려면 '산지 보호 구역' 이외에는 들어가는 않는 것이 좋겠다고 진지하게 충고하자 마을의 연장자인 우마쓰(烏瑪斯)가 그를 나무란다.

> 이보게, 대학생. 함부로 말하지 말게. 중국어를 쓰는 사람들이 이곳에 들어오기 전에는 저 나무들 키가 이렇게나 컸단 말이야. 나무가 자라는 걸 보면서 아무도 다른 누구의 것이라고 말하지 못했단 말일세. 그게 다 숲에 속한 것들이라는 사실은 틀림이 없었어. 조상님 때부터 대대로 나무를 베어 집을 짓고 가구를 만들었어도 신령님께서 여태껏 노한 적 한 번이 없었지. 지금 우리 신령님 물건을 좀 가져왔기로서니 농무부가 도대체 무슨 권리로 디안을 옥살이 시키겠다는 거냔 말이야.

우마쓰가 한 말은 그의 세대가 숲 속에서 살아가던 방식에 꼭 들어맞는 내용이다. 하지만 퉈바쓰가 지닌 '지식'이 그와 전통적인 부눙족 사이의 대화를 가능하게 할 수 있을까? 이처럼 어느 대학생을 난처하게 만든 문제가 「최후의 사냥꾼」에서는 마치 원주민을 위한 만가(輓歌)처럼 등장하기도 한다. 산 속에서 자신감 있게 자유롭고 만족한 삶을 살던 사냥꾼 비야르(比雅日)는 산을 내려오자마자 곧 '잔인한 습성'에 '식탐과 게으름'만 지닌 '더럽고 야만적'인 '산지인'이 되고 만다.

전통과 현대 사이에서 원주민들은 도대체 어떤 길을 걸어 온 것일까? 원주민 작가들은 자기 민족이 받은 상처를 써내려가는 과정에서 그들이 처한 곤경을 자세히 들여다보았다. 그리고 다른 한편으로는 1990년대부터 자신의 마을로 귀향하여 원주민들이 '근본으로 되돌아가 새롭게 시작'할 가능성을 타진하기도 했다. 후스루마 바바(霍斯陸曼·伐伐)는 그의 소설 『위산의 혼(玉山魂)』에서 부눙족 사람들의 생활방식, 신화전설, 세시 풍속과 제의(祭儀), 예의 규범, 그리고 사냥꾼을 길러내는 과정 등을 자세하게 묘사하여 부눙족이 숲 속의 삶으로부터 얻은 지혜와 사냥꾼들이 지닌 독특한 문화를 독자들의 눈앞에 재현시켜 놓았다. 1989년에 도시에서 란위(蘭嶼)[4]섬으로 되돌아간 다우족 작가 샤만 란뷔안(夏曼·藍波安)은 '의도적 실업' 상태가 되어 '진정한 다우족 사람'이 되는 법을 배우기도 했다. 그의 『차가운 바다의 깊은 정(冷海情深)』, 『파도의 기억(海浪記憶)』, 『항해가의 얼굴(航海家的臉)』 등은 넓은 의미에서는 분명 '현대인'인 그가 어떻게 진정한 '다우족'이 될 것인지를 씨실과 날실이 교차하듯 생동감 넘치게 그려낸 바다의 노래이자 생명의 노래라고 할 수 있다.

샤만 란뷔안이 전통으로 회귀한 것 역시 자신과 다우족에 대한 전통의 의미를 재구성하기 위한 것이었다. 그의 작품은 작가 개인의 '문화적 실천' 및 '자아실현'이라는 문제의식과 긴밀하게 연결되어 있다. 그리고 이런 정신적 여정은 '타이완 원주민 문학'을 높은 산림뿐만 아니라 깊은 바다로도 향하게 하였다. 그가 써낸 작품을 통해 상업적 차원에서의 자원개발이 기대되는 바다가 아니라, 문화와 생명, 생동감과 교양 그리고 기억으로 가득 차 일렁이는 바다가 독자들의 눈앞에 펼쳐졌다. 그가 직접 느끼고 체험한 '선조의 원초적 선물'에 관한 이야기는 『항해가의 얼굴』 중 「선조의 원초적 선물」에 잘 묘사되어 있다.

나의 육신은 옛 선친과 백부의 영혼이 자신들의 노동 에너지를 모두 소진한 이후에 일렁이는 파도를 바라보며 그들의 기억을 더듬는 책갈피

---

4) 란위섬. 타이완의 남단 해상에 있는 섬—역자

가 되었다. 바로 그 때 나는 마을로 돌아왔다. 그래서 그들의 일관된 지난 날 노동의 의미와 목적은 그들의 눈에는 그저 '탕아(蕩兒)'로 보이던 나 같은 인간을 교육시킬 유일한 자산이 되었다. 그들이 나에게 준 좌우명은 '노동은 시 창작의 가장 좋은 원동력'이라는 것이었다. 당시 다른 문화권 에서 교육을 받고 있던 나로서는 이 말이 담고 있는 의미를 이해하기 어 려웠다. …… 마을 노인들은 존경을 받았다. 햇볕을 쬔 시간과 헤엄친 바 다의 거리가 후배들에 비해 훨씬 길었기 때문이었다. 전통적으로 기억과 품격을 겸비한 노인은 곧 후배들의 '파나보한 소 씨렝(panavohan so cireng)5)'이었다.

샤만 란뷔안은 이처럼 윗세대가 살았던 다우족의 전통을 몸소 체험하 면서 현대문명이 도처에 깔린 사회에서 살고 있다. 일반인들의 관점에서 볼 때 그의 선택은 현대인의 잣대에는 도저히 맞지 않는 것이다. 심지어 고향으로 되돌아간 다른 원주민 작가들도 이렇게까지 실천적으로 '전통' 속에 침잠해 들어가지는 못했다. 하지만 그의 이런 실천적 행위로 인해 이른바 '현대'와 '전통'은 비로소 서로 만나고 충돌하며 소통할 수 있는 좋은 기회를 얻게 되었다. 물론 샤만 란뷔안의 행동이 미칠 수 없는 공 간에는 그의 언어도 다다를 수 없다. 하지만 이것은 비단 샤만 란뷔안 개인만의 문제가 아니다. 그것은 현대화가 인류에게 끼친 영향을 '반성' 하며 도대체 어느 곳으로 가야 비로소 쉴 수 있을 지를 고민하는 사람이 라면 누구나 맞닥뜨리게 되는 문제라고 할 수 있다.

되돌아가고 침잠해 들어가는 방식을 통해 샤만 란뷔안은 자신과 민족 의 활로를 모색하고 있다. '그 자리'에서 '안으로 들어가는' 그의 이러한 창작 행위는 현대 원주민 문학 창작에 색다른 에너지를 공급해주었다. 다시 말해 자신의 문화적 전통을 인식한다는 것은 전통을 '모방'하는 것

---

5) 물을 길어 마실 수 있는 수원(水源)으로 지혜와 함양(涵養)의 전승자라는 의미.

이 아니라 스스로의 실천적 행위를 통해 민족의 전통이 강인한 생명 하나하나에 녹아들어 그들이 처한 세상과 마주하도록 하는 것이었다. 그리고 상처로 얼룩져 얼굴 모습마저 모호해져버린 '나'가 자신의 역사와 문화 속으로 되돌아가 조상들의 부름에 자세히 귀 기울이면, 영혼에서부터 육신까지 이어지는 이 문화적 뿌리 찾기의 여정은 다시 한 번 원주민이라는 문화적 주체의 강인함과 깊이를 드러내 보여주게 된다.

04 | 흐르는 물의 노래, 주옥같은 삶

타이완 현대 원주민 여성 창작은 주로 1990년대의 리거라러 아우, 그리고 그녀와 함께 등장하여 격렬하고 직설적인 언어로 칼날처럼 번뜩이는 서사를 보여준 리이징 여우마(麗衣京·尤瑪)부터 시작되었다고 할 수 있다. 그 후 연이어 야타이족인 리무이 아지(里慕伊·阿紀), 쩌우족(鄒族)인 바이쯔 머우구나나(白茲·牟固那那), 파이완족인 이바오(伊苞) 등이 창작 대열에 합류한다. 비록 그녀들의 창작 스타일이 각기 다르고 관심을 갖고 있는 주제 역시 동일하지 않지만, 각자의 작품 속에서 보여준 자기 민족의 삶과 자아를 탐색하는 열정만큼은 서로 닮아 있다. 원주민 여성 창작은 리거라러 아우에 이르러 역동적인 시야를 갖추게 되었다. 그리고 현재에는 민족적 사명, 문화의 전승, 사회적 비판 등과 같은 거시적 주제가 보다 구체적이고 세밀한 개인적 깨달음이라는 주제로 전환되었다. 이런 여성 작가들의 창작은 보다 많은 것을 기대할 가치 있는 장을 마련해주었다.

외지에서 온 노병(老兵) 아버지와 파이완족 어머니 사이에서 태어났다는 사실로 인해 '자신은 누구인가'라는 질문을 던지며 수많은 우여곡절을 겪었던 리거라러 아우는 원주민, 특히 원주민 여성에 대한 깊은 애정을 갖게 된다. 그녀는 자신의 신분 정체성에 대한 성찰을 통해, '주체성'을 지닌 한 개인이 '성별·민족·계급'에 둘러싸인 냉혹한 현실의 틈바구니 속에서 어떻게 생명력과 여성의 지혜로 가득 찬 '부부(VuVu)6)의 길'을 갈 수 있는지에 대한 사유를 심화하고 확대시켜 갔다. 그리고 그녀가 자신의 존재 경험을 모두 펼쳐놓고 자세하게 분석하기를 게을리 하지 않았던 것은 바로 많은 원주민 남성 작가들이 민족의 운명, 역사와 문화, 사회적 정의만을 부르짖은 나머지 소홀히 다루어졌던 '사적 영역'으로 들어가 그녀의 인생 경험으로부터 갈무리해낸 민족, 사회, 성별 등의 문제를 드러내기 위함이었다. 이렇게 그녀가 마주하고 해석해낸 '일상의 삶'은 그녀가 언제나 걱정하고 아끼던 여성 동포들로 하여금 그녀의 작품을 읽고 더 나아가 펜을 들어 자신의 이야기를 할 수 있도록 도왔다. 그 중 리무이 아지는 리거라러 아우의 작품과 삶에 가장 크게 고무된 야타이족 여성 작가이다.

리거라러 아우의 작품에서 느껴지는 무겁고 비장한 스타일과 비교해 볼 때, 리무이 아지는 섬세한 묘사에 능하며 부드럽고 따뜻한 눈길로 세속의 삶을 바라보고 있다. 리무이 아지의 『산야의 피리 소리(山野笛聲)』에 등장하는 몇몇 장면과 사건 그리고 인물에 대한 이야기에서 삶과 마주할 때 드러나는 작가의 지혜로움과 유머감각을 엿볼 수 있다. 'VuVu급' 작가라고 할 수 있는 바이쯔 머우구나나는 리거라러 아우가 끊임없이 추구했던 민족의 명맥에서부터 리무이 아지가 엮어 놓은 현재의 삶에 이르는 모든 것을 아우르고, 독자들을 그녀의 어린 시절로 이끌고 들어가 지난 날 산림에서 보낸 세월을 들려준다. 바이쯔 머우구나나의 글은 대체로 수수하고 소박하며 자신이 어린 시절 겪었던 이야기가 대부분이다. 그녀

---

6) 파이완족의 조부모에 대한 호칭. 또한 조부모가 손자 손녀를 가리키는 호칭이기도 함—역자

는 작품에서 가능한 기억의 현장을 '사실처럼 복원시켜', '당사자'인 자신을 '말하는 사람'의 위치에 세워 놓고 당시의 생활을 기록해 간다. 예를 들어 그녀는 「우리 집 앞의 강(我家的一段河)」에서 강이 지닌 '생명의 역사'를 감동적으로 그리고 있는데, 숲 속에서 살아가는 쩌우족 사람들이 자연과 함께 공존하는 지혜를 보여주면서 다른 한편으로는 구절구절 행간마다 자식에 대한 아버지의 사랑을 가득 채워놓는다. 그럼으로써 집 앞에 흐르는 강은 단순히 생계와 민족 그리고 역사와 관련된 강이 아닌 피와 살 그리고 감정을 지닌 존재가 된다.

> ......
> 태풍이 몰려오던 날 사람들은 모두 집으로 몸을 피했다. 오직 부지런한 우리 아버지만이 논을 전부 돌아보고는 도롱이도 걸치지 않은 채 직접 노끈을 꼬아 손잡이를 달아 만든 커다란 그물을 짊어지고 청원(曾文) 계곡으로 그물 낚시를 가셨다. 아버지는 그물 낚시를 하러 가실 때면 내복 바지만 입으셨는데, 그래야 물을 건너기도 편하고 물속에 들어가서도 좀 더 수월하게 움직일 수 있다고 하셨다. 고기를 담는 대나무 통이 가득 차면 아버지께선 곧 적삼을 벗어 한쪽 귀퉁이를 묶어서는 고기를 담는 데 사용하셨다. 그 분께서 그물을 가득 채워 돌아오시는 모습을 볼 때마다 온 가족을 따뜻하게 입히고 배불리 먹이기 위해 얼마나 많은 위험을 무릅쓰고 계시는지 생각하지 않을 수 없었다.

맑고 깨끗한 시냇물이 잔잔하게 흘러가는 것 같은 짤막한 글이지만, 태풍이 몰려오는 어느 날 밤 '생명의 위험에도 아랑곳하지 않는' 아버지의 '부지런함'과 말로 다 표현 할 수 없는 자녀들의 고마움과 걱정스러움이 잘 드러나 있다.

파이완족 작가 이바오(伊苞)의 「짱시로의 여행(藏西之旅)」은 끈질긴 생명력을 환히 밝힘과 동시에 죽음의 장엄함까지도 절절하게 느끼게 하는 작품이다. 삶과 죽음의 경계에서 그녀의 발아래 놓인 고원과 산천, 호수와 야크(yak) 그리고 사람들…… 먼 고향까지 구불구불 이어지는 길 위의 풍경들은 작품의 매 페이지마다 그녀의 생명이 경험한 은혜로움과 고난을 상징적으로 그려내고 있다. 한편 「솔개여 안녕(老鷹, 再見)」에서 그녀는 어린 시절 소꿉친구였던 이리쓰(依笠斯)와 세상일에 통달한 늙은 무당 이야기 그리고 끊임없이 그녀를 떠나려 하는 '자신의 영혼'에서부터 그녀를 다시 불러 얻게 된 '지워진 고요함'에 이르기까지 모든 이야기를 매우 담담하게 풀어놓는다. 내면의 상처로 가득한 반짝이는 눈물방울 하나까지도 그녀는 아주 잔잔하게 표현하고 있다.

> …… 이렇게 여러 해 동안, 나는 오직 고요하기만을 바랐다. 나는 단지 생명이 평온해질 수 있는 방법을 찾고 있을 뿐이다. 마치 어린 시절처럼 말이다. 나는 홀로 큰 나무 아래 앉아 마른 나뭇가지 하나와 낙엽 몇 잎을 주워 놓고 있었다. 부모님은 나에게서 조금 떨어져 계셨다. 나는 곡괭이가 땅에 부딪히는 소리를 들었고, 부모님은 내가 대자연의 노래에 녹아드는 소리를 들으셨다.

어떤 여성 작가가 무엇을 어떻게 이야기하든지 간에, 이런 작품 속에서 드러나는 '성별'의 의미는 무엇보다 '개인'적이다. 그리고 이 개인들은 자신만이 지닌 독특한 생명의 경험을 통해 '자기'와 삶에 대한 흥미진진하고 감동적인 이야기를 들려준다. 작가는 언제나 자기 자신에서 출발한다. 그리고 그녀들은 자신들이 지닌 부드러움과 강인함 그리고 진실함으로 삶의 현장 속에서 잃어버린 기억과 상처받은 아름다움을 섬세하게 되찾아가는 존재라고 할 수 있다. 비록 원주민 작가의 글쓰기가 모든 독자들의 마음속에서 빛을 발할 수 있는 것은 아니겠지만, 그럼에도 불구하고 훌륭한 작가라면 창작의 과정에서 그들이 마주친 생명에의 열정,

사회적 배려 그리고 세상을 바라보는 호기심에 대해 결코 한 순간도 관심을 기울이는 일을 게을리 하지 않을 것이다.

05 | 맺음말 : 이질적인 글쓰기

1987년 우진파(吳錦發) 선생이 편집한 『슬픈 산림－타이완 산지 소설선(悲情的山林－臺灣山地小說選)』에 수록된 원주민 작가의 작품으로는 톈야거의 「최후의 사냥꾼」, 「마난은 알았다(馬難明白了)」, 「난쟁이족(侏儒族)」과 천잉슝(陳英雄)의 「쩌우새의 눈물(鄒鳥淚)」을 들 수 있다. 그 외에는 모두 한족(漢族) 즉 커자(客家) 사람이거나 민난(閩南) 사람 그리고 외성인(外省人) 작가들이 원주민을 소재로 쓴 작품들이다. 요즘의 원주민 글쓰기라는 맥락에서 이 책을 본다면 다소간 논란의 소지가 있겠지만, 이 작품집은 후세를 위해 훌륭한 사색의 공간을 남겨 놓았다. 다시 말해 작가와 작품의 출현, 독자의 참여와 출판계의 상호작용이 없었다면, 당시로서는 주변부에 불과했던 소수의 이야기가 타이완의 중심부에까지 이르러 민족과 계급이라는 경계선상에서 몸부림쳤던 원주민들의 처지를 써내는 성과는 실로 거두기 어려웠을 것이다. 10여 년이 흐른 2003년 베이난족(卑南族) 학자 쑨다촨(孫大川)이 편집 출간한 『타이완 원주민 중국어 문학 선집(臺灣原住民漢語文學選集)』은 소설(상·하), 산문(상·하), 시, 평론(상·하)으로 구성되어 있다. 물론 이 일곱 권의 선집에 지난 20여 년 동안 이어진 원주민 작가 창작의 모든 성과가 담겨 있다고는 볼 수 없지만, 훌륭한 주해와 해석을 덧붙여 놓음으로써 많은 식자들이 지나온 역사를 되돌아보며 앞날을 개척할 수 있는 길을 열어주었다.

원주민 작가들은 대지와 자연, 집단과 개인에 대한 '비판'과 '자성(自

省)'의 길을 걸어왔다. 이로 인해 우리는 '비(非)정상인' 무리가 걸어간 길을 통해 아시스 난디(Ashis Nandy)가 「식민 해체와 민족주의, 머릿말(解殖與民族主義・導論)」에서 "모든 인간은 고난에 처했다는 이유에서 하나가 된다. 그리고 모든 인간에게 책임이 있다."고 했던 말을 이해하게 된다. 만약 원주민 작가들이 먼저 걸었던 이 작은 오솔길을 따라간다면 독자들은 소박한 언어, 삶과 생명, 자신(민족)에 대해 글을 쓸 때 작가 스스로 느꼈을 '빈한함', '어찌할 수 없는 어려움', '소수자로서의 반항' 같은 것들은 물론 우리가 서로 신뢰해야 하는 이유까지도 체험하게 될 것이다. 아울러 끊임없이 '이 세계 그리고 모든 정신과 소통할 수 있는' 길을 확장시켜야 할 필요성도 느끼게 될 것이다.

작은 새가 낮게 날고 큰 새가 높이 나는 것은 본래 그들이 타고난 자연스러운 천성이자 운명이다. 도리어 우리 인류가 사는 이 세상의 우열과 높고 낮음에 대한 편견이 천국과 지옥의 선택을 방불케 할 지경에 이르고 말았다. 원주민 문학이라는 존재가 산의 노래, 바다의 춤이 조화롭게 어울리는 멜로디를 진실하게 들려줄 수 있다면 인간 세상의 슬픔과 아픔도 녹아들 것이고 기쁨과 사랑 역시 그러할 것이다. 지난날 원주민들은 자신의 생명으로 민족의 역사를 '기록'해 왔고 오늘날에는 자신의 글을 통해 타이완이라는 이 땅의 과거와 현재 그리고 미래에 참여하면서 또 다른 상상을 펼치고 새로운 시야를 개척해 나가고 있다. 원주민 작가가 스스로에게 기대하고 있는 이것이 곧 비(非)원주민 작가들에게도 똑같은 의미로 다가가지 않을까? 쑨다촨은 『오래고 오랜 술 한 번. 역사에서 살아나다(久久酒一次・活出歷史)』에서 이렇게 말한다.

우리 선조의 역사가 '살아'남은 만큼 우리는 '써야'할 역사의 부재를 걱정할 필요가 없다. 우리는 현존하는 구조와 환경 그리고 언어(중국어)를 바탕으로 우리의 체험과 경험을 써내려 갈 것이다. 문학, 음악, 스포츠, 예술 …… 나는 원주민이 미래의 타이완이 구축할 새로운 구조 속에서 자신의 역사적 공간을 창조하여 떼려야 뗄 수 없는 중요한 구성 요소가 될 것이라고 믿는다. 아마도 우리는 작은 등잔불을 밝히는 것이 아니라 우리 자신이 밝게 빛나는 하늘의 별이 되어 먼 옛날부터 이어진 길고도 긴 밤하늘에 원주민의 역사적 좌표를 그려 넣게 될지도 모른다.

이 때문에 비록 원주민 작가들이 한족이 주도적으로 구조화하고 기획해 놓은 타이완 사회에 대해 거침없는 비판을 가하고 있지만, 그들은 여전히 '우리 모두는 한 가족'이라는 전제 하에서 서로 간의 차이를 마주하고 존중하는 방법을 함께 성실히 배워나가기를 희망하고 있다. '원주민 문학'은 타이완이라는 땅에 태어나면서 '민족 충돌'로 빚어진 온갖 비극을 충분히 그려냈다. 만약 긴 세월 동안 이어진 많은 세대들의 노력에도 불구하고 타이완 조상들이 걸었던 길을 동정어린 시각으로 이해하면서 역사적 전철을 밟지 않기 위해 노력하지 않는다면, 그것은 곧 후세에게 전해줄 '선견지명'을 또 다시 앉은 채로 잃어버려 허망하고 타락한 '아무런 가치도 없는' 역사로 만들어 버리는 것이다.

░ 더 읽을거리

01 쑨다촨, 「산과 바다의 세계-『산해문화』 격월간 창간호 서문」, 『산해문화』 격월간 창간호,
   1993년.
   孫大川, 〈山海世界-『山海文化』雙月刊創刊號序文〉, 《山海文化》雙月刊創刊號(1993年11月).

02 푸중칭, 「원주민 문학 발전의 기회 전환-일본 점령 시기부터 현재까지의 관찰」, 1998년
   11월 11일 「원주민 문학 심포지엄」에서 발표되고 이후 『21세기 타이완 원주민 문학』
   (1999)에 수록됨.
   浦忠成, 〈原住民文學發展的機會轉折-由日據時期以迄現在的觀察〉, 發表於 '原住民文學硏討座
   談會'(1998年11月11日), 收錄於《二十一世紀臺灣原住民文學》(1999年12月).

03 우진파 펴냄, 『슬픈 산림』(타이중 : 천싱), 1987년.
   吳錦發編, 《悲情的山林》(臺中 : 晨星, 1987).

04 와리쓰 눠간, 『동족을 그리다』(타이중 : 천싱), 1994년 3월.
   瓦歷斯・諾幹, 《想念族人》(臺中 : 晨星, 1994年3月).

05 샤만 란붜안, 『파도의 기억』(타이베이 : 연합문학), 2002년.
   夏曼・藍波安, 《海浪的記憶》(臺北 : 聯合文學, 2002).

06 쑨다촨 편, 『타이완 원주민 중국어 문학 선집・시가편』(타이베이 : 인커), 2003년.
   孫大川編, 《臺灣原住民族漢語文學選集・詩歌卷》(臺北 : 印刻, 2003).

제15장

시대의 아픔과 우국의 슬픔부터
세기말 슬픈 곡조까지

현대 타이완소설

| **하오위샹**郝譽翔   국립동화대학 중국어문학과 교수 |

01 | 들어가는 말

일본 식민통치 시기의 문학발전 현황을 거슬러 올라가 보면 타이완 소설가들은 다방면에서 왕성한 창조력을 발휘하여 다채로운 작품들을 창작했고, 아울러 사회정세가 쉽게 변함에 따라서 그에 따른 개성과 날카로운 문학정신을 드러냈다. 겉모습이 아무리 바뀌어도 본질은 달라지지 않는 법이다. 타이완소설은 현대에 이르기까지 타이완 땅과 사회와 함께 부침하였고, 사조의 변화와도 긴밀하게 함께 결합하였다. 때문에 '시대의 아픔과 우국의 슬픔'도 타이완소설의 두드러진 특징이 되었다.

'시대의 아픔과 우국의 슬픔'이라는 사명감은 소설에서는 일종의 한계였다. 그러나 그 한계 때문에 역설적으로 소중한 가치를 갖게 되었다. 어느 시기를 막론하고 소설 문학의 순수성은 의문을 면하기 어렵다. 아마 1970년대를 시끌벅적 들끓게 했던 향토문학논쟁이 가장 분명한 예일 것이다. 이데올로기 제일의 시대에서 문학예술적인 지향과 단호함 그리고 추구는 무자비하게 압살 당했다. 타이완소설에서 '정치적 정확성'의 여부는 특히 한순간도 벗어버릴 수 없는 굴레였다.

그렇지만 타이완 신문학이 시작되면서 소설가들이 사회의 선각자적 양심으로 어떻게든 참되고 진실한 마음을 지니고, 붓을 들어 타이완 섬과 섬사람들의 생활, 애증, 희망, 비천함과 오만함을 기록했다는 사실만큼은 잊어서는 안 된다. 훌륭한 소설은 필연적으로 그 땅에 뿌리박고 사는 사람의 집단적인 운명, 역사, 기억에 관심을 갖기 마련이다. 그리고 20세기 이래로 타이완의 특수한 식민지 상황과 정치적 상황 그리고 세기말적인 '슬픈 곡조'까지 모두 반성하고 개간할만한 옥토가 아닐까? 그러기에 소설가들은 국족(國族)의 정체성과 디아스포라 그리고 이주에 있어서 끊임없이 각고의 노력을 기울이고 있는 것이다. 타이완소설을 읽을 때에, 문학작품을 읽는 것일 뿐 아니라 여러 각도에서 타이완의 숨겨진 처지를 읽고, 섬에 사는 2천3백만 사람들이 어떻게 계속 타이완까지 와서 서로 만나고 알게 되고 의지하며 더불어 살게 되었는지를 보는 것이다.

02 | 1960년대 모더니즘부터 1970년대 향토문학까지

1945년에 일본이 제2차 세계대전에서 패배하면서 타이완 정권은 바뀌었다. 1949년에 국민정부가 타이완으로 온 이후, 살벌한 정치형세와 국공의 대립 그리고 타이완 해협 양안의 일촉즉발 긴장관계 때문에 문학창작은 전대미문의 억압을 받았다. '공산당을 반대하고 소련에 대항한다.'는 구호는 당시 최고의 유일한 문예 강령이 되었고, 소설도 정치의 시녀로 전락하여 꼬박 10년 동안의 암흑기에 들어갔다. 그렇지만 길고 긴 어둠 속에서도 다행히 이따금 별빛이 찬란하게 반짝거렸다. 타이완 출신의 작가들은 억압을 당해 침묵할 수밖에 없었지만, 국민정부를 따라서 타이완에 온 군역 작가들이 타이완소설에 새로운 숨결을 불어넣어 주었다. 그 가운데 가장 유명한 군역 소설가는 주시닝(朱西寧)이었다. 그는 북방 고향마을의 풍토인정을 묘사하고 자신의 군대경험을 소설 속에 융합시키는데 뛰어났다. 그는 작품을 통해 거대한 시대의 수레바퀴 아래 부침하는 일반 사람의 서글프고 고달픈 처지를 드러냈다. 예를 들면 소설 「쇳물(鐵漿)」에서 멍(孟), 선(沈) 두 집안이 염전을 하청받기 위해서 대대로 철천지원수가 되는 스토리를 배경으로 '근대성'이 천지를 뒤흔들며 돌진할 때에 전통적인 농촌이 갖게 되는 어찌할 수 없는 무력감과 상실감을 묘사했다.

1960년대, 억압과 침묵이 끝나기 전에 소설은 비약적으로 발전했다. 당시 타이완 문학의 이념적 공허와 도그마에 대해 불만을 품은 국립타이완대학 외국문학과 학생들이 샤지안(夏濟安) 교수의 가르침을 받아 잡지 『현대문학(現代文學)』을 창간했다. 이들은 문단에서 모더니즘 붐을 일으켜 전후 타이완의 첫 번째 문학 번영기를 만들어 냈다. 『현대문학』은 서양 근대예술의 학파, 사조, 작가와 작품을 체계적으로 번역 소개하였다. 아울러 잡지사의 동인인 바이셴융(白先勇), 왕원싱(王文興), 어우양쯔(歐陽子), 천뤄시(陳若曦) 등이 솔선수범하여 새로운 소설형식과 스타일을 실험하고 창조하였다. 바이셴융의 『타이베이 사람들(臺北人)』은 지금까지도 타이완소설의 대표작으로 간주된다. 그는 이 작품에서 바다 건너 타이완으로 온 대륙의 신분 높은 옛날 벼슬아치들을 묘사했다. 그들이 뿌리를 잃고 표류하는 모습은 마치 모더니즘의 '부조리'나 '소외'와 서로 가락을 맞추는 듯하다. 「유원경몽(遊園驚夢)」이 그야말로 압권인 작품인데 예술적 기교 또한 가장 원숙하다. 바이셴융은 풍부한 상징을 능란하게 구사하고 서양식의식의 흐름 서사를 활용하였다. 그리고 여기에 중국 고전희극의 미학을 결합시켜 현재와 과거, 영혼과 육체, 삶과 죽음이 이원대립 하는 세계를 부지런히 넘나들면서 인물의 얽히고설킨 갈등의 내막과 은밀한 내면심리를 파헤쳤다.

『현대문학』의 동인인 왕원싱은 제임스 조이스(James Joyce, 1882~1941)의 영향을 가장 깊이 받았다. 그는 대담하게 언어실험의 최고봉 정복에 도전하였다. 그는 『집안의 변고(家變)』와 『바다를 등진 사람(背海的人)』이라는 두 편의 소설에서 중국어 어휘와 문법의 탄력성과 가능성을 전대미문의 경지로 끌어올렸고, 의도적으로 비틀고 확장시켜서 새로운 감성도 만들어냈다. 상대적으로 「결핍(欠缺)」은 왕원싱이 가장 온화한 태도로 써낸 단편소설이다. 한 소년이 성장하는 과정에서 겪은 간단한 에피소드에 대한 서술이지만, 현대세계에서의 가치관 붕괴와 인류의 실낙원(失樂園) 그리고 삶 속에 필연적으로 존재하는 결핍을 리얼하게 표현하였다. 모더니즘에 대해 이러저러한 이야기를 하다보면 궈쑹펀(郭松棻, 1938~2005)과 리위(李渝, 1944~) 부부를 떠올리게 된다. 이 부부는 모더니즘 미학을 신앙처럼 받들었지만, 1970년대에는 무조건적인 정의감에 불타 '댜오위타이 보호운동(조어대 보호운동)'에 뛰어들었다. 미감과 현실, 형식과 내용은 어느 정도 경지에 이르면 더 이상 서로 대립하지 않고 오히려 서로 보완하여 융합하게 된다. 그들의 소설은 모더니즘 미학이 현실과 결합한 가장 좋은 예라고 말할 수 있다. 궈쑹펀의 소설 「풀(草)」은 간결하고 농축된 필치로 황폐하고 살벌한 기운을 잔뜩 만들어 냈지만, 당시 타이완의 정치역사적 배경과 고립무원에 직면한 고달픔과 절망감을 돌출시키는 데 톡톡히 한 몫했다. 리위의 「강변의 첫눈(江行初雪)」은 이야기를 듣는 '멀티 통로(multiple duct)'의 방식으로 문화대혁명(文化大革命, 1966~1976)의 참상을 요모조모 그려냈다. 작가는 객관적인 거리로 물러난 뒤에 인간의 잔인함과 보잘것없음을 역설적으로 돌출시킴으로써 수많은 슬픔으로 뒤덮여 있는 타이완 땅의 비참한 곤경에 대해 무엇이라 말할 수 없는 심정을 드러냈다.

1970년대에 타이완은 일련의 국제적인 사건을 겪었다. 댜오위타이 수호 사건을 겪고 연합국에서 쫓겨났으며 미국과 단교하는 등 연이어진 충격으로 타이완 사회는 휘청거렸다. 그에 따라 민족의식이 보편적으로 일깨워지고 사회현실에 관심을 갖는 향토문학이 일어나 문학청년들의 정신을 크게 바꾸었다. 1960년대에 유행한 전면적인 서구화를 주장하는 모더니즘 문학부터 1970년대에 활발했던 현실을 반영하고 제국주의 경제의 침입을 반대하는 향토문학까지, 천잉전(陳映眞)은 이 격변하는 시련기를 대표하는 작가라고 할 수 있다. 그는 모더니즘의 공허함과 허무함을 대대적으로 비판하고 문학은 반드시 인간성의 지고함과 장엄함을 보여주어야 하며, 이 장엄함을 기초로 하는 민족적 믿음을 구축해야 한다고 주장했다. 그의 유명한 소설 「산길(山路)」은 바로 이러한 주장을 대변한 작품이다. 천잉전은 서정적이고 친절하고 따뜻하며 우아하면서도 절제하는 특유의 필치로써 백색테러(white terror) 아래에 놓인 사람들의 이상과 굳건하게 조금도 두려워하지 않는 구원 정신을 그렸다.

천잉전의 이상주의와 비교하면, 황춘밍(黃春明)과 왕전허(王禎和) 이 두 향토문학의 거장은 일상에 파묻혀 버린 것들을 주로 표현했다. 그들은 특히 사회 하층사람의 이러저러한 진면목을 포착하는 데 뛰어났다. 황춘밍은 정말 타고난 이야기꾼이다. 마치 타이완의 옛날 사진첩을 넘기듯이, 독자에게 농업사회의 많고 많은, 정말 잊기 어려운 얼굴들과 그 얼굴들이 머금고 있는 꾸밈없는 표정들을 보여준 그의 소설은 늘 사람들의 입에 오르내리며 아낌없는 사랑을 받았다. 그렇지만 타이완사회가 급속도로 변화하면서 많은 사람, 사건, 사물과 전통적으로 간직하고 있던 푸근한 인정미 그리고 조상들의 지혜로 가득 찼던 세간의 속담 및 속어가 모두 근대화란 거대한 수레바퀴에 깔려 하나같이 무자비하게 짓이겨졌다. 남아 있는 「아들의 인형(兒子的大玩偶)」과 같은 소설들만이 윗세대의 영원한 증거가 될 수 있다. 왕전허는 특이한 문학적 배경을 갖고 있다. 그는 타이완 동부에 있는 화롄(花蓮)에서 태어났다. 그의 창작적 토양은 동부 바닷가에 위치한 이 어촌마을을 벗어날 수 없었다. 그렇지만 그는 타이완대학 외국문학과를 다니면서 가장 전위적인 모더니즘 문학의 세례를 받았다. 그래서 왕전허는 작품에서 전위성과 향토성을 융합시켜 그만의 독특한 개성을 형성할 수 있었다. 그의 대담한 언어유희는 원고지 위에서 벌이는 사육제나 다름없지만, 가장 전위적이면서 동시에 향토의 진실에 근접했기 때문에 평범한 사람들이 처한 부조리한 상태와 타이완 서민들의 다원적인 문화의 힘을 드러냈다.

1980년대 이후에 향토문학은 자취를 감추고 몰락한 것 같지만, 사실은 그렇지 않았다. 왜냐하면 다른 모습으로 변했기 때문이다. 쑹쩌라이(朱澤萊)의 소설을 예로 들 수 있는데, 그는 당시의 가장 뛰어난 향토문학 작가라고 할 수 있다. 「우허촌의 축제(舞鶴村的賽會)」는 내추럴리즘(naturalism)적 필법으로 인류가 공동으로 처한 숙명을 써낸 것이다. 바로 쑹쩌라이 자신이 말한 바와 같이 "이것이 바로 타이완 하층사회인 농촌, 읍, 어촌의 진면목이다. 그들의 말도 안 되는 참상은 중산층 이상의 엘리트계급이 할 수 있는 상상을 훨씬 뛰어넘었다." 쑹쩌라이는 가슴에 맺힌 한을 풀어내는 심정으로 '이야기'를 창조했기 때문에 유달리 독자의 심금을 울린다. 1990년대에 사람들이 주목한 '우허'는 타이완 문단에서도 매우 특별했다. 혹자는 그를 '떠돌이', '독종'이라 부르기도 했고, 혹자는 그를 '고독자'라 부르기도 하는데, 이는 모두 남들과 다르고 통속에 치우치지 않는 그만의 미학을 나타내는 말이다. 그의 괴상망측하고 어두침침하고,

마치 가위눌림처럼 비틀어서 알기 어려운 펜촉을 휘두르는 '조사(調査) · 서술'과 중얼중얼 잠꼬대를 해대는 신경증장애 같은 창작 스타일이 정치적 거대 억압에 눌린 사람들이 당하는 공갈 협박과 비정상적인 상황을 정확하게 전달해주기 때문이다.

03 | 1980년대 이후의 다원적 발전

1980년대부터 21세기 초까지, 이 20년 동안 타이완문단에서 가장 주목할 만한 현상은 여성작가의 등단이라고 해야 한다. 오늘날 그들은 소설계의 내노라 하는 중진이 되었다. 그들은 창작 제재와 풍격의 다양성, 다변성을 추구했고 창작 태도는 엄격하고 고집스러웠다. 그들의 작품이 한 권씩 세상에 나올 때마다 사람들은 깜짝깜짝 놀라면서 열광했다. 이러한 여성작가들의 공통적인 특색은 바로 장아이링(張愛玲)의 문하에 속한다는 점이다. 오랜 시간이 흐르면서 '장파(張派)' 대열을 형성하게 되었고, 가지를 뻗고 잎을 피워서 현대소설사에서 가장 무성한 커다란 나무로 튼튼하게 자랐다. 그런데 장아이링은 도대체 타이완작가인가 아닌가? 이 문제는 많은 논쟁을 불러일으켰다. 그렇지만 영향력으로 보자면 장아이링은 이미 타이완소설사에서 중요한 지위를 차지하고 있으니 더 이상 말할 필요가 없다.

특히 장아이링의 '황량함의 철학'과 '철저하지 않은' 인생관 그리고 「경성지련(傾城之戀)」에서 보이는 문명의 바닥에 깔린 실의에 찬 위협, 말일(末日)의 도래, 화려함은 결국 폐허가 된다는 사실, 이러한 것들을 장파에 속하는 여성작가들은 카산드라(Cassandra) 같은 예언자적인 태도로 너나없이 모두 계승하였다. 심지어 주톈신(朱天心)과 주톈원(朱天文)도 이러한 태도를 크게 확장시켜 타이완의 고아나 다름없는 비참한 현실을 설명했다. 주톈원의 「세기말의 화려함(世紀末的華麗)」과 주톈신의 「쥐안춘의 형제들을 그리며(想我春村的兄弟們)」에는 화려함도 있고 처량함도 있지만 그보다는 시간에 쫓기는 급박감이 더욱 가득하다. 요컨대 장아이링 작품처럼 곳곳에서 타이완이 1980년대 계엄해제 이후에 직면한 믿음을 상실한 위기 그리고 그에 따라오는 국족 정체성의 비정확성과 애매성을 암시하고 있다. 게다가 포스트모던 사회의 상품코드가 범람하면서 야기된 삶의 의미와 깊이의 결핍 등이 모두 이 주씨 자매에 의해 줄줄이 소설 속으로 이끌려 들어가 말세를 애도하는 상엿소리가 된다. 또한 육체를 여섯 번의 윤회를 경험하는 시련의 장으로 보고, 중생은 역사의 부침 속에서 그저 훼멸될 뿐임을 증명했다. 이러한 것들은 모두 의심할 바 없이 장아이링 소설마다 등장하는 말일의 풍경이자 포스트모던 버전이다.

타이완 출신의 스수칭(施叔青)과 리앙(李昻) 자매도 장아이링의 영향을 받기는 하였지만 이들은 나름대로 다른 창작실험을 모색했다. 그들은 수차례 역사와 국족을 결합시킨 서사를 통해서 금기에 도전하고 논쟁거리를 만들었다. 스수칭은 「그녀의 이름은 나비(她名叫蝴蝶)」에서 기생 황더윈(黃得雲)의 신세를 통해서 홍콩의 식민 상황을 은유했다. 리앙의 「화장한 피의 제사(彩妝血祭)」는 괄호의 삽입과 성(聖)/속(俗)이 병치하는 언어를 연속 사용하여 소설서사의 진행을 끊임없이 방해하면서, 페미니즘 시각에서 타이완의 민주운동사를 다시 쓴 작품이다. 다른 여성작가 핑루(平路, 본명 路平, 1953~)의 「백령전(百齡箋)」도 가락은 달라도 같은 솜씨의 맛이 있다. 핑루는 이 소설에서 자신의 장기인 메타기법을 한껏 발휘하였다. 그는 쑹메이링(宋美齡, 1897~2003)이라는 중화민국의 영웅적인 여류인사의 시각에서 타이완과 현대 중국의 상황과 역사의 수수께끼를 다시 풀어가고 있다. 앞에서 말한 1980년대 이후에 두각을 나타낸 세 여성작가는 모두 리얼리즘의 길을 그리 달가워하지 않았다. 그들은 포스트모던의 영향을 받아서 다중적 서사 목소리, 상징과 구조를 엮어내려고 힘썼다. 그럼으로써 소설을 더욱 다채롭고 색다르게 만들고 다양한 목소리를 담아냈으며 한 걸음 더 나아가서 남성중심주의에 회의하고 도전해 단일한 의미 구조를 해체시켰다.

타이완 문학사에서 말레이시아 화교 작가의 성취 역시 과소평가해서는 안 된다. 이들은 현대시와 산문 그리고 소설에서 모두 눈에 띄는 성과를 거두었다. 리융핑(李永平)은 그 가운데 선배격인 작가이며 대표자이다. 그의 소설 「한낮의 비(日頭雨)」는 중국 백화소설의 간결함과 아름다움을 지니고 있으며 명쾌하고 빠른 리듬과 분위기도 지니고 있다. 그의 언어가 구축하는 강한 이미지는 말레이시아 특유의 풍요로움과 신비로움을 즉각적으로 연상하게 만든다. 미국 하버드대학 교수이자 문학평론가인 왕더웨이(王德威)가 '무서운 아이(enfant terrible)'라고 칭한 황진수(黃錦樹)는 대표적인 말레이시아의 젊은 화교 작가이다. 그는 날카로운 필치로 박정하고 은혜 갚을 줄 모르는 인물들을 잘 묘사한다. 그렇지만 귀향 모티브의 「불타는 옛집(舊家的火)」에서는 슬픔에 사로잡혀 떠돌다가 고향으로 돌아가는 이야기를 묘사하기도 했다. 그런데 고향은 어디에 있을까? 우림의 깊은 곳에 가득 찬 슬픔만 꿈처럼 환상처럼 겹겹이 에워싸고 있을 뿐이다.

1990년대 이후에 등단한 젊은 작가들을 보면, 황진수 이외에도 뤄이쥔(駱以軍)과 청잉수(成英姝)의 창작력이 가장 뛰어나다. 뤄이쥔은 「열두 별자리에서 태어나다(降生十二星座)」에서 현실 속의 인생을 상징하는 복잡다단하고 현란한 전자오락의 시뮬레이션 세계로 그려냈는데 인터넷 세대에게 전하는 우언이라고 볼 수 있다. 그는 최근에 외성인(外省人) 에스닉(族群, Ethnic)의 이산과 유랑 서사에 더욱 힘을 쏟고 있다. 가정에서부터 국족에 이르기까지 창작 의도가 거대해지고 있음을 볼 수 있다. 청잉수는 젊은 세대의 생활상을 가장 잘 파악해서 창작에 반영하는 작가다. 야간업소, 전자오락, 격투기부터 양성애자까지, 도시 군상의 갖가지 몸짓을 생생하게 다각도로 포착해냈다. 요절한 소설가 위안저성(袁哲生)의「수재의 손목시계(秀才的手錶)」는 향토서사의 새로운 페이지를 연 작품으로 그는 젊은 세대 중에서 새로운 국면을 열었다. 추먀오진(邱妙津)의「몽마르트르유서(蒙馬特遺書)」는 동성애와 욕망을 다룬 대표적인 작품으로 칭해진다. 위안저성과 추먀오진이 너무 빨리 세상을 등진 것은 타이완 소설계의 큰 손실이어서 안타깝다.

상술한 내용을 종합해 보면, 현대 타이완소설은 사회변화에 따라서 거의 10년마다 새로운 사조, 새로운 경향이 나타났다고 할 수 있다. 1960년대 모더니즘 문학, 1970년대 향토문학, 1980년대 포스트모던 문학 그리고 1990년대 이후의 페미니즘, 포스트 콜로니얼, 욕망서사, 동성애서사 등 다원적이고 개방적인 추세에 이르기까지, 타이완소설은 한 걸음한 걸음 시대와 함께 전진하는 활력을 발휘하였다. 또한 젊은 작가들이 끊임없이 나타나서 창작에 뛰어들어 소설 세계를 경작하였다. 이는 두말할 것 없이 타이완 현대소설의 귀중한 자산이다.

01 예스타오, 『타이완 문학사강』(가오슝 : 문학계잡지사), 1993년.
　　葉石濤, ≪臺灣文學史綱≫(高雄 : 文學界雜誌社, 1993).

02 천팡밍, 『좌익 타이완 : 식민지문학운동사론』(타이베이 : 마이텐), 2007년.
　　陳芳明, ≪左翼臺灣 : 殖民地文學運動史論≫(臺北 : 麥田出版社, 2007).

03 왕더웨이 편집, 『타이완 : 문학으로 역사 보기』(타이베이 : 마이텐), 2005년.
　　王德威編選, ≪臺灣 : 從文學看歷史≫(臺北 : 麥田出版社, 2005).

제16장

침묵의 섬을 쓰다
현대 타이완 산문

| **우밍이**吳明益 국립동화대학교 중국어문학과 부교수 |

우리가 '무엇이 산문인가?'라는 질문을 던질 때, 우리의 머리에 떠오르는 것은 아마도 '상대'적인 해석일 것이다. 다른 장르 그러니까 시, 소설, 희곡에 비해서 산문만이 지니고 있는 특징은 무엇일까?

01 | 들어가는 말

주지하다시피 영어에서 산문(prose)이란 운문(韻文 : verse)과 대비되는 개념이며 아울러 엄격한 운율의 제약을 받지 않는 문체의 한 종류를 가리키기도 한다. 그렇다면 운문이 아닌 어떤 종류의 글이 문학 연구의 대상이 되는 것일까? 일반적으로 '실용문(applied writings)'이란 넓게는 '모든 비(非)문학적 성격의 글'을 가리키는데, 거기에는 역사 저작, 학술 논문, 공문, 서신 등이 포함된다. 그러나 우리가 문학적 차원에서 산문이라는 단어를 사용할 경우, 그것은 통상 '문학적 성격을 지닌 텍스트'를 지칭한다고 볼 수 있다. 하지만 원론적으로 문학과 비(非)문학의 경계를 구분 짓는 것이 결코 쉽지 않기 때문에 수많은 서신과 실용문도 결국에는 문학적 토론의 대상이 될 수 있을 것이다. 그래서 '개념적'으로 산문이 지시하는 바는 '비(非) 운문적 성격의 문학 작품'이다. 물론 '문학적 평가'란 시대에 따라 변화하기 마련이다.

또 다른 관점에서 본다면, 소설은 전형적인 픽션(fiction)인 반면 산문은 논픽션(nonfiction)이라고 할 수 있다. 하지만 논픽션이라고 해서 그것이 반드시 '현실'과 합치되어야 한다는 것을 의미하지는 않는다. 중이원(鍾怡雯)은 『천하산문선(天下散文選)』을 펴내면서 수긍할만한 상당히 탄력적인 견해를 제시하였다. "우리는 산문의 '진실성'을 믿기 때문에 습관적으로 산문 속에서 작가의 모습과 생활상을 엿볼 수 있다고 생각한다.…… 비록 그렇다고 하더라도 산문은 생활의 일부를 반영한 결과이지 삶을 있는 그대로 그려낸 것은 결코 아니다. 그 어떤 기교를 동원한다 하더라도 경험과 사건이란 반드시 재(再)가공의 과정을 거쳐야 하기 때문에 마치 금전 출납부를 쓰듯이 기록될 수는 없는 일이다. …… 산문 작가가 허구를 창작하는데도 우리가 산문을 성실하게 읽어 내려가야 할 계약서로 생각해야 할까? 여기에서 확실히 짚고 넘어가야 할 것은 진실(real)과 현실(reality)이 다르다는 사실이다. …… 우리가 이야기하는 진실은 바로 어느 특정한 시점에 서술된 진실을 의미하는 것이기에 창작자의 관점에서 볼 때 산문은 진실한 것이다. 하지만 그것이 곧 현실은 아니기 때문에 현실에 대한 있는 그대로의 반영이라고는 할 수 없다. 다만 창작자의 입장에서 볼 때, 산문은 진실하다는 이러한 인식이 사실은 창작자가 허구를 구성하는 데에 있어 도리어 더 많은 편리함을 제공해 준다."

1980년대 이후부터 독특한 소재로 쓰인 산문을 특정한 용어로 지칭하는 연구자들이 갈수록 늘어나기 시작했다. 예를 들어 자연수필(nature writing), 음식문학, 여행문학 등과 같은 종류의 새로운 양식들은 산문을 해석하는 또 다른 개념을 파생시켰다. 하지만 소재를 기준으로 산문의 역사를 기술하려는 이런 방식의 구상은 종종 작가 개개인이 지닌 고유의 스타일을 단순하고 획일적인 것으로 치부해버릴 위험성을 안고 있다. 예컨대, 만약 린원웨(林文月)를 '음식문학'이라는 범주에서만 다룬다면 아마도 독자들이 작가가 지닌 다른 측면들은 살펴볼 수 없도록 오도(誤導)할 가능성이 있을 것이다.

쉽게 말해, 분류는 일종의 판단이자 관찰이며 하나의 수단에 불과하다. 그것은 텍스트가 지닌 특정한 의의를 발굴하여 문학사의 맥락을 명쾌하게 정리해내기 위해 비평가들이 고안해낸 하나의 수단에 불과하다.

02 | 문학적 기억의 기술 : 현대 타이완 산문 발전의 역사

해럴드 블룸(Harold Bloom)은 이른바 정전(正典 : Canon)[1]이란 문학적 '기억의 예술(Art of Memory)'이라고 언급한 바 있다. 다시 말해 정전은 문학의 역사에서 확실하게 '기억'된 작품을 의미한다. 때때로 모두의 기억에서 희미해졌던 작품이 다른 시대에 다시 주목받기도 하는데, 이 때문에 기존의 문학사는 끊임없이 도전받고 재구성되는 반성의 과정을 거치게 된다. 옌쿤양(顔崑陽)은 『현대산문선독편(現代散文選讀編)』의 서문에서 다음과 같이 이야기하고 있다. "한 작품에 대한 평가는 세 가지 방면에서 그 가치판단이 이루어진다. 첫째는 문학사적 차원이고, 둘째는 예술적 차원이며, 셋째는 사회적 차원이다. 첫 번째가 가리키는 것은 문학 발전 과정

---

1) 문학의 기성 체제에서 암묵적인 합의를 통해 위대하다고 인정한 작품과 작가를 가리키는 문예비평 용어─역자

속에서 작품이 제재, 주제, 형식, 스타일에 있어 개척과 혁신의 의미를 지니고 있는지의 여부이다. 두 번째는 형식과 내용을 불문하고 작품이 예술적 가치를 지니고 있는지의 여부를 의미한다. 세 번째가 가리키는 것은 작품이 시대와 사회적 현실에 대해 보여준 반영과 개혁의 의미가 영향력과 효용성을 지니는지의 여부이다. 만약 한 편의 산문이 이 세 가지 가치를 모두 겸비하고 있다면 그것은 당연히 이상적인 작품일 것이다. 하지만 이상적인 작품이란 결코 많지 않다. 앞서 언급한 것 중 단 하나의 가치라도 지니고 있다면 그것만으로도 긍정적이라 평가해야 할 것이다." 이 견해는 작품에 대한 다양한 평가가 가능하다는 사실을 잘 보여주고 있다.

(1) 두 종류의 '이방인'—종전(終戰) 후 첫 번째 10년

국민당 정부는 타이완을 점령하여 관리하기 시작한 이후 국어(國語, 즉 중국어)를 보급하고 일본어의 사용을 금지하면서 일본어로 간행되던 간행물 부록들도 모두 폐간시켰다. '2·28사건' 이후에는 수많은 문예계 인사들이 체포되어 고초를 겪게 되었을 뿐만 아니라 당시의 타이완 행정장관이 관할하는 행정부까지 나서 이른바 '평정 사업'을 명목으로 신문사를 폐쇄하기에 이른다. 이에 타이완 문단은 살벌한 분위기에 휩싸인 채 '반공(反共)의 기치' 아래에서 그저 침묵할 수밖에 없었다. 그리고 1949년 11월 16일 『민족석간(民族晚報)』이 창간된다. 이 신문의 부록 편집자 쑨링(孫陵)이 '자유중국(自由中國)'의 '첫 번째 반공신문 부록'의 '첫 번째 반공문예논문'이라고 일컬어지는 「전투를 전개하다(展開戰鬪)」라는 글을 쓰게 된다. 그 이후 문학사가들에 의해 '전투문예'나 '반공문예' 단체로 불리는 일단의 그룹들이 점차 그 모습을 갖춰 나가기 시작하였다.

사실 이 전후(戰後) 첫 번째 10년 동안에는 '반공문학'과 '향수문학(懷鄉文學)' 이외에도 서서히 발전하는 '모더니즘'적 경향도 발견할 수 있다. 아울러 타이완 본적 작가들 역시 표현의 통로를 탐색하려는 노력을 멈추지 않았다. 이 시기는 비록 침묵의 시대였지만 동시에 '암시(暗示)로 충만한' 시대이기도 했다. 이 시기에 비교적 잘 알려진 산문 작가로는 량스치우(梁實秋), 타이징눙(臺靜農), 우루친(吳魯芹), 류신황(劉心皇), 장슈야(張秀亞), 셰빙잉(謝冰瑩), 뤄란(羅蘭), 쓰마중위안(司馬中原), 멍야오(孟瑤), 쑤쉐린(蘇雪林), 린하이인(林海音) 등을 들 수 있다.

(2) 그다지 '근대'적이지도 '본토'적이지도 또한 '반공교조'적이지도 않은 여성 창작

산문만을 놓고 본다면, 1950, 60년대 당시까지는 여성 작가들이 분명한 여성의식을 갖추지는 못했던 것 같다. 그럼에도 불구하고 질적으로나 양적으로 모두 상당히 훌륭한 '사적(私的) 산문'을 남겨 놓았다. 중메이인(鐘梅音), 린하이인, 아이원(艾雯), 장슈야, 쉬중페이(徐鍾珮), 판치쥔(潘琦君), 뤄란과 같은 여성 산문 작가들은 모두 유사한 특징을 지니고 있다. 예를들어 가정생활을 그려내는 데 주의를 기울이고 있다는 점이 그렇다. 작품들은 대부분 따뜻하고 경쾌하며 부드러운 분위기를 지니고 있으며 때때로 지나간 과거의 삶에 대한 그리움이나 일상에 대한 섬세한 묘사 같은 내용도 찾아볼 수 있다.

(3) 경제적 발전과 정치적 억압 : '모더니티'가 모습을 드러내기 시작한 타이완 사회와 산문

제2차 세계대전이 종결되자 강대국 미국은 사회주의 진영의 공격에 대비해 서유럽과 일본을 경제적으로 지원하는 전후 세계질서 재건계획을 수립한다. 이러한 경제적 수출 정책과 정치적 압박을 통해 미국은 제3세계의 신흥국가들을 장악하고 통제해 나간다. 당시 미국의 정치력과 경제적 원조가 타이완의 사회, 문화, 교육 등 모든 분야의 발전에 결정적 영향력을 행사했음은 부인할 수 없는 사실이다. 이것이 바로 1960, 70년대 타이완 문단에서 모더니즘과 향토문학 사이에 벌어졌던 격렬한 논쟁의 시대적, 공간적 배경이다.

문학적으로 모더니즘의 유행은 막대한 양의 서구 사조와 문학작품을 동시에 불러들였고 작가들은 그것을 수용하여 자신의 작품 창작에 반영하기 시작했다. 이 점에 관해서는 산문에 비해 소설에서 훨씬 더 명확한 증거들을 찾아볼 수 있다. 하지만 그렇다고 해서 산문에서는 그 어떤 흔적도 발견되지 않는다는 이야기는 결코 아니다. 1960년대 초 두각을 나타내기 시작한 위광중, 왕딩쥔(王鼎鈞), 예산(葉珊)[2]과 비교적 더 젊은 세대인 장샤오펑(張曉風) 등이 전통적 제재를 사용한 서정산문 창작에 능했던 것은 사실이다. 하지만 그들의 작품에서는 이미 일종의 '반항'적 에너지도 발견할 수 있었으며 아울러 상당히 강한 실험성과 질적 변화를 감지할 수 있었다.

왕딩쥔은 1960년대부터 이미 큰 인기를 끈 작가이다. 이후 '인생 삼부작'인 『열린 인생(開放的人生)』, 『인생의 시금석(人生試金石)』, 『우리 현대인(我們現代人)』을 발표한 이후 베스트셀러 작가로서의 입지를 더욱 확고하게

---

2) 32세 이후의 필명은 양무(楊牧)이다. 본명은 왕징셴(王靖獻)이다. ─역자

구축했다. 하지만 왕딩쥔의 산문예술은 1978년의『깨져버린 유리(碎琉璃)』
와 1985년의『의식의 흐름(意識流)』를 거치며 진정한 의미에서의 성과를
거두었고, 1988년의『좌심실의 소용돌이(左心房漩渦)』에 이르러서는 절정
의 기량을 뽐내기도 했다.

위광중은 시인이자 산문작가이다. '되돌아갈 수 없는 고향'이라는 주
제는 줄곧 그의 가장 중요한 창작의 테마였다. 기행문은 위광중 산문 창
작이 거둔 중요한 성과인데『왼손잡이 뮤즈(左手的繆思)』부터『해가 지지
않는 집(日不落家)』에 이르기까지 모두 마흔여섯 편에 달한다. 위광중 산문
은 끊임없이 기교적인 새로움을 추구하고 있는데 그 중 특징적인 것이
바로 황궈빈(黃國彬)이 말한 '대품산문(大品散文)3)'이다. 현재까지도 창작을
중단하지 않고 있는 위광중은 타이완에서 가장 중요한 산문 작가이다.

양무(楊牧)의 산문 작품은 그 수가 많을 뿐 아니라 질적으로도 훌륭한
데, 각 단계별로 모두 대표적 의미를 지닌 작품들이라고 할 수 있다. 예
산이라는 필명으로 활동하던 시기에 낭만과 감상적 분위기로 점철되어
있던 작품은『버클리의 정신(柏克萊精神)』에 이르러서는 소박하면서도 냉철
한 필치로 가득한 분위기로 탈바꿈하게 된다.『탐색자(搜索者)』,『교류의
길(交流道)』,『화산을 넘어(飛過火山)』등은 시사평론이나 문화사색의 경향을
보여줌과 동시에 당시 시인들의 생활상도 기술하고 있다.『연륜(年輪)』은
시이자 산문이기도 한 실험적 작품으로『성공도(星圖)』와 함께 읽어야 할
것이다.『치라이전서(奇萊前書)4)』는 '시적 감성으로 가득한 사실적' 멜로디

---

3) 소품문(小品文)과 대비되는 개념이자 산문 형식의 일종이다. '소품'이라는 단어는
   고대 중국 진(晉)나라 때 처음 사용되기 시작되었는데, 불경의 번역본 중 간략한
   판본을 '소품', 상세한 판본은 '대품(大品)'이라고 했다. 이후 '소품'은 자유로운 표
   현과 짧은 편폭을 지닌 잡기(雜記)나 수필 같은 형식의 글을 통칭하는 의미로 쓰
   이게 되었다. ─역자
4)『산바람과 바다의 비(山風海雨)』,『영으로 되돌아가다(方向歸零)』,『옛날의 나에게
   가다(昔我往矣)』로 구성되어 있다.

라고 할 수 있는데, 소박한 필치와 함축적인 시어를 아우름으로써 진실과 환상이 뒤섞인 유년의 기억을 그리고 있다. 『의심(疑神)』과 『정오의 매(亭午之鷹)』는 형이상학적 사유와 종교, 철학적 반성으로 가득하다. 이런 몇몇의 전형적 작품들은 각각의 특색을 지니고 있다. 표현기법과 사고의 깊이라는 측면에서 양무의 작품은 모두 타이완 산문 역사에 새로운 이정표를 세웠다고 할 수 있다.

장샤오펑의 작품은 많고도 다양하다. 때로는 흥미롭고 유머러스하지만 또 때로는 무겁고 서정적이다. 초년의 성공작 『카펫의 저편(地毯的那一段)』은 그녀와 남편이 결혼에 이르는 과정을 그리고 있다. 하지만 장샤오펑은 결코 개인적 감정과 가정사에 머물지 않고 세간의 온갖 백태에 대한 관심과 철학적 사유로까지 나아감으로써 창작의 범주를 점차 넓혀나갔다. 위광중은 장샤오펑의 산문 필치를 '수려하고 호방하다'고 평가했다. 그리고 장샤오펑은 어느 인터뷰에서 그녀에게 가장 큰 영향을 준 것이 『성경』과 『논어』라고 밝힌 바 있는데, 이것이 아마도 그녀의 창작 스타일이 당시의 수많은 다른 여성 산문작가들과 차별화되었던 중요한 원인일 것이다. 장샤오펑 산문은 한편으로는 미문(美文)의 전통을 계승하면서 또 다른 한편으로는 의론과 철학적 사유 및 유머를 가미하였다. 분명히 초기 타이완 여성 산문가 중에서 독특한 면모를 보여주는 작가라고 해야 할 것이다.

(4) 고향은 어디에? 향토산문과 도시산문

1970년대 타이완사회에 충격을 몰고 온 정치적 사건들, 즉 1971년의 댜오위타이(釣魚台)보호운동과 UN 탈퇴를 비롯해 1979년의 중미(中美)단교 등을 포함한 일련의 사건들은 타이완 사회에 본질적인 변화를 불러일으

컸다. 지식인의 국가의식이나 사회적 현상에 대한 해석 역시 이전과는 큰 차이를 보이게 되었다. 황춘밍(黃春明), 천잉전(陳映眞), 왕퉈(王拓), 양칭추(楊靑矗) 등 사실적 기법으로 타이완 중하층 시민들을 그려내는 작가들이 문단에 출현한 지 얼마 지나지 않아 '향토문학 논쟁'이 일어난다. 단순히 문학예술적 차원에만 머물지 않았던 이 논쟁은 문학의 현실적 참여기능을 더욱 중시하면서 심지어는 문학의 배후에 은폐된 정치와 계층 의식에까지 시선을 돌리고 있었다.

타이완이 본적인 작가들은 언어적 장애를 극복해야 했던 이유로 잠시 침묵할 수밖에 없었다. 하지만 이 시기 언어적 장애를 뛰어넘은 일부 타이완 본적 작가들은 산문을 통해 일본 통치 시기의 식민경험을 써내고 아울러 타이완 강토와 국민 그리고 문화에 대한 그들만의 느낌을 표현해내기 시작했다. 전쟁 이후에야 비로소 글쓰기를 시작한 타이완 본적 작가들 역시 차츰 이 진영에 가담하게 된다. 그들의 작품은 기교적인 면에 있어서 상대적으로 소박했고 선택한 소재 역시 시골 사람들의 삶과 관련된 것이었기에 '향토산문(鄕土散文)'이라는 개념으로 개괄할 수 있을 것이다. 예룽중(葉榮鐘), 훙옌추(洪炎秋), 쉬다란(許達然), 천훠취안(陳火泉), 우성(吳晟), 천관쉐(陳冠學)를 비롯해 비교적 젊은 세대인 아성(阿盛) 등의 작품은 비록 서로 다른 스타일을 구사하고 있지만 본질적으로는 유사성을 지니고 있다.

일반적으로 향토산문은 다음과 같은 특징을 지니고 있다. (1) 스토리텔링 방식이 서사의 근간을 이루고 있다. (2) 통상 지나치게 과도한 수사는 거의 보이지 않고 평이하고 자연스러운 문체를 구사하고 있다. (3) 향토적인 언어나 일상 속의 흥밋거리를 부각시키고 있다. (4) 과도한 가공을 필요로 하지 않으면서도 감동을 줄 수 있는 삶의 편린을 포착해내는 데에 매우 능숙한데, 이것은 고도의 예리함이 수반되어야 하는 것이다.

(5) 다시는 회복할 수 없는 시대를 슬퍼하면서 전후 세대의 가치관을 비교하기도 하는데, 우성과 아성이 대표적인 작가이다. 우성의 초기작『시골 아낙(農婦)』과『구멍가게(店仔頭)』는 고향의 사람과 사건, 풍물을 묘사하고 있는데 그 필치가 소박하고 자연스러워 상당히 감동적이다. 그러나 진정한 의미에서 향토산문의 표현기교를 다채롭게 만든 것은 아성이었다. 잔훙즈(詹宏志)는 아성의 작품을 두 가지 전통의 맥락에서 이야기한다. "하나는 멀리『시경(詩經)』까지 거슬러 올라가는 한족(漢族)의 역사와 문화적 전통으로부터 이어져 내려온 '중국문학의 거대 전통'이고, 다른 하나는 그가 나고 자란 바로 그 곳, 즉 용수나무 아래에서 받아들인 타이완 농촌의 민속문화(folklore)라는 작은 전통이다." 사실 이것은 향토적 소재로 글을 쓰는 다수의 작가들이 공통적으로 지니고 있는 특징이라고도 할 수 있다. 그러나 아성은 이따금 소설과 같은 필치로 인물을 묘사하거나 스토리를 늘어놓기도 한다. 그의 직설 속에는 종종 의도적인 암시와 풍자가 깔려 있는데 이것은 부드럽고 우아한 격조를 추구해 오던 산문의 미학적 전통에 비추어볼 때 실로 새로운 스타일이라 하지 않을 수 없다.

1960, 70년대는 타이완의 경제가 매우 빠른 속도로 성장한 시대였다. 1980년대에 이르러 타이완은 점차 공업화와 산업화가 상당 수준으로 진행된 사회로 변모해 갔다. 도시와 시골의 격차는 더욱 확대되고 가치관의 변화도 발생한다. 아울러 도시문화의 출현은 토론의 공간을 마련해주기도 했다. 모더니즘과 향토문학이 표현 형식을 놓고 실험과 논쟁의 과정을 거친 이후, 타이완 산문이 형식과 제재의 선택에 있어 다양성을 확보하게 된 것은 결코 의외의 일이 아니다. 그리고 그 중에서도 린야오더(林燿德)가 거론한 '도시산문'이 가장 특징적이라고 할 수 있다.

사실 린야오더가 주창한 것은 '도시문학'으로 그는 논설과 실체 창작을 통해 이를 실현시켰다. 그의『어느 도시의 경험(一座城市的身世)』은 바로 도시산문이 구체적으로 실현된 결과라고 할 수 있다. 하지만 도시산문이라고 해서 그저 도시를 찬미하기만 하는 것은 아니다. 도시산문은 때때로 도시문명에 대해 '질문'을 던지는가 하면 더 나아가 도시문명을 조롱하고 그에 대해 깊이 사색하기도 한다. 타이완의 도시산문을 대표하는 작가에는 린야오더 이외에도 린위(林彧)와 두스싼(杜十三)이 있다. 도시문학은 대도시 시민들의 삶의 방식과 욕망 패턴, 소비심리와 공간에 대한 의식 등을 그려내고 있다. 이런 내용들은 도시에서 나고 자란 산문작가들의 작품 속에 내재되어 미래의 평론가들이 도시문화를 논의하는 데 있어 매우 중요한 텍스트가 될 것이다.

(5) 다시 발전하는 여성 산문

1980년대 이후에는 제재와 기교면에서 뛰어난 표현력을 지닌 여성 산문작가가 갈수록 늘어났다. 그 중 가장 유명한 인물로는 1970년대에 이미 명성을 얻기 시작한 장샤오펑과 린원웨 그리고 비교적 젊은 세대인 젠전(簡媜)을 꼽을 수 있다. 『레드 카펫을 밟은 후(步下紅地毯之後)』를 발표한 이후 장샤오펑이 관심을 갖는 대상은 더 이상 단순한 가정사나 일상생활에만 국한되지 않았다. 기교적으로도 점차 다양성을 확보하여 장샤오펑은 타이완에서 가장 중요한 여성 작가 중 한 명이 되었다.

또 한 명의 중요한 여성 산문작가는 린원웨이다. 비록 그녀는 여전히 자신의 개인적 경험을 소재로 대부분의 작품을 창작하는 작가에 속하지만, 창작 기법과 섬세한 필치로 볼 때 그녀의 작품은 이전과는 전혀 다른 면모를 보여준다. 그녀의 일부 작품들은 짜임새 있는 한 권의 책으로 기획되기도 했는데, 『의고(擬古)』, 『음식 노트(飲食札記)』, 『인물 스케치(人物速寫)』 등이 커다란 성과를 거두었다. '성장의 기억'인 상하이(上海), '문화적 충격'을 경험한 일본, '생활의 장소'였던 타이베이(臺北)로 이어지는 세 개의 창작 공간은 그녀의 작품에서 매우 중요한 시간과 공간적 배경이 된다. 『의고』에서 작가는 육기(陸機)의 의고시(擬古詩)를 모방하는 데 공을 들임과 동시에, 『미쿠라노소시(枕草子)』, 『낙양가람기(洛陽伽藍記)』, 『길 잃은 새들(Stray Birds, 漂鳥集)』 등 중국이나 해외 명작과의 '대화'를 글쓰기를 통해 시도한다. 『음식 노트』에서 작가는 '음식산문'이 아직 유행하기 이전에 이미 음식과 인생, 사상과 문학적 표현과 같은 주제들을 한 데 아우르는 참신한 창작 스타일을 선보였다.

젠전(簡嫃)은 언어나 스타일 자체에 탐닉해 들어가는 경우가 거의 없는 작가였다. 초기에는 농염하고 화려한 필치로 시적 언어와 소설적 구조의 결합을 시도했고 최근에는 지성적 창작기교를 수용함과 동시에 비판적 언어까지 보탬으로써 그 창작 의식이 더욱 독특하고 다변화된 모습을 보였다. 린쑤펀(林素芬)과의 인터뷰에서 젠전은 자신의 창작을 가능케 한 세 가지 원동력에 대해 "첫째는 바로 고향이라는 힘이고, …… 둘째는 여성이라는 힘이며, …… 셋째는 바로 종교의 힘입니다."라고 언급했다. 이 발언은 그녀의 초기 창작과 중기 창작의 경험을 대략적으로 설명해준다. 예를 들어 『침대를 비추는 달빛(月娘照眠床)』에서 볼 수 있는 '고향의 힘', 『뉘얼훙(女兒紅)』, 『훙잉짜이(紅嬰仔)』에서 보여주는 '여성의 힘', 『단지 이 산 속에 있음에(只緣身在此山中)』에서 드러난 '종교의 힘'이 바로 그것이다. 최근 그녀는 『하늘가 바다 끝(天涯海角)』, 『부유하는 섬(好一座浮島)』, 『다시 타오른 옛 정(舊情復燃)』을 통해 민간과 역사 그리고 국가에 대한 더욱 깊이 있는 사유를 더하면서 민속지(民俗誌) 창작과 문화평론 더 나아가 생명철학이라는 또 다른 경지를 열어 놓고 있다.

1990년대 이후 더욱 과감하게 새로운 창작에 도전한 결과 많은 여성산문작가들이 자신만의 고유한 '산문 스타일'을 만들어낼 수 있게 되었다. 예를 들어 커위펀(柯裕棻), 하오위샹(郝譽翔), 중이원(鍾怡雯)은 모두 학자이자 동시에 작가이다. 이 때문에 언어적 참신함 이외에도 내용적인 면에 있어서 이전 세대가 세상물정과 가정생활에 초점을 맞췄던 것과는 현저한 차이를 보여준다.

(6) 고도 자본주의의 시대 : 전문화된 제재의 산문 창작

1980년대 이후 산문 창작은 개별적이고 산발적인 형식에서 벗어나, 원고들을 모아 작품을 완성하는 새로운 형식의 창작 경향이 등장하였다. 한 작품 속의 제재가 일치하면 할수록 작가들은 다른 소재들을 더욱 적절하게 활용할 수 있다. 이에 산문은 더 이상 단순한 개인 경험과 생활철학, 자기 감성의 토로와 같은 표현형식에 머물지 않게 되었고 점차 대중성으로부터 멀어지면서 전문화되어가는 경향을 띄게 되었다.

엄격한 의미에서 자연창작, 음식문학, 여행문학은 '특정한 어조' 혹은 '특정한 소재'로 빚어낸 문학작품을 말한다. 다시 말해 과거의 문학과 비교해 볼 때, 일부 자연창작을 제외하면 대다수 작품의 '주제(themes)'에는 결정적인 변화가 없고 다만 제재(subjects)와 소재(materials) 상의 차이만 존재한다는 의미이다.

음식산문의 특징을 살펴보면 첫째, 음식산문은 일종의 '지성적 창작'이고 요리는 정교한 기술이다. 둘째, 음식은 그 배후에 '역사'를 품고 있다. 그것은 일종의 '문화적 글쓰기'로 음식에 대한 묘사를 통해 독자들은 간접적으로 다른 집단과 민족의 문화에 대해 이해할 수 있다. 셋째, 음식산문은 통상 '기억의 기록'이기도 한데, 작가는 음식을 자신의 유년시절과 추억 그리고 사랑과 가족애 같은 주제들과 결합시켜 놓았다. 그리고 마지막으로 음식은 종종 다양한 '상징'이 된다. 린원웨와 차이주얼(蔡珠兒)

의 작품은 이러한 글쓰기 방식에서 가장 큰 주목을 끌고 있다.

서구사회에서 '자연에 대한 글쓰기(nature writing)'는 긴 역사를 지닌 글쓰기 전통이라고 할 수 있다. 전통적인 자연문학이 '현대적 자연에 대한 글쓰기(modern nature writing)'로 전환되는 데 있어 중요한 전환점 세 가지는 다음과 같다. 첫째로 린나이우스(Carolus Linnaeus)와 찰스 다윈(Charles Darwin) 등이 마련해 놓은 자연과학의 새로운 패러다임을 들 수 있다. 둘째는 산업혁명으로 인해 야기된 새로운 반성적 분위기이다. 셋째는 현대 생태학이 불러온 관념의 혁명이다. 타이완에서 현대적인 '자연에 대한 글쓰기' 형식이 출현한 시기는 1970년대 말에서 1980년대 초 정도로 잡을 수 있다. 이것은 '통제된 사회(dominator society)'였던 당시 타이완 사회의 발전 모델이 결국에는 환경 파괴를 초래했던 것과 관련이 있다.

만약 산문만을 놓고 본다면, 한한(韓韓)과 마이궁(馬以工)의 『하나뿐인 우리 지구(我們只有一個地球)』는 환경 문제를 고발한 대표작일 것이다. 한편 비슷한 시기에 다른 일부 작가들은 전원생활을 숭상하면서 간결하고 소박한 삶을 추구하기도 했다. 천관쉐의 『전원의 가을(田園之秋)』이 대표작이다. 앞의 두 작품이 나오고 난 얼마 후부터는 점차 관찰, 기록, 역사, 생태지식, 윤리적 사고, 감성적 창작이 한데 어우러진 작품들이 출현하기 시작했다. 쉬런슈(徐仁修)의 『침묵의 세월을 생각하다(思源啞口歲時紀)』, 류커샹(劉克襄)의 『숙박 노트(旅次札記)』, 『샤오뤼산 시리즈(小綠山系列)』 등과 훙쑤리(洪素麗)의 『파수꾼 물고기(守望的魚)』, 왕쟈샹(王家祥)의 『문명황야(文明荒野)』, 천례(陳列)의 『영원의 산(永遠的山)』, 우밍이의 『나비의 길(蝶道)』 등이 대표적인 작가와 작품들이다.

이와 관련하여 랴오훙지(廖鴻基)와 샤만 란붜안(夏曼·藍波安)의 '해양문학(海洋文學)'도 언급할 필요가 있다. 이 작가들은 바다를 '생존과 삶의 터전'으로 삼아 타이완 해양문학의 새로운 면모를 보여준다. 랴오훙지의 『바다의 정복자(討海人)』,『고래의 삶(鯨生鯨世)』,『표류하는 섬(漂島)』은 모두 작가가 서로 다른 시기에 바다와 해양생물 더 나아가 인간과 바다가 상호 소통할 수 있는 방식에 대해 관찰한 결과물들로, 그의 각 창작 시기를 대표하는 작품들이다. 샤만 란뷔안의『차가운 바다의 깊은 정(冷海情深)』과 『파도의 기억(海浪的記憶)』은 다우족(達悟族) 해양문학의 대표 작품이라고 할 수 있다.

혹자는 여행문학을 현대판 '여행기'로 파악하기도 하지만, 사실 그것은 삶의 방식이 변화된 이후의 사회적 산물이라고 해야 할 것이다. 여행문학은 작가의 영혼과 관련이 있으며 아울러 모든 시대적 분위기나 사회적 현상과도 밀접한 관계를 맺고 있다.

타이완 초기의 중요한 여행산문 작품으로는 위광중의『소요유(逍遙遊)』에 수록된 기행문들을 꼽을 수 있다. 그러나 1980년대 후반부터 여행문학은 내외적인 요인으로 인해 새롭게 평론가들의 주목을 받게 되었다. 1997년의 '중화항공 여행문학상(華航旅行文學獎)'과 이듬해의 '에바항공 글로벌문학상(長榮環宇文學獎)'이 여행문학 붐을 일으키는 데에 지대한 역할을 했다고 볼 수 있다. 수궈즈(舒國治), 뤄즈청(羅智成), 중원인(鍾文音) 등이 모두 여행문학의 대표 작가로 평가받고 있다. 그 중 뤄즈청은『남쪽의 남쪽, 모래 속의 모래(南方以南, 沙中之沙)』에서 자신의 남극여행 체험을 써냈는데, 풍부한 지성적 소재와 역사적이고 철학적인 반성으로 충만해 있다는 점이 이 작품의 가장 큰 특징이다. 한편『이상적인 오후(理想的下午)』이후 주목받기 시작한 수궈즈는 마치 여유롭게 여행을 하는 듯한 태도로 이채롭고 이국적인 세계에 대한 비범하고 날카로운 통찰력을 선보이기도 했다. 중원인은 이국의 문화와 예술, 문학을 한데 아우르는 면에 있어서 가장 뛰어난 여행자라고 할 수 있다. 오늘날 여행문학은 번영의 시기를 지나 깊이를 더하는 단계로 들어서고 있다. 여행의 의미를 어떤 방식으로 확장시켜 이른바 '상품화'의 위기 속에 빠져들지 않도록 할 것인지의 문제가 아마도 이후의 여행산문이 새로운 면모를 되살리는 데에 있어 가장 중요한 열쇠가 될 것이다.

(7) 원주민 산문

원주민문학이라는 개념이 포함하고 있는 문학적 대상에 대해 두 가지 범주로 생각해볼 수 있다. 하나는 '작가의 신분이 원주민인지의 여부'이고 다른 하나는 '작품의 내용이 원주민의 생활상을 반영하고 있는지의 여부'이다. 일반적으로 문학평론가들 중 다수는 원주민문학을 매우 엄격한 범주로 한정시켜 정의내리고 있는데, 그 역시 원주민 신분의 작가가 원주민의 생활상 및 문화와 관련된 내용의 작품을 창작했는지의 여부와 관련되어 있다.

와리쓰 눠간(瓦歷斯·諾幹)은 원주민의 문화적 상황을 세 시기로 구분하고 있는데, 각각의 시기는 모두 국가기구가 원주민의 역사적 기억 속에 남겨 놓은 '제도화된 망각'이라는 식민의 잔재를 드러내 보여준다. 첫 번째 시기는 '주체가 제거된 시기(1930~1945)'이고, 두 번째 시기는 '묵살의 시기(1946~1988)'이며 세 번째 시기는 '주체가 정립된 시기(1988~)'이다. 구전문학을 제외한 원주민문학은 상술한 두 번째 시기에 큰 발전을 이루었지만, 세 번째 시기에 이르러서야 비로소 조금씩 주목받기 시작했다. 열악한 정치경제적 상황과 핍박으로 인해 원주민문학은 종종 일종의 '피식민(被植民)'적 분위기를 자아내고 있다. 이 때문에 자신의 목소리를 낼 기회를 갖게 된 원주민문학은 '모체가 되는 문화로 회귀'하려는 태도로 민족의 자부심을 재구축하여 응집시키고자 한다. 여기서 우리는 '문화적 학살에 저항(fight against cultural genocide)'하고 주변부의 식민화(colonization of the regions)를 거부하는 문화적 저항 모델의 출현이라는 원주민문학의 주요 내용 중 하나를 발견하게 된다.

타이야족(泰雅族)인 와리쓰 눠간의 필치는 날카롭고 신랄하다. 그는 사회문화에 대한 반성 및 원주민이 처한 문화적 곤경과 정신에 대한 묘사에 능한데, 『원주민의 칼집(番刀出鞘)』이 바로 그의 대표작이다. 어머니가 파이완족(排灣族)인 리거라러 아우(利格拉樂·阿𡡫)는 가장 대표적인 여성 작가이다. 자신의 민족적 혈통으로 인해 그녀의 작품은 여성의식에 대한 문제 이외에, 원주민과 한족 사이의 통혼으로 야기된 문화적 상황에 대해서도 매우 깊이 있게 그려내고 있다. 파이완족인 야룽룽 싸커누(亞榮隆·撒可努)는 창작 스타일이 매우 강렬한 작가이다. 그의 『멧돼지, 날다람쥐, 싸커누(山豬·飛鼠·撒可努)』는 독특하고 유머러스한 필치로 사냥꾼의 문화를 표현하고 있다. 이밖에 샤만·란뵈안 역시 문단에서 가장 주목받는 원주민 작가 중 하나다. 그의 작품은 다우족 사람들의 자연환경에 대한 이해와 인식, 그리고 그들 특유의 환경윤리관, 시적인 분위기와 의인화된 상상 등으로 가득하다. 그가 구사한 특징적인 어휘들은 다우족 사람들만이 지닌 해양적 우주관(cosmology)과 그들의 독특한 목소리를 드러내는 스토리텔링 기법을 구축해냈다.

03 | 결론 : 침묵의 섬을 쓰다

제한된 편폭으로 전후(戰後) 타이완에서 발전한 산문의 역사적 과정을 논의하는 것에는 필연적으로 약간의 한계가 수반될 수밖에 없다. 예컨대 천팡밍(陳芳明)과 옌쿤양(顏崑陽) 등이 학자적 배경을 바탕으로 생활에 대한 관찰을 통해 써낸 작품이나 양자오(楊照)의 깊은 통찰력이 부드러운 필치로 드러난 문화비평, 지성적 분위기로 충만하면서도 감동적이고 거침없는 탕눠(唐諾)의 서평과 자극적이면서도 강렬한 개인적 스타일을 보여주는 장쉰(蔣勳)의 욕망과 예술 창작, 그리고 섬세하고 전문적인 좡위안(莊裕安)의 음악산문 등은 모두 유형화(혹은 소수의 사람들만이 창작하는 유형에 속하는)된 논의 속에서 간과되기 쉽다.

하지만 이 역시 우리가 알아야 하는 역사이다. 그 어떤 관점에서 서술하든지간에 '완전무결한 역사'를 있는 그대로 제시한다는 것은 아마도 영원히 이룰 수 없는 미완의 숙제일 것이다. 여타의 장르와 달리 대다수의 산문은 주로 '나'를 서술자로 내세운다. 이런 이유로 작품을 자세히 음미하다 보면, 감추어져 있거나 혹은 드러나 있는 어떤 대상에 대해 간절히 호소하고 있는 서술자의 모습을 발견하게 된다. 어쩌면 우리는 다음과 같이 과감하게 이야기할 수 있을지도 모른다. 은연중에 독자까지 내포하고 있는 이 모든 것이 어쩌면 바로 타이완 사람들이 살고 있는 침묵의 섬일지도 모른다고. 그리고 이 무수히 많은 '나'가 결국은 우리에게 서로 다른 시간과 공간 속에서 드러난 타이완 섬의 풍경을 엿볼 수 있는 한 폭의 넓은 시야를 제공해줄 것이라고.

01 정밍리, 『현대산문구성론』, 『현대산문현상론』, 『현대산문종횡론』, 『현대산문유형론』(타이베이 : 다안출판사), 2001년.
鄭明娳, ≪現代散文構成論≫, ≪現代散文現象論≫, ≪現代散文縱橫論≫, ≪現代散文類型論≫(臺北 : 大安出版社, 2001).

02 천팡밍, 장루이펀 펴냄, 『50년 동안의 타이완 여성산문·평론편』(타이베이 : 마이톈), 2006년.
陳芳明·張瑞芬編, ≪五十年來臺灣女性散文·評論篇≫(臺北 : 麥田出版社, 2006).

03 사립둥우대학 중문과 펴냄, 『시대와 세대 : 타이완 현대산문학 학술 심포지엄 논문집』(타이베이 : 둥우대학 중문과), 2003년.
私立東吳大學中文系編, ≪時代與世代 : 臺灣現代散文學術研討會論文集≫(臺北 : 東吳大學中文系, 2003).

제17장

드넓고 찬란한 세계시단과 어깨를 나란히 하다
현대 타이완 신시

| **라이팡링**賴芳伶 국립동화대학 중국어문학과 교수 |

1945년 일본이 전쟁에 패해 투항하면서 타이완은 새로운 정부의 통치 정책 아래에 있게 되었고 지식인들은 이중 문화의 도전에 직면하게 되었다. 50년 동안의 일본 통치를 경험하며 식민의 힘겨움과 어려움은 타이완 사람들의 정신과 감정에 깊이 각인되어 사라지지 않았다. 전후 5년 내에 일본어로 말하던 공간이 줄어들거나 점점 사라졌으며 극소수의 작가만이 계속 창작을 할 수 있었다. 고전 한문의 소양이 있기는 하지만 백화문체를 사용했던 경험이 부족했기에 대부분은 벙어리가 되거나 주변화 된 세대가 되었다. 이들은 10~20년의 노력을 기울여 새롭게 백화 중국어를 배우고서야 다시 창작을 할 수 있었다. 전후 타이완의 현대시가 직면한 어려움은 사회적 가치와 의미를 지니고 있어야 한다는 압력 외에도 대략 세 가지 측면에서 이해해 볼 수 있다. 첫 번째는 관방 이데올로기에 움직이는 반공문예이고, 그 다음은 현대시에 대한 전통문화의 반대와 억압이며, 마지막으로는 5·4문학 전통과 타이완 본토문학 전통

의 이중적 단절이다. 1942년에 구성된 '은령회(銀鈴會)'는 사회의식을 강조하며 세계문학에 대해 개방적이고 수용적인 태도를 보여주었다. 어떤 의미에서는 '주지주의', '신즉물주의', '상징주의', '초현실주의', '새로운 초현실주의'…… 등을 따랐던 1930년대 '풍차시사(風車詩社)'를 계승했다고 할 수 있다. 이들은 1947년 린헝타이(林亨泰) 등의 가입으로 다시 진용을 떨칠 기회를 잡고서 1940년대 말에 '언어를 넘어선 세대'로서 일본 통치 시기와 민국 시대 사이를 연결하는 '시의 교량'을 놓았다.

01 │ 1950, 60년대, 신시의 현대화와 내외재적 탐색

정치적 억압과 언어의 장애로 인해 1949년 이전의 타이완 시와 1949년 이후에 대륙에서 온 시에는 단절 현상이 존재했다. 하지만 '현대성'과 '예술정신'에 대해 말하자면, 1950년대의 전위시는 대륙의 신시를 계승하였으며 타이완 신시의 연속이기도 하였다. 1951년부터 1954년 사이에 대륙에서 타이완으로 온 시인들과 타이완 현지 시인들이 합작하여 문학적 이상을 지닌 전위적 신시 사단이 꾸준하게 성립되었다. 그중에서 중요한 사단으로는 '현대시사(現代詩社)', '남성시사(藍星詩社)', '창세기(創世記)' 등이 있다. 그들의 출판물은 끊어졌다가 이어졌다를 반복하면서 시종 개척 정신과 실험 정신을 유지하기 위해 애썼다. 또한 이후에 발생한 다른 많은 우수한 시잡지와 호응을 하며 타이완 신시의 발전에 중요한 공헌을 했다. 표면적으로 볼 때 전후 1950년대 타이완의 '현대시 운동'은 신정권을 따라 대륙에서 타이완으로 온 지쉬안(紀弦)이 주도하였다. 그는 중국에서 1940년대 다이왕수(戴望舒)나 리진파(李金髮) 등의 현대파 시인들의 전통을 가져와 『현대시(現代詩)』 계간을 창간하여 '현대파'를 성립시켰다. 그리고 '신시의 재혁명을 이끌며 신시의 근대화를 밀고 나가는' 직책을 수행하였다. 이 모임은 비록 오래되지 않아 뿔뿔이 흩어지기는 했지만 신시 문단에 깊은 영향을 주었다. 현대파를 신시로 여기는 것은 서양 시가 예술의 '횡적 이식'이지 고전문학의 '종적 계승'이 아니다 라고 하며 촉발되었던 논쟁은 매우 격렬하였다. 그들의 신조 중에서 '애국, 반공, 자유와 민주의 옹호'는 한편으로는 냉전시기 국민정부의 양안 정책을 보여주는 것이기도 하지만 다른 측면으로는 '현대시 정신'을 스스로 해체시키는 것이 아닐 수 없었다. 시의 정책적인 구호는 어떤 때는 더 복잡한 심적 활동을 모호하게 만들기 위함이기도 하지만 때로는 시인의 진지한 마음의 소리이기도 하다. 지쉬안은 일본의 『시와 시론(詩與詩論)』파에 연원을 둔 린헝타이의 지성미학(知性美學)을 받아들여 신문학 전통 속의 낭만파 유산에 대항함으로써 1950년대 현대시 운동이 일본 초현실주의 운동 중의 주지정신(主知情神)을 계승하도록 했다. 또한 선언 속에서 분명하게 시의 '지성'을 강조하고 '순수성'을 추구하였다. 비록 이 양자가 서정적인 본질을 회피할 필요가 없을 지라도 말이다. 예를 들어 지쉬안은 「아프로디테의 죽음(阿富羅底之死)」에서 지나친 기계화된 사회가 미를 해치고 있는 것에 대해 언급하고 정신문화의 타락을 반성하고 있다. 그러나 「이리의 외로운 걸음(狼之獨步)」은 시의적절한 시대적 감각과 지쉬안의 개인적인 면모를 매우 잘 보여주고 있다.

> 나는 광야를 홀로 거니는 한 마리 이리.
> 선각자도 아니며, 탄식의 말도 한 마디 내뱉지 않는다.
> 그러나 언제나 처량한 긴 울음소리만
> 아무 것도 없는 텅 빈 천지에서 흔들리며
> 말라리아에 걸린 것처럼 천지를 전율케 한다. 서늘한 바람이 쏴쏴, 쏴
> 쏴쏴쏴 분다. 그것은 황홀함.

이 작품은 평론가들이 말하는 것처럼 '때로는 비약하는 모습을 드러내며' 또 '세상을 조롱하기도' 하고 '세속을 초월하는' 색조를 지니고 있어 농후한 현대파적인 특색을 드러내고 있다.

1950년대 시단 내외에서 발생한 세 차례의 논쟁은 대체적으로 시의 현대화 과정을 보여준다. 이 과정을 통해 서로 상이한 시적 관점이 오히려 같은 특성을 지닌 시의 영역으로 들어가게 되었다. 1959년 4월에 모습을 바꾼 '창세기(創世記)'는 원래의 민족 지향적인 시의 모습을 줄이고 현대파의 '새로운 모더니즘'의 주장을 받아들여 시의 '세계성, 초현실성, 독창성, 순수성'을 강조하였다. 1950년대 말 숨 막히는 정치 경제의 상황에서 끌어들인 서구화의 조류와 시의 적절하게 맞아떨어져 마침내 1960년대 타이완 신시단에서 가장 전위적인 역할을 담당하게 되었다. 전위적인 시풍은 형식의 아름다움을 강조하며 은유적이고 상징적인 언어를 창조하였고 아이러니, 애매함, 모순어법 등의 효과를 중시하였다. 완미한 형식으로 전통시의 우수한 특징을 계승하기 희망하며 민족과 사회의 시야를 발전시켜 나갔으며 현대문명에 대한 비판적 견해를 갖게 되었다. 뤄푸(洛夫)의 「시궁 야시장(西貢夜市)」은 아주 좋은 예이다.

흑인 한 명
베트남 자매 두 명
조선사람 세 명
바이리쥐(百里居)에서 싸움을 마치고 돌아온 그대의 사병 네 명

껌을 씹는 사내가
손풍금을 켠다.
사람 없는 긴 골목에서
소고기 굽는 냄새가 위안쯔팡(元子坊)에서 진나라(陳國) 추안지에(篡街)
까지 퍼지며 철사줄을 뚫고 화다오위안(化導院)까지 향기 날린다.

중이 회의를 열고 있다

시 전체는 소란스러운 듯 보이지만, 국족(國族)과 종족을 넘어서는 '음식남녀' 속에서 근원을 알 수 없는 망망함으로 물질과 영혼의 대비효과를 만들어 내 슬프고 침울한 분위기에 매력을 느끼게 한다.

뤄푸, 야쉬안(瘂弦), 장모(張默) 등을 주축으로 하고 있는 '창세기'는 '시란 시인의식과 잠재의식, 지성과 감성, 현실과 초현실적 상상이 융합한 것'이라고 여겼다. 그리고 언어와 감정에 대한 적당한 제약으로 인하여 우수한 작품은 기계적 창작의 혼란이나 감정 남용식의 감상으로 흐르지 않을 수 있다고 보았다. 야쉬안의 「안단테 칸타빌레(如歌的行板)」는 현대인의 나약함과 감정빈혈, 그리고 속된 향락주의에 대한 비판, 정신적 구원의 희망 없는 감탄에 주제를 맞추었다. 아래의 글을 보도록 하자.

> 온유의 필요함이
> 긍정의 필요함이
> 아주 약간의 술과 목서나무 꽃의 필요함이
> 진지하게 한 여자가 지나가는 것을 바라보는 필요함이
> 그대가 헤밍웨이가 아니라는 것은 이 순간 깨달을 필요함이
> 유럽 전쟁, 비, 캐넌 포, 날씨와 적십자사의 필요함이
> 산보의 필요함이
> 산보하는 개의 필요함이
> 박하차의 필요함이
> 매일 저녁 증권거래소 저 끝에서부터
>
> 풀처럼 흩날리는 유언비어의 필요함이. 회전 유리문의 필요함이. 페니실린의 필요함이. 암살의 필요함이.
> 저녁신문의 필요함이
> 플란넬 바지를 입는 필요함이. 마권의 필요함이.
> 고모 유산을 계승할 필요함이

베란다, 바다, 미소의 필요함이

그러나 한 줄기 강이 되어 언제나 계속 흘러내려가는 것을 보며
세상은 언제나 이렇다 늘 이렇다.
관음(觀音)은 아주 먼 산위에서
양귀비는 양귀비밭에서

야쉬안은 이 작품을 1964년에 썼는데 비판적 풍격이 날카롭다. 그 당시의 세계적인 정신의 황폐함을 지적하기도 하지만 그러한 먹구름 뒤에는 햇살을 숨기고 있기도 하다.

맹목적으로 서구화 조류를 따르는 결점은 확실히 위광중(余光中)이 말한 바대로 어떤 때는 '이성을 추방하고, 연상을 끊고, 어법을 뒤틀고, 이미지를 남용하고, 분위기를 죽이고, 리듬을 저애' 하는 방향으로 흐르기도 한다. 그래서 젠정전(簡政珍)은 '상아탑 안에 숨어' '폭풍 같은 은유'를 한다고 비난했다. 이외 1950, 60년대 타이완 초현실주의 시는 문학개혁을 사회개혁의 청사진으로 삼으려는 의도도 없었던 듯했다. 이러한 점에서 '횡적 이식'한 프랑스 초현실주의 시와는 큰 차이를 보인다.

02 | 전통을 전승하고 민족적 특징을 회고하고 향토를 감싸 안은 1970년대

1970년대 초의 '현대시논쟁'과 약간 이후의 '향토문학운동'은 모두 문학의 본질과 가치의 문제를 건드렸다. 이전에 현대 사회 속 개인의 고독감을 잊지 않고 스스로 사회나 자연에서 멀어져 애매하게 쓰던 시풍은 점차 사실적이고 밝은 방향으로 돌아왔다. 1964년 6월 '삿갓(笠)'시사가 창립되어 소박하고 진실한 시풍을 강조하였는데, 그 안에는 1980년대 타

이완 정신의 굴기를 감추고 있었다. '삿갓'의 성원은 시로 '구어화'와 '본토 주체성'을 추구하였으며 문화적 향수 속에 모더니즘 정신을 뒤섞었다. 이러한 경향은 향토문학 운동 전후까지 계속되었다. 사실상 본토와 비본토의 경계선은 구분이 쉽지 않다. 본토화/서구화와 관련된 논쟁은 이미 1960년대 말기에 벌어지기 시작했고 1970년대에 가장 격렬했다. 표면적으로 노선이 갈린 '현대파'와 '향토파'는 시가 주변적 위치에서 중심 담론으로 돌아와 시인들이 사회 양심의 역할을 담당할 수 있기를 기대했다. 그러므로 여전히 내면적으로는 공통적인 동기를 갖고 있었다고 말할 수 있다. 우성(吳晟)의 『내 고향 인상(吾鄕印象)』 시리즈는 향토적 언어로 소박한 전원생활을 그렸으며 진지한 농촌 사랑 정신을 품고 있었다. 「구멍가게(店仔頭)」와 「고구마 지도(蕃薯地圖)」는 줄곧 시단으로부터 호평을 받았다. '고구마 지도'의 일부분을 보도록 하자.

> 아빠는 할아버지의 거친 손으로부터
> 할아버지는 조상으로부터
> 묵묵히 견고한 호미를 이어받아
> 김을 맨다 김을! 천번 만번 김을 맨다.
> 이 고구마 지도의
> 깊은 땅을 간다.
>
> 아빠는 할아버지의 돌로 만든 어깨로부터
> 할아버지가 조상으로부터 받았듯이
> 묵묵히 튼튼한 멜대를 이어 받아
> 짊어진다 짊어진다! 천번 만번 짊어진다.
> 이 고구마 지도의
> 모든 고달픔과 영광을 짊어진다.
> ……

50여 년 동안 우성은 자신의 땅에 뿌리를 박고 떠난 적이 없이 오랜 시간 동안 깊은 애정을 가지고 타이완 사회의 민주운동에 개입하였다. 그의 시는 생활의 진실을 세밀하게 서술하는 데에 뛰어나다. 책을 읽고 가르치고 창작하고 농사일 하는 것을 모두 한데 뒤섞어 타이완 농민의 소박하고 정직하며 너그러운 성격과 정신을 계승하였다. 대략 같은 시기에 위광중(余光中)은 대륙의 고향을 그리워하는 섬세한 감정을 묘사하고 추방당한 감정을 둘러싼 작품들을 창작하였다. 예를 들어「향수4운(鄕愁四韻)」은 대학교 캠퍼스에서 널리 불리며 우성의「고구마 지도」와 다소 변증법적으로 대화하는 모습을 형성하였다.「향수4운」은 창강(長江)의 물, 붉은 해당화, 하얀 눈꽃, 납매 향기로 '중국 어머니(中國母親)'에 대한 그리움의 이미지를 결합시킨 아름다우면서도 애수가 가득한 작품이다.

나에게 창강의 물 한 바가지 다오, 창강의 물을
술 같은 창강의 물을
술에 취하는 맛은
향수의 맛이려니
나에게 창강의 물 한 바가지 다오, 창강의 물을

나에게 붉은 해당화를 다오, 붉은 해당화를
피처럼 붉은 해당화
피 끓는 열병은
향수의 열병
나에게 붉은 해당화를 다오, 붉은 해당화를
……

기복과 운치가 있는 리듬 그리고 반복되는 노래는 어머니에 대한 정과 향수가 천천히 끝없이 흘러 이어지도록 한다.

그러나 양무(楊牧)가 1970년대에 쓴「고독」은 한 개인의 타향살이의 어려움을 묘사한 것일 뿐만 아니라 시공을 초월해 인류 영혼의 깊은 곳에서 변하지 않는 사랑과 슬픔의 기록이기도 하다.

> 고독은 한 마리의 늙은 짐승
> 돌이 가득 쌓여 있는 내 마음 속에 숨어
> 등에는 변하기 쉬운 꽃무늬를 하고 있다.
> 그것은, 내가 안다, 그의 동족의 보호색
> 그의 눈빛은 쓸쓸하니, 멀리 떠가는 구름을
> 자주 응시하며, 그리워한다.
> 하늘 위에서 나부끼며 표류하며
> 고개를 숙여 생각에 잠겨, 비바람 마음대로 채찍을 내리치도록 한다.
> 방치된 난폭함
> 풍화된 사랑
> ……

이 시는 양무의 시와 삶의 선율을 너무나 아름답고 슬프게 표현하고 있다.

03 | 1980년대 이후 정치와 생태 환경에 대한 깊은 성찰

1970년대부터 1980년대 사이까지 나타난 『용족(龍族)』, 『주류(主流)』, 『대지(大地)』, 『초근(草根)』, 『양광소집(陽光小集)』 …… 등의 신시 간행물(또는 사단)들은 '전통을 결합하고 현실에 호응하자.'는 이념 아래 모여들었다. 그리고 1977년부터 1978년까지 진행된 '향토문학논쟁'의 세례를 통하여 많은 시인들이 풍격을 바꾸고 시 문학관을 다시 세우기 시작하였다. 예를 들면 상양(向陽)이 중국 고전문학의 길에서 타이완 향토문학으로 길을 바꾸며 1984년에 쓴 「입장(立場)」은 강한 시대의식을 지니고 있었다.

1980년대 초기, 『양광소집』에 낸 '정치시' 특집은 시와 사회, 시와 정치가 연결되는 현상을 재빠르게 반영했다. 그들은 '시를 중심으로 다양한 예술 매체와 시를 결합시킬 수 있는 가능성을 실험하길' 희망하였고, 더 이상 시의 '순수성'을 강조하지 않았다.

'고독하고 심오한 낭만적 상징'이라는 특성으로 시단에서 영예를 누려오던 양무는 마침 이때에 발생한 메이리다오(美麗島) 사건 직후의 '린씨 저택의 살인사건(林宅血案)'으로 인해 충격을 받아 「린이슝을 위한 슬픈 노래(悲歌爲林義雄作)」라는 시를 썼다. 여기서 그는 타이완 민주화 운동의 좌절을 겪는 비통함 속에서도 오히려 전국민적인 정화의 힘을 끌어내 승화시켰다. 그리고 바이추(白萩)는 1980년대에 「나무(樹)」를 써서 타이완의 땅에서 나고, 늙고, 죽는 강렬한 감정을 표현하였다. 여기서 그는 1970년대 이후 비바람이 몰아치는 타이완의 상황을 드러내 보여줌으로써 오히려 타이완의 백성들이 타이완의 대지에 뿌리를 내리는 존재의식을 더 깊이 보여주었다.

> 우리는 땅에 박힌 말뚝처럼 서 있다. 서 있다. 서 있다.
> 고집스럽게 흔들리지 않으면서.
> 아, 하늘이시여, 여기는 우리의 땅, 우리의 무덤
> 설령 우리에게 계속 망치질을 해대어
> 끝없이 혹사시킬지라도
> 여기는 우리의 땅, 우리의 무덤
> 나를 처형시켜 횃불로 만들어
> 울부짖는 모세혈관 구멍까지 불태우더라도
> 여전히 완강하게 저항하는 발톱으로, 꽉 움켜잡으리,
> 내 몸이 서 있는 이곳에서.
> 여기는 우리의 땅, 우리의 무덤

바이추는 「나무」에서 '여기는 우리의 땅'이라고도 노래하고 '우리의 무덤'이라고도 노래하고 있다. 넓은 땅에 가득찬 대중들의 소리를 담은 작품이다. 대체적으로 향토 생활에 대해 쓰고 있는 많은 시들은 독특한 미학적 정취를 지니고 있다. '현실에 대한 직시'는 전후 타이완 신시 역사에서 중요한 변화를 위한 시작점이 되었다. 만약 '1987년 7월 15일의 정치적 계엄해제를 사조를 구분하는 표지로 여겨' 구분한다면 이보다 먼저 전후에 출생한 신세대 시인들이 조직한 '4차원 공간(四度空間)'과 1986년 6월 『풀뿌리(草根)』의 복간은 새로운 시단의 '도시 정신의 각성'을 이끄는 주요한 역할을 했다고 할 수 있다. 이러한 것들은 '모더니즘과 향토문학 이래 진행된 분리와 통합을 계승'하는 표현이라고 볼 수 있다.

04 │ 여러 소리가 함께 울리는, 주류가 없는 듯한 1990년대부터 지금까지

계엄령 해제 후 1990년대까지, 타이완은 다원적 포스트정체성 정치시대가 되었다. 본토화가 점차적으로 주요한 추세가 되었으며 민생경제가 성숙한 단계로 나아갔고 사회적 생명력이 활발해졌다. 게다가 신문 발행 금지가 해제되어 새로운 매체 정보가 넘쳐흘렀다. 페미니즘, 포스트모더니즘, 냉소적 이성주의, 실용주의, 해체주의 …… 등의 사조가 점차 퍼지며 타이완 문화계의 대중적 통속화 경향 역시 출렁거렸다. 이러한 충격은 신시에서도 나타났다. 그 결과 정치시, 타이완어시, 도시시, 포스트모던시, 대중시 등이 상호 침투하였으며 시단의 '세대교체' 현상도 나타났다. 이런 '세대교체'는 시학과 사고방식의 중대한 변혁을 의미했다. 이전처럼 단지 문학/현실, 엘리트화/대중화, 횡적이식/종적계승이라는 주제 사이에서 맴돌지만은 않았다.

역사적 맥락과 문학적 변화의 차이로 인하여 타이완 신시단의 포스트 모던은 서양 포스트모더니즘의 직접적 영향으로 형성되지만은 않았다. 영미전통과 비교해 볼 때, 타이완 '모던'와 '포스트모던'이 뒤섞여 언급되는 시스템은 더욱 촘촘하게 짜여져 있다. 모더니즘의 시적 관념은 아름다운 서정시 형식을 띠고서 시와 인생 사이에서 필요한 미감의 거리를 중요하게 여겼다. 포스트모던시는 개방된 형식, 다각도의 시각 그리고 시를 '짓는'다는 수준 높은 자각 등을 주장하였다. 이러한 것들은 모두 시가 인생의 연속이지 인생을 넘어서는 것일 필요는 없다는 사실을 보여주고 있다. 그래서 순수에 가깝게 창작하고 조금도 수식하지 않은 구어를 사용했다. 또한 비관적인 목소리로 초현실을 묘사했고 평면적 시각으로 세계를 보았으며, 시적인 허구로 현실의 허구를 반영하고 대항했다. 그러나 그 중의 어떤 것들에는 반논리적이고 초현실적인 기교 같은 모더니즘적 요소도 있었다.

1980, 90년대의 새로운 시학적 사고는 대부분 도시시에 대한 글에서 드러난다. 반면 본토시의 문화 주체성, 젠더 논의, 원주민시와 포스트모던시 등의 주장은 시 언어를 조작하는 방식에 상당히 많은 관심을 보이고 있다. 이 기간에 뤄칭(羅青)의 『영상시학(錄影詩學)』, 쑤사오롄(蘇紹連)의 「달빛 같은 말(那匹月光一般的馬)」, 펑칭(馮青)의 「어떤 부인(一婦人)」, 두스싼(杜十三)의 「항아리 속의 어머니(罈中的母親)」, 젠정전의 「모퉁이 거리(街角)」, 두예(渡也)의 「총알이 셔츠를 뚫는데—2·28 사건 때 살해당한 화가 천청보 선생을 기념하며(一顆子彈貫穿襯衫—紀念二二八罹難畫家陳澄波先生)」, 샹양의 「짙은 어둠이 낮게 깔리는데(烏暗沉落來)」, 천리(陳黎)의 「섬 주변(島嶼邊緣)」, 샤위(夏宇)의 「포옹(擁抱)」, 리우커샹(劉克襄)의 「샤오슝 라허위안의 중앙산맥(小熊拉荷遠的中央山脈)」, 천커화(陳克華)의 「실내 인테리어(室內設計)」, 와리쓰·눠간(瓦歷斯·諾幹)의 「타이야에 관하여(關於泰雅)」, 린야오더(林燿德)의 「그대는 나의

애수가 어떻게 된 일인지 이해하지 못하리(你不了解我的哀愁是怎麽一回事)」, 쉬후이즈(許悔之)의 「잃어버린 비단수건(遺失的哈達)」, 옌아이린(顏艾琳)의 「조수(潮)」, 탕쥐안(唐捐)의 「암중(暗中)」 등의 작품에 모두 우수한 표현이 있다. 그들이 언급하는 정치적 반성, 생태환경보호, 약세 에스닉, 우주적 인생 등의 문제는 뛰어난 앞 세대 시인들과 비교해 보았을 때 거의 뒤지지 않는다. 천리가 1993년에 쓴 「섬 주변」을 보면, 중심/주변에 대한 기존의 인식을 전복하고 있다. 직접적으로 타이완 동부에 위치에 있는 화롄(花蓮)과 대륙의 주변에 위치한 타이완을 가리키며 말하고 있지만 사실 전인류의 사랑을 자존감, 존중감과 연결함으로써 시간, 종족, 지역의 한계를 뛰어넘었다. 어떠한 식민의 상처와 기억이 있더라도 화롄이나 타이완은 우주를 향해 자신있게 소리를 지를 수 있다. '우리는 세계의 중심이다.'라고.

> 사천만 분의 일로 축소된 세계지도에서
> 우리의 섬은 완전하지도 못한 누런 단추
> 푸른색 제복 위에서 풀려 떨어졌다.
> 나의 존재는 지금 거미줄보다 더 가는
> 투명한 선, 바다를 마주한 나의 창을 통해
> 섬과 바다를 함께 힘써 꿰맨다.
>
> 외로운 세월의 주변에서, 새로운 한 해와
> 지나간 한 해가 교체하는 틈
> 마음은 거울처럼,
> 시간의 물결을 차갑게 응결시키고 있다.
> 그것을 뒤적여 읽으며, 그대는 모호한
> 과거가, 거울 위로 반짝이며 나타나는 것을 보았다.
> ……
> 섬 주변에서, 수면과

깨어남의 경계에서
나의 손은 바늘 같은 나의 존재를 꼭 잡고
섬사람들의 손에 의해 둥글게 갈려 빛나는
누런 단추를 지나
푸른 제복 뒤에 있는 지구의 심장을 힘껏 찌른다.

이러한 '다원화된 시 창작'의 단계는 '주류가 없는 시의 흐름'을 진정
으로 체현한 것이며 1980년대 타이완과 국제사회의 다원화된 문화 상호
작용 현상을 계승한 것이다. 표면적으로 볼 때 많은 신세대 시인들은
'감각화'되고 '과학기술화'된 언어를 다루길 좋아해서 마치 '세기말' 경
향 속에서 매우 눈에 뜨이는 특색을 형성하려는 것 같았다. '깊이도 없
고' '파편화된 유희'를 즐기는 듯한 포스트모던 작품 가운데서도 많은
시들은 여전히 깊은 시심(詩心)을 감추고서 뜻있는 독자들이 읽고 탐색하
기를 기다렸다. 샤위가 1995에 쓴 「포옹」은 걸작이라 칭할 만하다.

바람은 어둠
문틈은 잠
냉담과 이해는 비

갑작스러움은 보이는 것
뒤섞임은 방이라 불린다.

해안선처럼 물이 새며
몸은 흐르는 모래 시는 얼음덩어리
고양이는 가볍지만 물새는 시간

치마의 해수욕장
점선의 불꽃
우언은 소멸하고 괄호는 깊이 빠진다.

반점의 감각 감각
그대는 안개
나는 술집

시의 구형은 간단하지만 이미지가 복잡하고 심오하며 곳곳에 은유와 상징이 가득해서 모호하지만 한없는 미적 감각을 전해준다.

문화 주체의식을 깊이 담고 있는 타이완어 시는 일본 통치 시기의 신시운동 때 이미 싹을 틔웠다. 이후 시대적인 혼란으로 인해 잠시 주춤하기는 했지만 마침내 1980년대 이후 조금씩 되살아나 천천히 꽃을 피워 1920, 30년대 타이완어 문학의 우수한 전통을 계승했다. 예를 들어 루한슈(路寒袖)의 「타이베이 새로운 고향(臺北新故鄉)」, 「봄의 꽃술(春天的花蕊)」은 많은 사람들에게 '아름다운 꿈이 있고 희망이 뒤따른다.'는 깨달음을 주었다. 그의 「전 세계가 듣도록 말하라(講互全世界聽)」를 인용해 보도록 하자.

나는 전 세계가 듣도록 말하고자 한다.
나는 원한다 원한다
목숨을 지불해
그대의 하루 동안의 즐거움과 기쁨으로 바꾸기를 원한다.
맑고 향기로운 바람으로 그대의 이름을 부르길 원한다.

하늘이 무너져도 나는 그대와 함께 하리라.
땅이 갈라져도 나는 그대를 따르리라.
세상 풍파에도 그대 놀라지 말아요.
영원토록 나 그대를 사랑할테니

배는 물을 떠나서는 운행할 수 없고
물은 언덕이 없으면 흐를 수 없으니
나는 배 그대는 기슭
배는 기슭에 대기를 좋아한다.

나는 전 세계가 듣도록 말하려 하네.
천년만년 그대는 나의 심장

타이완어로 노래한 이 작품은 처음 읽으면 슬프고 괴로운 애정시로 보이지만, 사실 루한슈가 1998년 가오슝(高雄) 시장 경선에 뛰어든 셰창팅(謝長廷)을 위해 쓴 노래이다. 문학가가 고향과 나라를 어머니와 연인에 비유하는 것은 고금에 드문 일은 아니다. 더욱이 1980, 90년대의 타이완 문단에는 '타이완, 나의 어머니'와 같은 집단의 목소리가 마구 넘쳐났다.

대중시로 매우 성공했다고 여겨지는 시무룽(席慕蓉)은 부드럽고 서정적인 시풍으로 많은 여성독자의 사랑을 받았다. 그의 시는 타이완과 중국 대륙 양안에서 시들지 않고 오래 동안 두루 환영받았다.

1920년대의 신시운동부터 21세기 오늘날까지 수차례 쓰러지고 일어서는 어려움이 있었지만, 끊이지 않는 구슬픈 문화적 향수는 확실히 드넓고 찬란한 세계의 시단과 어깨를 나란히 할 수 있게 되었다. 상품소비 시대가 되면서 동서양을 막론하고 시인을 예지적 선각자 또는 인류 중에서 뛰어난 엘리트로 보는 황금시대는 다시 되돌아오기 어려운 듯 보인다. 그래서 약간 걱정스러운 견해도 있다. 즉 타이완이 근 20년 동안 사회적으로 너무나 많이 변해 신중과 응집 그리고 사색을 중요하게 여기는 많은 전통적인 인문 패러다임이 변화되거나 붕괴되었다는 사실이다. 그리고 정보화 시대 각종 매체의 홍수와 빠른 리듬과 박자에 더 부합하게 되었으며, 사람들은 손쉬운 정보의 전달과 수용을 요구하게 되었다. 인터넷 상에는 각종 시 관련 사이트가 생겨나 '초신세대(超新世代)'가 시를 읽고 쓰는 빠른 시공간을 제공하고 있다. 하지만 시의 인구가 증가하고 있다거나 혹은 또 다른 형태의 시 '놀이'가 나타났다고 보기는 어렵다. 그렇지만 열린 공간에 신시를 놓고 대중들에게 감상하도록 제공하는 것도 사실 은연중에 감동을 시키는 미감 교육적 기능이 있기는 하다. 단지 시인이 어떻게 '개인화'와 '대중화' 사이에서 평형을 이루며, '예술의 자주성과 자유로움' 그리고 '사회의 공공 책임'을 모두 염두에 두는가 하는 어려움을 피할 수 없을 뿐이다.

총체적으로 볼 때, 전후 타이완 현대시의 발전 맥락은 대체로 다음과 같다. 1950년대 신시의 현대화가 타이완의 문화예술에 깊은 영향을 끼쳤고 지금까지 그 여파가 남아 있다. 1960년대 시인의 대부분은 내면세계 탐색을 중요하게 여겼으며, 때로는 인류 전체의 운명에 대해 사고하고 관심을 가지기도 하였다. 1970년대의 시풍은 이전 문화 전통에 대한 계승과 연결에 대해 사고하면서 동시에 민족적 특성을 돌아보고 향토를 끌어안았다. 1980년대 이후의 시인군은 정치, 경제, 사회, 문화가 극심하게 변화함에 따라 '도시 문명'과 '생태환경'이라는 참신한 영역에 대해 상당히 깊이 있게 심사숙고하며 성찰하였다. 그리고 1990년대부터는 다양한 소리가 등장했던 1980년대를 이어 시의 언어 활용 면에서 어설펐던 해체주의 풍조를 계승했다. 그렇지만 분명 분산된 성과를 거두기도 하였다. 일부 '초신세대' 시인들은 앞 세대 시인들의 역사감이나 사명감과 비교해 보면 훨씬 냉담하게 종종 방관자적인 시선으로 자신이 처한 현재의 시간과 공간을 바라보았다. 그리고 인성의 황량함과 문명의 거짓꾸밈으로 두려움을 함께 나누고 서정에서 도피하였다. 그로 인해 문자의 경쟁적인 차별화가 시를 쓰고 즐기는 중요한 일이 되었다. 그 결과 시가 반드시 갖추어야 하는 깊은 언어적 의미와 인문적 관심은 모두 사라지고 남은 것이 없었다. 이것은 시를 쓰고 시를 읽는 성실한 사람들을 아주 슬프게 만들었다. 1990년대의 시단에는 '시가 장차 없어질 것'이라는 슬픈 소리가 널리 퍼졌다. 어느 오래된 시사(詩社)에서는 과거의 화려함을 다시 드러내고자 했지만 양적으로 변하고 질적으로 변하는 추세를 피할 수 없었다. 그밖에 신시사의 와해, 시 간행물의 정간, 시집의 출판 정지 등의 상황은 신시가 살아남지 못할 것이라는 우환의식을 조성하였다. 그러나 시인과 시인 단체의 자각 그리고 국가문화예술기금회(國藝會), 각 현(縣)과 시(市)의 문화국, 문화건설위원회(文建會) 등에서는 시집 출판을 지원하고 학술단위에서는 연구토론과 좌담회를 개최하였다. 이러한 활동이 많은 긍정적인 역할을 했다.

이렇게 다층적으로 지속된 신시의 발전 과정 속에서 수많은 일대(一代) 시인과 이대(二代) 시인들이 등장했다. 예를 들어 잔빙(詹冰), 린헝타이, 뤄푸, 위광중, 리쿠이셴(李魁賢), 양무, 우성, 리민융(李敏勇) 등은 모두 '전통성/현대성', '본토화/국제화' 사이의 극적인 흔들림을 직접 보여주었다. 그 중의 어떤 시인은 지금까지도 활발한 창작 활동을 지속하고 있다. 비록 각자 다른 시적인 이상을 지니고 있고 미학적 견해가 다를지라도 그들의 오랜 진지한 노력은 많은 사람들로부터 존경을 받았다.

영국시인 윌리엄 블레이크(William Blake)는 "시인은 마귀의 성대한 잔치에 앞장서서 참가한다."고 말했다. 이 말은 시인은 나아가는 용기를 지녀야 하지만 타락하지 말아야 한다는 사실을 가리킨다. 시인은 피와 눈물로 영혼과 육신이 좌절당하는 모습이나 영광을 써내야 한다. 마치 무사가 검을 사용하는 것처럼 시인은 펜을 가지고 생활 속으로 들어가야 한다. 시는 세속에 관심을 갖고 세상 속으로 깊이 들어가 도리, 정의, 충성, 용감함, 도덕과 사랑을 증명하고 보여주어야 한다. 전후 타이완 현대 시단에는 세속에 휩쓸리지 않으면서도 세속을 멸시하지 않는 많은 시인들이 존재하였다. 그들의 시풍이나 경향은 유미적이기도 했지만 차가움과 뜨거움도 고루 갖추고 있었다. 그들의 깊이 있는 언어는 전통과 현대를 마음대로 드나들었고 본토와 국제를 융합할 수 있었다. 그렇게 타이완의 귀중한 인문전통이 되었다.

01 양무, 『시의 완성』(타이베이 : 홍판), 1989년.
　　楊牧, ≪一首詩的完成≫(臺北 : 洪範, 1989)
02 샤오샤오, 바이링, 『타이완 현대문학 강좌·신시독본』(타이베이 : 얼위), 2002년.
　　蕭蕭, 白靈, ≪臺灣現代文學敎程·新詩讀本≫(臺北 : 二魚, 2002)
03 루한슈, 『타이완어 시선』(타이난 : 전핑기업), 2002년.
　　路寒袖, ≪臺語詩選≫(臺南 : 眞平企業, 2002)
04 린젠룽, 『린젠룽 하이쿠집』(타이베이 : 첸웨이), 1997년.
　　林建隆, ≪林建隆俳句集≫(臺北 : 前衛, 1997)

제18장

극본과 무대를 비추는 빛

타이완의 현대 연극

| **옌훙야**閻鴻亞   국립타이베이예술대학 겸임강사 |

01 | 타이완 근현대 연극의 흐름과 변천

일제 식민통치시기에, 타이완의 각 도시와 농촌에서 타이완 고유의 전통극 공연이 금지되고 많은 극단이 문을 닫게 되었다. 일본 식민정부는 황민화정책과 식민전쟁을 지지하고 선전하는 '황민화연극(皇民劇)'을 대대적으로 장려했으며, 모든 공연물은 엄격한 정치적 검열을 받아야 했다. 그러나 그 와중에도 시대를 반영한 <거세한 닭(閹鷄)>, <가오사여인숙(高砂館)>1) 등의 대표적인 작품들이 공연되었다. 광복 초기인 1946년에는 젠궈셴(簡國賢)이 쓴 정치풍자극 <벽(壁)>이 폭발적인 인기를 끄는 바람에 공연금지 처분을 받기도 하였다. 이 때문에 타이완성행정장관공서(臺灣省行政長官公署)는 '타이완성 극단관리규정(臺灣省劇團管理規則)'을 제정하여 타이

---

1) 타이완 원주민은 일본 식민통치 시기에는 '가오사족(高砂族)'이라고 불렸고, 국민당 정부가 들어온 다음에는 '산지동포(山地同胞)'라고 불리다가 '타이완 원주민'이라고 부르게 되었다고 한다. ─역자

완 전역에서 연극공연 활동을 통제하였다. 당시 연극계의 기린아 린투안 추(林搏秋), 젠궈센, 쏭페이위(宋非我, 본명 宋集仁) 등이 모두 탄압을 받았고 심지어 체포되어 총살당한 사람도 있었다. 간신히 화를 면한 양쿠이(楊逵)는 옥중에서 창작을 계속할 수밖에 없었다. 일본 식민통치시기에 타이완어와 일본어로 공연되던 문화극(文化戱)은 국민정부가 들여온 정당 및 군대의 연극부대로 완전히 대체했다. 하지만 이들은 틀에 박힌 제재를 사용하였기 때문에 예술이라 할 만한 것이 없었다. 1960년대에 이르러 리만구이(李曼瑰)가 구미에서 돌아와 처음으로 '소극단 운동'이라는 용어를 제기하며 새롭게 연극운동을 추진하고자 했다. 1962년에 타이완 교육부는 '연극감상위원회(話劇欣賞委員會)'를 성립하고, '세계 연극 페스티벌', '청년 연극 페스티벌' 등을 연이어서 개최하였으나 대학 캠퍼스에만 제한적으로 영향을 미쳤을 뿐이다. 당시 연극인들은 1965년에 잡지 『연극(劇場)』을 창간하고 서양 연극계와 영화 사조를 적극적으로 소개했다. 하지만 통런(同仁)이 아일랜드 출신 극작가 사무엘 베케트(Samuel Beckett)의 희곡 <고도를 기다리며(En Attendant Godot)>를 무대에 올렸지만, 막을 내릴 때는 겨우 관객 1명만이 남았었다고 하니 당시 연극계의 실정이 어떠했는지 짐작할 수 있다.

1960, 70년대에 시와 소설 창작영역에서 모더니즘이 혁명의 불길처럼 일어나자 타이완 극작가들도 새로운 연극의 길을 모색하였다. 전통에서 제재를 취했지만 끊임없는 변신을 추구했던 야오이웨이(姚一葦), 파리 등지에서 부조리극(Absurdes Theater)을 썼던 마썬(馬森), 본래는 수필가로 이름을 떨친 장샤오펑(張曉風) 등이 모두 탁월한 성과를 거두었다. 쟝샤오펑이 중국 역사에서 소재를 취한 우화극은 대부분 '기독교예술동아리(基督敎藝術團契)'가 공연했다. 극중의 시적인 언어와 녜광옌(聶光炎)의 무대설계는 당시의 연극계에서 매우 대담하게 기획한 시도였다. 1977년에는 우징지

(吳靜吉)가 뉴욕 '라 마마 실험극장(La MaMa Experimental Theatre Club)'에서 익힌 배우 훈련법을 '란링극방(蘭陵劇坊)'의 전신인 '경신실험극단(耕莘實驗劇團)'에 전수하고 나서야 비로소 틀에 박힌 공연 관념에서 벗어나 체질적인 개선을 할 수 있었다.

1980년은 타이완 현대 연극의 호황을 상징하는 분수령이 되는 해이다. 이전까지만 해도 연극계는 5·4신문화운동 이래의 연극 전통을 계승하여 극본 창작이 주도하는 '극작가의 연극'이었다. 야오이웨이는 '연극감상위원회(話劇欣賞委員會)' 주임위원으로 재임할 때에 1980년부터 내리 5년 동안 국립예술관(國立藝術館)에서 '실험극페스티벌'을 개최하였다. 그리고 왕유후이(王友輝)와 차이밍량(蔡明亮)의 '마을 극단(小塢劇場)', 천링링(陳玲玲, 본명 洪祖玲)의 '방원극단(方圓劇團)', 그리고 타이완에 즉흥적 집단 창작[2] 기법을 도입한 라이성촨(賴聲川) 등 '제1세대' 소극단과 연출가들이 탄생할 수 있는 요람을 만들었다. 그 가운데서 란링극방에 유능한 인재들이 많이 모여 있었기 때문에 이 극단의 영향력 가장 컸다. 이후에 진스제(金士傑), 쥐밍(卓明, 본명 林啓星), 리궈슈(李國修), 류징민(劉靜敏), 황청황(黃承晃), 마팅니(馬汀尼), 린위안상(林原上), 두커펑(杜可風) 등도 각기 자신들의 극단을 만들었다. 란링극방에서 계속 개발한 다양한 형태의 연극들이 거둔 예술적 성과 역시 뛰어났다. 예를 들어 신체 훈련을 발전시킨 무언극(無言劇) <보자기(包袱)>, 제재와 형식 방면에서 경극(京劇)을 환골탈태시킨 <허주의 기발한 속임수(荷珠新配)>, 마임(mime)과 춤을 결합시킨 <고양이의 천당(猫的天堂)>, 민속인형극 개념을 도입한 <줄 타는 사람(懸絲人)>과 장샤오펑의 시적인 비극 톤을 계승한 <대면(代面)>, 현대판 의식극(rituelles

---

2) 네덜란드 '암스테르담 워크테아테르(Amsterdam Werkteater)'의 셔린 스트루커(Shireen Strooker, 1935~)는 즉흥적 집단 창작의 거장이다. 라이런성은 그의 조연출로 있으면서 즉흥적 집단 창작 기법을 익혔다고 한다. -역자

Theater)인 <구가(九歌)> 등이 있다. 특히 <허주의 기발한 속임수>에서 보여준 전통 연극의 창작기교는 폭넓은 격찬을 받았으며 대중에게 처음으로 연극의 독특한 매력을 선사했다. 이 연극은 타이완 현대연극계의 이정표나 마찬가지였다. 란링극방 이후에 황청황, 라오자화(老嘉華)가 세운 '필기극단(筆記劇場)'은 미니멀리즘(minimalism) 이념을 발전시켜 우수한 작품들을 잇달아 공연하였다. 그 가운데 '무작위(隨機偶合)'의 르포연극 <양메이성의 보고(楊美聲報告)>는 많은 개인들이 동시에 많은 사람들의 다양한 소리를 써 내려가는 타이완 역사이다. 라이성찬이 국립예술대학에서 각색하고 연출한 <바흐의 변주(Bach Variations)>(1985)는 바흐의 푸가(fuga)를 추상음악과 결합시키기도 하였다. 이러한 것들은 불모지를 개간한 그 시대의 전위적인 작품들이었다.

1982년에 '신상예술센터(新象藝術中心)'에서는 대형 무대극을 제작하기 시작했다. 그 가운데서 '멀티미디어극단(多媒體劇場)'의 <유원경몽(遊園驚夢)>과 음악극(Music drama)인 <장기왕(棋王)>[3]은 많은 비난을 받기도 했지만 극단에 대한 대중의 관심을 이끌어내는 성과를 거두었다. 라이성찬, 리궈슈와 리리췬(李立群)은 1985년에 '퍼포먼스 작업실(表演工作坊)'을 성립하고, 실험성이 짙은 <그날 밤, 우리는 만담을 했다(那一夜, 我們說相聲)>의 막을 올렸다. 이 연극은 예상외로 관객의 많은 사랑을 받았으며 타이완에서 최초로 프로극단의 활동기반을 마련한 쾌거였다. '퍼포먼스 작업실'에서 역사, 사회, 양성애 등의 문제를 다루며 과감하게 무대에 올린 작품은 연달아 성공을 거두었다. 하지만 공연 프로그램의 개발, 실험영역의 창조 등 존립의 밑거름을 점차 아마추어 경향의 신생 소극단에게 넘겨줄 수밖에 없었다. 1982년에 설립된 국립예술대학의 졸업생들이 대거 쏟아

---

3) <장기왕>은 타이완에서 최초로 제작한 대형 뮤지컬이다. 장시궈(張系國, 1944~)의 동명 장편소설을 각색한 것이다. — 역자

져 나왔고, 예술 및 관련 행정 분야를 연구하고자 영국이나 미국에서 유학했던 인재들도 잇달아 귀국하였기 때문이다. 그들은 전문화되고 상업화되는 연극의 각 분야 요소요소에서 필요한 핵심인력이 되었다. 리궈슈는 익살극 전문극단인 '병풍극단(屏風表演班)'을, 량즈밍(梁志明)은 통속극(通俗劇) 전문극단인 '고도극단(果陀劇場, Godot Theatre Company)'을 성립하여 퍼포먼스 작업실의 활동을 거울삼아 폭넓은 명성을 얻었다.

02 | '제2세대 소극단'의 등장

제2세대 소극단은 대형극단과 함께 나란히 싹을 피웠다. 1985년부터 시작된 사회개방의 움직임에 따라서 소극단이 우후죽순처럼 문을 열었다. 이 소극단들은 예외 없이 모두 정식 연기수업을 받지 않은 아마추어 대학생들이 조직한 것으로 타이완대학의 '원형 폐허(環墟)', 단장대학(淡江大學)의 '왼쪽기슭(河左岸)', 사범대학(師範大學)의 '임계점(臨界點)' 등이 모두 그랬다. 그들은 처음부터 정치 문제에 강한 관심을 드러냈다. '원형 폐허'의 <15호 반도 : 그리고 그 후(十五號半島 : 以及之後)>는 공상적 알레고리 방식으로 강권통치에 대한 의구심을 표출하였다. '왼쪽기슭'의 <침입자(闖入者)>는 벨기에의 극작가인 모리스 마테를링크(Maurice Maeterlinck, 1862~1949)의 극본과 미국 작가인 트루먼 카포트(Truman Capote, 1924~1984)의 소설을 접목시켰는데, 연출자가 두 단락 사이에 등장해서 '타이완 역사는 끊임없이 남한테 침략당한 역사'라는 관점을 제기하였다. 1987년에 '임계점'의 극단 창립 기념작인 <모시(毛屍)>는 터부시되는 주제를 과감하게 다루었다. 이 연극에서 보여준 동성애자의 권익 신장, 이성애 젠더관념에 대한 회의와 풍자, 전통 유교적 도덕관념에 대한 전면적인 비판 등은 당시로서는 대담하고 도발적인 시도였다. 이러한 도전적인 창작욕구들은 미국에서 귀국한 중밍더(鍾明德), 류징민, 천웨이청(陳偉誠)으로부터 연극이론과 실기 지도를 받고 난 후 '포스트모더니즘'과 '가난한 연극(poor theater)'[4]의 기치 아래로 속속 모여 들었다. 류징민이 세운 '우극장극단(優劇場劇團, 약칭 '優劇場')'은 동양인의 신체미학 탐구로부터 고된 심신단련의 방향으로 발전하여 야외 연극의 또 다른 풍경을 자아냈다.

여러 사회적 원동력의 충돌 속에서 타이완은 1987년에 계엄령을 해제하였다. 그로부터 소극단은 당당하게 거리로 나가 사회운동의 응원단이 되고 선거전의 기수가 되었다. 중일전쟁 이래 반세기 동안 중국에는 타이완의 이 5년과 같은 시기가 없었다. 이 5년 동안 극단은 시대적 흐름과 사회의 맥박과 함께 긴밀하게 결합하여 중요하고도 커다란 영향을 행사하는 역할을 수행했다.

03 | 연극의 새로운 사조

1989년 말에 중화민국 최고의 입법기관인 '입법위원' 선거가 막을 내리면서 소극단의 한시적인 정치적 과열현상은 사그라졌다. 소극단은 한동안 침체를 겪은 뒤에 다시금 예술미학을 추구하는 본연의 길로 돌아가 새롭게 출발하였다. 그리고 어용 문화기구들의 태도가 한층 완화됨에 따라서 양 진영의 냉전은 천천히 막을 내렸다. 비판적 정신이 강했던 논객들은 '소극단은 이미 죽었다!'고 선언하기도 하였고, 또 어떤 사람은 협

---

4) 폴란드의 연출가 구르토프스키가 1960년대 제창한 연극개념으로 오로지 배우만으로 상연한다. 배우 역시 분장이나 의상에 있어 남의 힘을 빌리지 않고 전적으로 자신의 육체와 육성으로만 모든 것을 표현해야 하므로 특이하고 엄격한 훈련을 한다. - 역자

소하고 애매했던 '소극단'이라는 이름을 바로 잡으려고도 했다. 그러나 이미 굳어져 버린 '소극단'이라는 용어를 한순간에 바꿀 수는 없었다. 그것은 아마도 그 어휘 속에 오랜 세월 동안 쌓인 감정적 유대와 그에 부가된 사회적 의미, 그리고 혁명의 세월에 대한 노스탤지어가 농축되어 있기 때문일지도 모른다.

1990년대에 이르러 연극계는 점차적으로 문학예술이 사회현실을 반영하는 책임을 져야 한다는 짐을 내려놓고 더욱 다양한 방향으로 전개되었다. '원형 폐허' 극단이 해산된 뒤에 그 단원이었던 천메이마오(陳梅毛), 양창옌(楊長燕)이 별도로 조직한 '타이완워커(Taiwan Walker)'는 타이완 본토 문화 특유의 오락적 요소를 위주로 하여 전위예술과 통속문화의 접목 가능성을 탐색하였다. '당대전기극장(當代傳奇劇場, Contemporary Legend Theatre)'과 '푸른빛극단(綠光劇團, Greenray Theatre Company)'은 각기 경극과 현대극을 통해서 중국식 가무극(歌舞劇)의 틀을 만들었고, '밀렵자극단(密獵者劇團)'은 서양의 고전 텍스트를 소개하고 새롭게 해석하여 무대의 표현기교와 정신세계를 개척하고 발전시켰다.

그러나 사실 이렇게 대략적인 윤곽만을 그리는 연극발전사는 많은 부분을 빠뜨릴 수밖에 없다. 웨이잉쥐안(魏瑛娟)의 존재가 바로 상술한 단선적 서술의 부족함을 증명하고 있다. 그녀는 10년 동안 극장 활동에서 잔뼈가 굵은 인물이며 작품 역시 양적, 질적인 면에서 손색이 없었지만 활동범위는 대학 캠퍼스에 국한되었다. 1995년에 그녀가 '셰익스피어의 작은 아씨들(Shakespeare's Wild Sisters)'이라는 극단 이름을 내걸고 공연하면서부터 비로소 밑에서 숨어서 흐르던 물줄기가 땅 위로 솟아올라 당시 '제3세대' 소극단의 자유로운 분위기 속에서 사회의 뜨거운 반응을 불러 일으켰다. 1995년 이전의 타이완 연극발전사에서 웨이잉쥐안이란 이름은 거론된 적이 없었다. 하지만 그녀는 장난치는 놀이방식으로 당시 시대를 겨냥했고 젠더문제에 대해서는 독특하고 성숙한 모습을 보여 주었다. 박자와 리듬을 정확하게 파악하고 부조리한 시각시스템을 단호하게 바꾸어 프로근성을 유감없이 발휘하였기 때문에, 혈기만 믿고 날뛰는 소극단과는 확연하게 달랐다. 사실 극장의 실정을 잘 아는 사람들은 모두 웨이잉쥐안처럼 오랫동안 모습을 드러내지 않고 묵묵히 자신의 길을 걸어온 예술인이 언제든지 연극발전사의 새 페이지를 장식할 것임을 알고 있었다.

　연극은 태생적으로 하루살이처럼 생명이 짧다. 죽음의 도래는 언제나 예상치 못한 방식으로 우리를 찾아온다. <맹물(白水)>과 <메리와 마릴린(瑪莉瑪蓮, Mary & Marlin)>으로 타이완 소극단이 세계화의 길을 가는데 전위적 역할을 한 '임계점'의 연출자 톈치위안(田啓元)이 돌연 사망하였고, 야오이웨이도 1997년에 끝내 병으로 사망하였다. 그들의 죽음은 의심할 바 없이 격정의 시대가 막을 내렸음을 상징한다. 그러나 옛날의 황무지는 이미 옥토가 되어 있었다. 최근 몇 년 사이에 웨이잉쥐안과 '왼쪽기슭' 극단의 주요 멤버였던 리환슝(黎煥雄) 등이 손을 잡고 '창조사(創造社)'를 조직하여 대형극단의 행렬에 발을 내딛었다. 천메이마오는 타이베이 시청의 후원을 받아 뿔뿔이 흩어져 있는 소극단을 규합하여 '타이베이소극단연맹(臺北小劇場聯盟)'을 발족시켰다. 또한 타이완의 각 대학과 전문대학은 점차 연극과 관련된 학과 및 학부를 확대 설치했다. 더불어 상업극단, 아동극단, 노인극단 및 타이완 동부 지역과 중남부 지역에 있는 극단들의 발전도 본궤도에 진입했다. 20년도 채 되지 않는 짧은 세월 동안 타이완 연극계의 환경은 이전과는 완전히 달라졌다.

04 | 극단의 공연과 희극문학

극장의 대중화와 발전은 연극에 뜻을 둔 이들에게 극장에 들어가서 직접 창작을 할 수 있는 더 많은 기회를 제공하였다. 연기, 연출, 설계, 연극 등의 시장이 형성되지 못했을 때에 극작가는 그저 개인 서재에 앉아서 상상 속의 이상적인 연극을 위해서 극본을 쓸 수밖에 없었다. 그러나 전체적인 연극 환경의 변화 발전은 주변에 잘 아는 배우들을 끌어 모으고 영감을 주는 극장 공간을 위해 구체적인 텍스트를 창작할 수 있도록 했다. 이는 현대 타이완의 극본 창작이 대부분 먼저 배우들이 무대에서 공연한 연후에야 비로소 문학양식으로 출판되었기 때문이다.

사실상 고대 그리스비극부터 셰익스피어(William Shakespeare, 1564~1616), 몰리에르(Moliere, 1622~1673) 등의 고전희극에 이르기까지 실제 공연을 위해 즉흥적으로 써낸 극본은 무대에 올린 다음에야 비로소 정리되어 책으로 만들어졌다. 그러나 이미 다른 장르에 익숙해진 독자의 입장에서는 고전 극본을 독서하는데 어떠한 어려움도 없었기 때문에 문학의 한 형식으로 곧장 진입할 수 있었다. 고전 극본은 거의 다 대사 위주였기 때문에 설령 각각의 공연방식이 있다고 해도, 독자들은 극본만 읽고서도 텍스트가 주는 즐거움과 만족감을 얻을 수 있었고 더 나아가서 치밀하고 미묘한 서사의 맛까지 음미할 수 있었다. 그러나 현대 타이완 연극은 점점 시각, 소리, 신체의 율동과 공간 환경이 중시되는 더욱 더 복잡한 종합적 연극미학의 방향으로 나아가고 있다. 사실상 언어만이 아니라 다른 부분적 요소들이 서로 결합하여 상호작용을 하며 완성되도록 연출되기에 언어만 뽑아내서는 전체적인 모습을 모두 다 설명하기 어렵다. 공연 실황을 사후에 글로 묘사하고 기록을 남기고자 시도하지만 이 역시 영화의 촬영본 대본(shooting script)과 같아서 끝까지 읽기 어려운 기술적인 수

첩으로 전락하기가 쉬웠다.

연극이 문학의 속박에서 벗어나 시각예술, 청각예술과 더 가까워졌다는 점은 이미 기정사실이 되었다. 따라서 극본의 가독성 여부가 공연예술의 깊이와 무게를 드러내는 것은 아니지만, 문학적 요소만 갖고 말한다고 해도 연극은 여전히 발전 가능성이 많다. 진스제, 라이성촨, 왕여우후이, 지웨이란(紀蔚然) 등은 자수성가한 현대 타이완 극작가로 모두 연극 공연장에서 잔뼈가 굵은 연출자이다. 이들은 10여 년 동안 독특한 개성을 지닌 몇몇 소극단, 이를 테면 '왼쪽기슭', '임계점', '타이완워커', '셰익스피어의 작은 아씨들' 등을 실험적으로 운영해 왔으며, 비판성과 예술적 상상력이 풍부한 극작을 창작해 큰 공헌을 하기도 했다. 타이완 문학의 한 부분으로서 극본 창작은 질적으로나 양적으로 모두 손색이 없고 흠잡을 것이 없다고 평가된다.

05 | 근 · 현대 주요 극작가와 작품

(1) 린퇀추의 〈가오사여인숙〉

린퇀추의 〈가오사여인숙〉은 1943년 4월 28일에 『타이완 문학(臺灣文學)』 제3권 제2호(여름호)에 일본어로 발표되었다. 같은 해 9월 2일에 '후생연극연구회(厚生演劇研究會)'가 최초로 타이베이 영락좌(永樂座)[5] 무대에 올려졌다. 이는 타이완 신극(新劇)운동의 시대적 획을 긋는 작품이다.

린퇀추는 일찍이 일본 유학 시절에 연극연출을 맡았다. 1943년에 타이완으로 돌아온 뒤에 뤼허뤄(呂赫若), 뤼취안성(呂泉生), 장원환(張文環) 등

---

5) 1924년에 차(茶) 상인인 천텐라이(陳天來, 1872~1939)가 자금을 대고 건축하였다. 일본 식민통치 시기의 타이완 근대 연극의 산증인인 극장이라고 할 수 있다.—역자

문화 방면의 인재들과 친밀하게 교류하였고, <의사의 직업윤리(醫德)>와 <가오사여인숙> 두 편의 극작을 발표하였다. 이 두 작품의 사상과 제재는 모두 타이완 본토를 배경으로 하고 있으며 향토성에 대한 극작가의 시각과 자아 성찰의 문제를 보여주고 있다.

　<가오사여인숙>은 모두 4막으로 구성되어 있으며, 무대는 중일사변 (中日事變) 이후 어느 한 겨울, 지룽(基隆) 부둣가의 낡고 오래된 '가오사여인숙' 안이다. 연극의 중심 줄거리는 이 여인숙에서 식당을 운영하는 아푸(阿富)의 딸인 아슈(阿秀)와 여인숙 주인인 우위안(吳源)이 돌아오지 않는 사람을 기다리는 내용이다. 우위안의 아들 무춘(木村)은 사업을 하러 만주 (滿洲)로 떠났지만 5년이 지나도록 감감 무소식이다. 우위안은 자나 깨나 아들이 돌아오기만을 기다린다. 아슈도 온종일 얼이 빠진 채로 아침저녁으로 부두에 나가 뱃고동이 울리면 무춘과 함께 만주로 간 연인 궈민(國敏)이 돌아오기만을 기다린다. 이 두 사람의 헛된 기다림 속에서 가오사여인숙 안에 있는 사람들의 희비극이 한 막 한 막 무대 위로 올려진다. 작가는 평범한 사람들의 삶을 위주로 하여 당시의 시대적 정세를 담담하게 그려냈다. 오늘날의 연구자들은 이 연극이 식민전쟁 시기의 주류적 가치와는 상대적으로 극작가의 비타협성과 소외의식 내지는 반전의식을 반영한 작품이라고 평가하고 있다.

(2) 젠궈셴의 〈벽〉

　젠궈셴의 <벽>은 1946년 6월 9일부터 13일까지 '성봉연극연구회(聖烽演劇硏究會)'가 타이베이 중산당(中山堂) 무대에서 처음으로 타이완어로 공연한 작품이다. 감독은 쑹페이워였다. 이 연극 무대는 벽을 사이에 두고 두 개로 나뉘었는데, 한 쪽에는 쌀과 곡식을 사재기 하여 벼락부자가 된 장

사꾼 첸진리(錢金利) 일가가 살고, 다른 한 쪽에는 가난과 질병에 시달리는 실직한 노동자 쉬치스(許乞食) 일가가 살고 있다. 타이완어로 '벽'의 발음은 'Bia'인데, 이 제목은 최소한 두 가지 의미를 담고 있다. 하나는 본래의 뜻인 '벽', 즉 장벽으로 '틈'이나 '장애'를 의미한다. 연출자는 이를 통해서 빈부차이가 하늘과 땅처럼 차이가 나는 두 세계를 대비시켰다. 다른 하나는 타이완어로 '벽'이라는 단어의 동음이의어인 '사기'라는 의미로 해석되어 관료사회의 부정부패를 반영한다.

<벽>은 당시의 사회 현상을 반영하고 있으며 또한 부패한 관료체계와 부적절한 정치경제 정책에 대한 풍자와 비판의 의미를 갖고 있다. 당시 공연 뒤에 엄청난 반향을 불러 일으켜서 극단 측은 연장공연을 하려 했지만, 경찰측에서 작품이 계급투쟁을 선동하는 내용을 담고 있다는 이유로 금지시켰다. 그리고 같은 해 8월 22일에 타이완성행정장관공서에서는 '타이완성 극단관리규정'을 제정하여 타이완 전역의 연극 활동을 통제하기 시작했다.

젠궈셴은 일본 유학 시절에 연극을 공부했으며, 타이완으로 돌아온 뒤에 쑹페이워와 힘을 합쳐 타이완의 기존 극단 성원 및 친한 친구들과 함께 '성봉연극연구회'를 조직했다. 그들은 당시 타이완의 시국을 풍자하고 타이완어로 현대극을 공연하여 타이완 전역에서 연극 붐을 일으켰다. 하지만 <벽>이 공연금지 처분을 받은 후에 '성봉연극연구회'도 마찬가지로 해산되었다. '2·28사건'이 발발한 뒤에 젠궈셴은 타이완 공산당 조직에 가담해 지하활동을 하였지만 결국 체포되어 총살당했다.

(3) 야오이웨이의 〈연옥관음(碾玉觀音)〉

극작가이자 연극이론가였던 야오이웨이는 타이완 현대연극운동을 이끌었던 핵심인물이다. 그는 1967년에 세 번째 극본 <연옥관음(碾玉觀音)>을 발표했다. 이 작품은 송대(宋代) 설화소설인『경본통속소설(京本通俗小說)』에서 제재를 취하여 현실 세계와 예술영역 간의 미묘한 관계를 탐색하였으며 예술적 본질과 기능에 대한 관점을 드러냈다. 이 작품은 모두 3막으로 구성되어 있다. 제1막에서는 가장 아름다운 예술적 정신이 오히려 세상 사람들에게는 받아들여질 수 없는 현실이 드러나 있고, 제2막에서는 현실 속에서 선택의 기로에 선 예술가의 형상이 그려졌다. 그리고 제3막에서는 예술과 현실은 서로 영원히 만날 수 없는 평행선임을 나타냈다. 극작가는 남자 주인공인 추이닝(崔寧)을 좌절한 예술가이자 연애(현실 세계)에 실패한 무능력자, 더 나아가서 제법 종교적 의미를 갖는 순교자로 형상화시켰다. 여주인공인 슈슈(秀秀)는 추이닝에 비해 상대적으로 적극적이고 강한 여성으로 그려내었다. 작가는 원작의 귀신 이야기를 완전히 바꾸었다. 작가 자신도 이 극본은 '귀신의 세계를 인간의 세계로 바꾸었고, 추이닝을 예술가의 경지로 끌어 올렸다'고 말했다.

(4) 장샤오펑의 〈화씨벽(和氏璧)〉

장샤오펑은 수필가이자 극작가이다. 그의 극작은 주로 '기독교예술동아리'에서 제작하고 공연되었다. 1970년대에 왕성한 작품 활동을 펼친 장샤오펑의 극작은 반공(反共)과 정치적 도그마에서 벗어나 주로 중국문화와 기독교 신앙에 사상적인 뿌리를 두고 있다. 그는 동서고금의 제재를 융합시켰고, 고전적인 제재를 현대적으로 세련되게 해석하였으며 인간성, 생명, 진리 등 항고불변의 심오한 문제들을 탐색하였다. 그래서 그의 작품은 늘 '철학극' 혹은 '사상극'으로 평가되었다. 그의 극본은 추상적이고 시적인 정취, 엄숙한 문제, 사상적인 것을 중시했기 때문에, 사람들은 그를 '연극계의 전도사'라고 불렀다. 장샤오펑의 모든 극본은 모두 다 정식으로 공연되었다. 대표작에 <다섯 번째 담장(第五牆)>, <우링 사람(武陵人)>, <자팽(自烹)>, <화씨벽>, <세 번째 화근(第三害)>, <엄자와 그의 부인(嚴子與妻)> 등이 있다. 그 가운데서 <화씨벽>은 '변화헌옥(卞和獻玉)'이라는 초(楚)나라 사람 변화가 '화씨벽'이란 귀한 옥을 바친 이야기에서 소재를 취하였다. 예술가로서의 진리에 대한 고집스러운 추구와 강권시대에 대비되는 어리석음으로 대담한 정치적 풍자 메시지를 전달하고 있어 고대 그리스비극과 같은 비장미와 숙명감도 자아냈다.

(5) 마썬의 〈꽃과 칼〉

마썬은 소설가이며 극작가이자 연극이론가이다. 1980년대에 창작된 그의 수많은 단막극은 비현실적이고 황당무계한 연출방식을 활용하여 당시의 답답한 사회 분위기를 반영했다. <꽃과 칼>은 아버지의 무덤으로 돌아온 한 아들의 이야기다. 아버지의 무덤은 좌우 두 쪽으로 나누어진 쌍수묘(雙手墓)로 한쪽에는 꽃을 쥐고 있는 왼손이, 다른 한 쪽에는 칼을 들고 있는 오른손이 각기 묻혀 있다. 아들은 본래 아버지의 정체성을 증명하고자 했으나 어머니의 이야기를 들으면서 모든 사실이 뒤바뀐다. 극 전체에는 두 개의 배역만 등장한다. 하나는 아들이고, 다른 하나는 네 가지 가면을 바꿔가며 쓰는 귀신이다. 이 가면 네 개는 각각 어머니, 아버지, 아버지의 친구, 마지막으로 해골바가지다.

(6) 진스제의 〈허주의 기발한 속임수〉

진스제는 연극배우이자 연출 감독으로 활발히 활동하였다. 1980년에 경극 <허주의 속임수(荷珠配)>를 <허주의 기발한 속임수>로 새롭게 각색하였다. 이 작품은 '경신실험극단'의 단원들이 주도하여 성립한 '란링극방'의 배우들이 같은 해에 '중국 연극 감상연출 위원회'에서 주관한 제1차 실험극페스티벌 기간 중에 타이베이예술관에서 처음 선보였다. 류징민이 '허주'를, 리궈슈는 '자오왕(趙旺)'을, 리톈주(李天柱)는 '라오바오(老鴇)'를, 쥐밍은 '류즈제(劉志傑)' 역을 맡았으며, 연달아서 3년 동안 모두 33번을 공연하여 사회적으로 인정을 받았고 현대연극 시대의 막을 열었다.

원작은 우스꽝스러운 익살광대극인데, 진스제는 돈 많은 여자를 사칭한 기생의 이야기를 통하여 신분이 무너지는 현대사회의 현상을 풍자했다. 그는 전통극의 무대도구인 '탁자 한 개와 의자 두 개'를 활용하여 시공을 넘나드는 연극의 줄거리를 간단히 요약해냈다. 이는 전통극의 요소와 현대연극의 관념을 융합시킨 좋은 예라고 할 것이다.

(7) 라이성촨의 〈비밀스러운 도화원 사랑〉

라이성촨이 창립한 '퍼포먼스 작업실'은 1980년대부터 지금까지 타이완에서 가장 큰 영향력을 가진 현대극단이다. 그의 <비밀스러운 도화원 사랑(暗戀桃花源)>은 창단 기념작인 <그날 밤, 우리는 만담을 했다>의 후속작이며, 1986년 3월 3일에 난하이루(南海路) 국립예술관에서 첫선을 보였다. 이 작품은 두 극단이 한 극장에서 동시에 리허설을 하는 장면을 묘사하고 있다. 한 극단은 현대적 복장을 한 비극 <비밀스러운 사랑(暗戀)>을, 다른 극단은 전통 복장을 한 희극 <도화원(桃花源)>을 공연했다. 이 두 극의 스타일은 대비되지만 주제는 상호보완적이다. <비밀스러운 사랑>은 타이베이에 있는 어떤 병원의 병실에서 발생한 일이다. 살날이 얼마 남지 않은 노신사 장빈류(江濱柳)는 1948년에 상하이에서 만난 아리

따운 여인 윈즈판(雲之凡)과의 로맨스를 회상한다. 국공내전의 혼란 속에서 장빈류는 국민당을 따라 타이완으로 와서 더 이상 윈즈판과의 데이트 약속을 지킬 수 없었다. <도화원>은 고대 시인 도연명(陶淵明)의 「도화원기(桃花源記)」에서 모티브를 얻었다. 어부 라오타오(老陶)는 아내가 여관 주인과 바람이 난데다가 경제적 어려움까지 겹쳐 남들의 조롱을 받게 되자 홧김에 집을 나간다. 그리고 물고기나 좀 낚으려고 하다가 뜻하지 않게 무릉도원을 발견한다. 어부가 집으로 되돌아오니 아내와 그녀의 정부는 이미 자신과 아내의 이전 모습처럼 원수가 되어 있었다. 이 연극은 1991년에 라이성촨이 직접 각색하여 영화로 만들었고, 연극 역시 중국 대륙과 타이완에서 여러 차례 공연되었다.

(8) 텐치위안의 <맹물>

1993년에 첫 선을 보인 텐치위안의 <맹물>은 중국의 4대 민간전설의 하나인 <백사전(白蛇傳)> 가운데 <금산사가 물에 잠기다(水漫金山寺)>의 한 절(折)을 각색한 것이다. 백사(白蛇), 청사(靑蛇), 허선(許仙), 법해(法海) 네 사람이 주인공이며, 모두 남자배우가 배역을 맡았다. 남자배우 네 명은 각기 백사, 청사, 허선, 법해 역을 맡아 연기한 것 말고도 악단에도 합류했다. 문언과 백화가 기발하게 엇섞였고, 현대의 성별, 혼인, 법통(法統), 문화규범, 도덕 및 이데올로기 등 다양한 방면을 주제로 다루었다.

텐치위안이 창립한 '임계점극상록(臨界點劇象錄, Critical Point Theater Phenomenon)'은 아방가르드적이고 독창적인 스타일을 추구하는, 소극단의 대표적 극단이다. 이들은 강한 비판의식을 지니고 타이완에서 처음으로 동성애, 에이즈, 미성년자 성매매 등의 사회적 문제를 다루었다. 대표작에 <모시(毛屍)>, <맹물>, <메리와 마릴린> 등이 있다.

01 황메이쉬 주편, 『중화현대문학대계：타이완 1970~1989：연극편』(타이베이：구가출판
사), 1989년.
黃美序主編, ≪中華現代文學大系·臺灣─九七○~─九八九·戲劇卷≫(臺北：九歌出版社, 1989).

02 후야오헝 주편, 『중화현대문학대계(2)：타이완 1989~2003：연극편』(타이베이：구가출
판사), 2003년.
胡耀恒主編, ≪中華現代文學大系(貳)·臺灣─九八九~二○○三·戲劇卷≫(臺北：九歌出版
社, 2003).

03 중밍더, 『타이완 소극단운동사：또 다른 미학과 정치를 찾아서』(타이베이：양지문화),
1999년.
鍾明德, ≪臺灣小劇場運動史：尋找另類美學與政治≫(臺北：揚智文化, 1999).

제19장

타이완 들판에 대한 공통의 기억을 재현하다

현대 타이완 르포문학

| **쉬원웨이**須文蔚 국립대학 중국어문학과 부교수 |

01 | 장르 변천사

  1949년 이후 르포문학은 타이완의 1950년대와 1960년대 문학사에서
는 찾아보기 힘들다. 일부 극소수의 문학가들에 의해 역사문화에 대한
기록의 차원에서 그 명맥을 겨우 이어갔다. 그중 가장 유명한 사람으로
우신룽(吳新榮)이 있다. 그는 1952년부터 15년간 타이난현(臺南縣)과 자이현
(嘉義縣)에서 74차례에 걸쳐 행한 현지 조사를 통하여 『전잉채집록(震瀛採訪
錄)』이라는 진귀한 자료를 남겨 타이완 르포문학의 선구자가 되었다. 정
부에서 수여하는 '국군문예금상(國軍文藝金像獎)'과 '중산문예상(中山文藝獎)'을
보면, 보고문학 부문이 있다고는 하지만 반공반러 문학의 높아진 위상이
나 오랜 경력의 해외주재 기자가 전하는 소식을 반영하는 것에 지나지
않고, 향토와 환경기록에 대한 감동적인 보도는 결여되어 있는 것이 사
실이다.

1950년대부터 1960년대에 이르기까지 당시 억압된 정치적 분위기와 정부의 전면적인 언론 통제 속에서 타이완 르포문학은 거의 발전하지 못했다. 당시에는 르포문학 작품들에 대해서도 많은 괄시와 폄하가 있었다. 가령 언론학자 청즈싱(程之行)은 이러한 분야의 작품들은 사실을 적절하게 다듬어 내는데 치중하고 있으며 작자가 이를 통해 주관적 관점을 드러내고 있다고 비판했다. 또한 신문의 객관성은 잊고 보도에 따른 시효도 가벼이 여겨 신문의 본질에서 멀어졌다고 지적했다. 억압된 정치적 분위기와 정부의 전면적인 언론 통제 속에서 르포문학은 타이완에서 발전 동력을 완전히 잃어버렸다. 이러한 상황에서 바이양(柏楊)의 『이역(異域)』은 1960년대 초에, 문화계에 만연한 홀대 속에서 30여 년간 르포문학을 외면해 왔던 문단을 향해 비로소 처음으로 도전장을 내민 작품이다.

　　1968년대 11월에 특집 기사로 유명한 『종합월간(Scooper Monyhly)』이 장런페이(張任飛)에 의해 창간되었다. 장런페이는 원래 당시에 가장 인기 있던 잡지 『리더스 다이제스트』 중국어판 타이완 대표였다. 어느 날 그는 『리더스 다이제스트』와 같은 수준 높은 잡지도 결국은 외국인들의 이야기라는 생각에 타이완 사람으로서 부끄러움을 느끼게 된다. 이로 인해 미국식의 특집보도 방식은 유지하면서 시사보도에 있어서 심도 깊은 조사와 분석을 가해 본격적으로 타이완 르포문학의 서막을 열었다. 그는 '르포문학(報導文學)'과 '보고문학(報告文學)'의 문체상 특징을 구분 짓고, 개인적 서술이나 서정적 산문과도 점차 거리를 두었다. 또한 간결하고 명료하면서 입말에 가까운 문장을 중시하였고, 간결하고 막힘이 없으며 창의적 견해가 있는 글을 강조했다. 이렇듯 심오한 내용을 쉽게 표현하는 방식의 글쓰기로 문학적 가치가 돋보이는 신문보도를 작성하였다.

　　1975년 『중국시보(中國時報)』의 「인간부록(人間副刊)」에서 문학적 색채, 신문의 안목, 삶의 이야기 취재를 기치로 한 새로운 형태의 칼럼 「현실의 가장자리(現實的邊緣)」를 선보였다. 이후 '시보문학상'에 르포문학 부문이 신설되어 '사회적 전망과 문학성을 두루 갖춘 신문학 형식'을 시도하였으며, '직관적이고도 영향력 있는 신문과 역사관의 융합, 사실과 생각의 결합이라는 새로운 형식이 문학의 새로운 동력이 될 수 있을 것'이라고 기대하게 되었다. 1970년대가 도래함에 따라 일어난 사회운동의 은밀한 태동도 르포문학의 뜨거운 기세에 불을 붙였다.

02 | 타이완 르포문학의 시대 구분

1960년대 바이양의 『이역』은 원래 「혈전의 이역 11년」이란 제목에 '덩커바오(鄧克保)'란 필명을 사용하여 민국50년 『자립만보(自立晚報)』에 연재하였던 것이다. 그 후 핑위안(平原)출판사에서 제목을 『이역』(1961)으로 바꾸어 출판해 대단한 인기를 얻게 된다. 이 책은 1949년 말 윈난(雲南)에서 미안마로 퇴각하면서 벌인 국민당군의 전투 과정을 그린 것으로, 그들이 겪은 공산당군과 마얀마 지역군의 협공, 미얀마와 태국 변경에서 떠돌며 고립무원에 처한 이야기들을 덩커바오 자신의 생생한 1인칭 시점으로 서술하여 대단한 감동을 주었다. 비록 사람들은 덩커바오가 사실은 바이양의 가명으로 '나'라는 1인칭 시점을 통해 자전적 서술을 하고 있다고 생각했지만, 바이양은 실제 그 사건 현장에 단 한순간도 있지 않았으니 일종의 '대리 발언'을 한 셈이었다. 하지만 초판을 발표할 당시에는 이 작품이 직접 그 현장에 있었던 사람의 보도라고 여겨져 어느 장르에 포함시켜야 하는지에 대한 이견이 발생하기도 하였다. 『바이양전집』이 출판될 때만해도 르포문학 부문에 포함되어 있었다. 연구자들 사이에서는 이러한 글의 장르가 무엇인가에 대한 의견이 달라서 어떤 사람은 소설로 보기도 하였고 또 다른 사람은 르포문학으로 간주하기도 한다. 그러나 넓은 시각에서 바라볼 때 이것은 소설적인 형식을 사용하기는 하지만 작가가 1인칭 시점으로 실제 이야기를 서술한 것이므로 마땅히 르포문학의 범주에 포함시켜야 할 것이다. 타이완 르포문학은 1970년대 들어 크게 발전하기 시작하였으며, 타이완 문학 및 사회운동의 발전과도 밀접한 관계를 맺고 있다.

(1) 향토문학과 르포문학이 동시에 싹튼 1970년대

1971년 1월 댜오위타이(釣魚臺) 문제로 재미유학생들의 항의시위가 있었고, 타이완에서도 애국운동이란 이름으로 사회운동과 학생운동이 결합된 '댜오위 수호 운동'이 일어났다. 사회운동이 일어나자 문학계도 같이 움직이기 시작하여, 1972년 2월에는 중국시보 「인간부록」에 「중국현대시의 환상(中國現代詩的幻境)」과 「중국현대시의 곤경(中國現代詩的困境)」이란 두 편의 글이 발표되었다. 이는 모더니즘 시인들의 주장과 작품을 비판한 것으로 이후 시단은 '곤경'과 '환상'이라는 화두에 빠졌고 이어서 이른바 '모더니즘 시론 논쟁'이 발생했다. 이러한 풍파 속에서 가오신장(高信疆)이 1973년 5월 「인간부록」의 편성에 참여하여 1975년 7월 14일 「현실의 가장자리」란 칼럼을 선보였다. 이후 「인간부록」은 오랜 기간 르포문학의 발원지로서의 역할을 수행하게 되었다.

1977년 신문 지상에서 처음 향토문학논쟁이 시작되자 소설과 르포문학 창작으로 사회현실을 언급하는 문학 행동이 논쟁거리가 되었다. 동시에 '비판적 리얼리즘'이란 슬로건을 내건 잡지 『하조(夏潮)』는 구멍런(古蒙仁), 장량쩌(張良澤) 등이 쓴 다섯 편의 르포문학 작품을 게재하는 한편, 양쿠이(楊逵)를 모방하여 1977년 1월에는 「내 하루 동안의 일」이란 제목으로 각계각층에서 일하는 사람들의 실제 이야기를 모아 발표하기도 했다. 이러한 르포문학은 독자들을 비판과 규탄 그리고 실천적 혁명의 길로 끌어들였다.

당시 「인간부록」을 떠났던 가오신장이 1978년에 다시 편집장을 맡아서 제1회 시보문학상을 기획하고 누구보다 앞서 '르포문학' 부문을 개설하여 '사회적 전망과 문학성을 두루 갖춘 신문학 형식'을 시도하였다. 그럼으로써 '직관적이고도 영향력 있는 신문과 역사관의 융합, 사실과 생각의 결합이라는 새로운 형식이 문학의 새로운 동력이 될 수 있을 것'이라고 기대하게 되었다는 점은 주목할 만하다. 이로써 르포문학이라는 이름에 걸맞은 정당성을 얻었을 뿐만 아니라, 시대적 흐름에 맞추어 당시 한창 거세게 일고 있던 향토문학논쟁의 선봉이 되어 새로운 흐름을 창출해 내기도 하였다.

시보문학상의 작품 가운데 구멍런의 「검은 부락(黑色的部落)」을 비롯한 치우쿤량(邱坤良)의 「시피와 푸루 이야기(西皮福路的故事)」, 윙타이성(翁臺生)이 쓴 「한센 병동의 세계(痲瘋病院的世界)」, 천밍판(陳銘磻)의 「마지막 이역의 칼한 자루(最後一把番刀)」, 린위안후이(林元輝)의 「란양 평원의 쌍용 이야기(蘭陽平原上的雙龍演義)」, 마이궁(馬以工)의 「몇 번이고 나섰던 논밭길(幾番踏出阡陌路)」과 신다이(心岱)의 「대지의 반격(大地反撲)」 등은 단박에 모두 대표적인 르포문학 작품이 되었다.

그중 구멍런의 「검은 부락」은 타이완 르포문학 초기의 '바이블(bible)' 과도 같은 작품이다. 「검은 부락」은 보고문학의 중요한 문체적 기본 요소를 확립했으며, 증인 신분으로 조사 방문하고 보도 및 협의 진술하는 과정을 1인칭 시점으로 써내려갔다. 구멍런의 보도는 비교적 주관적이어서 종종 '필자'의 그림자가 짙게 보이기도 한다. 가령 '점차 쇠락해 가는 수렵업'이란 단락에서는 작자가 직접 출현하여 평원에 사는 사람의 굼뜬 모습과 산촌에 사는 사람의 민첩함을 대비시켜 흥미를 주기도 한다. 그 외에도 대부분 단락에서 '필자'의 등장은 언뜻 기행문을 읽는 듯한 느낌을 준다. 이 작품의 산문적 필치는 향후 르포문학에 실로 막대한 영향을 주었을 뿐 아니라, 원주민과 연관된 문제에서도 자주 등장하는 주제가 되었다.

치우쿤량이 쓴 「시피와 푸루 이야기」는 타이완 르포문학 초기의 또 다른 '바이블'과도 같은 작품이다. 이 작품은 현지 조사에 치우친 학술적 보고서이며 고증을 엄정하게 진행하였다. 동시에 '붓 끝에 감성이 어려 있으며' 전체적으로 문장의 가독성도 높아서 타이완 르포문학의 또 다른 글쓰기 양식을 보여주었다. 작가는 본문에서 타이완 희곡 시피와 푸루의 역사적 뿌리를 소개하면서 인간미가 담긴 필체로 역사와 전설을 그려냈다. 시피와 푸루의 분열은 두 파가 서로 비웃는 것에서 비롯되었다. 그런데 시피와 푸루의 다툼 그리고 지연과 혈연의 초월이 뜻밖에도 '황금소'의 '허풍' 그리고 '유랑민'의 선동과 연관이 있었다. 독자들은 작품을 통해 사건을 살펴볼 수 있을 뿐만 아니라 사건 전개를 통해 인간의 미묘한 감정도 느낄 수 있다. 이렇게 르포문학 작품은 학술연구의 모습으로 변화되기 시작하고, 이로 인해 타이완 르포문학의 발전은 다소 학술적 논문과도 같은 경향을 갖게 되었다.

리얼리즘이 「인간부록」을 비롯한 다른 많은 잡지들에서 무차별적으로 출현하던 것과는 달리, 1977년 연합부록을 주관하던 야쉬안(瘂弦)은 일종의 모더니즘 양식의 '향토문학'을 창조하였다. 그리고 연합부록은 르포문학을 제창하기도 하였다. 같은 계열의 『민생보(民生報)』는 1978년 창간되어 역시 환경보호나 생태와 향토 등의 주제를 중시하였고, 이러한 주제는 끊임없이 출현한 르포문학 작품을 통하여 더욱 심화되었다. 린위안후이가 타이완 흑곰 사육에 관심을 보인 작품 「사방에 가득한 흑곰의 슬픈 핏자국(黑熊悲血滿霜天)도『민생보』의 지면을 통해 세상에 나와 당시 크게 흥성하던 흑곰 사육에 대한 뜨거운 관심과 토론을 이끌어 냈다.

그밖에 결코 비판적 리얼리즘을 강조하지 않으면서도 향토문화를 정밀하게 체계화 시킨 전통매체가 있으니 바로 잡지『한성(漢聲)』이다. 이 잡지는 향토와 전통을 현대적인 정밀한 촬영기술과 접목시켜 '전통'을 향토회귀의 대명사로 만들어 현대와 전통의 대립을 없애고 나아가 상품으로 만들어 내기까지 했다. 르포문학의 비판적 힘이 주류 매체에 의해 재빠르게 재편되어 부드러운 실용적인 정보로 변모되었다. 제2회 시보문학상 르포문학 부문 추천상이 잡지『한성』의 「국민여행전집(國民旅遊專輯)」에 수여된 것도 이를 증명해 준다. 그러나 르포문학이 지닌 사회운동으로서의 미약한 힘은 끊임없이 주류 매체에 의해 약화되었다. 게다가 1979년 '메이리다오 사건(美麗島事件)' 이후에 많이 위축되었고, 특히『80년대(八十年代)』와『하조』등과 같은 시사정치 잡지들이 연이어 행정원 신문국으로부터 발행 중지를 당하게 되자 타이완 언론은 일순간에 겁을 먹고 움츠러들었다. 르포문학의 논술과 주제도 원주민, 문화, 민족 간의 갈등 완화, 생태와 환경보호 등의 소재에 머물렀으며 노동자와 농민 나아가 정치 등의 심각한 사회적 문제는 다루지 못했다.

1970년대를 돌아보면 르포문학의 흥성은 단순히 리얼리즘의 회생이라는 의미에 머무르지 않았다. 르포문학의 창작 형식이 문학이론 사조가 변천되고 승화되어 생긴 새로운 실천방식이라고 보는 것도 무방하다. 문학하는 사람의 입장에서 볼 때, 현실을 위해 양심을 따르게 되면 글쓰기는 순수한 창작에 그칠 수 없고 진실을 추구하고 변화를 일으키는 목적성을 지니게 되는 듯하다.

(2) 사회운동과 르포문학이 결합된 1980년대

겉으로 보기에 1980년대 이후 르포문학은 쇠락한 것처럼 보인다. 언론 통제 해제 이후 문학잡지 부록은 신문의 증가에 따라 차츰 퇴락의 길로 향했으며 영향력도 점차 약해졌다. 편집인들은 치열한 신문업계에서 살아남기 위해 경쟁력을 가지게 되길 원했다. 그래서 「문학부록」은 대중적인 문화논단으로 변모해 갔다. 또한 대중의 소비문화에 영향을 받아 '가볍고, 얇고, 짧고, 작게'가 1980년대 문화 담론의 트렌드로 자리 잡게 되었다. 르포문학은 이로 인해 부록 문학의 대열에서 퇴출되었다.

부록이 더 이상 르포문학을 다루지 않게 되자 미디어의 경제적 배경을 필요로 하는 작가들은 지속적으로 창작에 종사할 수 없게 되었다. 『민생보』의 부록인 「천지(天地)」가 취소되고 시보문학상에서 르포문학상이 제6회부터 제13회 때까지 취소됨으로써 창작의 동력이 끊기는 결과를 낳았다. 다른 한편으로 편집자의 '기획 편집'은 문화비평과 특집호 제작으로 돌아섰고, 하루아침에 르포문학은 새로운 부록 편집의 흐름 속에서 소외 되었다. 게다가 일반 대중들이 창작에 참여하는 풍조가 유행하면서 『연합보』의 「빈분판(繽紛版)」, 『중국시보』의 「부세회판(浮世繪版)」 등이 오히려 부록보다 더 인기가 있었다. 이로써 르포문학 시장은 사실상 사라진 것이나 다름이 없게 되었다.

앞선 이러한 서술은 모두 「문학부록」과 '문학상'을 위주로 한 관점이다. 하지만 사실 르포문학은 1980년대에서야 비로소 진정한 사회운동과 연맹을 맺기 시작하였으며, 신문과 잡지를 이용하여 지속적으로 리얼리즘 문학 이상을 실현하고 풍부한 보도성과를 이루어 냈다고도 할 수 있다.

실제로 문학상 작품 이외의 문학 영역으로 시야를 넓혀보면, 1980년대에 신문 부록에 실린 르포문학 작품에는 여전히 사회의 주목을 받는 대작들이 존재했다. 그 가운데 바이양이 '선천성어린선증'으로 힘들어 하던 말레이시아 화교 장쓰메이(張四妹)에 대한 이야기를 그린 「천산갑 인간(穿山甲人)」이란 글은 「인간부록」에 게재되자마자 타이완과 동남아 화교 사회에 큰 파문을 가져왔다. 장경(長庚)병원과 중국시보사는 장쓰메이가 무료로 병원치료를 받을 수 있도록 후원해주었다. 21세기에 들어서는 홍콩방송국에서 이 보도 내용 위에 더 자세한 취재를 덧붙여 25부작에 달하는 드라마 <천산갑 인간>을 제작 방영하였다. 이것은 한편의 보도가 가진 영향력이 지리적 경계마저 뛰어넘을 수 있다는 점을 반증하는 사례라고 하겠다.

또한 타이완에 계엄 해제령이 내려질 즈음인 1985년에 천잉전(陳映眞)은 '사회적 약자들의 입장에서 타이완의 사람, 생활, 노동, 생태환경, 사회역사를 살펴서 기록하고 증언하고 보도와 비판을 가하겠다.'라는 이상을 품고서 타이완의 유명한 보도기자와 촬영기자들을 모아 잡지 『인간(人間)』을 창간하였다. 그리고 사회운동의 역량을 결집시켜 르포문학의 노선으로 이끌기 시작하였으며 그 결과 수준 높은 작품들을 축적해냈다.

천잉전은 잡지 『인간』에서 편집상의 기본 이념을 다음과 같이 두 가지로 제시하였다. 첫째는 문자와 사진을 매개로 하여 삶에 대한 관찰, 발견, 기록, 성찰 및 비평에 힘을 쏟는다. 둘째 사회적 약자의 입장에 서서 사회, 생활, 생태환경, 문화와 역사에 관한 연구와 사색 및 기록과 비판을 해나간다. 타이완 르포문학은 이 시점에 이르러 비로소 양쿠이가 1937년에 제시한 창작 방향에 대해 응답하였다고 할 수 있다. 사람들의 삶의 현장에서 나온 수많은 목소리와 사진들이 잡지에 게재되면서 원주민운동, 환경보호운동, 생태보호운동, 미성년 매춘부 보호, 아동보호, 농민운동, 학생운동, 노동자운동 및 정치적으로 억압받는 사람들의 권익 회복 등과 같은 사회운동 문제들이 겉으로 드러났다. 타이완의 르포문학은『인간』에 실린 작품의 등장과 더불어 비로소 새롭고 성숙한 단계로 진입하게 된 것이다.

당시에는 보도와 비판, 문학적 감화력이 두루 구비된 작품이 적지 않았다. 이를테면 차오족(曹族) 소년 탕잉선(湯英伸)의 재판 과정을 처음부터 끝까지 그린 관홍즈(官鴻志)의 「불효자 잉선(不孝兒英伸)」과 「내가 너희에게 안겨준 고통(我把痛苦獻給你們)」, 비밀당원 궈슈충(郭琇琮)의 이야기를 쓴 란보저우(藍博洲)의 「아름다운 세기(美好的世紀)」와 지룽(基隆)중학교 교장 중하오둥(鍾浩東)이 백색테러 시대에 사상문제로 정치적 핍박과 처결을 당한 일을 폭로한 「포장마차의 노래(幌馬車之歌)」, 랴오자잔(廖嘉展)이 백색증에 걸린 아동의 처지를 그린 「달빛 어린이(月亮的小孩)」 등의 작품들은 모두 사회적으로 폭넓은 주목을 받았다. 그리하여 원주민운동, 정치범 구명 운동 및 아동복지 관련 사회운동가들의 연맹과 행동을 이끌어내는데 간접적으로나마 영향을 미쳤다.

타이완은 당시 사회적 변혁의 시대에 처해 있었다. 사회운동과 민주화운동이 들판의 불꽃처럼 번져가고 있었지만, 규모나 동원 능력 또는 이론적 기반은 성숙되지 못한 상태였다. 비록 1989년 잡지『인간』이 경제적 요인으로 휴간하게 되었지만, 문학종사자들이 문단과 언론계 그리고 사회운동계에서 이끌어낸 움직임은 홀시 할 수 없는 내용들이다.

(3) 언어가 땅과 가까워진 1990년대

계엄령 해제 이후 사회적 환경의 개방화에 따라 사회운동 주제가 더욱 다원화되고 실천력을 갖추게 되자 르포문학은 1990년대 풍성한 수확기로 접어들게 되었다. 대체로 두 가지 중요한 요인으로 인해 르포문학의 생명력은 두각을 드러냈다. 하나는 랴오자잔, 옌신주(顔新珠), 란보저우, 리원지(李文吉), 중챠오(鍾喬), 라이춘뱌오(賴春標)와 같은 사람들이 끊임없이 현지 작업에 종사함으로써 잡지『인간』의 이념이 타이완 구석구석까지 전파되고 성숙하게 된 것이다. 둘째는 타이완 역사문화연구와 '공동체 만들기(社區營造)' 운동에 더 많은 사람들이 뛰어들어 쉬지 않고 르포문학 창작에 매진하여 타이완 토지와 밀접하게 연결된 참신한 보도 주제를 더 많이 구축하게 된 것이다.

1990년대에는 타이완 르포문학 가운데 잡지『인간』출간 작업에 참여한 사람들이 계속해서 내놓은 훌륭한 성과물이 많았다. 랴오자잔과 옌신주 부부가 '공동체 만들기' 운동에 동참해 자이(嘉義) 신강(新港)과 난터우(南投) 푸리(埔里)에서 벌인 이야기들은 모두 독자들을 감동시켰다. 1995년 랴오자잔이 출판한『시골마을의 새로운 탄생(老鎭新生)』은 이듬해 중국시보가 선정한 10대 양서에 선정되었다. 타이완 최초의 '공동체 만들기' 운동에 관한 르포문학 작품이 탄생한 것이다. 이 책은 '신강문교기금회(新港文敎基金會)'의 형성 과정과 더불어 어떻게 신강 마을의 의식을 결집시켜 특색 있는 '공동체 만들기' 운동을 추진하였는지, 그리고 이후 등장한 수많은 '공동체 만들기' 단체를 어떻게 이끌었는지에 대해 생동감 넘치는 필치로 기록하고 있다.

랴오자잔과 옌신주가 공동체 만들기 사업에 뛰어든 것과는 상대적으로 중챠오는 '공동체 연극(社區劇場)'[1) 이론 구축에 열중하였으며 란보저우는 줄곧 정치적 사건을 폭로하는 길을 걸었다. 그가 1990년부터 잇따라 출판하기 시작한『일제시기 타이완 학생운동(日據時期臺灣學生運動)』,『백색테러(白色恐怖)』,『지워진 타이완 역사와 타이완 사람들을 찾아서(尋訪被湮

---

1) '공동체 연극'은 한 공동체의 사람이 연극의 형식으로 자신이 살아온 이야기와 공동체라는 주제를 보여주는 것이다.─역자

滅的臺灣史與臺灣人)』,『공산청년 리덩후이(共産靑年李登輝)』,『날은 아직 밝아오지 않고 : 1949년 4.6사건을 떠올리며(天未亮:追憶一九四九年四六事件)』,『맥랑합창단(麥浪歌詠隊, Rippling Barley Choir)』 등의 작품들은 모두 독특한 스타일로 타이완의 '백색테러'라는 역사적 사실을 새롭게 파헤쳤다. 여기서 그는 당시 빈농의 입장에 서서 권위적 정권과 제국주의 세력에 맞서 용감하게 항거하며 투쟁을 벌였던 좌익운동 선봉대의 모습을 보여줄 수 있기를 원했다. 란보저우는 사회운동의 힘이 저지당하기 전에 세부적인 힘들을 새롭게 정비하고자 했다. 그럼으로써 역사의 기억이 경박한 정치적 부호나 사회주의자와 정치인들의 도구로 전락되지 않기를 기대했다.

사실상, 1990년대 들어 열매를 맺기 시작한 역사문화연구, 공동체 만들기, 생태보육, 페미니즘과 원주민운동은 단지 잡지『인간』의 동인들만 애를 써서 거둔 성과는 아니다. 이러한 문제들과 관련된 글들이 이 시기에 대량으로 출판되어 타이완 르포문학의 두터운 깊이를 보여주었던 것이다.

오랜 기간 역사문화 기록에 몸 담아온 양난쥔(楊南郡), 쉬루린(徐如林), 덩샹양(鄧湘揚), 와리스 유간(瓦歷斯·尤幹) 등이 역사문화 연구의 토양에서 정성껏 키워온 르포는 모두 상당한 깊이와 중요성을 지니고 있다. 그 속에서 원주민의 처량하고 구슬픈 울음소리가 들려오는 것은 르포문학이 현장감을 겸비하고 있기 때문이다.

양난쥔이 등산, 타이완 남도 어족문화, 옛 길, 유적탐사 연구에 몸담은지도 30여년이 되었다. 그가 1990년대에 출판하거나 번역한 르포문학 작품 가운데『타이완의 100년 전 발자취(臺灣百年前的足跡)』,『당신과 함께 간다(與子偕行)』(쉬루린 공저) 등은 모두 매우 높은 평가를 받았다. 그는 1992년 제15회 시보문학상에서 스카뤄족(斯卡羅族)의 역사를 담은「스카뤄유사(斯卡羅遺事)」로 르포문학 부문을 수상하였다. 여기서 그는 스카뤄족이 청대 이후 가장 먼저 한족화되고 또 가장 먼저 일본의 '양육'을 받아 온 원주민 부족으로 부족의 고유문화는 단절되고 부족의 운명도 풍전등화의 위태로운 지경에 처해 있음을 함께 언급하였다.

1993년 시보문학상 르포문학 부문에서는 우서사건(霧社事件)을 쓴 덩샹양과 공동 수상 하였다. 푸리에서 나고 자란 의학 전문가인 덩샹양은 오랜 기간 원주민의 역사에 관심을 갖고 시간이 날 때마다 '우서사건'과 타이야족(泰雅族), 샤오족(邵族), 핑푸족(平埔族)에 대한 현지 조사에 매진하였다. 덩샹양의 「짙은 안개 두터운 구름(霧重雲深)」이란 글에서 다룬 우서사건에 관한 부분 중에 우서지역의 경찰 행정 최고 수장을 맡고 있는 줘중아이유(左塚愛祐) 가족의 이야기가 나온다. 국경을 넘나들며 행한 상세하고도 정확한 취재와 답사를 통해 나온 이 작품은 줘중아이유의 타이야족 출신의 아내 야와이 타이무(亞娃伊·泰目)와 그의 자녀들 이야기이다. 여기서 그는 국가의 급격한 변화 속에서 타이야족의 쇠락과 일본의 패망, 타이완 정권의 무관심 아래 어느 쪽으로도 소속되지 못하고 몰락하여 유랑민이 되고 공동체 구성원으로 인정을 받지 못한 채 곤경에 처해진 한 가족의 모습을 알리고 있다.

덩샹양이 방대한 분량의 가족사를 르포문학에 포진시킨 것은 분명 보기 드문 독특한 시도이다. 하지만 식민권력 속에서 통제를 당하고 있던 일가족의 사고 스펙트럼을 두루 살펴보지 못하고 원주민 시각에서 실질적인 상황의 문제를 탐색하지 못한 한계를 지니고 있다. 원주민 작가 와리스 유간의 두 작품 「미훠(Mihuo)」와 「로신 와던(Losin Waden)」은 타이야족 출신 신세대 지식청년들이 지니고 있는 선조에 대한 간절한 그리움을 표현하고 있다. 또한 1인칭 서술자 방식으로 소설, 현대시, 산문의 기법을 한데 모으고 신화와 메모의 형식을 차용하여, 오늘날 원주민들이 부락으로 회귀하고 조상의 영광을 찾자고 하는 것에 대한 반성과 비판의 목소리를 내고 있다. 그는 타이야의 기억과 신화를 쫓는 데만 그치지 않았다. 글쓰기를 통해 와리스 유간은 새로운 자아를 창조했다. '현지인 관점'에서 출발한 그의 르포는 인터뷰와 설명도 타이야족의 입장에서 행해졌다. 그래서 지금껏 원주민 르포문학에서 보이지 않았던 신뢰와 진실성을 찾아볼 수 있었다.

마찬가지로 에스닉 정체성 문제를 다루는데 있어서, 오랜 시간 진먼(金門) 역사문화를 연구해 온 양수칭(楊樹淸)은 캐나다 유학이라는 특이한 배경 때문인지 「잊혀진 양안 가장자리의 사람들(被遺忘的兩岸邊緣人)」에서 양안이 분열된 상황 아래서 정치적 통제로 인해 가족들이 뿔뿔이 흩어지는 황당한 상황이라든지 혹은 어린 유학생이나 새로운 이민자들이 뿌리를 잃고 떠도는 현상을 다루는데 있어서 모두 독특한 시각을 보여주고 있다. 또한 더욱 더 뉴스적 성격이 있는 새로운 제재를 개발해 내기도 했다.

1990년대 생태작품에도 르포문학이 있었다. 오랜 기간 자연생태 작품을 창작해 온 류커샹(劉克襄)은 길, 숲, 생태에 관해 써 그 분야의 뛰어난 전문가가 되었다. 또한 그의 많은 작품은 사회적 활동을 위한 주요 자료로 여겨지고 있다. 생태기록에 있어 주목할 만한 또 한 사람은 양난쥔의 부인 쉬루린이다. 그녀의 르포문학 작품은 그 수가 많지는 않지만 그녀와 양난쥔은 고도(古道)의 현지 조사를 위해 함께 국립도서관과 박물관을 드나들고, 청(淸)나라 말기의 「월주접(月奏摺)」과 관련된 문헌을 두루 섭렵하였으며, 일본인들이 타이완 고도에 관해 조사한 자료와 저작물의 내용을 다시 조사하고 검증하였다. 그리고 생명의 위험마저 감수하고 인적 드문 깊은 산간지대를 연달아 직접 찾아가 100년 전 고도의 정신을 살핌으로써 보는 이들을 감동시켰다. 크고 작은 수많은 어려움 끝에 탄생한 「타이완에서, 생명 강 이야기—성스러운 능선에서 발원하다(在臺灣,一條生命之河的故事—源自聖稜線)」는 고증 자료에 감성을 입힌, 이른바 담수하천에 대한 인문학적 접근으로 마치 『수경주(水經注)』를 읽는 듯하다.

르포문학과 사회운동은 서로 밀접한 관계가 있다. 1999년 9·21 대지진이 일어난 후 문학계와 사회운동계는 지진 재난이 가져온 상처와 고통에 대하여 적극적으로 글을 써내려갔다. 문화계의 자발적인 창작과 출판으로는 지진 발생 1주기를 맞아 린다이만(林黛嫚)이 주관한 『9·21 문화축원－땅의 기억 향토의 증거(九二一文化祈福－在地的記憶 鄕土的見證)』가 대표적이다. 작품 속에는 지진의 참상에 대한 회고 외에도 재난지역에서 헌신한 사회운동가들에 대한 추앙도 적지 않다. 더군다나 구체적으로 글과 사회운동을 결합시킨 사람들, 즉 재난 지역의 지역 사회 신문 종사자들은 지역사회의 총체적인 재건의 후원자로서 여러 단체를 도와 지지자를 모으고 실효성 있는 불만 의견을 전달할 수 있도록 도왔으며 현지 및 다른 지역의 정책방안을 제출하기도 하였다.

재난 이후 지역 사회 매체들은 끊임없이 의제를 만들어 지역 주민들을 성공적으로 동원하고 외부자본을 끌어들여 지역 재건에 도움을 주었다. 중랴오(中寮) 마을의 「중랴오 마을신문(中寮鄕親報)」은 특히 유명하다. 2000년 쉬원웨이의 「다섯 여자와 신문 한 부(五個女子和一份報紙)」는 '궈란 작업실(果然工作室)' 회원들이 모여 만든 중랴오의 마을신문을 소개했다. 이들은 지진이 발생하자 미디어 전공이라는 신분으로 중랴오로 옮겨와 지내면서 중랴오의 조합원 사무실 문제나 붕괴되어 흘러내린 토사 문제 등에 관해 지속적으로 보도하여 마을 사람들이 이러한 문제들에 대해 관심을 갖도록 유도했다. 한편으로는 끊임없이 뉴스거리를 만들어 주요 언론 매체와 중앙정부의 관심을 모으고자 하였으며, 다른 한편으로는 마을 주민들을 북돋아 순찰대를 조직하고 토사유출 감시제도를 만들어 마을 사람들이 직접 조사하고 정리한 토사유출 위험지역 리스트를 대외적으로 알리도록 촉구하기도 했다.

그 밖에 민간에서 힘을 보탠 사람들은 「921민보(921民報)」에 기록되지 않았다. 리원지와 란보저우 등과 같은 『인간』 출신 사람들은 재난 지역의 신문들이 하나같이 경비와 인력 및 독자층이 부족하다는 점을 알고 있었다. 이 때문에 '재난지역신문 연합회'를 조직하여 통합된 지역신문을 발행하길 희망했다. 그들은 한편으로는 공동 인쇄와 인력의 공유를 통하여 인력과 물자를 절감함으로써 마을신문의 제한된 자원을 효과적으로 활용할 수 있기를 기대하였다. 또 다른 한편으로는 기사거리를 공유함으로써 다양한 경험을 나누고 재난지역에 있는 여론의 힘을 모으는 효과도 기대하였다.

01 샹양, 쉬원웨이 편, 『타이완 르포문학 독본』(타이베이 : 얼위), 2003년.
    向陽, 須文蔚編, ≪臺灣報導文學讀本≫(臺北 : 二漁, 2003)

02 정밍리, 『현대산문유형론』(타이베이 : 다안출판사), 1987년.
    鄭明娳, ≪現代散文類型論≫(臺北 : 大安出版社, 1987)

03 천밍판 편, 『현실의 탐색—르포문학 토론집』(타이베이 : 둥다), 1980년.
    陳明磻編, ≪現實的探索—報導文學討論集≫(臺北 : 東大, 1980)

04 양쑤편, 『타이완 르포문학개론』(타이베이 : 다오톈), 2001년.
    楊素芬, ≪臺灣報導文學概論≫(臺北 : 稻田, 2001)

05 리양 편, 『거울과 등불』(타이베이 : 중국문화대학 출판부), 1984년.
    李昻編選, ≪鏡與燈≫(臺北 : 中國文化大學出版部, 1984)

제20장

문학, 디지털과 만나다
현대 타이완 디지털 문학

| **쉬원웨이**須文蔚　국립동화대학 중국어문학과 부교수 |

01 | 장르 변천사

디지털 매체는 20세기말부터 21세기 초까지 문단에서 가장 많은 주목을 받은 새로운 매체일 것이다. 디지털 기술은 가상으로 보이지만 분명히 존재하는 공간 속으로 작가와 독자를 끊임없이 데려간다. 타이완에서 디지털 문학은 1980년대부터 시작되었고 영상시학, 디지털 시, 디지털 소설 등 전위적인 작품이 출현하였다. 작가들은 디지털 상호 텍스트를 통해 몽타주, 디지털 기호, 다방향 텍스트 등의 언어와 서술방식을 수용하여 포스트모더니즘 문학의 면모를 보여주었다. 1990년대 초 '전자 게시판 시스템(Bulletin Board System, BBS)'이 출현한 후 신생대 작가들이 새로운 글쓰기 동아리를 만드는 열풍이 촉발되었다. 게다가 1990년대 중반에 전세계 인터넷에는 각종 다방향 텍스트, 멀티미디어, 상호작용, 입체성 및 가상현실 방식의 디지털 문학작품들이 출현하여 문체 발전을 위한 새로운 영역을 열어주었다.

인터넷 문학이라는 단어를 버리고 디지털 문학의 개념을 쓰는 이유는 다음과 같다. 첫째, 1990년대 인터넷이 유행한 이후 현대시 작가들은 디지털 언어형식을 운영하고 모방하여 전위적인 글쓰기를 하였으며, 그 노력과 교육성을 결코 무시할 수 없기 때문이다. 둘째, 인터넷은 새로운 형태의 전달 도구인데, 문학 서술에 있어서는 일반적으로 매체의 명칭을 특수한 문학 장르나 문체로 보지 않기 때문이다. 셋째, 현재 전세계 인터넷에서 평면적인 인쇄를 하지 않고 디지털 방식으로 발표된 문학작품들이 출현하였는데, 사실 이러한 작품들은 인터넷에서만 볼 수 있는 것이 아니라 CD로도 출판할 수 있으며 오프라인 방식으로도 전시할 수 있기 때문이다. 그래서 '인터넷 문학'이라고 부르기에는 너무 협소하다고 할 수 있다. 넷째, 인터넷이 출현하기 전에 교육공학 영역 내에서는 이미 '멀티미디어(multimedia)'라는 개념이 제기됐기 때문이다. 이들은 컴퓨터로 쌍방향 소통 시스템을 시도해 제작, 저장, 전달하고 문자, 이미지, 사운드를 검색하는 정보 네트워크로 활용하였다. 복잡한 현대 문학 흐름을 광범위하게 논의하기 위해서는 이러한 현대문학 작품들이 공통적으로 접하는 기본 요소인 디지털을 핵심으로 해야 한다. 그래서 '디지털 문학'이라는 언어를 사용하는 것이 정보처리, 매체형식과 전달방식 등의 본질에 접근하기 쉽게 한다. 미래의 매체형식에 다시 변화가 생겨 무선통신과 가상현실 등의 디지털 기술이 결합되는 방향으로 갈지라도, 이 단어는 여전히 적용될 수 있는 공간을 유지할 수 있다.

(1) 디지털 매체가 출판, 편집, 글쓰기에 미친 영향

전자 게시판이 1990년대 초에 출현하면서 많은 현대시 창작자들은 인터넷에서 글을 쓰고 읽고 서로 평론을 하였다. 이를 통해 디지털 문학시대를 열었으며 신생대 작가들이 일으킨 문학혁명의 기지가 되었다. 특히 캠퍼스 문학 동아리는 인터넷을 매개로 전통적인 문학 부록, 문학 간행물, 출판사의 주도 권력을 타파하고 새로운 문학 담론을 세워 중심적인 혁명 역량이 되고자 하였다.

겨우 몇 년 되지 않아 1990년대 중반에 '남방(南方)', '시의 길 : 타이완 현대시 인터넷 연맹(詩路 : 臺灣現代詩網絡聯盟)', '타이완 문학연구 작업실(臺灣文學硏究工作室)', '암광도(暗光島)', '천애문방(天涯文坊)'과 같은 대형 문학 사이트는 물론 작가의 개인 홈페이지가 개설되었다. 새롭게 '읽고 쓰는' 관계는 독자들이 무료로 문학정보를 얻을 수 있도록 하였으며 독자들의 읽기 습관에도 영향을 미쳤다.

전통적인 인쇄매체가 인터넷 문학 환경 속으로 편입되었고 전통문학은 가상공간으로까지 그 확대 범위를 뻗어나갔다.『중시전자보(中時電子報)』가 1998년에『인간부록(人間副刊)』을 만든 이후, 1999년 9월『연합부록(聯合副刊)』도 인터넷에 뛰어들었다. 문학부록은 순식간에 인터넷에서 신흥 문학 단체들과 충돌하였으며 인터넷상에 있는 새로운 필자들을 흡수하고 신생대의 글쓰기 방식을 수용하였다. 1990년대 이후 인터넷의 영향은 대중문학 창작을 더욱 성숙하게 하였다. 예를 들면 피쯔차이(痞子蔡), 텅징수(藤井樹) 등과 같은 작가들이 출현하면서 문단에 새로운 글쓰기 풍토를 만들었다.

(2) 전위적인 디지털 문학 창작 실험

문학 창작자들은 단순히 '평면인쇄' 문화작품을 디지털화하는 것에 만족하지 않고 인터넷과 컴퓨터의 특성을 이용하여 디지털 작품을 창작하기 시작하였다. 그리고 인터넷에도 많은 새로운 작품들이 출현하였다. 평면적인 인쇄매체와 다르게 구현된 문학작품들은 현대문학이론에서 '하이퍼텍스트 문학(hypertext literature)'이나 '비(非)평면 인쇄' 작품으로 호명되었다. 그리고 HTML, ASP언어, 애니메이션이나 JAVA 등의 프로그램 언어를 활용하여 새로운 형태의 디지털 문학을 창작하였다. 전지구적인 인터넷(world wide web. www)은 문학혁명과 장르변천의 시작을 알리는 나팔소리가 되었다.

전위적인 디지털 문학은 포스트모더니즘 사조의 현대시, 현대회화, 현대음악 그리고 현대무용과 마찬가지로 다른 매체의 표현방식을 빌려 창작되었다. 문자, 이미지, 애니메이션, 사운드를 결합한 디지털 텍스트는 멀티미디어, 다방향 텍스트, 상호작용이라는 전통문학 창작에서 결여된 3가지 요소들을 반영하였다. 첫째, 인터넷 멀티미디어 특성 때문에 인터넷 글쓰기는 새로운 언어를 형성하였으며, 나아가 제약이 있는 전통적인 언어코드를 전복시켰다. 또한 실험자들은 컴퓨터 기술을 통해 각종 문학 기법을 융합시켜 새로운 어휘와 언어를 창조하고 재구성하였다. 둘째, 사람들을 가장 많이 끌어들이는 인터넷 읽기 방식은 다방향 텍스트의 도약과 반복만한 것이 없다. 셋째, 상호작용 시는 작가와 독자가 공동으로 작품을 완성하는 것이다. 작가는 뒤로 물러나 기본 소재를 제공하고 독자가 자기의 경험과 상상력을 이용하여서 함께 협력해 예술작품을 창작한다.

02 | 타이완 디지털 문학의 시기 구분

(1) 인터넷 보급 이전 : '시의 소리와 빛'에서 '컴퓨터시'까지

인터넷이 보급되기 전인 1980년대에 이미 현대시단에 멀티미디어 운동이 일어났다. 이것은 '시각시(視覺詩)', '시의 소리와 빛(詩的聲光)', '영상시학(彔影詩學)' 등 여러 가지 이름으로 출현하였으며 이어서 '컴퓨터시(電腦詩)'가 등장해 뒤이어 나오는 디지털 문학의 기본적인 이론틀을 제기하였다.

1980년대 초 『양광소집(陽光小集)』에서 시, 노래, 그림, 예술의 결합을 주장한 이후 '시각시'는 순식간에 1980년대의 새로운 유행이 되었다. 바이링(白靈)과 두스싼(杜十三) 등은 시의 소리와 빛의 활동을 통해 시와 읽기, 음악, 그림, 무용 및 각종 멀티미디어 예술을 종합하는 이론을 실천하였다.

사실 뤄칭(羅靑)도 전파 기술 혁명이 가져온 색다른 사고방식과 표현방식 그리고 미적 활동에 영향을 받아 영상시학(錄影詩學)을 주장하였다. 시에서 시각적 요소와 음악적 요소를 강화하고 영화의 스토리보드 조작방식을 활용해 현대시에서 행과 연을 분리하는 것과 입체시(Calligram) 장르를 타파해 시학(詩學)의 다른 출로를 개척하였다.

린야오더(林燿德)는 '컴퓨터 영상 사유(cyber-image thinking)' 방식을 응용하여, 컴퓨터 언어와 디지털 게임의 화면전환 논리로 사고하고 사건 층차의 진행 법칙을 적용하였다. 당시는 컴퓨터 기술의 한계가 있는 초기 탐색기였기 때문에 인터넷은 상업적으로 활용되지 못했다. 린야오더가 제기한 '컴퓨터시'의 문학평론은 단지 간단한 프로그램 언어와 문자를 결합한 개념에 머물러 있었다. 그는 황즈룽(黃智溶)이 1986년에 3개 파일을 병합하여 창작한 「컴퓨터시(電腦詩)」를 평가하고 소개할 때, 황즈룽의 시가 이미 포스트모더니즘 정보사회 현상에 잘 녹아들었으며 시로 미니멀 아트(Minimal Art)식의 냉정함과 간결함을 드러낼 수 있다고 극찬했다. 감정이 없는 프로그램은 독자들의 모방, 복제를 기다리기만 할 뿐이며, 게임유저로서 시인은 프로그램 언어 속에 몸을 숨기고 모든 것을 관찰할 뿐이다.

'컴퓨터시' 형식으로 출현한 작품 중에 제일 주목을 받은 것은 바로 장한량(張漢良)교수가 『76년 시선(七十六年詩選)』을 편찬할 때 수록한 린췬성(林群盛)의 「침묵(沉默)」이다. 이 작품은 당시 많은 비난을 유발하였는데 주된 문제의 초점은 컴퓨터 언어로만 시를 쓰는 문제에 대한 것이었다. 즉 부호로 구성된 것이 과연 '시'라고 할 수 있을까 없을까? 라는 문제였다. 이 문제는 당시 많은 논쟁을 유발시켰다. 장한량은 "이렇게 단순한 부호로 쓴 시는 광범위한 시각 경험이라고 할 수 있다. MMI(사람과 컴퓨터 사이의 인터페이스 관계, Man Machine Interface)를 적절하게 설명할 수 있으니 하위약호화(과소코드화, undercoding)라는 프로그래밍으로 글쓰기 혁명을 선언한 것이라고 할 수 있다."라고 말하였다. 이러한 견해는 '시'라는 텍스트를 문자 이외의 영역으로 확장시켜 '광범위한 시각 경험'을 시의 요소 속에 포함시킨 것이며, 동시에 디지털문학을 위해 무한 가능성이 있는 공간을 펼쳐준 것이기도 하다.

(2) 인터넷 보급 초기 : 전자 게시판 유행

전자 게시판은 1990년대 초에 출현하였다. 많은 문학 창작자를 불러내 인터넷에서 책을 쓰고, 읽고 서로 평가하게 하면서 디지털 문학 시대의 시작을 알렸다. 전자 게시판은 일찍이 1978년에 초보적으로 그 틀을 갖추었다. 그것을 운영하는 기본 개념은, 저자본 기술로 흥미있는 사용자들이 함께 모임을 조직해서 컴퓨터를 기반으로 상호소통 시스템을 이용해 문자 전달이라는 목표를 달성하는 것이다. 전자 게시판은 사용자들이 인터넷에서 자유롭게 소통할 수 있도록 하기 때문에 사용자들의 많은 참여의식과 상호작용을 이끌어 냈다. 그리고 점차 각자의 흥미에 맞게 동호회를 조직하게 되었다.

전자 게시판은 1990년대 중반에 점차 전문적인 문학 사이트를 등장시켰다. 그러나 전자게시판에 올라 있는 문학 작품과 토론은 수준이 다소 떨어졌으며 편집도 되어 있지 않았다. 그래서 '신희시간(晨曦詩刊)'에서는 편집정책을 제기하고 시 잡지를 출판하기도 하였다. 그리고 뒤이어 나온 '전요별업(田寮別業)'은 창작역량이 풍부한 작가에게 개인전용 게시판을 개설해 주어 독자들이 쉽게 단일 작가의 대표 작품을 찾아 신세대 작가들의 면모를 한눈에 살펴볼 수 있도록 하였다. 그리고 편집개념을 더 강조하는 사람들은 정치대학(政治大學)의 '묘공행관(貓空行館)'에 시게시판을 개설하여 1999년부터 '묘공시판 올해의 우수 작품(貓空詩版年度精選)'을 편집하였다. 게시판 관리자는 뛰어난 시 작품을 엄선하여 시간에 따라 분류하여 배치하였다. 여기서는 인터넷 시단이 만들어낸 특수한 언어 표현수단을 더 선명하게 볼 수 있다. 이외에도 중요한 문학 게시판에는, 타이완 사범대학의 '영혼의 성(精靈之城)', 타이완대학의 '야자숲 풍경(椰林風情)', 단장대학(淡江大學)의 '오믈렛광장(蛋卷廣場)', 성공대학(成功大學) '꿈의 대지(夢之大地)'의 '시의회(詩議會)' 등과 같은 문학 게시판이 있다. 그리고 이러한 게시판에서 많은 캠퍼스 작가들이 배양되었다. 또한 말레이시아에 온 타이완 유학생들이 창립한 '붉은 꽃의 나라(大紅花的國度)' 시 게시판에서는 말레이시아와 타이완 현대시의 특수한 상호작용 현상을 볼 수 있다.

사실 사람들은 많은 신세대 시인들이 전자 게시판 방식으로 일으킨 문학혁명을 좋은 눈으로 보지는 않는다. 하지만 상당히 많은 분량의 작

품, 평론, 이론자료들이 이곳에서 생산되었고 문학모임이 계속 출현하는
생명력을 보여주고 있다.

(3) 인터넷 보급 시대 : WWW 유행

1996년 이후 인터넷에는 하나씩 하나씩 상당히 규모 있는 문학전문
사이트가 출현하기 시작했다. 현대시 방면에서는 '창세기 시간(創世紀詩
刊)', '시의 길 : 타이완 현대시 인터넷 연맹', '쌍둥이자리 인문시간(雙子星
人文詩刊)' 등이 있으며, 타이완 문학 연구와 이론 부분에는 '타이완 문학
연구 작업실'이 있다. 이들은 각자 커다란 포부를 가지고 전문적으로 문
자와 멀티미디어 자료를 구축하였다.

많은 작가들은 개인 홈페이지를 개설하기도 하였다. 예를 들면, 미로
캐소(米羅・卡索)[1]의 '현대시의 섬(現代詩的島嶼)', 천리(陳黎)의 '문학창고(文學倉
庫)', 샹양(向陽)의 '샹양공방(向陽工坊)', '린위의 역(林彧之驛)', '타이완 인터넷
시 연구실(臺灣網絡詩研究室)', 바이링의 '문학선(文學船)', 자오퉁(焦桐)의 '문예
공장(文藝工廠)', 허우지량(侯吉諒)의 '시연재(詩硯齋)', 리진원(李進文)의 '비도공
장(飛刀工廠)', 천다웨이(陳大爲)의 '기린의 도시(麒麟之城)' 등이 있으며 또한
젠정전(簡政珍), 유환(游喚), 샤오샤오(蕭蕭)가 개설한 개인 홈페이지도 있다.
이들의 공통적인 특징은 웹페이지에 자세한 개인 경력뿐만 아니라 작품
도 제공하며 심지어 작품 평론과 현대시 이론 논문들도 있다는 점이다.
이들은 인터넷을 현대시를 전시하는 무대로 삼았으며 이미 독자들에게
보편적으로 수용되고 인지되었다.

전세계 인터넷에서 문학 창작자들은 화려한 멀티미디어 기술을 이용

---

1) 쑤사오롄(蘇紹連, 1949~)의 인터넷 필명−역자

하여 소리와 빛의 아름다움을 갖추고 상호작용성과 선택권도 구비하게 되었다. 이를 통해 디지털 문학은 새로운 세계로 진입하였다.

전세계 인터넷이 출현하기 전에, 디지털시는 인터넷에 발표한 현대시를 의미하거나 컴퓨터 언어를 모방한 현대시 글쓰기를 의미하였다. 하지만 지금은 전통적인 '평면인쇄' 문학 작품을 디지털화하여 전자 게시판 문학 창작란에 업로드하거나 인터넷에 업로드한 것도 모두 디지털시에 포함된다. 컴퓨터 기술이 발전함에 따라 인터넷이나 컴퓨터의 특별한 매체적 특징을 활용하여 제작한 디지털 작품은 평면 인쇄매체에서 보여준 시의 형태와 달랐으며 또한 디지털시의 개념을 확장시켰다. 디지털 문학은 현대 문학이론에서 습관적으로 말하는 하이퍼텍스트 문학이나 '비(非) 평면 인쇄' 문학으로, 전세계 인터넷의 HTML나 ASP 언어, 애니메이션, JAVA, FLASH 등 프로그램 기술의 보급과 함께 더불어 등장했다고 할 수 있다.

디지털 문학은 의심할 여지없이 새로운 문학형식이 되었다. 문자, 도형, 애니메이션, 소리를 결합한 멀티미디어 텍스트는 단순한 문자적 표현뿐만 아니라 다방향 텍스트(hypertext)의 가능성도 가지고 있다. 독자들은 더 이상 단선적이고 순차적으로 진행하는 사고방식으로 읽기 행위를 하지 않는다. 인터넷 방식으로 창작하는 작가들은 단락을 끝내고 페이지 넘길 때 다중 선택을 할 수 있는 플롯을 배치하여 독자들이 스스로 읽은 순서와 이야기 내용을 결정할 수 있게 한다. 이와 같은 생동적이고 전위적인 문학실험은 1990년대 중반 이후 인터넷 문학 진지에서 활발하게 나타났다. 전위적인 디지털 문학 창작은 디지털매체의 특징을 이용하여 '글쓰기'를 한다. 디지털 문학의 많은 작품은 1997년 성립된 '묘무묘(妙繆廟)'와 1998년 여름 연이어 만들어진 '기로화원(歧路花園)', '전방위 예술가 연맹(全方位藝術家聯盟)', '타이완 인터넷시 실험실(臺灣網路詩實驗室)', '현대시의 섬(現代詩的島嶼)', '코끼리 천당(象天堂)', '플래시 하이퍼텍스트 문학 (FLASH超文學)', '감전된 신시 네트워크(觸電新詩網)', '신시 뎬뎬칸(新詩電電看)' 등의 인터넷 사이트에 모여들었다. 이러한 실험창작에 뛰어든 작가에는 차오즈롄(曹志漣), 야오다쥔(姚大鈞), 리순싱(李順興), 샹양(向陽), 다이쥐(代橘), 쑤사오롄(蘇紹連), 쉬원웨이(須文蔚), 다멍(大蒙), 린췬성(林群盛), 이젠우(衣劍舞), 하이써(海瑟), 바이링, 양루안(楊璐安) 등이 있다. 이러한 문학 실험의 스타일은 매우 다양해서, '새로운 구상시(新具象詩)', '다방향시(多向詩)', '다방향 소설(多向小說)', '쌍방향시(互動詩)' 등이 있다.

중국어 세계의 새로운 구상시에는 야오다쥔의 「가련한 중국몽(可憐中國夢)」, 「중국 티베트 향수의 바다(華藏香水海)」, 「젠장! 나의 전당시를 우주캡슐 밖으로 던졌어 ……(媽的！我的全唐詩掉到太空艙外面了……)」, 「새로운 언어 선언(新語言宣言)」, 차오즈롄의 「40도 시(40°詩)」, 「관란부(觀瀾賦)」 등이 있다. 이들은 문자로 그림을 그리거나 문자를 조각내고 재배열하여 새로운 문자의 의미를 만드는 것으로 유명하다. 그리고 다멍의 새로운 구상시는 시와 컴퓨터 이미지의 아름다움을 결합했다. 시행이 아주 짧은 「꿈을 찾아서(尋夢)」를 예로 들어 보자.

어제 꿈속에 시 한 수를 잃어버려 밤새 걸었다.
아무리 찾아도 못 찾았다.

다멍은 이 문자들을 우주와 같은 파란색 속에 띄워 놓고 색깔의 변화를 다양하게 했으며 글자의 크기와 입체감도 각기 다르게 해놓았다. 작품 전체는 시각적으로 아름다운 꿈을 펼쳐놓은 듯하지만 언어의 내용은 오히려 상당히 풍자적으로 망각에 대해 묘사했다. 그래서 이러한 차이가 가져오는 공허함이 더 크다고 할 수 있다.

타이완 시인들이 창작한 디지털 시 중에 최초로 다방향 시 방식으로 표현된 것은 바로 다이쥐의 「슈퍼 러브레터(超情書)」이다. 「슈퍼 러브레터」가 사용한 다방향 텍스트 기술은 아주 간단하다. 독자들은 여전히 주요 문장의 중심선을 따라가기 때문에 문맥을 도약하거나 전환할 기회가 없지만 작가가 걸어 놓은 링크는 모두 본문 텍스트를 재해석하고 보충하거나 메타(meta)식의 대화를 진행하는 것이다. 쉬원웨이의 「쯔쉬산 앞에서 울다(在子虛山前哭泣)」는 복잡한 다방형 시이다. 작가는 물 한 방울의 여행 과정을 통하여 타이완의 수자원 이용과 환경보호의 문제를 관찰하였다. 독자들은 다양한 진행방식을 선택해 다양한 읽기 방향(노선)을 선택할 수 있으며 심지어 세 개의 서로 다른 결말을 볼 수도 있다. 다방향 연결은 여기서 단순히 다양한 해석이나 설명을 말하는 것이 아니라 이야기 진행의 선택권을 독자에게 넘겨주었음을 뜻한다.

다방향 소설은 작가가 다방향 텍스트 기술의 도움을 받아서 다양한 이야기 갈래를 연결시키고 발전시켜 스토리를 더 복잡하고 다원화시킴으로써 결말이 나뉠 수 있는 소설이다. 동시에 작가는 상호 텍스트 형식을 뛰어넘어 참신하고 새로운 구조로 전통소설 속에서는 표현할 수 없는 소리, 도형, 영상과 애니메이션을 스토리와 연결시킨다. 소설가는 더 많은 시각적 혹은 청각적인 부호들을 소설 속에 포함시킨다. 이뿐만 아니라 일찍이 1970년대부터 시작된 포스트모더니즘 소설가들이 많이 이용한 무작위, 토막내기, 혼란, 불확실한 텍스트 규칙을 참고하여 텍스트의 다중서술, 중복, 다중적 가치, 대구, 모방 등 형식들을 사용해 디지털 다방향 소설의 복잡한 하이퍼미디어 상호텍스트 현상을 만들어냈다. 중국어 디지털 다방향 소설 중에 차오즈렌이 창작한 『어느 시대의 풍류(某代風流)』는 1997년에 인터넷 상에서 가상 출판되었다가 1998년에 종이책으로 발행되었는데 양자가 서로 상호보완적인 효과를 보여주었다. 특히 작가는 고대회화, 고대문학과 역사기록에서 영감과 생동감을 얻어서 세부적인 필치와 멀티미디어 디자인을 결합시켜 독창적이고 특별한 디지털 다방향 소설을 창작했다.

타이완에서 FLASH로 창작한 멀티미디어 시창작의 성과가 풍부한 사람으로는 미로 캐소를 따를 수 없다. 그의 「현대시의 섬」과 「플래시 하이퍼텍스트 문학」은 이를 증명하며 많은 창작자들이 참고할 수 있는 표본이 되고 있다. 유명한 시인 바이링은 도스 고어(杜斯·戈爾)라는 필명으로 「진먼 사람들이 세월을 고백하다(金門人的告白歲月)」와 「탁구시(丘氏詩)」 시리즈 포함하여 모두 9편의 시를 발표하여 쑤사오롄에 대항했다. 그녀는 이 작품에서 콜라주와 게임을 결합시켰으며 현실에 대한 쓸쓸한 감정도 표현하였다.

(4) 21세기 인터넷 통신기술 변천 하에서의 디지털 문학 발전

인터넷 통신기술이 계속 새로이 업데이트 되는 것은 디지털 문학 동아리가 변천하는 주요한 원인이다. 많은 캠퍼스 출신 인터넷 작가는 2000년 이후 전자 게시판에 거의 나타나지 않고, 개인 뉴스게시판, 전자신문, PHPBB나 블로그(BLOG)의 운용으로 전환하였다.

2004년 전후, '개인 뉴스게시판'은 많은 환영을 받았다. 많은 개인 뉴스게시판 중에 '우리들은 시 요물(我們這群詩妖)'과 '소설가 독자(小說家讀者)'는 주목을 제일 많이 받은 모임이다. '우리들은 시 요물'을 만든 사람은 '은빛 재주꾼(銀色快手)'으로 명일보(明日報)에서 '더우전 뉴스 네트워크(逗陣新聞網)' 시스템을 제작할 때 그가 시, 산문, 소품을 포함하는 인터넷 문학 동아리를 조직하였다. '더우전 뉴스 네트워크'는 종합적인 기능을 제공하였고 인터넷 사용자의 상호작용도 강화했다. 원리는 아주 간단해서

'더우전 뉴스 네트워크'를 통해서 개인 방송국을 연결시킨 것이다. 그리고 각 방송국을 하나의 게시판이라고 간주해서 열 개가 모이게 되면 내용이 풍부한 인터넷 신문이 되는 것이다. 아주 활발하게 활동한 '은빛 재주꾼'은 '우리들은 시 요물 더우전 뉴스워크(我們這群詩妖逗陣新聞網)'로 통합하여 츠둔(遲鈍), 린더쥔(林德俊), 양자셴(楊佳嫻), 징샹하이(鯨向海), 무옌(木焱), 쯔쥐안(紫鵑) 등 유명한 신생대 시인들을 규합하여 디지털 언어로 서로에게 도움을 주는 또 다른 모임을 만들었다. 그 이후 '더우전 뉴스 네트워크' 시스템이 인터넷 서비스 사업자 때문에 취소 됐지만, 동아리가 결합하여 목소리를 내는 연결 고리는 이미 완성되었다.

시단의 활발한 동아리 활동 결성에 비해 소설가들은 「더우전 뉴스 네트워크」의 활발한 활동에 미치지 못했다. 그러나 현명하게도 '공동 뉴스 네트워크(共同新聞台)'를 만들었고, 쉬룽저(許榮哲), 장야오런(張耀仁), 가오샹펑(高翔峰), 리충젠(李崇建), 리즈창(李志薔), 이거옌(伊格言), 간야오밍(甘耀明), 왕충웨이(王聰威) 등 8명이 설립한 소설 토론대인 '소설가 독자(小說家讀者)'를 만들었다. 이들은 동아리의 응집력을 이용하여 신세대 소설가의 창작과 관점을 넓혀 주었다.

자료 데이터베이스를 이용해서 개발한 동아리 웹페이지는 후에 많은 인기를 얻었다. PHPBB과 블로그 등 프로그램은 빠르게 발전해 WWW에서 다이나믹한 웹페이지를 제작하였다. 이것들은 전통 게시판보다 더 예쁘고 관리도 편리했으며 또한 '개인 뉴스 네트워크'보다 다른 토론 사이트들과 더욱 잘 교류할 수 있도록 아주 간결하게 바꾸었다. 이전의 '시의 길 : 타이완 현대시 인터넷 연맹', '우수 문학 네트워크(优秀文學網)', '신선한 네트워크(鮮網)' 등은 정보회사에 자료 데이터베이스 개발을 위탁하며 많은 비용이 투입하기도 하였지만 이는 이미 지나간 과거가 되었다. 지금은 PHPNuke, PHPBB, 블로그 등 무료 프로그램이 있기 때문에 관리가 편리한 자료 데이터베이스를 구축하고 층차가 분명한 토론 영역과 발표 영역 심지어 전자저널도 만들 수 있다. 점점 좀 더 손쉽고 저자본으로 문학 단체를 운영할 수 있는 목표가 달성되고 있다. 요즘은『시한문학 네트워크(喜菡文學網)』,『타이완 시학(臺灣詩學)』잡지가 경영하는 '나팔과 시를 부는 논단(吹鼓吹詩論壇)'과 '일시가(壹詩歌)'가 약속이나 한 듯 모두 PHPBB를 사용하여 더 내용 있는 디지털 문학 토론 공간을 개발하였다.

BBS나 개인 뉴스판부터 블로그까지 인터넷 문학의 발전은 놀라운 속도로 변화하고 있다. 타이완 문학의 창작과 출판은 Web 2.0이라는 새로운 유행의 충격을 받았다. 쌍방향 상호작용, 네티즌 참여, 개방공유 등의 개념을 지닌 Web 2.0의 출현은 작가와 출판자가 일방적으로 독자에게 전달하던 전통적인 방식을 점점 독자들이 피드백과 발표권을 가진 상황으로 바꾸었다. 항상 댓글과 업로드를 통해 의견을 발표할 수 있고, 공유를 통해서 더 많은 정보와 자료를 얻을 수 있다.

(5) 디지털 문학 속에서 성장한 대중문학

인터넷 작가 작품은 상업성을 중시한다. 인터넷 문학 작품이 처음 인터넷 올랐을 때 받는 평가는 출판업자들이 종이 인쇄 출판을 할지 말지를 선택하는 중요한 지침이 된다. '홍색문학(紅色文化)' 출판사와 '신선한 네트워크' 그룹, '개머루문학 네트워크(野葡萄文學網)'는 인터넷의 상호작용을 이용해서 네티즌이 투표한 지지율 높은 사람을 선택해 책 출판 지원 여부를 판단했다.

성방(城邦)그룹의 '홍색문화출판공사(紅色文化出版公司)'가『첫 번째 친밀한 접촉(第一次親密接觸)』을 출판하여 시장의 뜨거운 호응을 받자, 2000년에는 단숨에 커즈위안(柯志遠)의 『고양이가 부화한 빌딩(孵猫公寓)』, 예츠(葉慈)의 『익수룡과 청개구리(翼手龍與小青蛙)』, 치치(琦琦)의 『맑은 날의 인형(晴天娃娃)』 등 십여 편의 인터넷 소설을 출판했다. 그 이후에도 gigigaga발언대(http://gpaper.gigigaga.com)에 '러브포스트 원고모집저널(LOVEPOST微文報)'을 설립하였다. 인터넷에서 장기간 원고모집을 해서 우수한 문장을 모아 『러브포스트 소설e세대(LOVEPOST小說e世代)』에서 출판하였다. 그리고 어떤 인터넷 작가의 작품이 네티즌의 호응을 받으면 '레드문화'가 그 사람의 책을 출판하고 발행해 주었다. 즉 먼저 인기를 모은 다음에 출판하는 정책을 채택한 것이다.

책을 선택하는 권리를 양보하는 출판기획과 마찬가지로 소지당문화(小知堂文化)에 소속된 '개머루문학 네트워크'는 2004년에 '문단을 구하는 뛰어난 작전' 활동을 시작하여 총 92건의 소설 작품을 모집하였다. 포상금이 없었음에도 불구하고 '출판 계약'이라는 조건은 여전히 작가들의 관심을 끌 수 있었다.

과거 장기간 '시장의식'이 결여된 시 출판시장에서는 2003년 6월 『일시가』가 창간된 이후 마침내 '일시가 논단(http://wwww.one-poetry.com)'과 잡지를 뛰어넘는 새로운 출판물들이 등장했다. 『일시가』는 그림 작가 커러왕(可樂王)과 무옌이 주도해서 12명의 편집진을 조직하고 6, 7년 경력의 시인, 문인의 작품을 모아 자비로 편집하고 출판 제작한 다음에 출판사에서 발행한 것이다. 이러한 새로운 디지털 문학 모임은 영상과 언어를 결합하는 전위적인 풍격을 강조하였으며 유행하는 문화적 주제에 맞추었다. 그리고 시장에서 좋은 반응을 이끌어 냈다.

문학출판의 시각에서 보면 타이완 디지털 문학의 상업화 과정은 2001년 전후에 인터넷 소설을 높은 차원으로 올려놓았다. 예를 들면 피쯔차이, 텅징수, 수이핑징위(水瓶鯨魚) 등과 같은 베스트셀러 작가들은 시장에서 일정한 지위를 점유하였다. 하지만 인터넷 문화 평론가인 왕란펀(王蘭茿)은 '인터넷 소설 출판이 범람하게 되면서 어렵게 등장한 타이완의 신인작가들이 좋은 작품을 창작하더라도 인터넷에 발표한 후에는 오히려 수많은 인터넷 소설 속에서 매몰되기 쉽다.'는 우려를 나타내기도 하였다.

01 쉬원웨이, 『타이완 디지털문학론』(타이베이 : 얼위), 2003년.
   須文蔚, ≪臺灣數位文學論≫(臺北 : 二魚, 2003).

02 리순싱, 「하이퍼텍스트 형식미학 초탐」, 『Intergrams』 2.1, 2000년.
   http://fargo.nchu.edu.tw/intergrams/002/002-lee.htm
   李順興, 〈超文本形式美學初探〉, ≪Intergrams≫2.1(2000).
   http://fargo.nchu.edu.tw/intergrams/002/002-lee.htm

03 린치양, 「환상의 허구의 성 : 타이완 인터넷 문학의 포스트모더니즘 상황 초기 논쟁」, 『양
   안 포스트모더니즘문학 연구토론회 논문집』(타이베이 : 푸런대학), 1998년.
   林淇瀁, 〈迷幻的虛擬之城 : 初論臺灣網路文學的後現代狀況〉, 宣讀於≪兩岸後現代文學硏討會
   論文集≫(臺北 : 輔仁大學外語學院主辦, 1998).

04 차오즈롄, 「허구 독말풀」, 『중외문학』 제26권 11기, 1998년, 78~109쪽.
   曹志漣, 〈虛擬曼陀羅〉, ≪中外文學≫, 第26卷 第11期(1998), 頁78~109.

05 쑤사오롄, 「하이퍼텍스트 경험과 링크」,
   http://residence.educities.edu.tw/poem/mi04a-04.htm1(2002).
   蘇紹連, 〈與超文本經驗鏈結〉, 收錄於
   http://residence.educities.edu.tw/poem/mi04a-04.htm1(2002).

『문학@타이완』 한국어판 출간에 부쳐

차오페이이린曹培林 중화민국 주대한민국대표부 교육참사관

타이완은 동아시아 대륙 동쪽, 태평양 서연에 자리 잡고 있다. 16세기에 포르투갈 사람들은 타이안을 'Ilha Formosa'라 불렀다. 영어로 하면 'Island Beautiful'이라는 뜻이다. 1684년 청 왕조의 강희(康熙) 황제가 '타이완(臺灣, Taiwan)'이라고 명명하여 지금까지 330년의 세월을 지나오고 있다. 타이완의 가까운 이웃인 한국의 젊은이들 가운데는 타이완을 잘 아는 사람들도 적지 않다. 하지만 상당수의 한국 젊은이들이 '타이완'의 영어발음으로 인해 태국(Thailand)으로 오인하기도 한다.

'타이완'이란 이름의 의미를 영어로 해석하자면, '타이(臺)', 즉 '테라스(terrace)'는 산비탈의 평지를 지칭한다. 거대한 바다 위에 솟은 땅 혹은 섬으로 그 의미가 확장되기도 한다. '완(灣)', 즉 'bay'는 해안선 안의 오목하고 활처럼 굽은 모양의 항구를 의미한다. 상고시대부터 동남아 혹은 대양주로부터 이동해온 말레이족이나 오스트로네시아족이 작은 목선을 타고 동북으로 항행하여 오늘날의 일본이나 알라스카로 갈 때, 혹은 근대 네덜란드인이나 스페인 사람들이 대형 선박을 타고 인도와 말레이시아, 마카오를 경유하여 일본으로 갈 때면 반드시 중간기착점으로 '타이완' 혹은 '타이완' 인근의 해역을 경유하면서 반드시 이 아름다운 '타이완' 섬을 보게 되었다.

오늘날 국제적으로 잘 알려진 타이완은 중화민국의 소재지로서 현재 중화민국 범위 안에 있는 모든 지역을 가리키며, 줄여서 그냥 '타이완'이라고 부른다. 타이완에는 펑후(澎湖)와 진먼(金門), 마주(馬祖), 란위(蘭嶼) 등의 큰 섬과 여러 작은 섬들이 포함된다. 한 때 타이완에 거주했거나 혹은 통치했던 민족은 신석기시대 사람들로부터 시작하여 말레이족, 인도네시아인, 뉴질랜드인, 네덜란드인, 스페인인, 중국 한인, 일본인 등으로 다양했다. 1945년 이후부터는 타이완 원주민이 전체 인구의 2퍼트를 차지하고 있고 나머지는 전부 한인들이다. 문화적으로는 해도이민 다문화 사회에 속한다고 할 수 있다.

이른바 타이완문학은 상술한 중화민국이 다스리고 있는 타이완지역에서 원주민시대부터 오늘날 중국 한인들이 절대다수를 이루고 있는 시대에 이르기까지 자연풍토와 정치경제사회, 인문사상들의 변천, 그리고 유형무형의 다양한 요소들의 상호영향으로 그곳에서 생존하고 발전해 온 사람들이 중국어 혹은 다른 언어로 써낸 모든 시와 소설, 산문 등의 풍격과 면모를 말한다.

'타이완문학'이라는 단어는 1970년 초에 출현한 용어로 중국문학과 불가분의 관계를 갖고 있다. 엄격히 말해서 '타이완문학'은 중국 대륙의 공산주의와는 거리를 둔 타이완 인문사회의 특색이 강한 화인(華人) 중국어문학을 말한다. 프랑스의 문학평론가 텐느(Hippolyte A. Taine, 1828~1893)는 시대와 민족, 환경을 문학을 구성하는 3대 요소로 여겼다. 문학이란 특정한 시공간에 사는 사람들이 현실 환경에 대응하여 그 반성적 사유와 정감을 문자로 표현해낸 것으로써 그 영향이 대단히 깊고 요원하다. 그래서인지 동한(東漢)의 조비(曹丕, 187~226)는 문학을 일컬어 "나라를 다스리는 대업이요, 영원히 기릴 만한 훌륭하고 장한 일이다.(經國之大業, 不朽之盛事)"라고 했고, 영국 작가 칼라일(Thomas Carlyle, 1795~1881)은 "어느 나라와 민족을 막론하고 문학이 없다면 벙어리나 마찬가지다.”라고 했다. 이러한 격언들을 통해 알 수 있듯이 타이완 문학 작품의 열독을 통해 타이완을 보다 깊이 인식하고 감상하고 비판할 수 있을 것이다. 중국문학은 오늘날까지 발전해오는 과정에서 타이완문학의 출현 덕분에 문화대혁명으로 인한 10년간의 단절을 피할 수 있었다. 또한 타이완문학은 중국문학의 의미와 깊이를 더욱 풍부하고 충실하게 해주었다고 할 수 있다.

이 책『문학@타이완』은 현재 타이완교육학술계의 ‘타이완문학사’ 관련 여러 저작물들 가운데 백미로, 최신 자료와 정보통신 자료를 잘 활용한 인터넷 저작물이다. 이 책은 타이완 중장년 연령층의 타이완문학 학자 11명의 연구 성과를 담고 있다. 시대와 작가, 장르의 소개와 분석, 평론을 통해 상세한 서술이 이루어지고 있고, 보다 깊이 있는 학습을 위해 화룡점정(畵龍點睛)식 열독 해설이 첨부되어 있어 타이완문학을 이해하는 데 없어서는 안 될 중요 저작 가운데 하나이다. 타이완문학 연구에 뜻은 있으나 직접적으로 중국어 원저를 읽지 못하는 한국 학생들과 학자들에게 큰 도움이 되리라 굳게 믿어 마지않는다.

이 책 한국어판 번역은 한국외국어대학교 중국어대학 학장이신 박재우 교수의 회갑을 축하하는 의미에서 박사과정 지도학생들이 ‘스승을 존경하고 도리를 중히 여기다(尊師重道)’는 정신을 구체적으로 체현하는 행동의 일환으로 기획, 진행되었다. 박재우 교수는 수십 년 동안 중국문학 연구에 몰두하여 수많은 우수 중문학자들을 양성해 왔다고 알고 있다. 학생들이 스승의 은혜에 감사하며 특별히 ‘타이완문학사’를 한국어로 번역하게 된 것은 사도를 발양하고 후학들에게도 큰 은혜를 남기는 일이라 할 수 있다. 이에 박재우 교수와 여러 뛰어난 제자 및 후배 학자들의 친구의 신분으로 이 책의 번역 출판에 즈음하여 박재우 교수 사제분들께 심심한 경의와 축하의 뜻을 전하고 싶다. 동시에 이 책 한국어판이 타이완문학의 '전파와 교학, 해석'에 종사하는 교수님들께 실질적인 도움이 될 뿐만 아니라 타이완문학 연구에 매진하는 학생들에게도 큰 참고가치를 지닐 수 있기를 기대한다.

◎

타이완 문학사를 읽어야 하는 이유

심 규 호

1992년 8월 24일 오후 4시, 진수지(金樹基) 주한 중화민국 대사가 명동 중화민국 대사관에서 대사관 직원들과 가족, 한성(漢城)학교 학생들 및 많은 화교들이 모인 자리에서 하늘과 광명, 그리고 박애를 상징하는 청천 백일기 하강식을 거행하고 있었다. 그 날은 44년간 지속되어 온 한국과 중화민국 정부 사이의 국교 관계가 마감되는 날이었다. 그리고 그 다음 날 우리는 중화인민공화국과 정식으로 수교를 맺었으며, 그날 이후로 중화민국은 타이완(臺灣)이 되었고, 중공은 중화인민공화국이 되었다.

타이완 문학사에 대해 이야기하면서 뜬금없이 1992년의 일이 생각난 것은 타이완에 대한 내 시각의 빈약성, 또는 편협성을 반영하는 것일지도 모르겠다. 중화인민공화국과 수교하기 전 타이완은 우리들이 생각하는 중국 전체였으며, 거의 유일하게 접할 수 있는 중국 자체였다. 그래서 부지런히 타이완으로 유학길을 떠나고, 그곳에서 중국을 배우고 이해했으며, 만족감을 표시했다. 하지만 그 날 이후로 우리에게 중국은 중화민국에서 중화인민공화국으로 바뀌고 말았다. 타이완에서 유학한 경험이 없는 필자에게 타이완은 겨울비 내리는 타이베이의 서정적인 시내 풍경, 길고 긴 형관공로(橫貫公路)의 운무, 그리고 어란삐(鵝鑾鼻)에서 바라 본 푸른 태평양의 기억 등으로 남아 있을 뿐이다. 그럴까? 혹시 나는 전혀 의도하지 않은 채 우중충한 아름다움을 지닌 타이베이의 비 내리는 겨울 풍경을 현란한 정치의 프리즘을 통해 보고 있었던 것은 아닐까?

> 우리에게 '타이완 문학'은 오랜 친구일까 아니면 생소한 존재일까? 첫눈에 반한 가슴 설레는 사랑일까 아니면 뒤돌아보며 쓴웃음 짓게 되는 처연함일까? (『문학@타이완』 제1장)

이 책, 『문학@타이완』를 접하면서 든 느낌도 이와 다를 바 없다. 과연 지금 우리에게 이 책은 어떤 의미가 있는가? 잊힌 옛 사랑의 쓸쓸한 그림자? 아니면 미지에 대한 호기심? 이 책은 그러한 느낌이거나 생각을 탓하지 않지만, 그것이 오인(誤認)이거나 착각임을 정확하게 밝혀내고 있다. 그리고 우리에게 이렇게 권한다.

> '타이완 문학'을 이해하기 위해 무슨 특별한 능력이 있어야 하는지는 모르겠지만, 중요한 것은 그것을 통해 자기 자신에게 되돌아가 인간으로서의 삶과 사상, 감정 그리고 상상의 세계 속에서 가장 섬세하고 풍부한 가능성을 '경험'할 수 있다는 기대를 할 수 있어야 한다. 특히 '존재가 확실하게 드러나지 않은' 상황에 직면했을 때는 지식적 차원에서의 해체가 중요하다. 하지만 이해를 통한 공감이 마련되어야 비로소 볼 수 있는 '존재'야말로 스스로 반성하고 중심을 잡을 수 있는 힘이 될 것이다. (『문학@타이완』 제1장)

문득 부끄럽다는 생각이 들었다. 사실 어떤 면에서 타이완과 한국은 상당히 유사한 동지적 관계를 지니고 있다. 그것은 한때 중국공산당(중공)이라는 공동의 적을 상대하는 자유주의 민주국가의 진영에서 혈맹의 동지이기 때문이기 이전에 그 옛날 중국을 중심으로 한 동아시아 역사, 문화 판도에서 종속의 사슬을 끊고 독립 국가를 이룩하고, 오랜 이민족의 압제에서 벗어나 주체적인 문화를 형성한 몇 안 되는 나라 가운데 하나이기 때문이다. 물론 지금 타이완의 대다수는 자신들을 중국인이라고 생각하지만, 자신들 스스로 중국의 한 성(省)에 불과하다고 생각하지 않는 이상 타이완은 엄연한 독립 국가임에 틀림없다. 그렇다면 타이완문학은 타이완이라는 고유한 지역, 독특한 민족(원주민과 이주민을 포함한), 나름의 역사적 경험에 의해 이루어진 유일무이한 한 국가의 문학이자, 또한 세계문학이다. 그것은 한 시대를 살았던 사람들의 육성을 들려주고 있다는 점에서 보편성을 지니며, 타이완 특유의 유일무이한 독특성을 지니고 있다는 점에서 개별성을 지닌다. 따라서 우리들에게 타이완문학, 또는 타이완문학사는 단순히 외국문학사에 대한 이해뿐만 아니라 우리 인류에 대한 이해를 돕는 데 필요한 책이 아닐 수 없다.

물론 타이완문학은 크게 볼 때 중국문학의 범주에 들어갈 수 있다. 한어를 사용하고, 한족이 대다수를 차지하며, 대륙과 상호관계를 무시할 수 없기 때문이다. 이를 확고한 기준으로 삼는다면, 타이완문학은 자연스럽게 전체 중국문학의 방계가 될 것이고, 주변부 문학, 지방문학으로 굴러 떨어질 것이다. 하지만 이는 단지 시각의 문제일 뿐이다. 상황이 다르면 대처방법도 다르고, 원인이 다르면 결과 또한 다른 법이다. 만약 한어를 사용하고, 한족이 대다수를 차지하고 있다는 점만 부각시킨다면, 이는 마치 앵글로색슨이 다수를 차지하고 영어를 사용하기 때문에 미국문학은 존재할 수 없다고 말하는 것과 같다. 사실 앵글로색슨은 게르만에서 온 것이 아닌가!

또한 중앙이 있으니 지방이 있는 것과 마찬가지로, 중심부가 있어야 주변부가 생기게 된다. 하지만 과연 어디가 중앙인가? 어디가 중심인가? 동양은 어디고, 서양은 어디인가? 오직 하나 무엇을 기준으로 삼을 것인가에 따라 달라질 따름이다. 마치 그리니치 천문대를 기준으로 삼을 때만 동서양이 구분되듯이. 따라서 우리는 타이완을 타이완 사람의 입장에서, 그들의 기준에서 볼 필요가 있다.

> 그대는 타이완 사람이다. 그대의 머리는 타이완 하늘을 이고 있고, 발은 타이완 땅을 밟고 있고, 눈은 타이완의 현실을 보고 있고, 귀는 타이완의 뉴스를 듣고 있다. 지난 시간 역시 타이완의 경험이고, 입으로 말하는 것 역시 타이완의 말이다. 그래서 기둥처럼 곧은 그대의 붓대와 꽃이 핀 듯이 화려한 붓은 타이완의 문학을 써야 할 것이다. (황스후이, 「왜 향토문학을 제창하지 않는가?」, 『오인보』, 『문학@타이완』 제4장 참고)

이런 의미에서 타이완 사람의 문학을 알고 싶다면, 이 책이 그 첫 번째 디딤돌이 될 것이다.

이 책을 읽다보면, 시대적 환경에 따른 아픔의 궤적이 우리와 참으로 비슷하다는 생각을 금할 수 없다. 이런 점에서 타이완 문학사는 우리 문학사, 특히 근대 문학사를 연구하는 데 좋은 참고거리가 될 수 있을 것이다.

생각해보자. 타이완에서 1920년 신문학운동이 전개되기 전까지 문학의 장(場)에는 고전 한문학, 백화문학, 그리고 일본어 문학이라는 생소한 존재하고 있었다. 어쩌면 그 당시 우리 문학의 장 역시 그러하지 않았는가? 애써 밝히지 않고 있을 뿐이지 일본어를 국어로 생각하던 시절의 문학을 우리도 겪지 않았는가 말이다. 그렇지만 우리는 굳이 이렇게 밝히지 않고 있을 따름이다.

> 첫째는 한시(漢詩)와 한문(漢文)을 포함하는 중국에서 온 고전 한문학 창작이다. 둘째는 1885년부터 『타이완부성교회보(臺灣府城敎會報)』에서 사용한 타이완어 '백화자(白話字)'[1] 창작이며, 셋째는 일본의 식민통치와 더불

---

1) 라틴자모를 사용한 민난어(閩南語) 정자법 – 역자

어 시작된 일본어 창작이다. (『문학@타이완』 제4장)

필자는 특히 식민주의, 근대성, 본토성이 복잡하게 얽히고설킨 1920년대 타이완 신구문학논쟁에 관심이 많다. 그야말로 해결해야할, 고민거리가 산적한 시대적 상황에서 지식인들은, 문학인들은 무엇을 바라보고 느끼고 실천했는가가 궁금하기 때문이다. 또한 무엇보다 그들의 아픔이거나 고민이 당시 우리들의 그것과 유사할 수도 있다는 개연성이 농후하기 때문이기도 하다. 어찌 생각하면, 대륙문학의 낯설음에 비하면 타이완문학의 그 때 그 시절이 오히려 우리들에게 친근하게 느껴지는 이유가 괜한 곳에 있음이 아니다.

또한 타이완은 일제의 압제에서 해방된 후에도 언어정책 또는 문학정책면에서 고단한 굴절을 경험해야만 했다. 특히 정치적 압제는 더욱 심했다. 그렇기 때문에 더욱 더 정치와 문학의 관계가 내연의 깊은 골을 숨기지 않았다. 2차 세계대전 이후 타이완이 일제치하에서 벗어나 국민당 정권의 지배체제로 들어가면서 원주민과 이주민(외성인 外省人) 사이에 일정한 틈이 벌어졌으며, 이는 2·28 사건으로 현실화되었다. 이후 타이완 출신 작가들의 소리는 잦아들고 대륙에서 넘어온 작가 중심으로 이른바 반공문학이 득세하게 되었다. 국민당 정부의 전폭적인 지지에 따라 반공문학이 번성하면서 반대로 타이완의 실체에 대한 담론들은 목소리를 죽일 수밖에 없었다. 우리의 경우도 반공문학이 낯선 것만은 아니다. 우리 역시 좌익문학을 범죄시하는 풍토에 익숙했으며, 심지어 리얼리즘 문학 자체를 마치 좌익문학의 본류이거나 아류인 것처럼 치부할 때도 있었으니 말이다.

이 책은 전체 20장으로 이루어져 있다. 그 첫 번째는 원주민 문학이다. 우리에겐 낯설지만 원주민 문학을 맨 앞에 세운 것이야말로 타이완

문학을 그들 스스로 타이완이라는 국체의 독립 문학으로 간주하고 있음을 보여주고 있는 것이 아니겠는가! 그런 점에서 참으로 반갑다. 더군다나 현대 원주민 출신들의 문학에 대한 소개 또한 낯설지만 즐거운 일이 아닐 수 없다. 나는 과문한 지라 들어본 적이 없다. 어떤 일본 문학사에 아이누족의 문학이 들어가 있는지를. 어떤 미국 문학사에 인디언의 문학이 앞장을 차지하고 있는지를. 이제 우리는 타이완에 살고 있는 유명 문인만을 통해 타이완을 이해하는 것이 아니라 타이완에서 아주 오래전에 살고 있었던 원주민들의 노래나 전설, 민담을 통해 타이완을 이해할 수 있는 기회를 얻었으니 이 또한 기쁜 일이다.

타이완이라는 국체에 관한 문학적 관심이 높다는 점에서 문학은 때로 정치적이고, 타이완이라는 외로운 섬의 실체에 대한 문학적 반성이 깊다는 점에서 또한 정치적이며, 특히 타이완인의 목소리를 대변하고 있다는 점에서 대단히 정치적이지만, 문학은 거짓과 술수가 난무하지 않는다는 점에서 정치와 크게 다르며, 기술로서의 정치를 초월한다는 점에서 많이 다르고, 무엇보다 문학의 상상력과 정치의 실용력이 전혀 다른 것이라는 점에서 확연히 구분된다. 이제 우리는 타이완을 정치의 시각이 아니라 그들의 목소리, 그들의 내음, 그들의 숨결을 문학을 통해 봐야할 것이다.

이 책은 문학사이다. 문학의 흐름을 조망하는 역사라는 뜻이다. 문인 또는 문학작품을 이해하기 위해서는 무엇보다 문학의 주체인 문학가의 생애를 이해할 필요가 있다. 마치 우리가 보거나 듣고 이해하는 것이 곧 우리의 세상인 것과 마찬가지로, 문학가 역시 그가 보고 듣고 경험하고 이해한 것을 바탕으로 작품을 쓰기 때문이다. 그러나 이러한 생애만으로는 또 부족한 점이 있다. 하나의 주체를 통시적으로 보는 것이 필요하기 때문이다. 생애는 짧은 그의 삶만을 보여줄 뿐이다. 아래위로 영향관계를 보기 위해서는 당연히 역사, 다시 말해 문학의 역사가 필요하다. 이 책은 바로 그런 점에서 유효하다. 예컨대 천잉전(陳映眞), 황춘밍(黃春明), 바이셴융(白先勇), 장아이링(張愛玲) 등 그나마 우리들에게 익숙한 타이완의 문학가들을 전체 문학사의 흐름 속에서 조망해야만 보다 구체적이고 정확하게 다가설 수 있을 것이다.

이 책은 한국외국어대학교 대학원 중국어과 출신 학자들이 공동번역한 역서이다. 번역자들은 중국문학을 전공한다는 것 이외에도 대학원의 지도교수가 같다는 공통점이 있다. 그 가르침을 기억하면서 함께 어울려 하나의 책을 만들어내는 기쁨이 또한 적지 않다. 그 기쁨을 교수님과 함께 누리고자 하며, 역자들에게도 감사의 말씀을 전한다.

┃ 저자소개(가나다순)

둥수밍董恕明 _ 국립타이둥대학 중국어문학과 조교수
라이팡링賴芳伶 _ 국립둥화대학 중국어문학과 교수
린치양林淇瀁, 필명 向陽 _ 국립타이베이교육대학 타이완문화연구소 부교수
쉬원웨이須文蔚 _ 국립대학 중국어문학과 부교수
옌훙야閻鴻亞 _ 국립타이베이예술대학 겸임강사
우밍이吳明益 _ 국립둥화대학교 중국어문학과 부교수
천젠중陳建忠 _ 국립칭화대학 타이완 문학 연구소 조교수
판이루范宜如 _ 국립타이완사범대학 중문학과 부교수
펑더핑封德屛 _ 『원선』잡지사 사장 겸 책임편집인
하오위샹郝譽翔 _ 국립둥화대학 중국어문학과 교수
황메이어黃美娥 _ 국립타이완대학 타이완 문학 연구소 교수

┃ 역자소개(가나다순)

김순진_ 한신대학교 중국학과 교수
류 신_ 한국외국어대학교 중국어통번역학과 강사
박남용_ 한국외국어대학교 중국언어문화학부 연구교수
박정원_ 경희대학교 후마니스타스칼리지 교수
박정훈_ 한국외국어대학교 중국어통번역학과 강사
배도임_ 한국방송통신대학교 중어중문학과 강사
심규호_ 제주국제대학교 중국어문학과 교수
임춘영_ 동아대학교 중어중문학과 강사
한지연_ 부산외국어대학교 중국학부 강사

문학@타이완

초판인쇄   2014년 9월 17일
초판발행   2014년 9월 29일

저 자 吳明益, 林淇瀁, 封德屏, 范宜如, **郝譽翔**, 陳建忠
         須文蔚, 黃美娥, 董恕明, 賴芳伶, 閻鴻亞
역 자 김순진, 류 신, 박남용, 박정원, 박정훈
         배도임, 심규호, 임춘영, 한지연
펴낸이 이대현
편 집 박선주
디자인 이홍주
펴낸곳 도서출판 역락
         서울 서초구 반포4동 577-25 문창빌딩 2층
         전화 02-3409-2058(영업부), 2060(편집부) | FAX 3409-2059
         이메일 youkrack@hanmail.net
         등록 1999년 4월 19일 제303-2002-000014호
ISBN   979-11-5686-076-1 03820

정 가 23,000원

* 파본은 구입처에서 교환해 드립니다.

이 도서의 국립중앙도서관 출판예정도서목록(CIP)은 서지정보유통지원시스템 홈페이지(http://seoji.
nl.go.kr)와 국가자료공동목록시스템(http://www.nl.go.kr/kolisnet)에서 이용하실 수 있습니다.
(CIP제어번호 : CIP2014023808)